ЛевНиколаевич Толстой

〔俄〕列夫·托尔斯泰 著

草婴 译

欲望主题中短篇小说

ДЪЯВОЛ

魔 鬼

人民文学出版社

根据 Л.Н.ТОЛСТОЙ, СОБРАНИЕ СОЧИНЕНИЙ В 12 ТОМАХ (МОСКВА, ГОСЛИТИЗДАТ, 1958—1959)翻译。

图书在版编目(CIP)数据

魔鬼/(俄罗斯)列夫·托尔斯泰著;草婴译. —北京:人民文学出版社,2021(2022.3重印)
(草婴译列夫·托尔斯泰中短篇小说全集)
ISBN 978-7-02-014630-7

Ⅰ.①魔… Ⅱ.①列… ②草… Ⅲ.①中篇小说—小说集—俄罗斯—近代 ②短篇小说—小说集—俄罗斯—近代 Ⅳ.①I512.44

中国版本图书馆CIP数据核字(2021)第149428号

责任编辑	柏　英
装帧设计	陶　雷
责任印制	宋佳月

出版发行	人民文学出版社
社　　址	北京市朝内大街166号
邮政编码	100705
印　　刷	三河市博文印刷有限公司
经　　销	全国新华书店等
字　　数	288千字
开　　本	890毫米×1290毫米　1/32
印　　张	14　插页6
印　　数	5001—8000
版　　次	2021年8月北京第1版
印　　次	2022年3月第2次印刷
书　　号	978-7-02-014630-7
定　　价	58.00元

如有印装质量问题,请与本社图书销售中心调换。电话:010-65233595

列夫·托尔斯泰 （列宾绘于 1887 年）

1873年11月5日

  一个声音、线条、色彩、语言、甚至思想的艺术家，如果不相信表达自己的思想很有意义，那么他的处境是可怕的。这取决于什么呢？不是对思想的爱。爱使人激动，而这种信心是平静的。我既有信心，又没有信心。为什么会这样呢？这是奥秘。……

5 ноября 1873 года

  Художник звука, линий, цвета, слова, даже мысли в страшном положении, когда не верит в значительность выражения своей мысли. От чего это зависит? Не любовь к мысли. Любовь тревожна. А эта вера спокойная. И она бывает и не бывает у меня. Отчего это? Тайна. ...

走进这座巍峨的大山

——序《草婴译列夫·托尔斯泰中短篇小说全集》

赵丽宏

二十多年前,曾经有报刊给我出题,要我推荐人类有史以来最伟大的十部小说。中国的小说,我首先想到的是《红楼梦》,外国的小说家,第一个出现在脑海里的就是列夫·托尔斯泰。然而,选他的哪一部小说?我感到为难。《战争与和平》《安娜·卡列尼娜》《复活》,三部小说都是伟大的作品,选任何一部都不会辱没了这个小说的排行榜。我最后还是选了《战争与和平》,不过加了一个说明:托翁的这三部小说,难分高下,都可以入选。面对托尔斯泰和他的作品,再狂妄自大的家伙,也不敢发出不恭敬的声音。"伟大"这样的形容词,曾经被人用得很随便很泛滥,用来形容托尔斯泰,却是妥帖的。

托尔斯泰的形象和他的小说,似乎有些对不上号。照片和雕塑中那个满脸胡子的老人,更像一个普通的俄罗斯农夫。托尔斯泰是贵族,是大地主,但对贵族的头衔和田地钱财看得很轻。他把土地分给农奴,让农奴们恢复自由,自己也常常穿着粗布衣衫,操着农具,和农民一起在田野里劳动。但是,他的小说中表现的，却是那个时代知识分子最沉重最深刻的思考，他的小说中展现的宽阔雄浑的场景和丰富多彩的人物，让人叹为观止。他是一个小说家，也是一个哲学家，读他的那些哲学笔记，我也曾被他深邃的思想震惊。不是所有的小说家都在这样锲而不舍地寻找真理，探索人类的精神。他追求的是人与人之间的平等，希望人心向善，希望正义和善良能以和平的方式战胜邪恶。他是一个理想主义者，并用自己所有的生命和才华去追求这理想，尽管这理想在他的时代犹如云中仙乐、空中楼阁。他的向往和困惑，在小说中化成了有血有肉的人物，化成了让人叹息沉思的曲折人生。

如果认为托尔斯泰只写长篇小说，那就大错特错了。托尔斯泰一生写的中短篇小说，和其他篇幅不长的散文、特写、随笔、日记，不计其数。它们的数量和篇幅，也许远超托尔斯泰的长篇小说。人民文学出版社这次出版的由草婴翻译的列夫·托尔斯泰中短篇小说全集，篇幅浩瀚，有洋洋洒洒七卷之巨。它们的题材和内容极其丰富，几乎容纳和涵盖了托尔斯泰一生的经历和追求。这七卷中短篇小说的编排，没有以写作时间为序，而是根据不同的主题集合成卷。第一册《回忆》，是托尔斯泰的自传文字。多年前，人民文学出版社曾经出版过其中的三部曲《童年》《少年》《青年》，这是托尔斯泰早年的代表作。读这些回忆的篇章，可以生动地了解托尔斯泰最初的才华展露和精神成长。第二册《高加索回忆片段》，所选篇目都与托尔斯泰在高加索的经历有关——他在高加索亲历的战争生活，他对高加索问题、对战争问题的思考。第三册《两个骠骑兵》，作品多为军旅主题，表现俄罗斯贵族在军营中的哀怒喜乐，是了解俄国社会生活的一个特殊视角。第四册《三死》，所选作品都与死亡有关，如《三死》《伊凡·伊里奇的死》《费奥多尔·库兹米奇长老死后发表的日记》。思考死亡，表现死亡，其实也是对生活和生命的思考，托尔斯泰把自己对死亡的深邃见解，通过小说的人物故事，生动地传达给了读者。第五册《魔鬼》，并非写妖魔鬼怪，而是以欲望为主题的选篇，因其中有题为《魔鬼》的作品而取名。小说写的是情欲、财欲和权力之欲，思考的是人类的生存境况和命运走向，也传达了托尔斯泰的人生观。第六册《世间无罪人》，所选作品多与俄国社会问题有关，既有作家对俄国社会问题的关注，也有对人性的思考，表达着托尔斯泰对故土和人民的热爱。第七册《苏拉特的咖啡馆》是哲思主题的选篇。托尔斯泰是一位思想家，他一生都在做哲学的思考，晚年写过很多谈哲学的文章。而收在这里的小说，是以丰富多彩的故事、日记、人物对话以及别具一格的寓言，传达作家对生命之旅、对生活之道的探寻求索，对人类终极问题的深邃沉思。读这些小说，可以看到托尔斯泰是如何把他的哲思巧妙地融入了自己的小说。

列夫·托尔斯泰的中短篇小说，还是第一次如此完整系统地呈现给中国读者，通过这些作品，我们可以对这位文学巨匠有更全面和深刻的了解。托尔斯泰是一位创作态度极为严谨的作家，作品无论长短，他都一样用心对待。他曾经在为莫泊桑小说集写的序文中宣示自己的创作观。他认为，对任何艺术作品都应该从三个方面去评判：一是作品的内容，必须真实地揭示生活的本质，"作者对待事物正确的，即合乎道德的态度"；二是作品表现形式的独特和优美的程度，以及与内容的相符程度，"叙述的畅晓或形式美"；三是真诚，即"艺术家对他所描写的事物的爱憎分明的真挚情感"。他认为，作家是否有真诚的态度，是决定作品成败的关键。他用这三个标准批评他人的作品，也用这三个标准指导自己的创作。读托尔斯泰的中短篇小说，和读他的长篇小说一样，我们都能感受到他所遵循的这三条原则，感受到他的正直、独特和发自灵魂的真诚。这也许正是托尔斯泰成就他非凡的文学人生的秘诀。

中国读者能如此完整地读到托尔斯泰的中短篇小说，要感谢翻译家草婴先生。"草婴"这两个字，在我心里很早就是一个响亮的名字，在小学时代，我就读过他翻译的俄苏小说，他翻译的长篇巨著《一个人的遭遇》和《新垦地》，让中国人认识了肖洛霍夫。草婴的名字和很多名声赫赫的俄苏大作家连在一起——莱蒙托夫、托尔斯泰、巴甫连柯、卡达耶夫、尼古拉耶娃……在中国的俄罗斯文学翻译家中，他是坚持时间最长、译著最丰富的一位。

四十年前，我刚从大学毕业，分在《萌芽》当编辑，草婴的女儿盛姗姗是《萌芽》的美术编辑，她告诉我，她父亲准备把托尔斯泰的所有小说作品全部翻译过来。我当时有点儿吃惊，这是何等巨大的工程，完成它需要怎样的毅力和耐心。托尔斯泰的长篇小说，在草婴翻译之前早已有了多种译本。然而托尔斯泰小说的很多中译本，并非直接译自俄文，而是从英译本或者日译本转译过来，便可能失去了原作的韵味。草婴要以一己之力，根据俄文原作重新翻译托翁所有的小说，让中国读者能读到原汁原味的托尔斯泰作品，是一个极有勇气和魄力的决定。草婴先生言而有信,此后的岁月,不管窗外的世界发生多大的变化,草婴先生一直安坐书房,专注地从事他的翻译工作,把托尔斯泰浩如烟海的小说文字,一字字、一句句、一篇篇、一部部,全都准确而优雅地翻译成中文。我和草婴先生交往不多,有时在公开场合偶尔遇到,也没有机会向他表达我的敬意。但这种敬意,在我读他翻译的托尔斯泰小说时与日俱增。二〇〇七年夏天,《世界文学》原主编、翻译家高莽在上海图书馆举办画展。高莽先生是我和草婴先生共同的朋友,他请我和草婴先生作为嘉宾出席画展。那天下午,草婴先生由夫人陪着来了。在开幕式上,草婴先生站在图书馆大厅里,面对着读者慢条斯理地谈高莽的翻译成就,谈高莽的为人,也赞美了高莽为几代作家的绘画造像。他那种认真诚恳的态度令人感动,也让我感受到他对友情的珍重。在参观高莽的画作时,有一个中年女士手里拿着一本书走到草婴身边,悄悄地对他说:"草婴老师,谢谢您为我们翻译托尔斯泰!"她手中的书是草婴翻译的《复活》。草婴为这位读者签了名,微笑着说了一声"谢谢"。高莽先生在一边笑着说:"你看,读者今天是冲着你来的。大家爱读你翻译的书。"那天画展结束后,高莽先生邀请我到他下榻的上图宾馆喝茶,一边说话,一边为我画一幅速写。高莽告诉我,他佩服草婴,佩服他的毅力,也佩服他作为一个翻译家的认真和严谨。他说,能把托尔斯泰所有的小说作品都转译成另外一种文字,全世界除了草婴没有第二人。高莽曾和草婴交流过翻译的经验,草婴介绍了他的"六步翻译法"。草婴说,托尔斯泰写《战争与和平》用了六年时间,修改了七遍,要翻译这部伟大的杰作,不反复阅读原作怎么行?起码要读十遍二十遍!翻译的过程,也是探寻真相的过程，为小说中的一句话、一个细节，他会查阅无数外文资料，请教各种工具书。有些翻译家只能以自己习惯的语言转译外文，把不同作家的作品翻译得如出自一人之笔，草婴不屑于这样的翻译。他力求译出原作的神韵，这是一个精心琢磨、千锤百炼的过程。其中的艰辛和甘苦，只有认真从事翻译的人才能体会。高莽对草婴的钦佩发自内心，他说，读草婴的译文，就像读托尔斯泰的原文。作为俄文翻译同行，这也许是至高无上的赞誉了。

今天我们读到的这套托尔斯泰的中短篇小说全集，凝聚着草婴先生后半生的心血，其中的每一篇作品，都是他的智慧和心血的结晶。草婴先生的翻译，在托尔斯泰和中国读者之间，在俄罗斯文学和中国文学之间，架起了一座恢宏坚实的桥梁。托尔斯泰在天有灵，应该也会感谢草婴，感谢他的这位中国知音。他用一生心血创作的小说作品，被一位中国翻译家用一生的心血翻译成中文，这是怎样的一种深缘。

我很多年前访问俄罗斯，有一个很大的遗憾，就是没有去看看托尔斯泰的庄园，没有去祭扫一下托尔斯泰的墓。托尔斯泰的墓，被茨威格称为"世界上最美的、最感人的坟墓"。这位大文豪的归宿之地，"只是树林中的一个小小长方形土丘，上面开满鲜花，没有十字架，没有墓碑，没有墓志铭，连托尔斯泰这个名字也没有"，但这却是世上最宏伟的墓地，因为，里面长眠着一个伟大的灵魂，他在全世界都有知音。

在当时的苏联作家协会的花园里，有一座托尔斯泰的雕像，他穿着那件典型的俄罗斯长衫，坐在椅子上，表情忧戚地注视着每一个来访者。我在他的雕像前留影时，感觉自己是站在一座巍峨的大山脚下。现在，用中文阅读托尔斯泰这些展露心迹的中短篇小说，感觉是走进了这座巍峨的大山，慢慢走，细细看，可以尽情感受山中的美妙天籁和浩瀚气象。

二〇二一年三月七日于四步斋

目 次

弹子房记分员笔记 …………………… 001

阿尔培特 …………………………… 027

家庭幸福 …………………………… 061

克鲁采奏鸣曲 ……………………… 153

魔鬼 ………………………………… 257

谢尔基神父 ………………………… 321

科尔尼·华西里耶夫 ………………… 379

我梦见了什么 ……………………… 401

糊里糊涂 …………………………… 417

华西里神父 ………………………… 425

弹子房记分员笔记

这是夜里两三点钟的事。老爷先生们正在打弹子①。在场的有：大客人（我们这样称呼他）、公爵、总是跟公爵同进同出的留小胡子的老爷、个儿矮小的骠骑兵、当过戏子的奥利维，还有潘②。人数相当多。

大客人正在跟公爵打弹子。我拿着记分器在弹子台周围走来走去，算着分数：九比四十八啦，十二比四十八啦。谁都知道干我们弹子房记分员这一行的有多苦哇：往往整天吃不上一口东西，一连两晚不睡觉，可是你还得拉开嗓子报分数，不断地把球从网兜里掏出来。我一边计分，一边向周围张望。忽然门里进来一位陌生的老爷，他看了看，就一屁股坐在长沙发上。好哇。

"这是谁呀？我是说，什么身份？"我心里琢磨着。

他衣着很干净，干净极啦，从头到脚都是崭新的：格子花呢的西装裤、时式的短上装、丝绒背心，外加一条金链子，链子上挂满各种小玩意儿。

衣着固然干净，人物更为清秀：瘦瘦高高的个儿，头发向前卷得很时髦，脸色白里透红。哦，一句话，是个漂亮的哥儿。

谁都知道，干我们这一行的，形形色色的人都见过：有最最体面的人物，也有不少废料。因此，你虽然做个记分员，可是得敷衍各

---

① 弹子——台球。——编者注
② 加着重号文字在原著中是斜体，以下不再一一标注。——编者注

种人，也就是说，遇事得机灵点儿。

我向那老爷打量了一下，但见他悄悄地坐在那儿，跟谁也不熟，穿着一身崭新的衣服。我心里想，要不是个外国人（就说英国人吧），准是个外地来的伯爵。尽管年纪轻轻，可是气派十足。奥利维坐在他旁边，甚至把身子闪开一些。

他们打完一盘。大客人输了，对我嚷道："你呀，老是胡报，把分数都算错了，尽东张西望。"

他骂一通，把杆子一丢，走了。嘿，这人可真怪！通常一个晚上他跟公爵总是五十卢布进出，可是这会儿他输了一瓶布尔冈①红酒，心里就老大不高兴。就是这样的脾气！有时候他跟公爵玩到夜里两点钟，谁也不把钱放到网兜里去。我就知道两人都没有钱了，可他们还要摆阔气。

"来二十五卢布的行不行？"他说。

"行！"

你要是打个哈欠或者摆错了弹子（你又不是个石头人），他就会冲着你的脸把你臭骂一通。

"我们不用筹码，赌现钱。"他说。

哼，这家伙最叫我受不了。

嗯，好哇。等到大客人一走，公爵就对那陌生的老爷说："您肯赏光跟我打一盘吗？"

"很高兴奉陪！"那人回答。

他坐着的那副神气，简直像个傻瓜！看上去仿佛满不在乎，可是

---

① 布尔冈——今普遍译为马孔。——编者注

一站起来，走到弹子台旁边，就不是那么回事了：胆怯起来。说胆怯也不是胆怯，但看得出来有点儿心神不宁。不知是穿着新衣服行动不便呢，还是大家的目光使他害怕。他原来那副镇定模样不见了。他侧着身子走过去，口袋在网兜上钩住了。他拿白粉擦杆子，失手把白粉掉了。他打进一只弹子，总要向四周瞧瞧，脸涨得通红。不像公爵那样。公爵早已打惯了：他拿白粉擦擦杆子，又擦擦手，卷起袖子，劲头十足地把弹子一个个打进网兜里，尽管他个儿长得小小的。

他们不知打了两盘还是三盘（我可记不起来），公爵放下杆子说："请教贵姓？"

"聂赫留朵夫。"那人回答。

"令尊是不是做过军长？"公爵问。

"是的。"

这会儿，他们用法语急促地交谈起来，我就听不懂了。多半是提到了双方的亲戚吧。

"再见，"① 公爵说，"能跟您认识，太高兴啦。"

他洗好手，吃东西去了。那陌生人拿着杆子站在弹子台旁边，随便推着弹子。

谁都知道，干我们这一行的，对待新客人越粗暴越好。我就拿起弹子，收拾起来。他涨红了脸说："还可以玩吗？"

"当然，"我说，"摆着弹子台，就是让人玩的。"我嘴里这么说，眼睛却不向他瞧，又把杆子摆好。

"你高兴跟我打吗？"

---

① 楷体文字在原著中是法语，以下不再一一标注，其他语言另注。——编者注

"当然，先生！"我说。

我把球摆好。

"钻桌子好吗？"

"钻桌子，这是什么意思？"他问。

"喏，就是这样，"我说，"您给我半卢布，我要是输了，就从弹子台底下钻过去。"

显然，他没有见过世面，觉得这很可笑，就笑了。

"来吧。"他说。

好哇。我说："您先让我几分呢？"

"难道你打得比我差吗？"他说。

"当然啦，我们这儿打得过您的人很少。"我说。

我们就打了起来。他真的自以为是个好手，其实打得糟透了；那个潘坐在那儿，老是说："嘻，瞧那个弹子！嘻，瞧这一下子！"

可不是！他打是在打，可是对分数一窍不通。嗯，照规矩，我输了第一盘：就从台子底下爬过去，呼哧呼哧地喘着气。这当儿，奥利维和潘都从座位上跳起来，用杆子敲敲说："爬得好！再来，再来！"

"再来"什么呀！特别是那个潘，为了半卢布，别说从弹子台底下爬过去，就是叫他从蓝桥①底下爬过去他都干。他却嚷道："爬得好，可是你还没把灰尘擦干净呢。"

我记分员彼得鲁什卡，谁个不知，哪个不晓。从前叫玖林，可现在是记分员彼得鲁什卡了。

当然，我打的时候并没有拿出真本事来，于是我又输了一盘。

---

① 蓝桥——跨莫伊长河，宽97.3米，跨度41米，圣彼得堡最宽的桥。

"先生，我可实在打不过您哪。"我说。

他笑了。后来我赢了三盘（本来他有四十九分，我一分也没有），我把杆子往弹子台上一放，说："老爷，要不要来加倍或者销账啊？"

"加倍或者销账，这是什么意思？"他问。

"或者您欠我三卢布，或者什么也不欠。"我说。

"什么！难道我跟你赌钱吗？傻瓜！"

他说着脸都红了。

好哇。他输了一盘。

"够了！"他说。

他掏出皮夹子——崭新的，从英国铺子里买的——打开来。

我看出他要摆阔了。皮夹子装得满满的，全是一百卢布的钞票。

"不，这里没有零钱。"他说。

他从小钱包里掏出三卢布来。

"给你，"他说，"两卢布销账，余下的你拿去喝酒吧。"

我恭恭敬敬地道了谢。我看，这可是位漂亮的老爷！为了这样的老爷爬爬地板，有什么不可以。可惜他不肯赌钱，要不然，我想，我就有路了，嘿，我准能弄他二十卢布甚至四十卢布。

潘一看见年轻老爷手头的钱，就说："您肯赏光跟我来一盘吗？您打得真出色啊。"这狐狸说着走了过来。"不，对不起，我没有工夫。"年轻的老爷说完就走了。

那个潘，鬼才知道他是什么人。有人叫他"潘"，从此就叫上了。他往往成天坐在弹子房里观望。他被人家打过、骂过，谁也不请他一起玩，他总是自个儿坐着，带来烟斗抽着。可是弹子打得很利落……这魔鬼！

好哇。聂赫留朵夫第二次又来了，第三次又来了，以后就常常来。早晨来，晚上也来。打三只弹子，打落袋，打三角，全会了。胆子也大了，跟所有的人都熟了，弹子打得老练起来了。当然啰，年轻人，出身好，有钱，谁不尊敬他。只有一次他跟大客人吵了嘴。

为了一点儿鸡毛蒜皮的事。

公爵、大客人、聂赫留朵夫、奥利维等人打落袋。聂赫留朵夫站在火炉边，在跟人家谈话，正好轮到大客人打。当时他已经酒意十足了。他的弹子正好在火炉旁边，地方很局促，而他却喜欢拉开架子宽宽敞敞地打。

嗜，不知道是他没看见聂赫留朵夫呢，还是故意寻衅，他摆开架式使劲打弹子，以致杆子柄啪地一下撞在聂赫留朵夫的胸口上。这可怜的人喔唷叫了一声。以后怎么样？那人甚至没有赔个不是——他就是那么粗！他自顾自走开去，对聂赫留朵夫瞧都不瞧一眼，嘴里还嘟囔着："都挤在这儿干什么？弄得人家弹子也打不中。别的地方不好去吗？"

聂赫留朵夫走到他跟前，脸都白了，却装得若无其事，彬彬有礼地说："先生，您应该先道歉才是，是您把我撞了一下。"

"这会儿我可顾不上道歉，本来该我赢的，现在却被他打中我的弹子了。"

聂赫留朵夫又对他说："您应该道歉。"

"您给我滚开，"大客人说，"干吗缠住我不放！"他眼睛一直盯住自己的弹子。

聂赫留朵夫走得更近些，抓住他的胳膊，说："您太没礼貌啦，阁下！"

别瞧他身子瘦弱，年纪轻轻，像姑娘一样容易脸红，那副神情倒挺厉害：两只眼睛直冒火，真像要把人一口吞下去。但大客人是个高大强壮的汉子，聂赫留朵夫哪里比得过他！

"什——么？我没礼貌！"他说。

他一边大声叫嚷，一边向他挥动胳膊。这当儿，在场的人都赶过来，捉住两人的胳膊，把他们拉开。

哇啦哇啦吵了好一阵，聂赫留朵夫就说："他得让我满意，是他侮辱了我！"——这就是说，聂赫留朵夫要跟他决斗。当然啰，他们是老爷先生，他们有这样的习惯……没办法！……唔，一句话，他们是老爷先生嘛！

"什么满意不满意，我才不理他呢！"大客人回答，"他不过是个毛孩子罢了。我真想扯他的耳朵呢。"

"您要是不愿意决斗，那您就不是个上等人。"聂赫留朵夫说着差点儿哭了。

"可你是个毛孩子，我不能生你的气。"大客人回答。

于是，大家照例把他们分开拉到两个屋子里。聂赫留朵夫跟公爵很要好。他说："看在上帝分上，你去劝劝他，叫他同意跟我决斗。他当时喝醉了，但此刻也许醒了。事情总不能就这么了哇。"

公爵去了。大客人说："我跟人决斗过，我也打过仗。我可不愿意跟毛孩子决斗。我不干，就是这样。"

就这样，他们谈呀谈的谈了好久，终于住口了；可是从此以后大客人就不再到我们这里来了。

这个人哪，情绪激动的时候，简直像只好斗的小公鸡，气势汹汹……我说的是聂赫留朵夫……但在别的时候，头脑可实在单纯。

我记得有过这样的事。

"你家里还有谁呀？"公爵问聂赫留朵夫。

"谁也没有。"他回答。

"怎么，谁也没有？"

"不可以吗？"

"怎么可以呢？"

"我一直就是这样过日子的，又有什么不可以呢？"

"怎么，就这样过日子？不可能！"

公爵哈哈大笑，留小胡子的老爷也哈哈大笑。大家都尽情取笑他。

"那你从来没有干过那种事吧？"

"从来没有。"

大家都笑得要死。当然，我立刻懂得他们取笑他什么。我就在旁边瞧着，看他们拿他怎么办。

"我们现在就去吧！"公爵说。

"不，说什么也不去！"聂赫留朵夫回答。

"嘿，行啦！这太可笑了，"公爵说，"喝点儿酒壮壮胆再去。"

我给他们拿来一瓶香槟酒。他们喝完，就把那漂亮的哥儿带走了。

他们过了午夜才回来。大家坐下来吃晚饭。人很多，都是些顶好的老爷：阿塔诺夫、拉靖公爵、舒斯塔赫伯爵、米尔卓夫。大家都向聂赫留朵夫道喜，嘲笑他。他们把我叫去了。我看他们全都挺高兴。

"你快来给老爷道喜！"他们说。

"道什么喜呀？"我问。

他当时怎么说的？什么"发蒙"还是"启蒙"，我可记不清楚了。

"恭喜老爷！"我说。

他红着脸坐在那儿,只是傻笑着。大家都拼命笑。

好哇。后来大家来到弹子房里,个个兴致勃勃,只有聂赫留朵夫跟平时不一样:眼睛浑浊无光,嘴唇抖动,老是打嗝儿,话也说不清楚。显然,没有见过世面,这下子可把他打倒了。他走到弹子台旁边,臂肘支在台子上,说道:"你们觉得开心,我却觉得伤心。为什么要我干这种事啊!我到死也不能原谅你,公爵,也不能原谅我自己。"

他说着放声大哭。显然,他喝醉了,自己也不知道在说些什么。公爵笑嘻嘻地走到他跟前。

"够啦,"他说,"小事情嘛!咱们回家去吧,阿纳托里。"

"我哪儿也不去。"他回答,"我为什么要干这种事啊?"

他还是哭个不停。他不肯离开弹子房,就是这样。真是个没见过世面的小伙子。

从此他就常常到我们这里来。有一次他跟公爵和那个老是跟着公爵的留小胡子的先生一起来。那个留小胡子的先生是个文官还是个退伍军官,只有天知道。先生们都叫他费陀特。他颧骨很高,相貌难看,但衣着讲究,进出马车。老爷先生们为什么这样喜欢他,只有天知道。"费陀特!费陀特!"——瞧吧,他们给他吃,给他喝,还替他付账。真是个十足的骗子!输钱,他不付账;赢钱,那是另一回事!大家都骂他,大客人当着我的面打过他,还要跟他决斗……可他还是挽着公爵的胳膊进进出出。

"你没有我就完蛋。我是费陀特,可不是别的什么人!"他说。

真是个小丑!哼,没啥了不起的。他们走过来说:"我们三个人来打落袋。"

"来吧。"

弹子房记分员笔记 | 011

他们开始下三卢布赌注。聂赫留朵夫跟公爵聊着天。

"你瞧，她的脚多美！"

"不，脚算得了什么！她那条辫子才好看呢！"

显然，他们并不在看打弹子，只是一个劲儿谈个没完。但费陀特很在行，擅长打跟球，而那两个不是打不中，就是自己落袋。费陀特就赢了他们每人六卢布。他跟公爵之间怎样算账，那只有天知道，因为他们彼此从来不付钱，但聂赫留朵夫却掏出两张绿票子交给他。

"不，"费陀特说，"我不拿你的钱。让我们打常规吧，就是说，加倍或者销账。"

我摆好球。费陀特先打，他们就打了起来。聂赫留朵夫想显显身手。他又一次错过机会没打中，就说："不，我不想干，这太容易啦！"但费陀特很认真，抓住机会痛击。不用说，他又赢了一盘，仿佛完全是碰运气。

"我们再来一盘吧。"他说。

"来吧！"

他又赢了。

"开头算不了什么，"他说，"我不愿意从你手里赢得太多。还是加倍或者销账吧。"

"行。"

不论怎么说，输掉五十卢布到底有点儿舍不得。聂赫留朵夫就要求道："让我们来加倍或者销账吧！"就这样打下去，越打越输，总共输掉了两百八十卢布。费陀特懂得策略：打常规输，打加倍就赢。公爵坐在旁边，看见他们玩得很紧张。

"够啦！够啦！"他说。

有什么用！他们的赌注不断加码。

最后聂赫留朵夫欠他五百多卢布了。费陀特放下杆子说："玩够了吗？我累了。"他说。

其实他准备一直打到天亮，只要能把钱赢到手就行⋯⋯这当然是一种手法。聂赫留朵夫却越发起劲了："来吧！来吧！"

"不，"费陀特说，"我真的累了。我们上楼去吧，你到那边去翻本好了。"

在我们楼上，老爷先生们都在打牌。先是打朴烈费兰斯，接着就赌起大数目来了。

喏，就从那一天起，费陀特把他的头都搅昏了，他开始天天到我们这里来。他们总是打上一两盘弹子之后，就上楼去。

至于他们在楼上干些什么，那只有天知道。聂赫留朵夫可完全换了一个人，总是跟费陀特一吹一唱。原先漂漂亮亮，干干净净，头发卷得整整齐齐，如今哪，早晨还像个样子，可是一上楼，就变得蓬头散发，衣服上沾满绒毛和白粉，两只手也弄得很脏。

有一次，就是这样跟公爵一起从楼上下来，脸色苍白，嘴唇发抖。他们正在争论什么。

"我不愿意他说我（他怎么说的呀？）⋯⋯说我不大方，他也不该压我的牌。"他说，"我付了他一万卢布了，他在别人面前该小心点儿才是。"

"嗯，够啦，"公爵说，"犯得着生费陀特的气吗？"

"不，"他回答道，"这个我不能忍受。"

"住口！"公爵说，"你怎么能降低身份去跟费陀特之流计较呢！"

"可当时有旁人在场啊。"

"旁人在场有什么关系？"公爵道，"你要不要我叫他马上来向你道歉？"

"不要。"他说。

他们又讲了一阵法国话，我可听不懂。后来怎么样？当天晚上他们就同费陀特一起进晚餐，又言归于好了。

好哇。有一次，他单独一人走来。

"嗯，你说我打得好吗？"他问我。

谁都知道，干我们这一行的就是得讨好每一个人。我就说"好"。其实啊，好什么呀！他打得很糟，毫无算计。自从他跟费陀特搞在一起之后，打弹子就一直赌钱。原先打弹子，什么也不赌——连吃的东西或者香槟酒都不赌。有时候公爵对他说："我们赌一瓶香槟吧！"

"不，"他说，"我还是叫他们送一瓶来吧……喂！来一瓶香槟。"

如今他每次都要赌钱。往往整天待在我们这里，不是打弹子就是上楼。我心里想：为什么好处总是别人得，就是轮不到我呢？我就对他说："先生，您怎么好久不跟我打了？"

于是他就跟我打了起来。

我赢了他五卢布，就对他说："先生，把这些钱少数下注好吗？"

他不作声。不再像以前那样说"傻瓜"了。我们就一直这样赌下去。我大约赢了他八十卢布。以后怎么样？他天天跟我玩，但总要等没有人才动手。当然啰，他不好意思当着别人的面跟记分员打弹子。有一次他发火了，当时他大约已经欠了我六十卢布。

"你肯全部下注吗？"他说。

"行！"我回答。

我赢了。

014 | 魔 鬼

"一百二十对一百二十,怎么样?"

"行!"我说。

我又赢了。

"二百四十对二百四十,怎么样?"

"不太多吗?"我说。

他不作声。我们打了起来。又是我赢。

"四百八十对四百八十,怎么样?"

我说:"先生,我怎么好意思冒犯您呢? 赌百把卢布就行了,或者干脆就算了。"

他听了暴跳如雷。可他平时是个多文静的人哪!

"我要把你揍个稀烂。"他说,"你要么打下去,要么不打。"

哦,我一看,毫无办法。

"那就下三百八十卢布吧。"我说。

当然,我这是想输给他一盘。

我让了他四十分。他五十二分,我三十六分。他削黄弹,一下子得了十八分,但没有碰着我的弹子。

我使劲一击,想使弹子反跳。没有成功,弹子连撞两弹,进了袋。又是我赢了。

"听我说,"他说道,"彼得(他不叫我彼得鲁什卡①),我此刻不能全数给你,但再过两个月,就是三千卢布我也付得出。"

他满脸通红,连声音都发抖了。

"好的,先生。"我说。

---

① "彼得鲁什卡"是亲昵的叫法,"彼得"是正式的叫法。——编者注

我就放下杆子。他走来走去,走来走去,满头大汗。

"彼得,"他说,"全部下注,来一盘。"

他说着差点儿哭出来。

我说:"什么? 先生,还要打!"

"嗯,来吧!"

他亲自把杆子递给我。我拿起杆子,猛然把弹子往弹子台上一扔,弄得弹子都跳到地板上:我当然不能不装装样子。我说:"来吧,先生!"

他心里很焦急,亲自去捡弹子。我想:"七百卢布我是拿不到手的,反正我要输。"我就故意乱打。你瞧怎么着?

"干吗故意打得这么糟?"他说。

可他自己双手发抖。等到弹子滚到网兜,他就张开手指,扭歪嘴,把脑袋和双手直往网兜那儿伸。我就说:"这可没有用,先生。"

好哇。等他赢了这一盘,我就说:"您欠我一百八十卢布和一百五十盘弹子,我要吃晚饭去了。"

我放下杆子走了。

我在门边一张小桌旁坐下,看他怎么办? 你瞧怎么着? 他走来走去,走来走去,满以为没有人在看他——便拼命扯着头发,接着又走来走去,嘴里嘟囔着什么,接着又扯头发。

这以后我们有七八天没有看见他。有一次,他来到餐厅,脸色阴沉,却没有走进弹子房来。

公爵看见他。

"咱们去打一盘吧!"公爵说。

"不,"他答道,"我再也不打了。"

"得了吧！去吧。"

"不，"他说，"我不去。我去，对您没好处，我自己也要倒霉。"

这样他又有十天光景没有来。有一天过节，他穿着燕尾服来了（显然是刚做过客），而且待了一整天，一直玩着。第二天又来了，第三天又来了……还是老样子。我很想再跟他打上几盘，他却说："不，我不跟你打了。至于我欠你的那一百八十卢布，你过一个月来，就可以拿到了。"

好哇。过了一个月，我去找他。

"说实话，没有，"他说，"你星期四来吧。"

星期四我又去了。他租了一套挺漂亮的房子。

"喂，老爷在家吗？"我问。

"他在睡觉呢。"仆人回答。

好吧，我就等一下。

他的侍仆是他老家的农奴，一个头发花白的小老头儿，挺老实，一点儿都不滑头。这会儿我就跟他聊了起来。

"我们跟老爷在这儿过的是什么日子啊！把人都快给折磨死了，可是在彼得堡这个地方啊，什么名利也搞不到。刚从乡下来的时候我满以为，我们将像先老太爷（愿他在天上平安）那样拜访拜访公爵啰，伯爵啰，将军啰；还以为会在伯爵小姐当中挑个美人儿，有陪嫁的，过上贵族老爷的生活。哪里知道天天就是跑跑酒馆饭店，真是糟透了！要知道尔基晓娃公爵夫人是我家老爷的亲姑妈，还有伏罗丁采夫公爵是我家老爷的干爹。你以为怎么样？我家老爷只在圣诞节去过一次，以后就再也没有上过他们家的门了。就连他们家那些仆人都当着我的面取笑说：'你家老爷看来不像他爸爸。'我有一次就

弹子房记分员笔记 | 017

对他说：'老爷，您怎么不上姑奶奶家走走哇？她老人家好久没有见到您，可惦着哪！'他回答道：'那边太无聊啦，杰米扬内奇！'

"算了吧！只有在酒馆饭店里才能寻欢作乐。要是当个什么差倒也罢了，可他根本不想干，就知道打牌什么的。这些事啊，永远也不会有什么出息的……唉！我们把自己给毁啦，莫名其妙地把自己给毁啦！我们从先老太太（愿她在天上平安）手里继承到一大笔产业，一千多名农奴，价值三十万卢布的林地。如今全押掉了，树林卖了，庄稼汉破产了，什么也不剩了。东家不在，谁都知道总管比东家还神气……他剥掉庄稼汉身上最后一层皮，就是这么回事。他关心什么呢？就知道塞饱口袋，别人饿死他也不管。前不久来了两个庄稼汉，带来了整个领地上全体庄稼汉的控诉信。他们说：'他把庄稼人搞得精光啦。'你说怎么着？我家老爷看完那控诉信，给了庄稼汉每人十卢布。他说：'我快回去了。等我一收到钱，还清账，就回去。'

"可是我们老是欠债，哪里还得清！要知道，总共在这儿过了一个冬天，就花掉了八万卢布，如今家里可连一卢布都没有了！这都是他心肠太好的缘故。哦，这样老实的老爷，真是没话说的。他倒霉就倒在这上头，倒霉得没有一点儿名堂啊！"

老头儿说着差点儿哭出来。这老头儿真可笑。

聂赫留朵夫将近十一点钟醒来，把我叫了去。

"钱还没有给我送来，这可不能怪我。"他说，"把门关上。"

我关上了门。

"喏，"他说，"你把表或者钻石别针拿去抵押。这些东西可以当到一百八十卢布以上，等我收到钱，再去赎回来。"

"行啊，"我说，"先生，既然您没有钱，那也没有办法。把表给我吧，我可以为您效劳。"

我看那只表总值三百卢布。

好哇。我把表当了一百卢布，把当票给了他。

"您只欠我八十卢布了，"我说，"那表就请您自己去赎吧。"

就这样，至今他还欠我八十卢布呢。

从此他又天天上我们这里来了。我不知道他们彼此之间的账是怎么算的，只看到他老是跟公爵同进同出。有时跟费陀特一起上楼打牌。他们三人之间也有一本莫名其妙的账：这个付钱给那个，那个付钱给另外一个，究竟谁欠谁，别人怎么也闹不清。

他这样几乎天天上我们这里来，前后有两年光景，而他的样子可变了：他变得大胆了。有时他甚至向我借一卢布付给马车夫，可是跟公爵还是下一百卢布的赌注。

他变得面黄肌瘦，神情忧郁。往往一来就先要一杯苦艾酒，吃一客快餐，喝一点儿葡萄酒，这才变得高兴一点儿。

有一次过谢肉节①，他在饭前跑来，跟一个骠骑兵打弹子。

"您要不要赌点儿什么呀？"骠骑兵问他说。

"当然，"他答道，"赌什么呢？"

"一瓶红葡萄酒怎么样？"

"行。"

好哇。骠骑兵赢了，他们就去吃饭。他们在桌旁坐下，聂赫留朵夫说："西蒙！来一瓶红葡萄酒，要好好烫一烫！"

西蒙走了，随即拿来下酒菜，却没有酒。

---

① 谢肉节——又称狂欢节，在东正教大斋节前三天。

"怎么搞的，"他说，"酒呢？"

西蒙跑掉了，接着端来热菜。

"拿酒来呀！"他说。

西蒙没作声。

"你怎么，疯了吗！我们饭都快吃完了，酒还不拿来。有谁拿酒来下甜食的？"

西蒙跑掉了，接着又跑了回来。

他说："老板有请。"

聂赫留朵夫满脸通红，从桌旁跳起来。

"他要干什么？"他说。

老板正好站在门口。

"既然您不把账还清，我就不能再赊账给您了。"老板说。

"我不是对您说过，月初还您吗？"聂赫留朵夫说。

"随便您怎么说好了，"老板说，"我可不能老是赊给您。我已经丢掉几万卢布的欠账了。"

"哦，别说啦，老兄，"聂赫留朵夫说道，"您可以相信我。快叫人送一瓶酒来，我尽快还您钱就是了。"

说着他跑回饭厅。

"他们请您去有什么事啊？"骠骑兵问道。

"没什么，"聂赫留朵夫回答，"他有件事求我。"

"现在来一杯暖酒多好哇！"骠骑兵说。

"西蒙，怎么啦？！"

可怜的西蒙跑了出来。还是没有酒，什么也没有。真糟糕。聂赫留朵夫离开餐桌，跑到我跟前。

"看在上帝分上,彼得鲁什卡,借我六卢布。"他说。

他气得脸无人色。

"没有,先生,"我说,"老实说,您已经欠了我不少了。"

"你现在借我六卢布,"他说,"过一个星期我还您四十卢布。"

"要是我手头有钱,"我说,"我也不会不答应您。说实话,没有。"

你以为怎么样?他奔出去,咬咬牙,握紧拳头,像疯子一样在走廊里跑来跑去,敲着脑门。

"哦,上帝呀!"他说,"这是怎么一回事?"

他不再回餐厅,跳上马车跑了。

大家都哈哈大笑。那个骠骑兵说:"咦,跟我一起吃饭的那位老爷在哪儿啊?"

"他跑了。"他们回答道。

"怎么跑了?他吩咐了什么没有?"

"什么也没吩咐,坐上马车跑了。"

"真是个骗子!"

嗯,我心里想,他这样丢脸,要好久不来了。不料第二天晚上他又来了。他走进弹子房,随身带来一只箱子,他脱掉大衣。

"我们来打一盘。"他说。

他皱着眉头,怒气冲冲地瞪着人。

我们打了一盘。

"够啦,"他说,"你去给我拿笔和纸来,我要写信。"

我不假思索地拿来一些纸,放在小房间的桌上。

"拿来了,"我说,"先生。"

好哇。他在桌旁坐下。他一边写一边嘴里嘟囔着什么,然后愁眉不展地站起来。

"去瞧瞧，我的马车来了没有？"

事情出在谢肉节的星期五。我们那儿一个人也没有，老爷先生们全赴舞会去了。

我去问马车来了没有，刚走到门外。

"彼得鲁什卡！彼得鲁什卡！"他仿佛害怕什么似的嚷起来。

我转过身去。一看，他站在那里，脸色白得像纸，眼睛直瞪着我。

"您叫我吗，先生？"我说。

他不作声。

"您要什么呀？"我问。

他不作声。

"哦，对啦！"他说，"我们再打一盘吧。"

好哇。他赢了一盘。

"怎么样，我打得不错吧？"他说。

"是啊。"我说。

"可不是。你去看看马车来了没有？"他说。

说着他在屋子里走来走去。

我不假思索地走到门口。一看，连马车的影子也没有，就回到屋里。

我刚走回去，忽然听见仿佛有人拿杆子重重地敲了一下。我走进弹子房，闻到一种古怪的味儿。

我一看，他躺在地板上，浑身是血，一支手枪落在旁边。我吓得连话都说不出来了。

他的一条腿不断地抽搐，终于伸直了。接着，他呼噜呼噜地喘了一阵子，就这样断气了。

至于他为什么要造这样的孽，把自己的灵魂给毁掉，那只有天知道了。他只留下一张纸，可是我一点儿也看不懂。

这些老爷先生什么事干不出来呀！唉，老爷先生们……总之是老爷先生们。

上帝赐给我做一个人所希望的一切：财富、名声、智慧、高尚的志向。我却贪图享受，糟蹋身上一切美好的东西。

我并没有败坏名誉，没有遭遇不幸，也没有干下什么罪行，但我做了比这些更坏的事：我戕害了我的感情，糟蹋了我的智慧和青春。

我被一张肮脏的网罩住，脱不了身，又无法习惯于这样的处境。我不断地堕落，堕落。我感到自己的堕落，却无法自拔。

要是我败坏了名誉，遭遇到不幸，犯下了罪行，那我倒会好受一些，这样我在绝望中还可拿超凡脱俗聊以自慰。要是我败坏了名誉，我可以超脱于我们社会的荣誉观而蔑视它。要是我遭遇到不幸，我可以发发牢骚。要是我犯了罪，我可以用忏悔或者惩罚自己来赎罪。可我只是卑鄙无耻罢了。我知道这一点，却不能自拔。

是什么把我给毁了？我身上是不是有着一种强烈的欲望，使我能原谅自己呢？没有。

七点、爱司、香槟酒、中间网兜里的黄弹子、擦弹子杆的白粉、灰色钞票、彩虹色钞票、纸烟、出卖灵魂的女人——在我的回忆中只有这些东西！

我终生不会忘记那迷醉无耻的可怕的一刻，它使我猛醒过来。当我看到在我同我原来的志向之间存在着多大的鸿沟时，我大吃一惊。我的头脑里又出现了青年时期的憧憬和理想。

原来那么鲜明、那么强烈地充满我灵魂的关于生命、永恒和上帝的光辉思想在哪里呀？那种温暖着我的心灵、使我快乐的爱的力量在哪里呀？我对前途的憧憬，对一切美好事物的共鸣，对亲戚朋友、对劳动、对荣誉的爱在哪里呀？我的责任心又在哪里呀？

人家侮辱我，我提出决斗，满以为这是完全符合高尚的要求的。我需要金钱来满足自己的放荡和虚荣，我就毁了上帝付托给我的上千个家庭，还恬不知耻。可我原来是十分懂得这种神圣的责任的。一个无耻之徒说我没有良心，说我想偷窃，我却仍旧跟他做朋友，就因为他是个无耻之徒，并且说他不想侮辱我。人家对我说，过清教徒生活太可笑了，于是我就毫不惋惜地把我灵魂的花朵——童贞交给一个出卖灵魂的女人。在我的心灵中，再没有比摧残爱情更使我惋惜的了。要知道，我原来是多么善于爱呀！老天爷！在我没有跟女人发生关系之前，恐怕没有一个人能爱得像我那样热烈！

要是在开始生活的时候，我能踏上那条由我清醒的理智和天真纯洁的感情所开辟的道路，我会变得多么高尚幸福啊！我几次三番想脱离我这肮脏的生活，走上光明大道。我对自己说，拿出我全部的意志来吧。可是办不到。当我只剩下单独一个人的时候，我就感到手足无措，我害怕孤独。当我跟别人在一起的时候，我掌握不住自己，忘记了自己的信念，再也听不见内心的声音，我又堕落了。

我终于得出一个可怕的结论：我不能自拔了。我不再存这样的念头，而只希望忘记一切，可是无法摆脱的悔恨越来越使我坐立不安。这样我就产生了一个对别人来说可怕、对自己来说可喜的念头：自杀。

但在这方面我也是卑鄙无耻的。直到昨天跟骠骑兵闹了那件丑事之后，我才下定决心来实行这个意图。我身上高尚的东西已荡然无存了，有的只是虚荣，而出于虚荣，我干了一生中唯一的一件好事。

我原以为临死前我的灵魂会高尚一些。我错了。再过一刻钟我就不在人间了，可是我的眼光丝毫没有改变。我还是那样看，还是那样听，还是那样想；头脑里的逻辑还是混乱得出奇，各种思想还是迟疑不决和轻率马虎，这跟人们所能想象的（天知道是什么缘故）思想单一和头脑清楚是多么矛盾哪。棺材外面将是怎样的情景，明天在尔基晓娃姑妈家里将怎样议论我的死讯，这些念头同样强烈地萦回在我的头脑里。

人真是一种不可思议的东西！

一八五三年

阿尔培特

一

深夜两点多钟，五个有钱的年轻人来到彼得堡一个小型舞会作乐。

香槟酒喝了许多，大部分男子都很年轻，姑娘都很漂亮，钢琴和小提琴不知疲倦地一支接一支演奏着波尔卡舞曲，跳舞和喧闹一直没停，但大家总觉得有点儿沉闷、有点儿别扭，而且不知怎的感到这一切都不对劲、没意思，这是常有的事。

他们几次勉强提高情绪，但假装的欢乐比沉闷更难受。

五个年轻人中的一个，整个晚上对自己和别人都特别不满意，终于怀着嫌恶的心情站起来，找到帽子，打算悄悄走掉。

前厅里一个人也没有，但他听见隔壁屋里有两个人在争吵。他停住脚步，留神倾听。

"不行，那里有客。"一个女人说。

"请让我进去，没关系！"一个男人低声恳求道。

"没有太太许可，我不能让您进去，"那女人说，"您往哪儿去？唉，您这人真是！"

门开了，门口出现一个容貌古怪的男人。女仆一看见来客，不再拦阻，这个古怪的人就怯生生地鞠了一躬，移动两条罗圈腿，蹒跚地走进里屋。这个人中等身材，脊背瘦长而有点儿驼，头发又长又乱。他身穿一件短外套和一条窄小的破裤，脚蹬一双肮脏的粗皮靴。细长白净的脖子上系着一条卷得像麻绳一样的领带。从肮脏的衬衫袖口里露出一双骨瘦如柴的手。他的身子虽然非常干瘦，他的脸却又白又嫩，稀疏的络腮胡子上方的脸颊还显出鲜艳的红润。蓬乱的头发往后掠，露出虽不高却异常光洁的前额。一双疲倦的深褐色眼睛带着温柔、探索而又傲慢的神情望着前方。这双眼睛的神情，同稀疏的小胡子下弯曲而鲜红的嘴唇合在一起，很富有魅力。

他走了几步站住，回过头去对那年轻人微微一笑。他笑得仿佛很勉强，但当他脸上浮起微笑时，那年轻人也情不自禁地笑了笑。

"他是谁啊？"当样子古怪的人走进乐声悠扬的房间时，年轻人悄悄地问女仆。

"剧院里一个发疯的乐师，"女仆回答，"他有时来看女主人。"

"杰列索夫，你到哪儿去了？"这时大厅里有人叫道。

这个叫杰列索夫的年轻人就回到大厅。

乐师站在门口，瞧着翩翩起舞的男女，笑容满面，眉飞色舞，用脚打着拍子，表示他的高兴。

"喂，您也来跳舞吧！"有个客人对他说。

乐师鞠了一躬，向女主人投去询问的目光。

"去吧，去吧。既然人家请您，您就去吧。"女主人说。

乐师瘦弱的四肢突然使劲活动起来。他满面春风，左顾右盼，扭动身子，笨拙而费力地在大厅里跳起舞来。卡德里尔舞跳到一半，一个快乐的军官跳得漂亮，这时舞兴正浓，他的背无意中撞了乐师一下。乐师衰弱而疲劳的两腿失去平衡，他向一旁踉踉跄跄颠了几步，就直挺挺地倒在地板上。他倒下时发出剧烈的重浊响声，最初一刹那，几乎所有的人都笑了。

但乐师没有爬起来。客人们都沉默了，连钢琴也停止演奏。杰列索夫和女主人首先跑到倒下的人跟前。乐师用臂肘支着身子，呆呆地望着地面。他被扶起来，搀到椅子上坐下。他用骨瘦如柴的手迅速地把额上的头发往后一掠，脸上露出微笑，没回答人家问他的话。

"阿尔培特先生！阿尔培特先生！"女主人说，"怎么样，您摔着没有？摔在哪儿？唉，我说过不要跳舞。他身子太虚了！"她对客人们继续说，"他连走路都勉强，怎么能跳舞！"

"他是谁？"有人问女主人。

"他是个穷人，是个卖艺的。人挺不错，只是怪可怜的，可不是！"

她当着乐师的面说这话，毫无顾忌。乐师清醒过来，仿佛害怕似的蜷缩起身子，把围着他的人群推开。

"什么事也没有。"他突然说，好不容易从椅子上站起来。

为了证明他一点儿没有摔疼，他走到大厅中央，想纵身一跳，但身子晃了晃，要不是人家把他扶住，他又会倒下。

大家都感到有点儿不自在，瞧着他，不作声。

乐师的目光又暗淡下去。他显然忘记周围的人，一只手揉着膝盖。他突然抬起头，伸出颤颤巍巍的腿，又粗野地把头发往后一掠，走到小提琴手跟前，把他的小提琴拿过来。

"什么事也没有！"他拿琴一挥，又说了一遍，"诸位！我们来拉一支曲子吧。"

"这人真怪！"客人们相互说。

"这个可怜的人说不定倒是挺有才华的！"有个客人说。

"是呀，可怜，真可怜！"另一个说。

"他的脸多美！他身上有一种与众不同的气质，"杰列索夫说，"让我们瞧瞧……"

二

这时，阿尔培特对谁也不加理会，把小提琴搁在肩上，慢吞吞地在钢琴旁走来走去，调着琴弦。他冷漠地抿着嘴唇，眼睛眯缝得看不见，他那瘦削的脊背、又白又长的脖子、弯曲的两腿和黑发蓬松的脑袋却显得古怪，但不知怎的一点儿也不使人觉得可笑。他调好琴弦，利索地拉了一个和音，头向后一仰，向准备替他伴奏的钢琴师转过身去。

"《C大调忧郁曲》！[①]"他做了个命令式手势对钢琴师说。

随后，仿佛为这命令式手势道歉似的，阿尔培特温和地微微一笑，并含笑扫视了一下听众。他用拿弓的手掠了掠头发，在钢琴角前站住，姿势优美地在弦上拉起了弓。大厅里鸦雀无声，只听得一片悠扬纯净的琴声。

在第一个乐音之后，主题就舒畅而美妙地流泻出来，于是就有一道令人快慰的明亮的光辉突然照亮所有听众的心。没有一个错误或夸张的乐音破坏听众的欣赏，所有的乐音都清晰优美、回肠荡气。

---

① 原文是德语。

大家都不作声，带着期望的战栗倾听着乐曲的展开。他们从原来寂寞无聊、逢场作戏和心灵沉睡的境界突然来到一个早已被他们忘却的截然不同的天地。他们心里时而泛起对往事的平静回顾，时而涌起对幸福的热情追忆，时而产生对权力和荣誉的无限渴望，时而又出现恋爱不成、顺从命运的惆怅。那时而忧郁多情、时而绝望挣扎的声音交织在一起，那么优美、那么强烈、那么缥缈地逐一流泻出来，以至不是声音，而是一种早就熟悉、但此刻才诗意盎然地表现出来的美妙洪流倾泻到每个人的心田。阿尔培特的形象随着每个乐音的流出变得越来越高大。他一点儿也不丑，一点儿也不怪。他用下巴压住小提琴，全神贯注地倾听着自己拉出来的声音，同时激动地挪动双脚。他时而挺直身子，时而把腰弯得很低。他的左手紧张地弯曲着，仿佛一直保持这个姿势，只有瘦骨嶙峋的手指在琴弦上痉挛地移动着；右手从容、优雅而难以察觉地拉着弓。他的脸焕发着一种持续不断的喜气洋洋的光彩，眼睛放射出明亮而严肃的光辉，鼻孔鼓起，鲜红的嘴唇高兴得张开着。

　　有时，他的头低俯到小提琴上，眼睛紧闭，半被头发遮住的脸上现出怡然自得的微笑。有时，他敏捷地挺直身子，伸出一只脚，他那光洁的前额和环视全厅的炯炯眼睛就现出高傲、庄严和自命不凡的神气。有一次，钢琴师弹错了一个和音，小提琴手阿尔培特的全身和脸上就现出痛苦的神色。阿尔培特停了一刹那，像孩子般恶狠狠地跺着脚叫道："小调，C 小调。"[①] 钢琴师纠正了错误，阿尔培特就闭上眼睛，微微一笑，又把自己、别人和整个世界都忘掉，如

---

① 原文是德语。

痴如醉地沉湎于自己的演奏中。

在阿尔培特演奏时，大厅里人人屏息静听，仿佛完全陶醉在他的音乐里。

一位快乐的军官一动不动地坐在窗前的椅子上，眼睛茫然注视着地板，沉重而缓慢地呼吸着。姑娘们都靠墙坐着，默不作声，只偶尔交换一下钦佩得有点儿困惑的眼色。女主人笑眯眯的胖脸由于高兴而显得更加宽大。钢琴师眼睛盯着阿尔培特的脸，挺直身子，现出唯恐出错的紧张神态，竭力跟住他的演奏。一个酒喝得最多的客人趴在沙发上，竭力一动不动，免得暴露内心的激动。杰列索夫体会到一种异乎寻常的感情，仿佛有一个冰冷的箍套住他的脑袋，一会儿收紧，一会儿放松。他的头发根都变得有感觉了，脊背上自下而上掠过一阵阵寒战，喉咙口有什么东西不断涌上来，鼻子和上颚仿佛有细针在扎，泪水悄悄地沾湿了他的双颊。他身子一惊，拼命想把眼泪收住、擦干，但新的泪水又夺眶而出，顺着面颊往下流。凭着一种奇怪的联想，阿尔培特的琴声一开始就把杰列索夫带回到最早的青年时代。现在，他这个年纪已经不轻、被生活折磨得疲倦不堪的人，突然觉得自己又像一个十七岁的小伙子，扬扬得意，天真无邪，而且没有意识到自己的幸福。他想起了同穿粉红色连衣裙表妹的初恋，想起在菩提树小径上的第一次爱情表白，想起那次无意中接吻时热烈而奇妙的滋味，想起当时自然景色的神奇和难以理解的神秘。他回顾往事，看到她在朦胧的希望、莫名的欲念、深信无法实现的幸福的迷雾中大放异彩。当时那千金难买的珍贵时刻一幕又一幕地浮现在他的眼前，这不是现在转瞬即逝的无聊时光，而是能够停留的、不断扩大的、动人心魄的过去景象。他心醉神迷地玩味着这些景象，哭了起来。他哭，不是因为本该更好地利用的时期过去了（即使时光倒流，他也不会更好地利用它）；他哭，只是因为那个时期一去不复返。往事源源不断地浮上心头，但阿尔培特的小提琴却反复诉说着同样的话："对你来说，身强力壮、恋爱、幸福的时代过去了，从此一去不再来。你哭吧，把眼泪都哭干，在痛哭这个时代的泪水中死去，这就是留给你的最大幸福。"

拉到最后变奏曲快结束的时候，阿尔培特的脸涨得通红，眼睛炯炯有神，脸颊上流着大颗的汗珠。他额上青筋暴起，全身动得越来越厉害，苍白的嘴唇不再闭上，整个姿势表现出对欢乐的狂热渴望。

他全身猛地一晃，头发往后一甩，放下小提琴，神态庄重地含笑扫视了一下在座的人。然后他弯下腰，低下头，闭紧嘴唇，眼神暗淡，又自惭形秽似的怯生生环顾四周，跟跟跄跄往另一个房间走去。

三

在座的人都产生一种奇异的感觉，在阿尔培特演奏完毕后死一般的寂静中，大家有一种奇怪的体验，这究竟是怎么一回事？仿佛人人都想说又说不出来。那么，灯火辉煌、温暖如春的房间，光艳照人的女人，窗上的曙光，沸腾的热血和逝去音乐留下的纯洁印象，这一切究竟是怎么一回事？但谁也不想说出这究竟是怎么一回事；相反，几乎人人都因无法进入新印象给他们展开的新天地而对它愤愤不平。

"是啊，他拉得实在好。"军官说。

"太美了！"杰列索夫偷偷用衣袖擦擦面颊回答。

"不过，诸位，我们该走了，"那个趴在沙发上的人平静点儿，说，"诸位，得给他点儿什么。我们凑点儿钱给他吧。"

这时阿尔培特独自坐在另一个房间的沙发上。他的两肘支在皮包骨头的膝盖上，两只出汗的脏手抚摸着自己的脸，弄乱了头发。他自得其乐地微笑着。

他们凑了一大笔钱，由杰列索夫交给他。

此外，杰列索夫从音乐中获得非常强烈而不寻常的印象，想为这个人做点儿好事。他想把他带回家去，让他穿得体面点儿，并替他找个工作，总之，使他摆脱目前这种卑贱的处境。

"怎么样，您累了吧？"杰列索夫走到他跟前问。

阿尔培特笑笑。

"您确实有才华，您应该好好从事音乐工作，举行公演。"

"我倒想喝点儿什么。"阿尔培特仿佛刚睡醒，说。

杰列索夫拿来酒，乐师一下子就喝了两杯。

"真是好酒！"他说。

"《忧郁曲》真是美妙的音乐！"杰列索夫说。

"哦，是啊，是啊，"阿尔培特笑着回答，"对不起，我不知道阁下是谁，您是伯爵还是公爵，您能不能稍微给我一点儿钱？"他停了停，"我一无所有……我是个穷人。我无法还您。"

杰列索夫脸红了，他有点儿不好意思，慌忙把凑的钱交给乐师。

"我很感谢您，"阿尔培特一把抓过钱，说，"现在我们来奏乐吧。您要听多少，我就给您拉多少。不过我要喝点儿什么，喝点儿什么。"

他站起来添加说。

杰列索夫又给他拿来了酒,并让他坐在自己旁边。

"请您原谅,我坦白对您说,"杰列索夫说,"我很欣赏您的才华。我觉得您的境况不太好,是吗?"

阿尔培特一会儿瞧瞧杰列索夫,一会儿瞧瞧走进屋来的女主人。

"如果您需要什么,"杰列索夫继续说,"我愿意为您效劳,如果您愿意在舍间住一段时候,我非常欢迎。我就一个人生活,我也许对您有点儿用处。"

阿尔培特笑笑,什么也没回答。

"您怎么不谢谢他,"女主人说,"当然,您这样是做了件好事,可我不劝您这样做。"她转身对杰列索夫说,不以为然地摇摇头。

"非常感谢您,"阿尔培特用汗湿的手握住杰列索夫的手说,"现在让我来拉支曲子吧。"

但其余的客人都准备走了,不管阿尔培特怎样挽留,他们还是往前厅走去。

阿尔培特向女主人告了别,戴上他那顶宽边旧礼帽,披上单薄的旧斗篷(这就是他过冬的全部衣服),同杰列索夫一起走到门口台阶上。

杰列索夫和这位新交坐上马车,闻到乐师身上那股难闻的酒味和肮脏的气味,他后悔自己的行为,责备自己太幼稚,心肠太软,考虑事情太轻率。再说,阿尔培特所说的话都很愚蠢庸俗,到了户外他又立刻显出可憎的醉态,使杰列索夫感到恶心。"叫我拿他怎么办呢?"他想。

马车走了一刻钟光景,阿尔培特就不作声了。他的帽子掉在脚下，整个身子倒在马车角落里，他打起鼾来。车轮在上冻的雪地上发出均匀的咯吱声，黎明淡淡的曙光透过结了冰花的车窗射进来。

杰列索夫回头瞧了瞧同车的人，那人的瘦长身子盖着斗篷，毫无生气地躺在他旁边。杰列索夫觉得，在这人身上摇晃着一个有黑色大鼻子的长脑袋，但凑近一看，才看出被他当作鼻子和脸的原来是头发，而真正的脸却在下面。他弯下腰去，才看清阿尔培特的相貌。那前额和宁静地抿着的嘴的美又使他吃惊。

杰列索夫直到早晨还没有睡觉，又听了那么使他兴奋的音乐，他的神经感到非常疲劳。他望着这张脸，又回到了昨夜窥见的那个欢乐世界，又想起了他幸福豪放的年华。于是他对自己的行为不再感到后悔。在这一刻，他真诚地热爱阿尔培特，并且下决心要为他做点儿好事。

四

第二天早上，杰列索夫被唤醒去上班，他看到旁边那架旧屏风、他的老仆和小桌上的座钟，觉得烦恼而惊奇。"除了这些永远待在我身边的东西，我还想看到什么呢？"他问自己。这时他想起了乐师的黑眼睛和幸福的微笑；而《忧郁曲》的旋律和昨夜奇怪的情景又在他的头脑里掠过。

但他没有工夫考虑他把乐师带回家来这件事是好是坏。他一面穿衣服，一面在心里安排这一天的活动。他拿了公文，吩咐了必要的家务，就匆匆穿上大衣和套鞋。他走过餐厅，往门里望了一眼。阿尔培特把脸埋在枕头里，穿着肮脏的破衬衫，伸开手脚沉睡在昨晚他烂醉如泥时被安置的皮沙发上。"总有点儿不对头。"杰列索夫不由地想。

"请你到波留佐夫斯基那儿去一下，说我要向他借小提琴给那乐师用一两天，"他吩咐仆人说，"等他醒了，你给他喝咖啡，把我的衬衣和旧衣服拿给他穿。总之，要好好招待他。麻烦你了。"

杰列索夫很晚回到家里，发现阿尔培特不在，感到很惊讶。

"他到哪儿去了？"他问仆人。

"他吃完饭就出去了，"仆人回答，"拿起小提琴就走了，他答应一小时后回来，可是到这会儿还没有回来。"

"唉！唉！真糟糕！"杰列索夫说，"扎哈尔，你怎么就让他走了？"

扎哈尔是从彼得堡带来的听差，伺候杰列索夫已有八年。杰列索夫是个举目无亲的单身汉，常常情不自禁地把自己的打算告诉他，并且喜欢每一件事都征求他的意见。

"我怎么敢不让他走呢，"扎哈尔玩弄着怀表上的小印章回答说，"德米特里·伊凡诺维奇，您要是关照我把他留在家里，我也不会让他走了。可您只说给他衣服穿。"

"唉！真糟糕！那么，我不在家，他在干什么？"

扎哈尔嗨地笑了一声。

"啊，德米特里·伊凡诺维奇，他可真称得上是个艺术家。他一醒来就要喝马德拉酒，后来一直跟厨娘和邻居家男仆鬼混。这人真可笑……不过脾气挺好。我给他送茶、端饭，他总不肯一个人吃，

阿尔培特| 039

老是请我一起吃。至于小提琴，拉得可好啦，这样的乐师就是伊兹列尔①那儿也很少。这样的人才可以留在我们这儿。他给我们拉了《沿伏尔加河顺流而下》，简直就像一个人在哭。太好了！楼上楼下的邻居都到我们门口来听。"

"那么，你给了他衣服没有？"主人打断他的话问。

"当然，我把您的睡衣给了他，还把我的大衣让他穿了。这样的人是应该帮助的，真是个讨人喜欢的人。"扎哈尔微微一笑说，"他老是问我您是几品官，有没有认识的要人，您有多少农奴。"

"嗯，行了，现在得先去把他找回来，以后再也别给他酒喝，要不对他更糟。"

"这倒是实话，"扎哈尔插嘴说，"看样子他身体很弱，从前我们家老爷也有这样一个管家……"

杰列索夫早就熟悉那个喝得烂醉如泥的管家的故事，不让扎哈尔再往下说，吩咐他准备过夜，并且差他去把阿尔培特找回来。

杰列索夫躺到床上，吹灭蜡烛，但好半天都睡不着，老是想着阿尔培特。"虽然会有许多朋友认为这一切很怪，"杰列索夫想，"但是一个人难得为别人做点儿事，因此有这样的机会得感谢上帝，我决不能错过。我一定要帮助他，尽我所能帮助他。也许他根本不是疯子，只是个酒鬼。这又花不了我多少钱，有一人的饭就够两个人吃饱。先让他在我这儿住，然后给他找个工作，或者开一次音乐会。先让他摆脱困境，以后瞧着办。"

这样考虑了一番，他感到扬扬自得。

"说真的，我可不是个坏人，完全不是个坏人，"他想，"同别人

---

① 伊兹列尔——彼得堡郊区一个专营矿泉水的老板，他常举行各种歌舞表演以招徕顾客。

相比，简直是个好人……"

他刚要睡着，就被前厅的开门声和脚步声吵醒。

"对了，我要对他严厉些，"他想，"这样好些，我得这么办。"

他打了一下铃。

"怎么样，把他带回来啦？"他问走进门来的扎哈尔。

"他这人真可怜，德米特里·伊凡诺维奇。"扎哈尔意味深长地摇摇头，闭上眼睛说。

"怎么，他喝醉了？"

"他太虚弱了。"

"小提琴在吗？"

"带回来了，是那位太太交给我的。"

"好，现在别让他到我这儿来，叫他睡觉，明天说什么也别让他出去。"

但没等扎哈尔出去，阿尔培特就走进屋来。

五

"您要睡了吗？"阿尔培特笑着说，"我刚才到安娜·伊凡诺夫娜家去了。今天晚上过得挺快活；弄弄音乐，说说笑笑，都是些有趣的伙伴。您让我喝杯什么吧，"他拿起桌上的长颈水瓶添加说，"就是不要水。"

阿尔培特同昨天一样：还是那好看的含笑的眼睛和嘴唇，还是那光洁的充满灵感的前额,以及衰弱的四肢。他穿着扎哈尔的大衣正合身,那清洁而没有浆过的睡衣长领子漂亮地围着他那细长白净的脖子,使他看上去具有一种天真无邪的神气。他坐到杰列索夫床上,默默地望着杰列索夫,露出快乐和感激的微笑。杰列索夫瞧瞧阿尔培特的眼睛,突然觉得自己又被他的笑容所感染。他不再想睡,也忘了要对他严厉些的决定,相反,想开心,想听音乐,想同阿尔培特亲切地聊聊天,一直聊到天亮。杰列索夫吩咐扎哈尔拿酒、纸烟和小提琴来。

"这太好了,"阿尔培特说,"还早呢,我们听听音乐吧,您想听多少曲子,我就给您拉多少。"

扎哈尔得意扬扬地拿来一瓶拉斐特红葡萄酒、两个杯子、阿尔培特爱吸的淡味纸烟和小提琴。但他并没听东家的吩咐去睡觉,自己点上一支雪茄,坐到隔壁屋里。

"我们还是聊聊吧。"杰列索夫对刚要拿起小提琴的乐师说。

阿尔培特顺从地坐到床上,又快乐地微微一笑。

"哦,好的,"他突然用手拍拍前额,露出担心和好奇的神色说。(他脸上的表情总是把他要说的话先表现出来。)"请问……"他沉吟了一下,"昨天晚上和您在一起的那位先生……您叫他 N 的,他是不是那位大名鼎鼎的 N 的儿子?"

"是他的亲生儿子。"杰列索夫回答,怎么也不明白阿尔培特怎么会对这件事感兴趣。

"这就对了,"他得意地笑着说,"我从他的举止上立刻就看出他有一种与众不同的贵族气派。我喜欢贵族,贵族身上有一种优美典雅的风度。还有那位舞跳得很好的军官我也很喜欢,他又风趣又高尚。他大概是 NN 副官吧？"

"哪一位呀？"杰列索夫问。

"就是跳舞时同我相撞的那一位。他准是个可爱的人。"

"不，他是个微不足道的家伙。"杰列索夫回答。

"哦，不对！"阿尔培特热情地替他辩护说，"他身上有一种非常讨人喜欢的气质。他是个出色的音乐家，"阿尔培特补充说，"他在那里演奏什么歌剧。我好久没有遇到过这样可爱的人了。"

"是的，他演奏得很好，但我不喜欢他的演奏，"杰列索夫说，想引对方谈谈音乐，"他不懂古典音乐，而唐尼采蒂①和贝里尼②，这可算不上音乐。您大概也是这么看的吧？"

"哦，不，不，对不起，"阿尔培特带着庇护的神色说，"旧音乐是音乐，新音乐也是音乐。新音乐里也有非常优美的乐曲，譬如《梦游女》《露契亚》的最后乐章，还有肖邦、《罗勃》③你说怎么样？我常常想……"他停了停，显然在集中思想，"要是贝多芬还活着，他听了《梦游女》一定会高兴得哭起来。从头到尾都很美。当维亚多④和鲁比尼⑤在这里的时候，我头一次听《梦游女》，那时候啊，"他说时眼睛闪闪发亮，两手做着手势，仿佛要从胸中掏出什么东西。"只要再加点儿什么，就叫人受不了啦！"

"那么，您觉得现在的歌剧怎么样？"杰列索夫问。

---

① 唐尼采蒂（1797—1848）——意大利歌剧作曲家。作有歌剧十七部，著名的有《拉美摩尔的露契亚》《帕斯夸莱先生》等。
② 贝里尼（1801—1835）——意大利歌剧作曲家。代表作有《诺尔玛》《梦游女》《清教徒》等。
③ 《罗勃》——德国作曲家梅耶贝尔（1791—1864）的歌剧《恶魔罗勃》。
④ 维亚多——法国女中音歌唱家。
⑤ 鲁比尼——意大利男高音歌唱家。

"博西奥①好,非常好,"他回答说,"非常美,就是不能打动这儿,"他指指凹陷的胸脯说,"歌唱家要有激情,可是她没有。她能使人快乐,却不能使人痛苦。"

"那么拉布拉什②呢?"

"我从前在巴黎听过他的《塞维利亚的理发师》③,当年他是举世无双的,可是现在他老了,不能再演出了,老了。"

"老有什么关系,他参加合唱还是挺好的。"杰列索夫谈到拉布拉什总是这么说。

"老怎么没有关系?"阿尔培特严厉地反驳说,"他不应该老。一个艺术家不应该老。艺术需要很多东西,但主要是火!"他说时眼睛熠熠发亮,两手向上举起。

他全身上下真的燃起了熊熊烈火。

"哦,天哪!"他突然说,"您不认识画家彼得洛夫吗?"

"不,不认识。"杰列索夫笑眯眯地回答。

"我真希望您能同他认识!您同他谈谈一定会感到愉快。他可懂得艺术啦!我以前常常在安娜·伊凡诺夫娜家遇见他,可现在她不知怎的生他的气。我真希望您能同他认识。他这人很有才华,很有才华。"

"怎么,他画画吗?"杰列索夫问。

"我不知道,好像不画了,但他原是个学院派画家。他的思想了不起!他有时谈论艺术,谈得可妙啦。哦,彼得洛夫很有才华,就

---

① 博西奥 —— 意大利女歌唱家。
② 拉布拉什 —— 意大利男低音歌剧演唱家。
③ 《塞维利亚的理发师》—— 意大利作曲家罗西尼(1792—1868)的歌剧。

是生活太放荡,真可惜。"阿尔培特笑着添加说。接着他从床边站起来,拿起提琴,调起弦来。

"那么,您早就不在歌剧院了吗?"杰列索夫问他。

阿尔培特回过头来,叹了一口气。

"唉,我实在没有办法,"他抱住头说。接着他又坐到杰列索夫旁边。"我老实对您说,"他几乎像耳语似的说,"我不能到那儿去,不能到那儿去演奏,我什么也没有,什么也没有,没有衣服,没有房子,没有小提琴。我的生活糟透了,糟透了!"他反复说。"我到那儿去干什么?去干什么?用不着,"他笑着说,"唉,《唐璜》[①]!"

他拍了一下脑袋。

"那么,什么时候我们一起去好吗?"杰列索夫说。

阿尔培特没有回答。他一跃而起,拿起小提琴,开始演奏《唐璜》第一幕的最后乐章,用他的音乐语言来叙述歌剧的内容。

当他奏出垂死的海盗的声音时,杰列索夫毛骨悚然。

"不行,我今天不能拉,"他放下小提琴说,"我喝得太多了。"

但接着他又走到桌旁,倒了满满一杯酒,一饮而尽,然后又在杰列索夫的床上坐下。

杰列索夫目不转睛地望着阿尔培特;阿尔培特偶尔笑笑,杰列索夫也笑笑。两人都不作声,但他们的目光和眼神却使他们的关系越来越亲密。杰列索夫觉得他越来越喜欢这个人,心里感到有说不出的高兴。

"您恋爱过吗?"杰列索夫突然问。

[①] 《唐璜》——奥地利作曲家莫扎特(1756—1791)的著名歌剧。

阿尔培特沉吟了一下，接着脸上露出苦涩的微笑。他向杰列索夫俯下身去，聚精会神地对他的眼睛瞧了瞧。

"您问我这个干什么？"他低声说，"不过我会把一切都告诉您的，我喜欢您，"他对杰列索夫望望，又回过头继续说，"我不愿骗您，我会原原本本讲给您听的。"他停住话头，他那双眼睛古怪地停住不动。"不瞒您说，我这人不够理智，"他突然说，"是的，安娜·伊凡诺夫娜大概对您说过。她对谁都说我是个疯子！这话不对，她这是说着玩的，她是个好心肠的女人，但我身体不太好确有一阵子了。"

阿尔培特又停住了，接着睁大眼睛直愣愣地望了望黑漆漆的门。

"您问我有没有恋爱过？是的，我恋爱过，"他扬起眉毛低声说，"那是很久以前的事，当时我还在剧院工作。我在歌剧里拉第二小提琴。她坐在左边包厢里。"

阿尔培特站起来，俯身对着杰列索夫的耳朵。

"不，何必把她的名字说出来呢？"他说，"您大概认识她，大家都认识她。我不作声，只是默默地望着她。我知道我是个穷乐师，可她是位贵夫人。这一点我很清楚。我只是望着她，没存什么妄想。"

阿尔培特沉思着，回忆着往事。

"这事是怎么发生的，我已经记不清了；只记得我被叫去拉小提琴给她伴奏。我算得了什么，一个穷乐师罢了！"他摇摇头含笑说。"哦，我不知道怎么说才好，不知道……"他抱住头添加说，"当时我是多么幸福！"

"那么，您常到她那儿去吗？"杰列索夫问。

"去过一次，只去过一次……但这得怪我自己，我简直疯了。我是个穷乐师，可她是位贵夫人。我什么话都不该对她说。可我简

046 | 魔鬼

直疯了，我干了蠢事。从那时起我全完了。彼得洛夫对我说得对：我只在剧院里看见她就好了……"

"您到底干了什么啦？"杰列索夫问。

"哦，慢一点儿，慢一点儿，这我不能说。"

他双手捂着脸，沉默了好一会儿。

"那天我去乐队迟到了。那天晚上我跟彼得洛夫一起喝了酒，我心烦意乱。她坐在包厢里，正跟一位将军谈话。我不知道那位将军是谁。她坐在包厢边上，双手放在栏杆上；她穿着一身雪白的连衣裙，脖子上挂着一串珍珠。她同他说话，眼睛却望着我。她对我望了两次。她的发型真是迷人，我没有拉琴，却站在低音提琴旁边瞧着她。这时我第一次感到神魂颠倒。她对将军微微一笑，又对我望望。我觉得她是在说我，于是我突然发觉我不在乐队里，而是在包厢里，站在她旁边，握着她的手，握着这个地方。这是怎么一回事？"阿尔培特停了停，问。

"这是幻觉。"杰列索夫说。

"不，不……我说不明白，"阿尔培特皱起眉头说，"我那时已很穷，没有住处，所以我去剧院，有时就在那里过夜。"

"怎么？在剧院里？在黑暗的空荡荡的大厅里？"

"唉！我不怕您笑话。哦，等一下。当大家都走了，我就走到她坐过的包厢里，在那儿睡觉。这是我唯一的乐趣。我在那里度过了多少个美好的夜晚！不过有一次我又犯病了。夜里我精神恍惚，看见许多东西，但我不能把这许多都讲给您听。"阿尔培特垂下眼睛，瞧着杰列索夫。"这是怎么一回事？"他问。

"真怪！"杰列索夫说。

"不，慢一点儿，慢一点儿！"他凑近杰列索夫的耳朵低声说，

阿尔培特 | 047

"我吻着她的手,站在她旁边哭,还跟她说了许多话。我闻到她身上的香水味,听见她的声音。她一个晚上跟我说了许多话。然后我悄悄拿起琴,轻轻地拉起来。我拉得好极了。可是我感到害怕。我不信那些荒唐的话,可是我为我的头脑担忧,"他说,亲切地笑着,同时摸摸前额,"我为我可怜的头脑担忧,我觉得我的脑子出了毛病。也许这没有关系吧?您觉得怎么样?"

两人沉默了几分钟。

> 即使浮云遮住太阳,
> 太阳还是永远明亮。①

阿尔培特温和地笑着,唱道。"是不是这样?"他又加了一句。

> 我也生活过,我也享受过。②

"唉,要是彼得洛夫老头儿在,他就会给您解释清楚了。"

杰列索夫不作声,恐惧地瞧着对方激动的苍白的脸。

"您知道《尤利斯特圆舞曲》③吗?"阿尔培特叫道,没等他回答,就一跃而起,抓起小提琴,拉起这支快乐的圆舞曲来。他忘情地拉着琴,仿佛觉得整个乐队在为他伴奏。他面带笑容,摇晃着身子,挪动双脚,拉得非常出色。

---

① 摘自德国作曲家韦伯(1786—1826)的歌剧《魔弹射手》,原文是德语。
② 摘自舒伯特(1797—1828)谱曲的席勒的诗《少女的哀叹》,原文是德语。
③ 《尤利斯特圆舞曲》——约翰·斯特劳斯的圆舞曲。

"哦，真开心！"他拉完曲子，挥了挥提琴说。

"我要走了，"他默默地坐了一会儿，说，"您不去？"

"去哪儿？"杰列索夫惊奇地问。

"再到安娜·伊凡诺夫娜家去，那儿快活，人多，热闹，又有音乐。"

杰列索夫开头差点儿同意，但仔细一想，还是劝阿尔培特今晚别去。

"我只去一会儿。"

"真的，您还是别去。"

阿尔培特叹了口气，放下提琴。

"那么，不去了？"

他又望望桌子（酒没有了），就道了晚安，走了。

杰列索夫打了打铃。

"注意，不经我许可，别放阿尔培特先生出去。"他对扎哈尔说。

六

第二天是假日。杰列索夫醒来后坐在客厅里喝咖啡，看书。阿尔培特在隔壁屋子里还没有动静。

扎哈尔小心地打开门，往餐室里望了望。

"您准不会相信，德米特里·伊凡诺维奇，他就这么睡在光光的沙发上！身下什么也没铺，真的。简直像个小孩子。真是个卖艺的。"

十一点多钟，门里传出来哼哼声和咳嗽声。

扎哈尔又走进餐室。于是主人听见扎哈尔和气的声音和阿尔培特微弱的请求声。

"喂,什么事?"扎哈尔出来时,主人问。

"他感到无聊,德米特里·伊凡诺维奇,他不肯洗脸,脸色阴沉,一直要酒喝。"

"哼,既然决定了,就得坚持到底。"杰列索夫自言自语。

他吩咐不给阿尔培特酒喝,又拿起书来看,但又情不自禁地倾听着餐室里的动静。那里毫无动静,只偶尔传出重重的咳嗽声和吐痰声。过了两小时,杰列索夫穿好衣服,出门之前决定去看看这个借宿的人。阿尔培特一动不动地坐在窗口,两手托着头。他回头看了看。他脸色枯黄,皱纹累累,不仅闷闷不乐,而且愁容满面。他想笑笑表示问候,但脸上的表情更加凄苦。他仿佛要哭出来。他吃力地站起来,鞠了一躬。

"要是可以,给我一小杯伏特加就行,"他恳求说,"我身子太虚了……对不起!"

"您最好还是喝杯咖啡提提神。我劝您喝咖啡。"

阿尔培特的脸顿时失去天真的神色,他冷冷地茫然望望窗外,颓然跌坐在椅子上。

"您不想吃点儿早饭吗?"

"不,谢谢,我吃不下。"

"您要是想拉拉琴,那倒不会妨碍我的。"杰列索夫把小提琴放在桌上说。

阿尔培特带着轻蔑的微笑瞧了瞧小提琴。

"不,我身子太虚了,拉不动。"他说着把琴推开。

以后，不论杰列索夫说什么，请他出去走走，晚上去看戏，他只是顺从地点点头，执拗地不作声。杰列索夫坐车出去，拜访了几位朋友，在别人家里吃了午饭，直到看戏之前才回家换衣服，同时看看乐师在做什么。阿尔培特坐在黑暗的前厅，双手托住头，望着生火的炉子。他穿得整整齐齐，脸洗得干干净净，头发也梳过了，但他的眼睛暗淡无光，死气沉沉，样子显得比早晨还要软弱和疲劳。

"哦，阿尔培特先生，您吃过饭了吗？"杰列索夫问。

阿尔培特点点头表示吃过了，接着瞧了瞧杰列索夫的脸，怯生生地垂下眼睛。

杰列索夫感到有点儿难堪。

"今天我跟剧院经理谈起您，"他说，也垂下眼睛，"他很愿意聘请您，只要您能听他的话。"

"谢谢您，我拉不动。"阿尔培特喃喃地说，接着就回到自己屋里，随手轻轻地把门关上。

几分钟后，门把手同样轻轻地转动了一下，阿尔培特拿着小提琴出来。他恶狠狠地瞪了杰列索夫一眼，把小提琴往椅子上一放，又进去了。

杰列索夫耸耸肩膀，微微一笑。

"我还有什么办法呢？我到底错在哪里？"他想。

"喂，乐师怎么样？"晚上他很晚回家，第一句就这样问。

"很糟！"扎哈尔简短地大声回答。"他一直唉声叹气，咳嗽，什么话也不说，只是一连四五次向我讨伏特加喝。我只给了他一杯。要不然，德米特里·伊凡诺维奇，我们会毁了他的，就像管家那样……"

"那么，他没拉琴吗？"

"连碰也没碰。我把琴给他送去过两三次,他就轻轻地拿起,又把它送出来,"扎哈尔含笑回答,"那么,酒给不给他喝?"

"不,再过一天,看情况再说。他现在在干什么?"

"他一个人关在客厅里。"

杰列索夫走到书房,挑了几本法文和一本德文《福音书》。

"明天把这些书放在他屋里,注意别让他出去。"他对扎哈尔说。

第二天早晨,扎哈尔报告主人,乐师一夜没睡,一直在房子里走来走去。他走进餐具室,想打开酒柜,但扎哈尔很仔细,把柜子都锁上了。扎哈尔说,他假装睡着,只听见阿尔培特在黑暗中自言自语,挥动双手。

阿尔培特一天比一天忧郁和沉默。他看来怕杰列索夫,当他们的目光相遇时,他的脸上就现出病态的恐惧。他不拿书,不拿琴,不回答人家向他提出的任何问题。

乐师来后第三天,杰列索夫深夜才回家。他身体疲劳,心情恶劣。他坐车跑了一整天,为一件看来很简单的事奔走,尽管费了很大力气,事情却毫无进展。这种情况是常有的。此外,他在俱乐部打惠斯特牌输了钱,情绪很坏。

"哼,让他去吧!"他听扎哈尔说到阿尔培特的可悲情况,这样回答,"明天我要他明确答复:他愿不愿住在我家里,并听从我的劝告?不愿意,那就听便。我可是已尽了我的力了。"

"这就是为人做好事的结果!"他暗自想,"我把这肮脏的家伙留在家里,带来不少麻烦,弄得上午不能接待生客,为了他到处奔走,可他却把我看成为了自己快乐而把他关在家里的坏蛋。主要是他一点儿也不为自己努力一番。他们(这里'他们'是指一般人,尤其是指今天同他打交道的人)都是这样的,现在拿他怎么办呢? 他在想些什么? 有什么舍不得? 舍不得放弃我把他从那里拉出来的放荡生活吗? 舍不得丢弃他原来的屈辱吗? 舍不得摆脱我把他从那里挽救出来的极端贫困吗? 看来他堕落得太深了,以至不能正视规规矩矩的生活……"

"不,这是幼稚的行为,"杰列索夫暗自想,"我连自己都管不好,哪里还谈得到改造别人。"他想立刻就放他走,但想了想,决定到明天再说。

夜里,杰列索夫被前厅桌子翻倒的声音、说话声和脚步声吵醒。他点上蜡烛,惊讶地留神倾听……

"您等着,我要告诉德米特里·伊凡诺维奇。"扎哈尔说。阿尔培特激动而断断续续地咕噜着什么。杰列索夫一骨碌爬起来,拿着蜡烛跑进前厅。扎哈尔穿着睡衣当门站着,阿尔培特身披斗篷,头戴礼帽,想把他从门口推开,声泪俱下地对他嚷道:"您不能不让我走! 我有身份证,我没有拿过你们家一针一线! 您可以搜查! 我要去找警察局长!"

"对不起,德米特里·伊凡诺维奇!"扎哈尔对主人说,仍用背挡着门。"他夜里起来,在我大衣袋里找到钥匙,把一瓶加糖的伏特加统统喝光了。这像话吗? 现在他又要走。我没有得到您的吩咐,所以不能让他走。"

阿尔培特一看见杰列索夫,就更加逼近扎哈尔。

"谁也不能扣留我! 谁也没有这个权利!"他嚷道,嗓门越来越大。

"您让开,扎哈尔,"杰列索夫说,"我不扣留您,我也不能扣留您,但我还是劝您留到明天。"他对阿尔培特说。

"谁也不能扣留我! 我要去找警察局长!"阿尔培特叫得越来越响,而且只对扎哈尔叫嚷,眼睛不瞧杰列索夫。"救命啊!"他突然狂叫起来。

"您这么嚷嚷干什么？谁也没有留您。"扎哈尔打开门说。

阿尔培特不再叫嚷。"办不到吧？想要我的命。办不到！"他一边穿套鞋，一边喃喃地说。他不向谁告辞，嘴里喃喃地说个不停，走出门去。扎哈尔拿着蜡烛送他走到大门口，就回来了。

"感谢上帝，德米特里·伊凡诺维奇！要不早晚会闹出事情来的，"他对主人说，"现在得查点一下银器。"

杰列索夫只摇摇头，什么也没有回答。他历历在目地想起同乐师共度的头两个晚上，想起由于他的过错而使阿尔培特在这儿度过的几天不痛快的日子，主要是想起初次见到这个怪人在他心里唤起的惊讶、怜爱和同情交织的甜蜜感情，他不禁可怜起他来了。"现在叫他怎么办呢？"他想，"没有钱，没有暖和的衣服，深更半夜孤零零一个人……"他想派扎哈尔去追他，但已经晚了。

"外面冷吗？"杰列索夫问。

"冷得厉害，德米特里·伊凡诺维奇，"扎哈尔回答，"我忘了向您禀报，开春以前还得买点儿木柴。"

"你不是说足够了吗？"

七

外面确实很冷，但阿尔培特并不觉得冷，这是因为他喝了酒，又吵了一架，浑身感到很热。

他走到街上，回头望了望，快乐地搓搓手。街上空荡荡的，一长排路灯还发出红光,天上星光灿烂。"怎么样?"他对着杰列索夫家灯光明亮的窗子说,接着双手插进斗篷里面裤袋里,弯曲的身子向前冲着,迈着沉重踉跄的步子向街道右边走去。他感到两腿和胃里都非常沉重,头脑里嗡嗡作响,一种无形的力量使他左右摇晃,但他还是朝安娜·伊凡诺夫娜家的方向走去。他的头脑里掠过种种奇怪的不连贯思想。他忽而想起刚才同扎哈尔的争吵,忽而不知怎的想起大海和他乘轮船初次抵达俄国的情景,忽而想起同一个朋友顺路在一家小酒店里度过的快乐夜晚,忽而心里唱起一支熟悉的曲子,他想起了热恋的对象和剧院里那个可怕的夜晚。尽管这些回忆都不连贯,它们却鲜明地浮现在他的眼前,他闭上眼睛,不知道什么更真实:是他所做的还是他所想的? 他不记得也没有感觉到他怎样勉强举步,怎样跟跟跄跄撞在墙上,怎样茫然四顾,怎样走过一条条街道。他只记得和感觉到,他的浮想古怪离奇,错综交织,层出不穷。

阿尔培特在走过小滨海街时绊了一跤。他猛地清醒过来,看到前面有一座雄伟豪华的建筑物,就继续向前走去。天上没有星星,没有曙光,没有月亮,街上也没有路灯,但各种物体却显得清清楚楚。那座矗立在街头的建筑物,窗内灯火通明,但那些灯火却像倒影似的不断晃动。这座建筑物越来越近,越来越清楚地呈现在阿尔培特面前。但他一走进宽阔的大门,里面的灯火就熄灭了。房子里黑漆漆的。拱顶下重重地回响着孤独的脚步声。当他走近时,一些影子就溜掉了。"我上这儿来干什么?"阿尔培特想,但有一种不可抗拒的力量把他向前拉去,拉到大厅深处……那里有一座高台,周围默默地站着些矮小的人,"谁要讲话?"阿尔培特问。没有人回答,只有一个人向他指指高台。这时台上已站着一个瘦瘦的高个子,头发硬得像鬃毛，身上穿着一件花袍。阿尔培特立刻认出是自己的朋友彼得洛夫。"真奇怪，他怎么会在这儿？"阿尔培特想。"不，弟兄们！"彼得洛夫指着一个人说，"你们不了解这位生活在你们中间的人！他不是一个卖艺的，不是一个机械的琴师，不是一个疯子，不是一个堕落的人。他是一位天才，一位伟大的音乐天才，但在你们中间不被注意，不受重视，因而被断送了。"阿尔培特立刻明白他的朋友说的是谁，但不想使他难堪，只谦逊地垂下头。

"他好像一根干草，被我们大家所侍奉的圣火烧成灰烬，"那个声音继续说，"但他完成了上帝赋予他的全部使命，因此他应该被称为伟人。你们可以轻视他，折磨他，侮辱他，"声音越来越响，"但他过去、现在和将来都比你们大家崇高得多。他幸福，他善良。他待人一视同仁，一样地爱人或蔑视人，他只为上帝交给他的使命工作。他只爱一样东西，那就是美 —— 世界上唯一的绝对幸福。对，他就是这样一个人！你们都在他面前跪下！"他大声叫道。

但是，从大厅对面角落里轻轻响起另一个声音。"我不愿给他下跪。"那个声音说，阿尔培特立刻听出那是杰列索夫的声音。"他有什么伟大？为什么我们要给他下跪？难道他的行为规矩正派吗？他给社会带来过益处吗？难道我们不知道他怎样借钱不还，怎样从同事那里拿走小提琴上当铺吗？（"天哪，他什么都知道！"阿尔培特想，头垂得更低了。）难道我们不知道他怎样奉承最卑鄙的人，为了几个钱去奉承他们？"杰列索夫继续说。"难道我们不知道他怎样从剧院里被赶出来，安娜·伊凡诺夫娜怎样想把他送交警察局吗？（"天哪！这一切都是真的，但请你替我辩护吧，只有你知道我为什么要这样做。"）"

"不要再说了，真不害臊，"彼得洛夫的声音又响了，"你们有什么权利责备他？难道你们过过他的生活吗？你们有他那样的灵感吗？（'对，对！'阿尔培特喃喃说。）艺术是人的能力的最高表现。艺术只赋予极少数精英，并把他们提升到令人头晕目眩的高处，普通人是很难在那里生活的。艺术也像一切斗争那样有自己的英雄，他们为事业奉献一切，往往没有达到目的就牺牲了。"

彼得洛夫静默了，阿尔培特抬起头来，大声叫道："对！对！"但他的叫嚷没有声音。

"这事同您无关，"画家彼得洛夫严厉地对他说。"哼，你们侮辱他，蔑视他，"他继续说，"但他是我们中间最优秀最幸福的人！"

阿尔培特听了这句话心花怒放，忍不住走到朋友跟前，想亲吻他。

"滚开，我不认识你，"彼得洛夫回答，"走你自己的路，要不你要走不到了……"

"瞧你醉成什么样子！你走不到家了。"十字路口有个岗警对他叫道。

阿尔培特站住，提起精神，竭力不东摇西晃，拐进胡同。

离安娜·伊凡诺夫娜家只剩几步路了。她家的灯光从门廊射到院子里的积雪上。门口停着雪橇和马车。

他用冻僵的双手抓住栏杆，跑上台阶，打了打铃。

一个女仆睡眼惺忪地从门上小窗里探出头来，怒气冲冲地瞅了一眼阿尔培特。"不行！"她吆喝道，"东家吩咐不让你进来。"说完就砰的一声把小窗关上。台阶上听见音乐声和女人的说话声。阿尔培特就地坐下，头靠着墙，闭上眼睛。就在这一刹那，许多不相连贯而亲切动人的幻影更强烈地包围了他，把他卷进它们的浪潮，并把他带到一个自由美丽的幻想世界。"是的，他是天下最优秀最幸福的人！"这句话不觉又涌上他的脑海。门里传出波尔卡舞曲的音乐。这些音乐也说，他是天下最优秀最幸福的人！附近教堂里传出钟声，这钟声也说："是的，他是天下最优秀最幸福的人。"阿尔培特想："我现在是不是再到大厅里去，彼得洛夫还有许多话要跟我说呢。"但大厅里已一个人也没有了，站在高台上的不是画家彼得洛夫，而是阿尔培特自己。他自己在小提琴上奏出刚才说的话。但这是一把很古怪的小提琴，全部用玻璃制成。而要它发出声音，必须双手抱着它，慢慢把它紧贴在胸前。声音那么柔和，那么悦耳，阿尔培特从来没有听见过。他把琴抱得越紧，心里越感到快乐和甜蜜。声音越是洪亮，阴影消散得越快，大厅的墙壁就被强烈的光芒照得越亮。但演奏这琴必须非常小心，免得把它压碎。阿尔培特拉这玻璃提琴拉得非常小心，非常动听。他认为他奏出了谁也不可能再听到的美妙音乐。当另一个遥远的低沉的声音吸引他的注意时，他已感到疲劳。这是钟声，但在远处高亢地说："是的，你们觉得他很可怜，你们瞧不起他，可他是天下最优秀最幸福的人！再不会有人奏这种乐器了。"

阿尔培特突然觉得这些熟悉的话非常精辟，非常新颖，非常公正。他停止演奏，竭力一动不动，举起双手，抬头望着天空。他觉得自己心旷神怡，十分幸福。尽管大厅里一个人也没有，阿尔培特却挺起胸膛，傲然昂起头，站在台上，让大家都能看到他。突然有人用手碰碰他的肩膀，他转过身来，在昏暗中看见一个女人。她伤心地望着他，不以为然地摇摇头。他立刻明白他的行为不对，他感到害臊。"您到哪儿去？"他问她。她再次长久地凝视着他，然后伤心地低下头。她就是他所热爱的人，她穿的还是那件衣服，雪白丰满的脖子上挂着一串珍珠项链，好看的手臂露到臂肘以上。她拉住他的手，带他走出大厅。"出口在那边。"阿尔培特说，但她笑笑没有回答，继续带他往外走。迈过大厅门槛时，阿尔培特看见了月亮和水。但水不像通常那样在下面，月亮也不像通常那样在上面：一轮明月照例停留在一个地方。月亮和水融成一片，上下左右，在他们俩周围，到处都是月亮和水。阿尔培特同她一起跳进月亮和水里，他明白现在他可以拥抱天下他最爱的人了。他拥抱她，感到无限幸福。"我是不是在做梦？"他问自己，但是不！这是现实，比现实更真切，这是现实加上回忆。他觉得，他此刻所享受的无法形容的幸福已经过去，而且一去不回。"我在哭什么呀？"他问她。她默默无言，凄苦地对他望望。阿尔培特明白她这是什么意思。"既然我活着，那又有什么呢。"他说。她没有回答，一动不动地望着前方。"这太可怕了！怎样向她说明我还活着？"他恐怖地想。"天哪！我还活着，您要了解我！"他喃喃地说。"他是天下最优秀最幸福的人。"一个声音说。可是有一样东西越来越沉重地压在阿尔培特身上。这是月亮和水呢，还是她的拥抱，还是眼泪，他不知道，但他感到他说不出要说的话，而且一切都快结束了。

两位客人从安娜·伊凡诺夫娜家出来，正好看见阿尔培特直挺挺地躺在门槛上。其中一位回去叫女主人出来。

"啊，这太造孽了，"他说，"您竟把一个人冻成这个样子。"

"哦，原来是阿尔培特，瞧他坐在什么地方。"女主人回答。"喂，安奴施卡！快把他抬到屋里去。"她吩咐女仆说。

"我还活着，怎么要埋葬我啊？"阿尔培特精神恍惚地被抬进屋里去的时候喃喃地说。

一八五八年二月二十八日

家庭幸福

第 一 部

一

母亲在秋天去世了。我跟卡嘉和宋尼雅为她服丧,整个冬天都在乡下度过。

卡嘉是我家的老朋友,是把我们俩带大的家庭教师,自从我记事的时候起,我就记得她,爱她。宋尼雅是我的妹妹。我们在波克洛夫斯科耶老家度过一个阴郁凄凉的冬天。天气寒冷,刮风,积雪堆得比窗子还高,窗子几乎一直结着冰花,整个冬天我们哪儿也没去。难得有人来看我们,就是有人来,也没给我们增添欢乐。家里的人都愁容满面,轻声说话,仿佛生怕吵醒什么人,谁也不笑,看到我,特别是看到穿黑色丧服的宋尼雅,总是叹息,流泪。家里仍笼罩着死的阴影,空气里弥漫着死的悲伤和恐怖。妈妈的房间锁着。每当我去睡觉走过那个房间时,心里总感到害怕,但又忍不住要朝这个阴冷的空房间看一眼。

我当时十七岁。妈妈去世那年,她原想搬到城里,带我进社交界。丧母对我来说是非常伤心的事,但我得承认,除了这种伤心之外,我还感觉到,正像大家所说的那样,我年轻美丽,却在荒僻的乡下虚度第二个冬天。冬天快结束时，这种孤独的忧郁和难堪的寂寞越来越增加，以至我懒得走出房门，懒得打开钢琴，懒得拿起书本。每当卡嘉劝我弹琴或读书时，我总是回答说：没兴致，不想动，心里却在说：何必呢？既然我最好的年华都虚度了，何必还要做什么事呢？何必呢？而对何必呢这个问题，我没有别的回答，只有眼泪。

人家说，我在这段时间里瘦了，变得难看了，但我对此毫不在乎。何必要好看呢？又为了谁呢？我觉得，我这辈子只能在这种孤苦伶仃、寂寞凄凉中度过，我孤零零的一个人，既没有力量摆脱这样的处境，也不想摆脱。冬天快结束的时候，卡嘉替我担心，决心一定要带我出国。但这需要钱，而我们简直不知道母亲死后还剩下什么。我们天天盼望那位监护人来，他一来就会替我们理清家产。

三月间监护人来了。

"哦，感谢上帝！"有一天，当我没有事情、没有思想、没有愿望像幽灵一般在屋里来回踱步时，卡嘉对我说："谢尔盖·米哈伊雷奇来了，他派人来向我们问好，要来吃午饭。你快打起精神来，我的小玛莎，要不他对你会有什么想法呢？他是很喜欢你们俩的。"

谢尔盖·米哈伊雷奇是我家的近邻，也是先父的朋友，虽然他比我父亲年轻得多。他的到来会改变我们的计划，使我们有可能离开乡下。再说，我从小就喜欢他，尊敬他。卡嘉劝我打起精神来，她猜到，在所有熟人中，我最怕给谢尔盖·米哈伊雷奇留下坏印象。我像家里所有的人（从卡嘉和他的教女宋尼雅到车夫）那样，出于习惯喜欢他。此外，母亲生前当着我的面说过一句话，她说，她希望我有一个像他那样的丈夫，因此他对我就具有特殊的意义。当时我觉得这话很怪，甚至有点儿不愉快：我心目中的白马王子可完全不是这个样。我心目中的白马王子是清瘦、苍白而忧郁的。可谢尔盖·米哈伊雷奇呢，他年纪已不轻，体格又魁梧，而且我觉得他是个乐天派。虽然如此，母亲的那句话还是印进了我的脑子。六年前，当时我才十一岁，他跟我说话毫无拘束，和我嬉戏，叫我紫罗兰姑娘，我有时不无忧虑地自问：万一他要娶我，那可怎么办？

那天午饭（卡嘉给这顿午饭添了奶油点心和菠菜泥）前，谢尔盖·米哈伊雷奇来了。我从窗口看见他坐小雪橇跑来，他一拐弯，我就连忙跑进客厅，想装出完全没有料到他会来的样子。但一听见前厅里他皮靴的咯咯声、他那洪亮的嗓音和卡嘉的脚步声，我就忍不住跑出去迎接他。他拉着卡嘉的手，面露笑容，大声说话。他一看见我就站住，没有鞠躬，瞧了我一会儿。我感到怪不好意思，脸都红了。

"哦，难道是您吗？"他语气果断而随便地说，张开两臂向我走过来。"变化怎么这样大！您真的长大了！哪里还是紫罗兰！您已是一朵美丽的玫瑰了！"

他用一只大手握住我的手，握得那么有劲，那么真诚，只是没有把我握痛。我以为他会吻我的手，就向他弯下腰去，但他只是又握了握我的手，目光坚定而快乐地对我的眼睛望了望。

我有六年没看见他了。他变得很多，老了，黑了，还留着同他不相称的络腮胡子，但他那平易近人的态度，他那诚实开朗、相貌堂堂的脸，他那双聪明有神的眼睛，以及孩子般亲切的微笑，还是同原来一样。

五分钟后，他不再拘束，成了我家的自己人，就连仆人都十分欢迎他的来临，这从他们殷勤的态度上看得出来。

他的举动一点儿不像母亲去世后来访的邻居，他们认为在我家应该保持沉默，陪我们流泪。他恰恰相反，有说有笑，快快活活。只字不提母亲的事。这种冷漠的态度起初使我觉得奇怪，而且就他这样一个亲近的人来说，简直有点儿不礼貌。但后来我明白，这不是冷漠，而是诚恳，为此我很感激他。

　　晚上，卡嘉坐在客厅的老位子上给大家倒茶，就像妈妈在世时那样；我跟宋尼雅坐在她旁边；老仆格里戈利给他找来爸爸生前用过的一只烟斗，他就照例抽着烟，在屋子里来回踱步。

　　"想不到这个家会发生这么多可怕的变化！"他站住说。

　　"是啊。"卡嘉叹了一口气说，接着盖上茶炊盖，对他瞧瞧，差点儿哭出来。

　　"我想，您还记得你们的爸爸吧？"他问我说。

　　"不大记得了。"我回答。

　　"要是现在他能和你们在一起，那该多好！"他低声说，若有所思地望着我的前额。"我非常喜欢你们的爸爸！"他更低声地添加说。我觉得他的眼睛变得更亮了。

　　"可现在上帝又把她召去了！"卡嘉说，立刻把餐巾放在茶壶上，掏出手帕，哭起来。

　　"是啊，这家里的变化真可怕，"他转过脸去，又说，"宋尼雅，把你的玩具给我瞧瞧。"过了一会儿他说，说完走出大厅。等他一出去，我热泪盈眶，瞧了瞧卡嘉。

　　"他真是个很好的朋友！"卡嘉说。

　　真的，这位非亲非故的好人的同情使我感到温暖和快乐。

　　客厅里传来宋尼雅的尖叫声和他同她的笑闹声。我叫仆人给他送茶去，只听得他坐到钢琴旁，把着宋尼雅的小手按着琴键。

"玛莎小姐！"传来他的声音，"您来给我们弹点儿什么！"

他用这么友好随便而又带命令的口吻对我说话，使我感到高兴。我站起来，走到他那儿。

"您就弹这个吧，"他打开贝多芬的乐谱，指着《恰如幻想曲》[①]奏鸣曲的柔板说，"让我们听听您弹得怎么样。"他添加说，拿着茶杯走到客厅的一角。

不知怎的，我觉得无法拒绝他的要求，也不能推说自己弹得不好；我顺从地在钢琴前坐下，尽我的能力弹起来，虽然我怕他做出评价，因为我知道他懂音乐也喜欢音乐。柔板很适合我们喝茶谈天、回忆往事的气氛，而我似乎也弹得不错。但他不让我弹谐谑曲。"不，这个您弹不好，"他走到我跟前说，"别弹这个，但第一乐章您弹得不坏。看来，您懂音乐。"这种恰如其分的赞扬使我高兴得脸都红了。我感到新鲜和愉快的是，他这个父亲的朋友和同辈，单独跟我一本正经地谈话，不再像从前那样把我当孩子看待。这时，卡嘉上楼去安顿宋尼雅睡觉，客厅里只剩下我们两人。

他对我讲到我的父亲，讲到他们怎么成为朋友，当我还在念识字课本、玩玩具时他们过得多么愉快。通过他的讲述，我的头脑里第一次出现了父亲平易近人的可爱形象，这是我以前所不知道的。他还问我爱好什么，读些什么书，打算做什么，还给我出主意。现在，他对我来说已不是个爱开玩笑、爱逗弄我的乐天派，而是个严肃热情而又平易近人的人，我不由得对他产生了敬意和好感。同他说话，

[①] 原文是意大利文。

我感到轻松愉快，同时又不免有点儿紧张。我说每句话都有点儿顾虑，我作为父亲的女儿已获得他的好感，但我希望以我自身的优点来赢得他的喜欢。

卡嘉安顿宋尼雅睡下后，走过来加入我们的谈话。她对他说我总是没精打采，这一点我自己对他只字没提。

"原来她没把最重要的事告诉我。"他责备似的摇摇头，笑眯眯地对我说。

"这有什么可说的！"我说，"这事很无聊，而且快过去了。"（现在我真的觉得，我的苦闷不是即将过去，而是已经过去，甚至根本不曾有过。）

"做人不能忍受孤独，这可不好，"他说，"难道您是位小姐吗？"

"我当然是小姐。"我笑着回答。

"我看，您是个庸俗的小姐，人家欣赏您，您就有劲，等到只剩下一个人，您就没精打采，什么兴致也没有，您活着只是为了让人家欣赏，可完全不是为了自己。"

"您对我的看法不错呀。"我没话找话。

"不！"他沉吟了一会儿说，"难怪您像您父亲，您有点儿像他。"他那善良亲切的眼神使我又高兴又羞怯。

直到这时我才发现，他那快乐的相貌给人的第一个印象就是他那独特的眼神，这眼神最初开朗，然后越来越深沉，而且含有几分忧郁。

"您不应该、也不可以觉得无聊，"他说，"您有您懂得的音乐，有书，您可以学习，您前途无量。现在应该努力，免得将来后悔。再过一年就太晚了。"

他同我说话就像父亲或者叔叔,但我觉得他在竭力像平辈那样待我。我感到又生气又高兴,生气的是他把我看得比自己低;高兴的是,他就是为了我一人竭力想显得与本来不一样。

晚上其余的时间他同卡嘉谈家务。

"好,再见,亲爱的朋友们。"他站起来说,走到我面前,握住我的手。

"我们什么时候再见?"卡嘉问。

"春天,"他回答时仍旧拉住我的手,"现在我要到达尼洛夫卡(我家的另一个村子)去,到那边去了解一下情况,尽可能做些安排,然后去莫斯科,办点儿私事,到夏天我们就可以常常见面了。"

"为什么要这么久?"我十分伤心地说;说实话,我已希望天天都能见到他,我觉得舍不得他走,担心我又会感到忧郁。这种心情一定在我的眼神和语调里流露出来。

"是的,您应该多用功,不要闷闷不乐。"他说,我觉得他的语气太冷漠平淡。"到春天我要来考您。"他添加说,放下我的手,眼睛没看我。

我们在前厅里送他,他匆匆穿上皮大衣,目光还是避开我。"他何必这样呢!"我想,"难道他以为他瞧瞧我,我就那么得意吗?他是个好人,是个很好的人……但也仅此而已。"

不过那天晚上我和卡嘉好久都没有睡着,一直谈着话,不是谈他,而是谈我们今年怎样消夏,到哪儿过冬和怎样过冬。"何必呢?"那个可怕的问题已不再在我头脑里出现。我觉得非常简单明了的是,活着就是为了幸福,而且在我的想象中未来充满着幸福。我们这座阴暗的波克洛夫斯科耶老宅仿佛突然变得生气蓬勃,

家庭幸福 | 069

充满了阳光。

二

转眼又是春天。我原先的苦闷过去了,代替它的是春天的期待,充满朦胧的希望和憧憬。虽然我的生活已不像初冬那样,我教宋尼雅读书,自己弹弹琴,看看书,但我还是常去花园,独自在小径上长久地徘徊,或者坐在长凳上,天知道在胡思乱想些什么,憧憬着什么。有时,尤其是在月夜,我通宵达旦凭窗坐在屋里,有时我只穿一件短袄,瞒着卡嘉,悄悄来到花园,踏着露水跑到池塘边。有一次我甚至走到野外,独自在夜里绕着花园兜了一圈。

现在我很难记起和理解当时充满我头脑里的胡思乱想。就是记起来,也很难相信这竟是我的梦想,因为它们实在太荒诞离奇了。

五月底,谢尔盖·米哈伊雷奇结束旅行,如期回来。

他第一次来我家是在傍晚,当时我们完全没有想到他会来。我们正坐在凉台上准备喝茶。花园已是一片郁郁葱葱,夜莺已在茂密的花坛里筑了巢,直到圣彼得节[①]都栖居在这儿。一丛丛蓊郁的丁香,仿佛顶上洒了一层白色或紫色的泡沫,正含苞欲放。小径上的白桦叶在落日余晖的照耀下显得通体透明。凉台上树影婆娑。草地上晚露滚滚。花园外传来最后的市声和村人驱赶牲口的喧闹声;傻子尼康在凉台前的小路上运送水桶,喷水车里喷出一道冰冷的水,在大丽花和支架周围掘松的泥土上浇出一个个黑圈。在我们的凉台上,铺

---

① 圣彼得节——在七月十二日(俄历六月二十九日)。

着白布的桌上放着擦得银光闪闪的茶炊，茶炊已在沸腾，桌上还有鲜奶油、甜面包和饼干。卡嘉用她胖鼓鼓的手熟练地洗着茶杯。我游过泳，饥肠辘辘，等不及喝茶，就拿起一块涂着厚厚一层鲜奶油的面包来吃。我穿着一件宽袖麻布短衫，头上用手巾包住湿头发。卡嘉隔着窗子第一个看见他。

"哦！谢尔盖·米哈伊雷奇！"她叫道，"我们刚才还谈到您呢。"

我站起来想去换衣服，但在门口就碰上他。

"乡下何必那么讲究礼节，"他瞧着我头上的手巾笑眯眯地说，"您在格里戈利面前不会感到害臊，我对您来说就是格里戈利。"不过我觉得，此刻他看我的神气一点儿也不像格里戈利，我有点儿手足无措。

"我这就来。"我说着就离开了他。

"这样有什么不好呢！"他在我后面叫道，"真像个乡下小媳妇。"

"他看着我时，那副神气多怪。"我在楼上匆匆换衣服时想，"哦，感谢上帝，他总算来了，又可以热闹了！"我照了照镜子，快乐地跑下楼，也不掩饰我的兴奋，气喘吁吁地跑到凉台上。他坐在桌旁，对卡嘉讲着我们的家事。他对我瞧了瞧，笑了笑，又讲下去。据他说，我们家的情况挺好。现在我们只要在乡下住过夏天，然后，为了宋尼雅的教育，或者上彼得堡，或者出国。

"您要是能和我们一起出国就好了，"卡嘉说，"要不我们三个就会像走进树林一样迷失方向。"

"哦，我倒真愿意陪你们去周游世界呢。"他半开玩笑半正经地说。

"那没有问题，"我说，"让我们一起去周游世界吧。"

家庭幸福 | 071

他笑笑,摇摇头。

"可我妈妈怎么办? 我们的事怎么办?"他说,"不过问题不在这里。您还是说说,您这一阵子过得怎么样? 是不是又没精打采了?"

我告诉他,他走后我很用功,不感到寂寞,卡嘉也替我的话做了证明。他听了很赞赏,不仅用语言,而且用目光,把我当作孩子,仿佛他有权这样做。我觉得必须详详细细、老老实实把我做的好事都告诉他,而且像做忏悔一样向他坦白他可能感到不满意的一切。黄昏很迷人,茶具收掉后我们仍留在凉台上。我们谈得津津有味,连周围的人声渐渐静下来都没有注意到。到处飘散着浓郁的花香,草上滚动着大颗的露珠,一只夜莺在附近丁香丛中鸣啭,听见我们的说话声就停下来;星光灿烂的天空仿佛低垂到我们的头上。

突然一只蝙蝠悄悄飞到凉台的帆布篷下,在我的白头巾周围拍着翅膀,这时我才发现暮色已经很浓了。我身子贴住墙,想大声喊叫,但蝙蝠又从屋檐下无声地急急飞走,消失在花园的暮色中。

"我真喜欢你们的波克洛夫斯科耶,"他中断了谈话,说,"要是能一辈子坐在这里的凉台上就好了。"

"那好,您坐着就是了。"卡嘉说。

"是啊,坐着,"他说,"但生活可不会坐着不动啊。"

"您为什么不结婚?"卡嘉说,"您可以做个出色的丈夫。"

"因为我喜欢坐着不动,"他笑了,"不,卡嘉小姐,你我都不是结婚的年龄了。人家早就不把我看作结婚的对象了。我自己也早没有这样的打算了,我一直觉得这样很好,真的。"

我觉得他说这话有点儿不自然,好像在开玩笑。

"太好了！三十六岁的人就已经老了。"卡嘉说。

"还不老吗？"他继续说，"我只想坐着不动。要结婚，这样可不行。您可以问问她，"他冲我扬扬头，添加说，"像她们这样的年龄才应该结婚。你我只能为他们高兴。"

他的语气有点儿感伤和紧张，这一点我听得出来。他沉默了一会儿，我和卡嘉一句话也没说。

"您倒想想，"他坐在椅子上回过头来说，"万一我不幸娶了个十七岁的姑娘，譬如说，玛莎……玛莎小姐。这是个很好的例子，我很愿意有这样的机会……这是个最好的例子。"

我笑了，但我怎么也不明白，他怎么这样高兴，这样会有什么结果……

"请您坦白说，"他开玩笑似的对我说，"您要是同一个上了年纪、坐着不想走动的人结合，而您自己却充满海阔天空的幻想和憧憬，这对您难道不是不幸吗？"

我感到怪不好意思，不知道怎样回答，就没作声。

"我并不是向您求婚，"他笑着说，"但请您老实告诉我，黄昏时您独自在林荫路上散步，那时您所梦想的恐怕不是这样的丈夫吧？这样未免太不幸了，是吗？"

"不是不幸……"我开口说。

"嗯，而是不好。"他替我把话说完。

"是的，但也许是我错了……"

但他又打断我的话。

"您瞧，她说得完全正确。我感谢她的真诚，也很高兴能有这次谈话。此外，对我来说，这可是极大的不幸。"他添加说。

家庭幸福 | 073

"您真是个怪人,一点儿也没有变。"卡嘉说着离开凉台,去吩咐摆饭。

卡嘉走后,我们两人都不作声,周围鸦雀无声。只有一只夜莺已不像黄昏时那样断断续续、有气无力地鸣叫几声,而是像在夜间那样从容不迫地把歌声注满整个花园。于是另一只夜莺第一次从远处的谷地与它应和。近处那只夜莺停了一停,仿佛倾听了一会儿,就又更高亢更起劲地吐出悦耳的颤音。这一唱一和的鸣叫庄严而从容地响彻我们所不熟悉的鸟类的夜的世界。花匠到花房里去睡觉,他那穿着厚靴子的脚的脚步声顺着小径渐渐远去。有人在山脚下尖声吹了两次口哨,接着周围又恢复了寂静。只听得树叶轻轻的飒飒声,凉台篷布的啪哒声,空中有一阵幽香飘到凉台上,于是凉台上渐渐充满了芳香。在刚才谈了那些话以后,我觉得冷场很难堪,但再说些什么我又不知道。我对他瞧瞧。他那双目光炯炯的眼睛在暮色中也对我望了一眼。

"生活在世界上真好!"他说。

我不知怎的叹了口气。

"怎么?"

"生活在世界上真好!"我重复他的话说。

接着我们又沉默了,我又觉得有点儿窘。我一直在想,我同意他的说法 —— 他老了,这话一定使他伤心。我想安慰他,但不知道该怎么办。

"不过再见了,"他站起来说,"妈妈在等我回去吃饭。我今天差不多还没见过她呢。"

"可我想给您弹一支新的奏鸣曲。"我说。

"下次吧。"他说。我觉得他的语气很冷淡。

"再见。"

这时我更觉得我伤了他的心,我感到遗憾。我和卡嘉送他到大门口,在外面站了一会儿,目送他在大路上消失。等他的马蹄声听不见了,我兜了一圈走上凉台,又望望花园。在雾气弥漫的夜色中,我又久久地看到和听到我想看到和听到的一切。

他来了第二次,第三次,由那次别扭的谈话引起的窘迫感已完全消失,而且再也没有出现。整个夏天,他每星期来我家两三次。我对他已有些眷恋,要是他有几天不来,我就觉得空落落的。我生他的气,觉得他撇下我太不应该。他对待我就像对待一个他喜欢的小朋友,向我问长问短,促使我和他推心置腹,还给我各种忠告和鼓励,有时也责备我,阻止我的行动。尽管他竭力平等地对待我,可我总觉得在我所理解他的那部分生活后面,还有一个他认为无须让我进入的陌生天地,正因为如此,我才对他特别尊敬和迷恋。我从卡嘉和邻居那里知道,他不但要照顾同住的老母,料理自己的产业和代管我家的财产,而且还要处理一些给他带来许多麻烦的贵族事务;但他对这一切有什么看法,他有什么信念、计划和希望,我从他嘴里可从没听到过。只要我一提到他的事务,他就会现出一种特别的神态,皱起眉头,仿佛说:"别说了,这事与您无关。"接着就把话题转到别的事上。起初这使我生气,但后来我也习惯了,我们总是只谈同我有关的事,而且我觉得这是很自然的。

还有一件事起初使我不快、后来却使我高兴,那就是他对我的外表漠不关心,仿佛毫不在意。他从来不用目光或语言暗示我长得美,而且相反,当人家在他面前说我好看时,他就皱着眉头发笑。他甚至喜欢对我的外貌吹毛求疵，以此来逗弄我。每逢节日，卡嘉喜欢让我穿上时髦服装，梳上新型发式，但这只能引起他的嘲笑，因此使善良的卡嘉伤心，也使我感到纳闷。卡嘉断定他喜欢我，可是她怎么也不明白，他怎么会不愿让心爱的女人打扮得漂漂亮亮。我很快就懂得了他的想法。他希望我不要在男人面前卖弄自己。当我明白了这一点后，我在服装、发式和举动上确实做到丝毫不吸引男人注意，表现出朴实无华的风姿，尽管当时我还不能完全做到这一点。我知道他爱我，但他是把我当作孩子还是当作女人来爱，我还没有问过我自己。我珍视这份爱，觉得他把我看作世界上最可爱的姑娘，因此我不能不希望他把这种错觉留在心里。不过，他有这种错觉，我感到高兴。我觉得在他面前显示心灵的优点比显示外貌的美更好，更有价值。我的头发、手、脸、习惯，这一切不论是好是坏，我觉得他知道得一清二楚，而且立刻能做出评价，因此除非存心想欺骗他，我不能使我的外表增添什么。然而，我的心灵他并不知道，他爱我的心灵，而我的心灵正在成长发展，因此在这方面我能欺骗他，而且真的欺骗了他。当我明白了这一点时，我同他相处真是轻松愉快！我的无缘无故的窘迫和拘谨完全消失了。我觉得，不论从前面还是从侧面，不论坐着还是站着，不论我头发朝上梳还是朝下梳，他都能看见我。他知道我的一切，而且我觉得他对我的模样是满意的。我想，他要是一反常态，突然像别人那样对我说，我的脸长得很美，我一定不会感到高兴的。但在我说了一句什么话以后，他仔细对我瞧瞧，动情而装作玩笑地说："是啊，是啊，您是这样的。我得告诉您，您是个可爱的姑娘。"那时我可真是心花怒放啊。

那么，究竟为什么我能得到这样的赞扬因而内心充满骄傲和快乐呢？因为我说我能体会老格里戈利对他小孙女的爱，或者因为我读诗或读小说感动得流泪，或者因为我喜爱莫扎特超过舒尔霍夫[①]。我感到惊奇的是，当时我凭非凡的直觉竟能猜出什么是好和应该爱什么，尽管当时我根本不知道什么是好和应该爱什么。我原来的习惯和趣味他多半不喜欢，只要他眉毛一扬或眼珠一转，表示他不爱听我要说的话，只要他现出独有的不屑一顾的神色，我立刻就不再喜欢以前喜欢的东西。有时，他刚要劝告我做什么，我立刻就知道他要对我说什么。当他盯住我的眼睛问我什么事情时，他的目光就能从我心里勾出他所要的思想。当时我所有的思想，当时我所有的感情，都不是我自己的，而是他的思想和感情突然变成我的思想和感情，潜入我的生活中并且把它照亮。我不知不觉换了一副眼睛看待一切：看待卡嘉，看待仆人，看待宋尼雅，看待自己，看待自己的学业。以前我读书只是为了解闷，现在它突然成了我生活中的一大乐趣，因为我同他一起读书，谈论书，他还常常给我带书来。以前教宋尼雅读书，我感到是个沉重的负担，我只是出于责任感才承担这事，但在他听我给宋尼雅上了一次课以后，注意宋尼雅的进步就成了我的快乐。以前要背下整篇乐曲我觉得是不可能的，但现在我知道他会欣赏和赞扬我的演奏，就会把一个乐句连弹四十遍，直到可怜的卡嘉用棉花塞住耳朵，而我仍不觉得厌烦。那些老的奏鸣曲我现在弹得完全不同，听起来要好听多了。就连我像对自己一样熟悉和喜爱的卡嘉，现在在我眼里也变得不同了。现在我才明白，她根本没有责任做我们的母亲、朋友和奴婢。我懂得了这个慈爱的人

---

① 舒尔霍夫（1825—1898）——捷克钢琴家和作曲家。

的自我牺牲精神和忠诚，懂得了我欠她的情，因此也就更加爱她。他还教我用完全不同的眼光看待我们的仆人、农民、家奴和使女。说来可笑，我在这些人中间生活了十七年，我对他们的了解还不如我对从未见过面的陌生人的了解，我从没想到他们像我一样，也有爱情、愿望和烦恼。我早就熟悉的我们的花园、我们的小树林和我们的田野，突然在我眼前变得新鲜和美丽了。难怪他说，人生只有一种绝对幸福，那就是为别人而生活。我当时觉得这句话有点儿怪，不懂得个中道理，但这个信念我不假思索地接受了。他丝毫没有改变我的生活，对每个印象没有增添什么，除了他自己之外，但他真正给我打开了一个快乐的世界。只要他一来，从小就默默存在于我周围的一切，都会说起话来，并且争先恐后地涌入我的心里，使我心里充满幸福。

这个夏天，我常常走到楼上自己的房间里，躺在床上，萦绕心头的已不是春愁和对未来的憧憬，而是目前的幸福。我睡不着，就起来，坐到卡嘉的床上，对她说我非常幸福。现在回想起来，当时根本不用对她说这些话，因为她自己也能看到这一切。但她对我说，她什么也不需要，她很幸福，接着就亲亲我。我相信她的话，我认为人人都得到幸福是必要的、合理的。卡嘉可能想到应该睡觉了，甚至假装生气，有时还把我从床上赶走，然后睡去，可我还久久地琢磨着使我如此幸福的一切。有时我从床上起来，再一次祷告上帝，用自己的语言祷告上帝，感谢上帝赐给我的一切幸福。

屋子里静悄悄的，只有卡嘉均匀的酣睡声、她床旁座钟的嘀嗒声，我辗转反侧不能入睡，就低声祷告，画十字，吻脖子上的十字架。门关上了，百叶窗也关上了，有一只苍蝇或者蚊子老是在一个地方飞来飞去，嗡嗡叫着。我真想永远不离开这个房间，希望永远不会天亮，希望我这样的心情永远不会消失。我觉得我的梦想、思想和祈祷都是有生命的东西，都在黑暗中和我生活在一起，在我床旁飞翔，停留在我的头上。我的每个思想都是他的思想，每种感情都是他的感情。我当时还不知道这就是爱情，我还以为它将永远如此，觉得这种感情得来很容易。

三

有一天，割麦子的时候，我跟卡嘉和宋尼雅吃过午饭，来到花园里我们喜欢坐的长椅上。那条长椅放在菩提树荫下，下面是峡谷，峡谷后面是一片树林和田野。谢尔盖·米哈伊雷奇已有三天没来，这天我们都在等他，我们的管家也说，他答应来看看田地。中午一点多钟，我们看见他骑马走过黑麦地。卡嘉含笑看了我一眼，叫人拿来他喜爱的桃子和樱桃，然后靠在长椅上打瞌睡。我折了一条扁平弯曲的树枝，枝上多汁的树叶和多汁的树皮把我的手沾湿了。我拿树枝扇着卡嘉，继续看书，并不时张望他必经的那条田间大路。宋尼雅在一棵老菩提树的树根旁给布娃娃搭亭子。天气炎热无风，暑气蒸人，乌云密布，从早上起就酝酿着雷雨。在雷雨之前，我照例情绪激动。午后，乌云向边上渐渐扩散，太阳浮到清朗的天空，只在一处有雷声隆隆作响，地平线上有一片浓密的乌云同田野上的尘雾连成一片，偶尔还有白晃晃的闪电劈开乌云，直插地面。今天显然不会有雷雨了，至少我们这里不会有。花园后面的路上，时而有一辆辆麦捆堆得高高的大车慢慢走着，时而有几辆空车迎面飞驰而来，车上晃动着一双双脚，飘扬着衬衫。浓密的尘埃没有散去，也不落下，而是飘浮在篱笆后面稀疏的花园树木中间。从远处打谷场上传来同样的说话声和车轮的辘辘声；同样的装在大车上的黄色麦捆慢慢地从篱笆旁边经过，麦秆在空中飞扬，接着我的眼前出现了一个个椭圆形的麦垛，麦垛上的一个个尖顶，以及在顶上蠕动着的农民。前面，在尘土飞扬的田野上，也有大车在移动，已看得见金黄色的麦捆。远处同样传来车声、人声和歌声。麦茬地连同一条条长满蒿草的田垄，从田地的一头开始，显得越来越宽阔。右边的山坡下，在割去麦子的杂乱的田野上可以看见衣衫鲜艳的农妇，她们正弯着腰，挥动双臂捆麦子，杂乱的田野被渐渐收拾干净，上面摆着一捆捆整齐的麦子。在我的眼前，夏天突然变成了秋天。到处都是尘埃和暑热，只有在花园中我们喜爱的这个地方例外。在这片尘埃和暑热中，在似火的骄阳下，劳动的人们正在说话、喧闹和忙碌。

卡嘉坐在阴凉的长椅上，用一条白麻纱手帕盖着脸，发出那么甜蜜的鼾声；盘子里的樱桃红得发紫，那么光泽多汁；我们的衣衫那么凉爽和干净；杯子里的水在阳光下闪烁着虹彩。我是多么幸福啊！"有什么办法呢？"我想，"我幸福又有什么错呢？但怎样跟别人分享这样的幸福？我该把我自己和全部幸福奉献给谁呢？"

太阳没入林荫道两旁的桦树梢后面，尘埃渐渐落到田野上，在落日的斜晖下远方变得越来越明亮，越来越清晰，乌云全部飘散了，通过树丛可以看见三个麦垛的尖顶，农民们已从麦垛上下去了；大车带着人们的吆喝声经过，这大概是最后一次了；农妇们腰里束着草绳，肩上扛着耙，大声唱着歌回家；但谢尔盖·米哈伊雷奇还是没有来，虽然我早就看见他骑马下山了。突然，在林荫道上，从我完全没有料到的方向,出现了他的身影。原来他是从峡谷那边过来的。他容光焕发,喜气洋洋,摘下帽子,快步向我走来。他看见卡嘉睡着,就咬着嘴唇,眯起眼睛,蹑手蹑脚地走过来;我立刻看出他心情极好,我很喜欢他这样,我们一向说他是恶性兴奋。他好像一个逃学的小学生,浑身上下都洋溢着一种满足、幸福和淘气的心情。

"喂,您好,小紫罗兰,过得怎么样?好吗?"他走到我跟前,握住我的手,低声说。"我吗?很好……"他回答我的问话说,"我今年十三岁,我很想骑骑木马,爬爬树。"

"恶性兴奋吗?"我瞧着他笑盈盈的眼睛说,觉得这种恶性兴奋也感染了我。

"是的,"他挤挤一只眼睛,忍住笑回答,"可是您为什么要打卡嘉小姐呢?"

我瞧着他,继续挥动树枝,不小心把卡嘉脸上的手帕拂去,树叶就拂过她的脸。我笑了。

"她会说她没睡着。"我低声说,仿佛不愿吵醒卡嘉,其实完全不是因为这个缘故,我只是喜欢跟他低声说话罢了。

他学我的样动动嘴唇,仿佛我说话声音太低,他什么也听不见。他看见那盘樱桃,装作偷偷拿起盘子,走到菩提树下宋尼雅跟前,坐在她的布娃娃上。宋尼雅起初很生气,但他很快就跟她和好了,同她比赛吃樱桃,看谁吃得快。

"要不要叫人再去拿点儿来,"我说,"或者我们自己去拿。"

他端起盘子,让布娃娃坐在盘子上。我们三人就向棚子走去。宋尼雅笑着跟在我们后面跑,她拉住他的大衣,要他把布娃娃还她。他把布娃娃还给她,一本正经地对我说:"嗯,您怎么不是紫罗兰?"

他依旧低声对我说，虽然已不用担心吵醒任何人，"经过尘埃、暑热和劳动之后走到您旁边，立刻就闻到一股紫罗兰的清香。不是浓香扑鼻的紫罗兰，而是像积雪初融、春草新萌的深色紫罗兰的淡淡清香。"

"那么，事情怎么样，进展顺利吗？"我问他，只是为了要掩饰他的话在我心里引起的快乐激动。

"很出色！这里的老百姓都很出色。你越了解他们，就越喜欢他们。"

"是的，"我说，"您没来前，我在花园里瞧他们干活，我突然感到羞愧，他们在辛苦干活，我却过得这样轻松……"

"别装腔作势了，我的朋友，"他突然严肃而亲切地瞧了我一眼，打断我的话说，"这是天经地义的事。别说这种漂亮话了。"

"我只是跟您这么说说。"

"噢，这我知道。那么，樱桃怎么办？"

棚子锁着，园丁都不在，他派他们去干活了。宋尼雅跑去拿钥匙，但他不等她回来就从棚角爬上去，撩起铁丝网，跳了进去。

"要吗？"里面传出他的声音，"把盘子给我。"

"不，我要自己摘，钥匙我去拿，"我说，"宋尼雅找不着……"

但同时我又想看看，他以为没人看见的时候在那儿做些什么，他的神情怎么样，动作怎么样。说实在的，我当时简直一分钟也不愿让他从我眼前消失。我踮着脚尖从荨麻中穿过，跑到棚子较低的一边。我站在一只空桶上，墙头比我的胸口还低，我探身到棚子里。我朝里面张望了一下，看见几棵长着齿形大叶的弯曲老树，上面挂着沉甸甸的乌黑多汁的樱桃。我从铁丝网底下探进头去，透过节节疤疤的老樱桃树枝，看见了谢尔盖·米哈伊雷奇。他一定以为我走了，没有人会看见他。他摘下帽子，闭上眼睛，坐在一棵老树的丫杈上，使劲把树胶团成一个小球。他突然耸耸肩膀，睁开眼睛，嘴里说了句什么，微微一笑。他那句话和那个微笑挺古怪，却被我偷看到了，我感到不好意思。我仿佛觉得他叫了一声："玛莎！""这不可能。"我心里想。"亲爱的玛莎！"他又叫了一声，但声音更低，更温柔。但我已听清他的叫声。我的心怦怦直跳，我突然感到一种惊心动魄的违禁的快乐，我慌忙用双手抓住墙头，免得掉下去被他发现。他听见我的声音，惊慌地回头望了望，突然垂下眼睛，像孩子般脸红耳赤。他想对我说些什么，可是说不出来，脸越涨越红。他瞧着我微微一笑。我也笑了笑。他整个的脸都焕发出快乐的光辉。此刻他已不是一位疼我训我的大叔，而是我的一个平辈，他又爱我又怕我，我也又怕他又爱他。我们什么话也没说，只是默默对视着。但他突然皱起眉头，微笑和眼睛里的光辉不见了，他又像长辈那样冷冷地对待我，仿佛我做了什么错事，他已醒悟过来，并劝我也醒悟过来。

"您还是下来吧，会摔坏的，"他说，"您把头发理理，瞧您像个什么样子。"

"他为什么要装腔作势？为什么要使我难受？"我苦恼地想。就在这时，我产生了一种想逗弄逗弄他的强烈欲望，并在他身上试试我的力量。

"不，我要自己摘。"我说，双手抱住最近的一个树丫，纵身跳上墙头。他还没来得及扶住我，我就跳到棚子的地上。

"您真是胡闹！"他说，脸又红了，装出生气的样子来掩饰窘态，

"您会摔坏的。您怎么从这里出去呢？"

他比原来更窘了，但现在他这种窘态已不使我感到高兴，而使我感到害怕。他的情绪感染了我，我的脸也红了。我避开他的目光，不知做什么好，我就动手摘樱桃，可是摘了没处放。我责备自己，我后悔，我害怕，我觉得我这样做从此在他眼里毁了自己。我们两人都不作声，两人都感到难受。宋尼雅拿了钥匙跑来，使我们摆脱了这种尴尬的局面。这以后我们彼此久久没有说话，两人都只跟宋尼雅说话。我们回到卡嘉那里，卡嘉对我们说，她一直没有睡，什么都听见了，我这才放心了。谢尔盖·米哈伊雷奇又竭力装出父辈保护人的姿态，但已装不像，也骗不了我。这时我历历在目地想起几天前我们之间的一场谈话。

卡嘉说，男人谈恋爱和表白爱情比女人容易。

"男人可以说他爱上了谁，可是女人不行。"她说。

"可是我认为男人也不应该说，也不可以说他爱上了谁。"他说。

"为什么？"我问。

"因为这往往是撒谎。一个人恋爱，这有什么稀奇？仿佛只要他这样一说，就会惊天动地。仿佛只要他一说他在恋爱，就一定会发生什么不寻常的事，就是一种预兆，一定会万炮齐鸣。我认为，"他继续说，"凡是煞有介事地说'我爱您'的人，不是在欺骗自己，就是在欺骗别人，而欺骗别人，那就更糟了。"

"要是男人不对女人说他爱她，她怎么会知道呢？"卡嘉问。

"这我就不知道了，"他回答，"每个人都有自己的语言。只要有感情，就能表达出来。我读小说的时候，心里总是在想，斯特列尔斯基中尉或阿尔弗雷德在说：'埃列奥诺拉，我爱你！'并且期待发生什么不寻常的事时，他们脸上的表情是怎样的。其实他和她什么事也没发生，他们长的还是原来的眼睛、原来的鼻子，一切都同原来一样。"

当时我感到这个玩笑中包含着一种同我有关的严肃的事，但卡嘉不愿随便拿小说主人公开玩笑。

"老是胡说八道，"她说，"您倒老实说说，难道您从来没对女人说过您爱她吗？"

"从来没说过，也从来没屈膝下跪过，"他笑着回答，"而且将来也不会。"

"是的，他用不着对我说他爱我，"现在我清楚地回想那次谈话，想，"他爱我，这我是知道的。他竭力装得对我很冷淡，但骗不了我。"

那天晚上，他一直很少同我谈话，但在他对卡嘉、对宋尼雅的每句话里，在他的每个动作和目光中，我都看到了他的爱，并且深信不疑。不过，我又怨他又可怜他，既然事情已那么明显，既然那么轻而易举地可以获得无限的幸福，他为什么还要掩饰而故作冷淡呢？但我刚才跳进棚子里去找他，这事使我像犯了罪一样感到内疚。我一直以为他会为这件事不再尊重我，生我的气。

喝过茶，我向钢琴走去，他跟着我走来。

"您弹点儿什么吧，我好久没听您弹琴了。"他在客厅里追上我，说。

"我正想弹呢……谢尔盖·米哈伊雷奇！"我说，突然对直望着他的眼睛，"您不生我的气吧？"

"为了什么？"他问。

"为了今天下午我没听您说话。"我涨红了脸说。

家庭幸福 | 085

他懂得我的意思，摇摇头，笑了笑。他的眼神仿佛在说，本来是要骂的，但他不忍心骂我。

"没有关系，我们还是朋友。"我说着在钢琴前坐下。

"可不是！"他说。

在高大的大厅里，只有钢琴上点着两支蜡烛，周围的空间是昏暗的。夏夜的光从打开的窗子里投射进来。万籁俱寂，只有从黑暗的客厅里传来卡嘉断断续续的脚步声，以及他那匹拴在窗下的马的响鼻声和马蹄踩踏牛蒡的响声。他坐在我后面，所以我看不见他，但在这个昏暗的大厅里，在种种声音里，在我的心中，我处处都感到他的存在。他的每道目光，他的每个举动，我虽然看不见，却都在我心中激起反响。我弹着莫扎特的幻想奏鸣曲，乐谱是他给我带来的，我当着他的面并且为了他学会弹这支曲子。我根本没想到我在弹什么，但我觉得弹得很好，他也喜欢。我感到他很欣赏我的演奏，也感到他从后面凝视我的目光，虽然我没有回头看。我的手指继续无意识地弹着，同时情不自禁地回头瞧了瞧他。在明亮的夜色中，他头部的轮廓非常清晰。他双手托着头坐着，他那双炯炯有神的眼睛凝视着我。我看到他这样的目光，笑了笑，把手停下来。他也笑笑，不以为然地对着乐谱摇摇头，要我继续弹下去。当我弹完时，月亮已高高升起，变得更亮，屋里除了微弱的烛光，还有银色的月光从窗口射到地板上。卡嘉说我真不该在弹到最精彩的地方停下来，还说我弹得很糟；但他说，正好相反，我从来没弹得像今天这样好过。他在屋里走来走去，穿过大厅走到黑暗的客厅，又回到大厅，每次都回头瞧瞧我，笑笑。我也笑笑，我甚至想无缘无故笑出声来，我对今天发生的事真是高兴啊！等他一走开，我就抱住和我一起站在钢琴旁的卡嘉，吻我最喜欢吻的地方——她下巴下胖鼓鼓的脖子；等他一回来，我又装出一本正经的样子，好容易才忍住笑。

"她今天是怎么了？"卡嘉问他。

但他没有回答，只对我笑笑。他知道我是怎么了。

"你们瞧，夜色多美啊！"他站在客厅面向花园的阳台门前，说。

我们走到他跟前。真的，这是我以后再没见过的最迷人的夜色。一轮满月高悬在我们后面的房子上空，因此看不见；屋顶、柱子和凉台布篷的一半阴影斜射在沙径和圆形的草地上，远远看去已比实物缩小了。其余的一切都是明亮的，洒满银色的露水和月光。一条宽阔的花径光亮而寒冷，高低不平的碎石子闪着光，半边落满大丽花和支架的斜影，通向雾蒙蒙的远方。树丛中掩映着花房光亮的屋顶，峡谷间升起越来越浓的迷雾。丁香已开始落叶，它的树枝也有点儿发亮。滚着露珠的花一朵朵清晰可见。林荫路上的光和影交织在一起，因此林荫路看上去不是由树木和小路组成，而像一排摇曳颤动的透明房子。右边，在房子的阴影里，一切都是黑漆漆、混沌沌的，使人感到害怕。但耸立在这片黑暗中的白杨形状怪诞而枝叶扶疏的树梢，却显得更亮。这棵白杨不知怎的奇怪地耸立在房子附近，树梢映着明亮的月光，却没有飞往远处，飞向蔚蓝的天空。

"我们出去走走吧！"我说。

卡嘉同意了，但她要我穿上套鞋。

"用不着，卡嘉，"我说，"谢尔盖·米哈伊雷奇会搀着我的。"

仿佛只要有他搀着，我的脚就不会湿。当时我们三人都觉得这是理所当然的，毫不足怪。以前他从没让我挽过他的手臂，可现在我主动挽住它，他也不觉得奇怪。我们三人走下凉台。这整个世界、这天空、这花园、这空气都和我原来所知道的不同了。

我顺着我们所走的林荫路往前看,我总觉得不能再往前走,仿佛前面就是世界的尽头,这一切都已永远凝固在自身的美妙之中。但我们一往前走,那道美丽的魔墙就分开来,让我们过去,那里似乎也有我们所熟悉的花园、树木、小径和枯叶。我们真的在小径上走着,踏着一圈圈光和影,枯叶也真的在我们脚下簌簌作响,嫩枝也真的拂着我的脸。那挨着我、小心翼翼地挽着我的手臂缓缓走着的,真的是他;那在我们旁边沙沙地走着的,也真的是卡嘉。而那漏过静止不动的枝叶照着我们的,也真的是天上的月亮……

但我们每走一步,魔墙又在我们前后封闭起来,因此我不再相信我们还能往前走,不再相信存在过的一切。

"哦! 一只青蛙!"卡嘉说。

"这是谁在说话? 说这话做什么?"我想。但接着我想到这是卡嘉,她一向害怕青蛙,我就往脚下瞧了瞧。一只小青蛙跳了跳,在我面前停住了。它那小小的影子落在光亮的泥土小径上。

"您不怕吗?"他问。

我转过脸去瞧瞧他。我们走过的林荫路上缺了一棵菩提树,我就在那里清楚地看见他的脸。他的脸是那么俊美,喜气洋洋……

他说:"您不怕吗?"但我仿佛听见他说:"可爱的姑娘,我爱你……我爱你! 我爱你!"——他的目光、他的手仿佛都一再这样说;月光、阴影、空气仿佛也在说同样的话。

我们绕着花园走了一圈。卡嘉在我们旁边小步走着,累得直喘气。她说该回去了,我非常非常可怜她,可怜她这个可怜的人。"她为什么没有我们这样的感受?"我想,"为什么不是人人都年轻,人人都幸福,就像今天晚上我和他这样?"

我们回到家里。尽管公鸡已经啼过,家里人都睡了,他的马在窗下越来越频繁地踩着牛蒡,打着响鼻,他还是待了好一阵才走。卡嘉没有提醒我们时间已晚,我们坐在那里随便聊天,不觉一直坐到凌晨两点多钟。直到鸡啼三遍,曙光初露,他才走。他像平时一样告别,没有说什么特别的话;但我知道从这天起他就是我的人,我再也不会失去他了。当我心里一承认我爱他,我就把一切都告诉了卡嘉。她听了很高兴,也很感动,但这个可怜的人这天晚上照样呼呼入睡,我却在凉台上来回踱了很久很久,后来又到花园里去,回想着他的每句话和每个动作,又在我跟他刚才走过的林荫路上走了走。我通宵没有合眼,生平第一次看到日出和黎明。后来我就再没有见过这样的夜晚和这样的黎明。"可是他为什么不干脆对我说他爱我呢?"我想,"既然事情那么简单那么美好,为什么他要瞎想出种种困难,并且自称为老头儿呢? 为什么他要浪费也许是一去不复返的宝贵时光呢? 他应该说:'我爱你',明白地说'我爱你';他应该拉住我的手,低下头来说:'我爱你'。他应该羞红了脸在我面前垂下眼睛,那我就会把一切都告诉他。不,我不是告诉他,而是拥抱他,偎依在他胸前,高兴得直哭。但万一是我弄错了,他并不爱我,那怎么办?"我头脑里突然掠过这样的念头。

我对自己的感情感到害怕:天知道它会把我带到哪里去;我想起我在棚子里向他奔去时他和我的窘态,我心里感到非常沉重。我的眼泪夺眶而出,我开始祷告。于是我产生了一种使我平静的奇妙思想和希望。我决定从今天起开始斋戒,在我生日那天领圣餐,并从这天起做他的未婚妻。

怎么会这样？为什么会这样？以后将发生什么？我一点儿都不知道，但从那一刻起我知道并且相信事情一定会这样。我回到自己屋里时，天色已经大亮，人们都开始起床了。

四

正巧是圣母升天节①的斋戒期，因此我在这时打算斋戒，家里谁也不感到奇怪。

这星期他一次也没来我们家，我不仅不觉得奇怪，不感到焦急，不生他的气，而且，他没来，我反而高兴，我只希望他能在我生日那天来。这个星期我每天都起得很早，趁仆人替我套马的时候，独自到花园里散步，回顾昨天所犯的罪孽，同时考虑今天应该做些什么，以便满意地度过这一天，不做什么犯罪的事。当时我觉得不犯罪是容易的，只要稍稍注意就行。马车一来，我就跟卡嘉或女仆坐上马车，到三俄里外的教堂去。我每次走进教堂，都想到为"敬畏上帝的人"祈祷，而且怀着这样的感情走上教堂门前长着青草的两级台阶。这时来教堂做斋戒祈祷的不超过十个农妇和家奴；他们向我鞠躬，我就尽量和颜悦色地向他们还礼；然后我主动向蜡烛箱走去，向士兵出身的教堂执事要了几支蜡烛，把它们插上，就自以为做了什么了不起的事。通过圣幛的中门往里望，可以望见妈妈绣的祭坛帷幔，圣像壁上方有两个木雕的托着星星的天使，我小时候觉得他们非常大，壁上还有一只金光闪闪的鸽子，当时使我很感兴趣。在唱

---

① 圣母升天节——按天主教在八月十五日，按东正教在八月二十八（俄历八月十五日）。这里似按东正教。

诗班席位后面，可以看见一只凹瘪的圣水盘，我曾多次替家奴的孩子施洗，而我自己也是在那里受的洗。老司祭身穿用我父亲棺罩做的法衣走出来，用他那一成不变的声音祈祷——从我记事起他在我家做礼拜用的就是这种声音：宋尼雅受洗，父亲的追思仪式和母亲的葬礼。诵经士那种颤动的声音从唱诗班里传出来，还有教堂里每次做礼拜必到的那个老太婆，她正弯着腰站在墙边，眼泪汪汪地望着唱诗班里的圣像，交叉的手指紧紧按着胸前褪色的头巾，没有牙齿的嘴喃喃地念着什么。这一切对我已不新奇，并非仅仅由于回忆使我感到亲切，现在这一切在我眼里都是伟大而神圣，而且含义深刻。我仔细倾听着祈祷文的每一句话，竭力联系自己的感情，要是有什么地方我不理解，就默默地祷告上帝给我启示，或者自己改编那些我听不懂的词句。当念到忏悔祈祷文时，我回想起自己的过去，天真无邪的过去同我现在的欢乐心情比起来是那么暗淡无光，我不禁哭起来，并且对自己这种心情感到害怕；但同时又觉得一切都是可以饶恕的，要是我的罪孽更大，我的忏悔就会更甜蜜。当司祭在礼拜结束时说"愿主降福于你们"时，我在这一刹那感到一种肉体上的快乐。仿佛我的心头突然注入了一种光和温暖。礼拜结束了，神父走到我跟前，问我要不要什么时候到我们家来做通宵礼拜，我对他的厚意深为感激，但我说我自己会到教堂来的。

"您愿意劳驾吗？"他问。

我不知道怎样回答才不至于傲慢无礼。

做完礼拜，要是卡嘉不在，我总是让马车先走，独自步行回家，遇到人总是和蔼地鞠躬问候，竭力找机会帮助人家，给人家劝告，为别人牺牲自己，帮助人家扛起大车，给人家摇晃孩子入睡，给人家让路而弄脏自己的脚。一天黄昏,我听见管家报告卡嘉说,有个叫谢苗的庄稼人来讨块木板给女儿做棺材,还要一卢布办丧事,管家都给了他。"难道他们真的那么穷吗?"我问。"非常穷,小姐,连盐都吃不上。"管家回答。我听了一阵心酸,同时又仿佛感到高兴。我骗卡嘉说我要出去散步,就跑到楼上,拿出我所有的钱(钱很少,但尽我所有),然后画了十字,穿过凉台和花园,独自向村子里谢苗家的小屋走去。他的小屋在村子尽头。我走近窗口,谁也没有看见我。我把钱放在窗台上,敲了敲窗子。有人吱咯一声打开门,从小屋里出来,叫了我一声。我像犯了什么罪似的吓得浑身发冷,直打哆嗦,慌忙跑回家。卡嘉问我上哪儿去了、我怎么了,但我简直不知道她对我说了些什么,我也没有回答她。我突然觉得这一切都是微不足道的。我把房门锁上,独自在房间里来回走了很久,什么事也不能做,什么事也不能想,也弄不懂自己的感情究竟是怎么一回事。我想到他们全家的快乐,想到他们会用什么言语来谈论给他们钱的人,我也后悔没有亲手把钱交给他们。我还想到,如果谢尔盖·米哈伊雷奇知道这件事,他会说什么,而且我也因永远不会有人知道这件事而感到高兴。我心里真是快活极了,我觉得人人都很坏,我自己也很坏,我又觉得人人都很多情,我也很多情。于是我想到了死,仿佛这是一种幸福的梦想。我微笑,我祈祷,我哭泣,在这一刻我是多么热爱世上所有的人、多么热爱自己啊! 在两次礼拜之间,我常常读《福音书》,觉得越来越理解这本书,神一生的经历也显得越来越平凡,越来越动人,我在他的教义中找到的感情和思想也就变得更可畏更深奥。但当我放下这本书,再观察和思考我周围的生活时,我就觉得一切都是那么简单明了。我觉得要使生活过不好是件很困难的事，而爱一切人和被人所爱却十分容易。人人待我都那么善良，那么温存，就连我一直教的宋尼雅也变得完全不同了，她竭力想理解我，讨好我，不使我烦恼。人人待我就像我待他们那样。我逐一回想我在忏悔前必须请求饶恕的仇人，我只记起一位邻居小姐，一年前我曾当着客人的面嘲笑过她，她因此不再上我家的门。我给她写了一封信，向她认错，请求她的原谅。她给我回信，请求我的原谅，并且原谅了我。我看了她的信，高兴得直流泪，我从她简单的字句里看到了一种深刻动人的感情。当我请求保姆原谅时，她放声大哭。"为什么他们都待我这样好？我有什么地方值得大家这样爱我？"我问自己。我不由得想起了谢尔盖·米哈伊雷奇，想了好半天。我不能不这样做，甚至并不认为这是一种罪孽。不过，我现在想他和那天晚上第一次意识到爱他时完全不同，我现在想他就像想到自己一样，而且不知不觉把他同自己对前途的每个想法联系起来。我在他面前的自卑感完全消失了。现在我觉得我和他是平等的，从我所处的精神高度我完全能理解他。以前我觉得他身上有些地方很古怪，现在却变得清楚了。现在我才明白，为什么他说为别人活着才是幸福，而且现在我完全同意他的话。我觉得，我们俩在一起会无限幸福，无限安宁。我心里想的不是出国旅行，不是社交活动，不是讲究气派，而是在乡下过宁静的家庭生活，永远奉献自己，永远相亲相爱，永远想到处处帮助人的仁慈的上帝。

  我按预定计划在生日那天领了圣餐。那天我从教堂回来，心里充满幸福，我甚至害怕生活，害怕任何可能破坏这种幸福的事物。我们刚走下马车登上台阶，就从桥上传来熟悉的轻便马车的辘辘声，接着我就看见了谢尔盖·米哈伊雷奇。他向我祝贺，我们一起走进客厅。自从我认识他以来,和他在一起,我还从没像那天早上那样平静而自信过。我觉得我心里有一个崭新的世界,那是他所不理解的,而且高出于他的世界。我和他在一起一点儿也不感到拘束。他大概明白这一点,因此待我特别温柔体贴,特别尊敬虔诚。我刚走近钢琴,他就把它锁上,把钥匙藏进口袋。

"不要破坏您的情绪,"他说,"您现在心里的音乐比世界上的任何音乐都美妙。"

我为这句话感谢他,同时又有点儿不快,因为他太轻易看透了我内心的秘密。吃午饭的时候,他说他是来向我祝贺的,同时向我们辞行,因为他明天要去莫斯科。他说话的时候眼睛看着卡嘉,但后来又瞟了我一眼,我发现他怕会在我的脸上看到激动的神色。但我并不惊讶,也不忧虑,甚至没有问他是不是要去很久。我知道他会说出那句话来,我知道他不会走。我这是怎么知道的呢?现在我怎么也说不清。但在那个值得纪念的日子,我觉得我知道过去和未来的一切。我仿佛做着一个美梦,将要发生的一切仿佛都已发生过,而且我早就知道这一切还会再发生,我知道一定还会再发生。

他想一吃过饭就走,但卡嘉做礼拜回来累了,去躺一会儿,他得等她醒来才能向她告辞。大厅里充满阳光,我们来到凉台上。我们刚坐下,我就平心静气地对他说,现在该决定我爱情的命运了。我说这话既不早也不晚,就在我们刚坐下、谁也还没有开口的时候,还没有定下谈话的内容和基调,这样就不会有什么话题妨碍我要说的话了。我自己也不明白,我说话怎么会这样沉着果断,用词这样精确得当,仿佛说话的不是我,而是一种不以我的意志为转移的神灵借我的嘴说出来的。他凭栏坐在我对面,把一枝丁香拉到面前,摘着叶子。我一开口,他就放掉树枝,一只手支着头。只有一个人十分镇定或者十分激动时才采用这样的姿势。

"您为什么要走?"我一字一顿意味深长地问,眼睛直瞧着他。

他没有立刻回答。

"有事!"他垂下眼睛说。

我明白,他要在我面前撒谎是很困难的,尤其是回答这样一个坦率的问题。

"听我说,"我说,"您知道今天对我是个什么日子。今天从各方面来说都很重要。我问您,不是为了表示关心(您知道,我和您已相处惯了,我爱您),我问您,只因为我想知道:您为什么要走?"

"我很难如实告诉您,我为什么要走,"他说,"这个星期,关于您和关于我自己,我都想得很多,我决定走。您知道为什么吗? 您要是爱我,那就别再问了。"他用手擦擦前额,并遮住眼睛,"这使我难受……您会理解的。"

我的心剧烈地跳动起来。

"我无法理解,"我说,"我无法理解,您就告诉我吧,看在上帝的分上,为了今天您就告诉我吧,什么话我都能平静地听的。"我说。

他换了个姿势,瞧了我一眼,又把丁香枝拉过来。

"不过,"他沉默了一会儿说,语气故意装得很坚定,"尽管要用语言来表达是愚蠢的,也是不可能的,尽管我很难受,我还是要竭力向您解释清楚。"他补充说,皱紧眉头,仿佛肉体上感到痛苦似的。

"说吧!"我说。

"假定说,有一位甲先生,"他说,"他老了,上了年纪了;还有一位乙女士,她年轻,幸福,没有见过世面,不懂得生活。由于家庭关系，他像爱女儿那样爱她，甚至不怕用其他方式爱她。"

他停了一下，但我没有插嘴。

"但他忘了乙还非常年轻，对她来说，生活还是一种游戏，"他突然迅速而果断地说下去，眼睛不瞧我，"用其他方式爱她很容易，她也会觉得快活。他错了，他突然感到一种类似忏悔的痛苦揪住他的心，他害怕了。他怕他们原来的友好关系遭到破坏，他决定在这种关系还没遭到破坏以前走掉。"他说这话时又漫不经心地揉揉眼睛，并把眼睛遮住。

"为什么他害怕用其他方式爱她呢？"我抑制着内心的激动，用勉强听得见的声音说，我的音调显得很平静，他一定以为我是在开玩笑。他回答的语气仿佛受了侮辱。

"您年轻，"他说，"可是我已不年轻了。您想开玩笑，可我需要的是别的东西。您尽可以闹着玩，可是别找我，要不然我会把它当真的，我会不舒服，您会感到羞愧。这是甲说的话，"他添加说，"不过这些都是胡说，但您一定明白我为什么要走。这事我们不谈了，不再谈了！"

"不，不！要谈！"我哽咽着说，"他爱不爱她呀？"

他没有回答。

"要是他不爱她，那他为什么要像逗弄孩子那样逗弄她？"我问。

"是的，是的，是他不对，"他打断我的话，匆匆地回答，"但一切都结束了，他们作为朋友……分手了。"

"但这太可怕了！难道就没有别的结果吗？"我勉强说出这句话，对自己所说的话又感到害怕。

"有的，"他说，放下手，露出激动的神色，眼睛直视着我，"有两种不同的结果。只是看在上帝的分上别打断我,您要平心静气地理解我。有人说,"他说到这儿站起来,现出痛苦的微笑,"有人说,甲疯了,竟疯狂地爱上了乙,并且把这件事告诉她……可她只是笑笑。对她来说这是个笑话,但对他来说却是终身大事。"

我浑身打了个哆嗦,想打断他的话,叫他不要替我说话,可是他阻止我,把他的手放在我的手上。

"等一下,"他颤声说,"有人说,她似乎可怜他,这个不懂事的可怜姑娘,以为她真能爱他,因此同意做他的妻子。于是他这个疯子便信以为真,相信他的整个生活将重新开始,但她明白她欺骗了他……他也欺骗了她……这件事我们不谈了。"他结束说,显然无法再说下去,接着他就在我对面默默地来回踱步。

他嘴里说"我们不谈了",可我看得出他一心一意在等我的答复。我想说,可是说不出来,我的心仿佛揪紧了。我瞧了他一眼,他脸色苍白,下唇直打哆嗦。我很可怜他。我猛地冲破束缚住我的沉默,开始低低地用发自内心的声音说话,我担心我的声音随时都会中断。

"还有第三种结果,"我说到这儿停住,但他仍一言不发,"第三种结果是,他并不爱她,但使她痛苦,痛苦,他还自以为正确,走了,还挺得意。是您,可不是我,把这事当玩笑,我从第一天起就爱上您了,爱上您了。"我反复说,而在说"爱上"两个字时,我那低低的发自内心的声音变成了使我自己都吃惊的狂叫。

他脸色苍白站在我面前,嘴唇哆嗦得越来越厉害,两行热泪流到颊上。

"这太坏了!"我简直大叫起来,感到哭不出的愤怒的眼泪使我窒息,"这是为什么呀?"我说着站起来想离开他。

但他不放我走。他的头靠在我的膝盖上,嘴唇吻着我那发抖的双手,他的眼泪把我的手都沾湿了。

"天哪,我要是早知道就好了!"他说。

"为什么?为什么?"我反复说,可我心里充满幸福,一种一去不复返的幸福。

五分钟后,宋尼雅跑到楼上卡嘉那儿,对全家人嚷嚷说,玛莎要同谢尔盖·米哈伊雷奇结婚了。

五

我们的婚礼没有理由推迟,不论是我还是他,都不愿意推迟。不错,卡嘉想到莫斯科去给我置办嫁妆,而他母亲则要求他在结婚以前先购置一辆新马车、一套新家具,房子用新墙纸裱糊一番,但我们俩都坚持,即使非这样不可,这一切也等以后再办,婚礼在我生日后两星期就举行,不张扬,不办嫁妆,不请客,不用傧相,不办酒席,不喝香槟,免掉婚礼的一切繁文缛节。他告诉我,他母亲知道结婚不用乐队,没有堆积如山的箱子,房子不装修一新,不像她结婚时那样花上三万卢布,表示很不满意;她怎样瞒着他在储藏室里翻箱倒柜,怎样认真地偷偷同女管家马柳什卡商量,为了我们的幸福需要用什么样的地毯、窗帘和托盘。在我这方面,卡嘉同老保姆库兹明尼什娜也忙着同样的事。同她谈这事可不能只是开开玩笑。她坚决相信,我们俩彼此谈到我们的前途,只会卿卿我我、谈情说爱,就像一般处在我们这种地位的人那样;但我们未来真正的幸福,还得由衬衫的正确缝制、台布和餐巾的绲边来决定。在波克洛夫斯科耶和尼科尔斯科耶之间，每天都要交换几次秘密情报，相互通报在做些什么，卡嘉和他母亲表面上虽然客客气气，她们之间显然已存在某种敌意，但对付对方的手段却十分巧妙。他母亲塔季雅娜·谢苗诺夫娜（现在我同她已很熟了）是位严厉古板的主妇，是位老派夫人。他爱她不仅是出于做儿子的责任，而且还出于人情，他认为她是天下最善良、最聪明、最仁慈的女人。塔季雅娜·谢苗诺夫娜待我们一向很和气，尤其是待我，儿子结婚她很高兴，但当我以未来儿媳妇的身份同她在一起的时候，我觉得她要我明白，我要做她儿子的配偶应该变得更好些，而且要永远记住这一点。我完全理解她的意思，也同意她的想法。

在最后两个星期里，我们天天见面，他来吃午饭，一直坐到半夜。但是，尽管他说——我知道他说的是实话——他没有我活不下去，他可从来没有和我一起待过一整天，他还是努力做他的事。直到结婚那天，我们表面上还是维持原来的关系：我们相互还是用您称呼，他甚至不吻我的手，他不但不找寻机会甚至避免和我单独相处，仿佛他害怕沉溺于过分的有害的柔情之中。我不知道是他变了还是我变了，但现在我觉得和他完全平等了，在他身上再也找不到以前我不喜欢的故作平易近人的样子，我还常常高兴地看到，在我面前的已不是那个令人望而生畏的男子，而是一个温和的幸福得不知所措的孩子。"他也不过如此！"我常常想，"他只是一个同我一样的人罢了。"现在我觉得，他整个儿地暴露在我面前，我完全了解他。我所了解的一切是那么单纯，又那么同我一致。就连他关于我们将来共同生活的计划也和我的计划一样，只是他说得更清楚更完善罢了。

这几天天气很坏，我们大部分时间都待在屋里。我们在钢琴和窗户之间的角落促膝谈心,倾吐衷曲。黑魆魆的窗上映出近处的烛光,发亮的窗玻璃上偶尔有雨点打来,又往下淌。雨打着屋顶,水沿着屋檐下的水槽哗哗地流到下面的水洼里,潮气从窗口飘进来。我们的角落仿佛变得更光亮,更温暖,更快活了。

"您知道,我有一件事早就想对您说了,"有一次,我们两人在这个角落里坐到很晚,他说,"您弹琴的时候,我一直在想这件事。"

"您什么也别说,我全知道了。"我说。

他笑了笑。

"好的,我们不说了。"

"不,您说,是什么事?"我问。

"是这么一回事。您记得我给您讲过甲和乙的故事吗?"

"这种愚蠢的故事怎么会不记得。幸亏就那样结束了……"

"是的,我的全部幸福差一点儿被我自己给毁了。是您救了我。但主要是我当时老撒谎,我感到惭愧。现在我要把话说完。"

"哦,请您别说了。"

"别害怕,"他笑着说,"我只想替自己说明一下。我那天说话,只是想发一通议论。"

"为什么要发议论!"我说,"毫无必要。"

"是的,我的议论不对头。我经历了生活中的失望和错误,这次来到乡下,我自己打定主意,谈恋爱的时候已经过去了,我的义务只是度过晚年,因此我弄不懂我对您的感情究竟是怎么一回事,它对我将会有什么结果。我又抱希望,又不抱希望,有时我觉得您是在逗引我,有时我又相信这是真的,我真不知道我该怎么办。但在那天晚上以后 —— 当时我们在花园里散步 —— 我感到害怕,我觉得现在我有那么大的幸福，简直不可能。啊，如果我抱着希望，结果却落空，那怎么办？当然，我只考虑到自己，因为我是个卑鄙的自私自利的人。"

他瞧着我，沉默了一会儿。

"不过我当时也不全是胡说。我的忧虑也不是没有道理的。我从您那儿得到的太多，可我能给您的太少。您还是个孩子，还是个含苞待放的蓓蕾。您是初恋，可是我……"

"是的，您就如实告诉我吧。"我说，但忽然又担心他的回答，"不，不用了。"我又添加说。

"我以前有没有恋爱过？是吗？"他立刻猜透我的心思说，"这我可以告诉您。我没有，没有恋爱过。从来不曾有过这样的感情……"但他的心头仿佛突然掠过一阵痛苦的回忆，"不，要有权爱您，先要得到您的信任，"他忧郁地说，"在说出我爱您以前，难道不需要郑重考虑一番吗？我能给您什么呢？爱情——不错。"

"难道这还不够吗？"我瞧着他的眼睛说。

"不够，我的朋友，对您来说不够，"他继续说，"您年轻美丽！我现在常常幸福得晚上睡不着觉，老是想着我们将来怎样一起生活。我经历多了，我觉得我找到了幸福所需要的东西。在我们这个穷乡僻壤过与世隔绝的幽居生活，力所能及为人们做些好事，这是容易的，因为平时没人对他们做好事；然后是劳动，对人有益的劳动；然后是休息、自然景色、书本、音乐、爱亲人——这就是我的幸福，我再也没有别的奢望了。除此以外，还有像您这样的伴侣，也许还有子女，一个人所能希望的也不过如此了。"

"是的。"我说。

"对我来说,青春已经过去,情况就是这样,但您可不是这样,"他继续说,"您还没有生活的经历,您也许想在别的方面找寻幸福,也许您能找到。现在您觉得幸福,因为您爱我。"

"不,我一向就喜欢并且希望过安静的家庭生活,"我说,"您只是说出了我所希望的事。"

他笑笑。

"这只是您的想法,我的朋友。这些对您是不够的。您又年轻又美丽。"他若有所思,又说了一遍。

但是我生气了,因为他不相信我,仿佛还拿年轻和美丽来责备我。

"那您为什么要爱我呢?"我生气地说,"是为了我年轻,还是为了我这个人?"

"我不知道,但是我爱您。"他用富有魅力的专注的目光瞧着我,回答说。

我什么也没有回答,情不自禁地望着他的眼睛。突然我眼前出现了一种奇怪的景象:我先是看不见周围的东西,后来他的脸在我面前消失,只剩下他那双炯炯发亮的眼睛,仿佛正对着我的眼睛,后来我觉得那双眼睛钻进我的心里,于是一切都模糊了,我什么也看不见,我只好眯起眼睛,以摆脱这种目光在我心里引起的惊喜交集的感觉……

婚礼前一天的傍晚,天气转晴了。在夏雨绵绵之后,这是第一个寒冷而晴朗的秋夜。一切都是潮湿、寒冷和明亮的。花园里第一次出现了空旷、斑斓和疏落的景象。天空晴朗、寒冷、苍白。我去睡觉,想到明天我们结婚天气晴朗,心里十分快乐。

这天，太阳一出来我就醒了，想到今天就要……我仿佛感到害怕和惊讶。我走到花园里。太阳刚刚升起，阳光斑斑点点地漏过林荫路上正在落叶发黄的菩提树。路上铺满窣窣发响的树叶。一串串皱皮的花楸果鲜红可爱，挂在叶子经霜稀疏卷缩的枝头；大丽花也凋萎发黑了。萎靡的草上和宅旁折断的牛蒡叶上，初霜银光闪闪。晴朗、寒冷的空中没有也不可能有一片云彩。

"难道真的就是今天吗？"我自问，不相信有这样的幸福，"难道明天我醒来已不在这里，而是在尼科尔斯科耶别人家有圆柱的住宅里吗？难道我真的不用再等待他，迎接他，也不用每天晚上跟卡嘉谈论他了吗？我再也不用跟他一起坐在波克洛夫斯科耶大厅里的钢琴旁了吗？再也不用送他走，并为他在黑夜走路而担心吗？"但我想到昨天他说他这是最后一次来看我，我又想到卡嘉要我试试结婚礼服，她还说："是明天要用的。"我一瞬间相信这是真的，但接着又怀疑起来。"难道从今天起我就要离开娜杰莎，离开格里戈利老头儿，离开卡嘉，在那里同婆婆生活在一起吗？难道我再也不能在临睡前亲亲老保姆，然后让她照例给我画过十字说'晚安，小姐'了吗？我再也不能教宋尼雅读书，同她一起玩，早上敲墙叫醒她，听她清脆的笑声了吗？难道从今天起，我将变成连我自己都不认识的人，在我的面前将开始一种能实现我愿望的新生活吗？难道这种新生活将永远继续下去吗？"我迫不及待地等着他，这样想，感到心头沉重。他来得很早，同他在一起，我才完全相信我将做他的妻子，也不再害怕这种想法了。

午饭前，我们去教堂祭祷父亲。

"要是现在他还活着就好了！"我们一路走回家去，我心里想。

我默默地靠在我所思念的那个人生前最好的朋友的手臂上。祈祷时，我把头伏在教堂冷冰冰的石头地上，生动地想到了我的父亲。我深信，他的在天之灵能理解我，并赞同我的选择，我觉得他的灵魂就在这里，就在我们头上飞翔，并且在祝福我。于是回忆、希望、幸福和忧伤在我心里融合成一种庄严而愉快的感觉，这种感觉正好同静止的新鲜空气、寂静、凋零的田野和灰白的天空相协调；那灿烂而和煦的阳光从灰白的天空普照大地，也晒着我的面颊。我觉得这个和我同行的人是理解我的心情并和我有同感的。他默默地慢慢走着，我偶尔望望他的脸，他的脸上也流露出那种不知是悲还是喜的庄严感情，同大自然一样，也同我的心情一样。

他突然向我转过脸来，我看出他有话要说。"万一他要说的和我想的不一样，那怎么办？"我这样想。他谈到我的父亲，但没有提到他的名字。

"有一次他跟我开玩笑说：'你同我的玛莎结婚吧！'"

"要是现在他活着，他会多么高兴啊！"我说，更紧地靠在他那挽着我的手臂上。

"是的，那时您还是个孩子，"他瞧着我的眼睛，继续说，"我那时吻过这双眼睛，我爱它，只是因为长得像他的眼睛，但是我还没有想到这双眼睛本身对我会这么宝贵。我那时管您叫玛莎。"

"对我说话用'你'呀。"我说。

"我刚要对你说'你'呢，"他说，"直到现在我才觉得你完全是属于我的。"他那安宁、幸福和富有魅力的目光停留在我的身上。

我们一直穿过那割了庄稼被踩平的田野，沿着还没有成形的田间小路慢慢地走着；我们只听见我们的脚步声和说话声。一边，一片黄褐色的麦茬地穿过峡谷，伸展到远处树叶凋落的小树林；在这片田野里，一个农夫正手扶木犁默默地耕作，犁开一片越来越宽的黑土。山脚下有一群散放的马，看上去离我们很近。另一边，前方，直到我们的花园和花园后面的房屋，是一片黑色和一垄垄已经解冻发绿的冬麦地。万物沐浴在并不炎热的阳光中，上面还沾满蜘蛛细长的游丝。游丝在我们周围的空中飘动，落到霜冻的麦茬地上，落到我们的眼睛、头发和衣服上。我们说话的时候，我们的声音就在我们头上静止不动的空气中回响着，停留着，仿佛全世界只有我们两个人，在这秋阳闪烁的蔚蓝苍穹下只有我们两个人。

我也想对他称"你"，但感到不好意思。

"你怎么走得这样快啊？"我急急地说，声音很低，不由得脸都红了。

他走得慢些，更亲切、更快乐、更幸福地瞧着我。

我们回到家里，他母亲和几个非请不可的客人已到了。因此直到我们走出教堂坐上马车，到达尼科尔斯科耶为止，我和他没有单独在一起过。

教堂几乎是空的。我从眼角看见他的母亲站在唱诗班旁的小地毯上，卡嘉头戴一顶有紫色飘带的帽子，脸上挂着眼泪，还有两三个家奴好奇地打量着我。我没有朝他看，但我知道他就在这里，就在我身边。我听着祈祷文，嘴里复述着，但心里毫无反应。我不能祈祷，只呆呆地望着圣像、蜡烛、神父法衣背上绣着的十字架、圣像壁和教堂窗子，可是什么也不明白。我只觉得我身上正在发生一件极不平凡的事。当神父拿着十字架转身对着我们，向我祝贺，告诉我他已给我画过十字，上帝现在已使我们成婚了，卡嘉和他母亲也

家庭幸福 | 105

吻了我们，我听见格里戈利叫马车的声音，这时我感到惊讶和害怕，因为一切都已完了，可我心里并没有发生什么同我受的圣礼相适应的非同寻常的事。我和他接吻，但这种接吻是古怪的，并非出于我们的感情。"就是这些吗？"我想。我们走出教堂，教堂的圆拱下发出车轮的辘辘声，清凉的风拂着我们的脸。他戴上帽子，扶我坐上马车。从马车窗子里望出去，我看见一轮带晕的寒冷的月亮。他在我身旁坐下，随手关上车门。我的心仿佛被什么东西扎了一下。我觉得他那种信心十足的姿态伤了我的自尊心。卡嘉大声喊叫，要我包上头巾，车轮在石子路上辘辘滚过，然后走上土路，我们出发了。我蜷缩在马车一角，望着窗外遥远的明亮的田野和在寒冷的月光中飞逝的道路。我没有看他，但感到他就在我旁边。"哦，难道我期望那么多的这一刻给我的就是这一些吗？"我想，而单独那么挨近他坐着总觉得有点儿屈辱。我向他转过脸去，想跟他说些什么。但我说不出，仿佛我已没有原来的那种柔情，有的只是一种屈辱和恐惧的感觉。

"直到此刻我都不相信发生这样的事。"他悄悄地回答我的目光。

"是吗，但我不知怎的感到有点儿害怕。"我说。

"你是怕我吗，我的朋友？"他握住我的手，一边说一边向它低下头去。

我的手毫无感觉地落在他的手里，我的心冷得作痛。

"是的。"我低声说。

但这时我的心跳得更剧烈了，手也哆嗦起来，并且紧紧地握住他的手，我感到热，我的眼睛在暮色中找寻他的目光。我突然觉得我并不怕他，这种恐惧就是爱情，一种比以前更温柔更强烈的爱情。我觉得我整个儿是他的，我因为属于他而感到幸福。

第 二 部

六

　　一天又一天，一星期又一星期，两个月的乡村幽居生活就这样不知不觉地（当时有这种感觉）过去了。但这两个月所体验的感情、激动和幸福足足抵得上一生。我们俩关于村居生活的梦想实现得完全不像我们想象的那样。不过，我们的生活过得并不比我们的梦想差。没有我出嫁前所想象的那种认真的劳动，没有为了承担义务而自我牺牲，也没有为别人而生活；有的只是彼此相爱的自私感情、被爱的欲望，老是无缘无故地感到快乐，并且忘记了世上的一切。不错，他有时到书房工作，有时进城办事，或者为农活奔忙，但我看出，他离开我时是多么痛苦。后来他自己也承认，只要我不在，世上一切对他都是没有意思的，他不明白怎么能去干那种事。我也有同样的感觉。我看书，弹琴，陪伴婆婆，到学校教书，而我做这一切都只是因为同他有关，并能博得他的称赞；但只要想到什么同他无关的事，我的手就垂下来，而且一想到世界上除了他还有什么别的东西，就觉得可笑。也许这是一种不好的自私的感情，但这感情使我感到幸福，并且使我高出于全世界之上。对我来说，世界上只存在他一个人，而且我认为他是世界上最完美无缺的人；因此我不能为任何其他事物活着，我只能为他活着，并且做一个他所希望的那样的人。

他则认为我是世界上具有一切美德的十全十美的女人；我也就竭力要在世界上最完美的男人面前做一个这样的女人。

有一次，我正在祷告上帝，他走进我的屋里来。我回头望了他一眼，继续祷告。他在桌旁坐下，不来打扰我，接着他翻开一本书。但我觉得他在望着我，又回头看了看。他微微一笑，我也笑起来，祷告就做不下去了。

"你已经祷告过了吗？"我问。

"祷告过了。你继续祷告吧，我走了。"

"你也来祷告，好吗？"

他没回答，想走，但我把他叫住。

"我的宝贝，为了我，同我一起祷告吧。"

他站在我旁边，笨拙地垂下手，神态庄重，结结巴巴地念起来。他偶尔向我转过身，在我脸上寻找赞许和帮助。

他一念完，我笑了，拥抱他。

"都是你，都是你！我仿佛变得又只有十岁了。"他说着涨红了脸，吻着我的双手。

我们的房子是乡间一所古老的住宅，祖祖辈辈住在这里，彼此尊敬爱护，这里处处洋溢着正直良好的家庭传统。我一进门，这种传统仿佛也就成了我的传统。家里的陈设和规矩都是由塔季雅娜·谢苗诺夫娜按照老传统安排的。虽不能说一切都很雅致美观，但从用人到家具和食物，一切都很丰富，一切都很整洁，厚实，井井有条，令人尊敬。客厅里对称地摆着家具，挂着画像，地板上铺着自织的地毯和花条布地毯。起居室里摆着一架旧三角钢琴、两个式样不同的小衣柜、几把沙发和几张包黄铜带镶嵌的小桌子。我的书房是由塔季雅娜·谢苗诺夫娜精心布置的,里面摆着不同时代和不同式样的精美家具,其中有一架古老的穿衣镜,起初我不好意思照,后来却成了我十分宝贵的东西。塔季雅娜·谢苗诺夫娜的声音虽然听不见,但家里的活动就像一架上足发条的时钟那样进行着。仆人虽然嫌多,但他们都穿着没有后跟的软靴(塔季雅娜·谢苗诺夫娜认为鞋底的嚓嚓声和鞋跟的橐橐声是世界上最讨厌的声音),并以自己的职责自豪,他们在老夫人面前战战兢兢,对待我和我丈夫毕恭毕敬,高高兴兴地干着各人的事。每星期六家里照例要擦洗地板和拍打地毯,每月第一天都要做圣水祭礼拜,每逢塔季雅娜·谢苗诺夫娜和她儿子的命名日(这年秋天又第一次加上我的命名日),都要大宴四邻。而这一切都是从塔季雅娜·谢苗诺夫娜记事的时候起就一直沿袭下来的。丈夫从不过问家务,他只管理农事和农民,在这方面花去很多时间。他起得很早,连冬天都是如此,因此我醒来总是见不到他。他通常在喝早茶的时候回来(我们俩总是单独在一起喝茶),他在操劳和处理了不愉快的事情后心情就特别好,我们把他这种心情叫做狂欢。我常常要他告诉我,他早上做了些什么,他就对我说一些荒唐可笑的事,说得我们俩都笑得要死。有时我要他讲些正经事,他就忍住笑讲起来。我看着他的眼睛,看着他翕动的嘴唇,什么也没听明白,我只要能看见他,听到他的声音,就快活了。

"啊,我刚才说什么来着?你说一遍。"他问。但我什么也说不上来。他对我谈的不是他自己的事,也不是我的事,而是别的什么可笑的事。外面不论发生什么事,仿佛都不关我们的事。过了好多日子,我才了解他的工作,并对此发生兴趣。塔季雅娜·谢苗诺夫娜午饭前一般不出房门,独自喝茶,只打发人来向我们问好。在我们这个独特的幸福得发狂的小天地里，听到从她那另一个庄重规矩的角落传来的声音，觉得十分古怪，因此当使女交叠双手，不慌不忙地报告说，塔季雅娜·谢苗诺夫娜要她来问问，我昨天散步回来后睡得怎样，还要告诉我她腰疼了一夜，村子里那条该死的狗叫得她没法睡觉。她还说："太太要我问您是不是喜欢今天的面包，她请您注意，今天不是塔拉斯烤的，而是尼科拉沙第一次试烤的，'8'字形甜面包尤其出色，但面包干烘过头了。"我听了这些话总是哈哈大笑。午饭以前我们俩很少在一起。我独自弹琴，看书；他写信，有时再出去；但在四点钟午饭时，我们大家都聚集在客厅里，婆婆慢悠悠地从她的房间里走出来，接着几个常住我家的穷贵族和香客也都出来了。每天我丈夫总是照老规矩搀着母亲出来吃午饭，但她总是要他用另一只手搀着我，因此每天我们总是你推我挤地走进门来。午饭时，妈妈总是坐主位，谈话总是彬彬有礼，甚至有点儿庄严。我和我丈夫的随便谈话常常愉快地打破午饭时这种庄严的气氛。有时他们娘儿俩还争吵，彼此取笑；我特别喜欢这种争吵和嘲笑，因为这最有力地表现出母子之间牢固的深挚感情。饭后，妈妈坐在客厅的大安乐椅上研鼻烟，或者裁开新书的页边，我们就念书给妈妈听，或者到起居室弹琴。这个时期，我们一起念了许多书，但我们最喜爱和最爱好的享受还是音乐，音乐每次都拨动我们新的心弦，使我们彼此仿佛又一次敞开自己的心扉。当我弹奏他心爱的曲子时，他总是坐到我几乎看不见的远远的沙发上，他由于害羞总是竭力掩饰音乐对他的影响；但我常常出其不意地从钢琴旁站起来，走到他跟前，竭力在他脸上找寻激动的痕迹和他眼睛里不自然的光辉和泪花，他虽然竭力不让我看见，但没有用。妈妈常常想到起居室来看看我们，但她大概不愿使我们感到拘束，有时就故意不看我们，摆出一副严肃而冷淡的神气穿过起居室，但我知道她根本没有必要去自己的屋里又这么快回来。晚茶我常安排在大客厅里，这时一家人又聚集到餐桌旁。在明亮如镜的茶炊旁庄严聚会，由我把玻璃杯和茶杯分发给大家，这种聚会使我长时间感到难堪。我要拧开这么大茶炊的龙头，把玻璃杯放在尼基塔的托盘上，并说："彼得·伊凡内奇请，玛丽雅·米尼奇娜请。"还问："够甜吗？"还要给老保姆和资深的用人留下方糖，我总觉得我还太年轻，不够老练，不配享有这样的荣誉。"好，好，"我丈夫常常说，"真像个大人了。"这就使我更窘了。

晚茶后，妈妈就摆牌阵或听玛丽雅·米尼奇娜算命，然后她吻我们俩，给我们俩画十字，我们就回房去。但多半是我们俩一直坐到半夜，这是我们最美好最愉快的时光。他给我讲他的往事，我们一起制订计划，海阔天空地聊天。我们竭力压低声音说话，免得让楼上的人听见，去报告塔季雅娜·谢苗诺夫娜，而塔季雅娜·谢苗诺夫娜总是要我们早早地睡觉。有时我们饿了，就悄悄走到配菜间，请尼基塔给我们弄点儿冷餐，然后在我的书房里只点一支蜡烛吃夜宵。在这座古老的大房子里存在着传统的习惯和塔季雅娜·谢苗诺夫娜的严谨作风，我同他两人住在这里就像是做客似的。不仅塔季雅娜·谢苗诺夫娜，就是仆人、老使女、家具和图画，都使我产生敬畏的心情，意识到我同他住在这里不太合适，必须非常谨慎小心。我现在回想起来，觉得有许多事情——这种使人拘束的一成不变的秩序和家里一大批无所事事而又爱管闲事的仆人——都使人感到拘束和难受，但当时正是这种拘束使我们的爱情更富有生气。不仅是我，就是他也从不流露不满意的样子，相反，他甚至对坏事装作没

家庭幸福 | 111

有看见。妈妈的侍仆德米特里·西多洛夫是个烟鬼。每天饭后我们在起居室时,他总是到我丈夫书房的抽屉里拿烟丝。这时谢尔盖·米哈伊雷奇就带着又惊又喜的神色踮着脚尖走到我跟前,指指德米特里·西多洛夫,向我挤挤眼,用手示意不要声张,而德米特里·西多洛夫怎么也没想到会有人看见他。这情景是有趣极了。等德米特里·西多洛夫没有发现我们而走了出去后,丈夫发现这事照例顺利结束,便高兴地说我很可爱,并且吻了我。有时他这种泰然自若、宽容姑息和对一切都漠不关心的态度使我很不高兴,认为这是他的弱点,而没有看到我自己也有同样的毛病。"他简直像个没有胆量的孩子!"我想。

"唉,我的朋友!"有一次,我对他说他的弱点使我惊讶,他就回答说,"我现在这样幸福,怎么还能对什么感到不满呢? 与其让别人难堪,不如自己让步,这一点我深信不疑;没有什么处境能使人感到不幸福。我们是多么快活啊! 我不能生气,对我来说没有什么不好的东西,只有可怜和好玩的东西。主要是,不要身在福中不知福。不瞒你说,每当我听见铃铛声,或者接到来信,甚至早上醒来的时候,我都会感到害怕。我怕的是还得生活下去,我怕的是会发生什么变化,因为不可能有比现在更好的处境了。"

我相信他,但并不完全理解他的话。我感到快活,但觉得这是理所当然的,不可能有别种情况,而且大家都是这样的,如果说,别的地方还有别种幸福,即使是不大的幸福,那也是另一种幸福。

就这样过了两个月。冬天带着严寒和风雪降临了。虽然他仍同我在一起,我却开始感到孤独,开始感到过的是老一套的生活,我身上和他身上都没有什么新东西,相反,我们仿佛又回到老路上。

他开始比以前更努力工作，但不让我过问，因此我觉得他心里有个特殊的天地不放我进去。他那一成不变的沉着使我生气。我和以前一样爱他，也和以前一样因他的爱而感到幸福；但我的爱情停滞了，不再增加，而除了爱情，有一种新的不安感正在潜入我的心里。在经历了热恋之后，我觉得光是爱还不够。我需要活动，而不要平静的生活。我需要激动、冒险和为爱情而自我牺牲。我身上有过剩的精力，无法在我们平静的生活里用掉。我常常感到忧郁，我把它当作坏事竭力瞒着他；我心中又常常涌起一阵阵狂热的柔情和喜悦，这使他感到害怕。他比我更早发现我的这种精神状态，建议我进城去玩玩，但我要求别去，不要改变我们的生活方式，不要破坏我们的幸福。真的，我很幸福，我感到痛苦的只是，这幸福没有花费我什么力气和牺牲，而我却渴望付出力气和牺牲。我爱他，看到我为他所做的一切；但我却希望大家都看见我们的爱情，不让我爱他，而即使如此，我仍然爱着他。我的理智甚至感情全都用上了，但我还有别的感情——青春和渴望行动的感情，在我们平静的生活中找不到使用的地方。为什么他对我说，只要我愿意就可以搬到城里去呢？如果他不对我说这话，也许我会懂得，这种使我烦恼的感情是荒唐的有害的，是我错了，我所追求的牺牲其实就在这里，就在我面前，就是克制这种感情。只要搬到城里去就能摆脱忧郁，这种想法浮上我的心头；同时，为了我而要他离开他所爱的一切，我又觉得内疚，觉得于心不忍。时间就这样不断流逝，雪越下越大，墙外都积满了雪，我们却始终是四目相对，整天厮守在一起，而外面的世界五光十色，人们喧闹、激动、痛苦、欢乐，根本没想到我们，没想到我们虚掷的时光。我觉得最糟糕的是，我们的习惯一天天把我们的生活冻结在一个固定的模式里,而我们的感情则变得很麻木。越来越顺从于四平八稳、没有激情的时间洪流。早晨我们喜气洋洋,午餐时彬彬有礼,晚上情意绵绵。"行善吧!"我对自己说。"行善和过正直的生活,正如他说的,很好,但这种事我们以后还有机会做,而有些事只有现在才能做。"我需要的不是行善,而是拼搏,我要让感情支配我们的生活,而不要让生活支配我们的感情。我希望和他一起走近万丈深渊,并且说:"再走一步,我就跳下去了,只要一动,我就完了。"他站在深渊边上,脸色发白,伸出他那双有力的手把我抱住,抱着我俯视深渊,我吓得心脏收缩,听任他把我抱到什么地方去。

这种精神状态甚至影响了我的健康,我开始神经衰弱。有一天早晨我的健康情况特别坏;他从管理处回来,情绪不好,这在他是很难得的。我立刻发现这一点,问他出了什么事。但他不愿告诉我,说这事不值一提。后来我才知道,县警察局长对我丈夫没有好感,把我家农民叫了去,向他们提出非法的要求,并且对他们进行威胁。对此我丈夫不能容忍,不能把它只看作一件又可怜又可笑的事,他大发脾气,并因此不愿跟我谈这件事。但我认为他不愿跟我谈,是因为他把我看作小孩子,不能理解他的心事。我扭头不理他,吩咐用人去请玛丽雅·米尼奇娜来喝茶,她当时正在我家做客。我很快喝完茶,然后把玛丽雅·米尼奇娜拉到起居室,同她大声谈些我根本不感兴趣的废话。他在房间里来回踱步,偶尔对我们瞧瞧。他的目光不知怎的对我影响很大,我越来越想说话,甚至越来越想笑:我觉得我说的话和玛丽雅·米尼奇娜说的话都很可笑。他对我什么也没说,就走到自己书房里,随手关上门。我一听不见他的声音,我的愉快心情顿时消失,连玛丽雅·米尼奇娜都感到惊讶,问我出了什么事。我没有回答她，坐到沙发上，直想哭。"他在想些什么呀？"我想。"一定是些小事，但他认为了不起，他要是告诉我，我一定会让他明白，这都是些鸡毛蒜皮的小事。嗐，他总以为我不懂，故意装出若无其事的样子来蔑视我，表示他对待我总是正确的。然而，我感到寂寞空虚，我要生活，我要生活，我不要老待在一个地方虚度年华，我这种感觉又何尝不对呢。我想前进，希望每天每时每刻都能遇到新鲜事情，而他却想停滞不前，并且迫使我也留在原地不动。他这样做真是太方便了！要做到这一点，他不用带我进城；要做到这一点，他只要像我一样不勉强自己，不克制自己，而是随随便便过日子。他这样劝我，但他自己并不随便。问题就在这儿！"

我感到心里在流泪，我生他的气。对这种情绪我自己也感到吃惊，我就去找他。他坐在书房里写东西。他听见我的脚步声，若无其事地回头对我瞧瞧，继续写字。我不喜欢他这种目光；我没有走到他身边，却走到写字台旁，打开一本书来看。他又停下笔对我瞧瞧。

"玛莎！你不高兴吗？"他问。

我用冷冷的目光回答他，仿佛说："问什么！何必这样客气？"他摇摇头，胆怯而温柔地微微一笑，但我没有用笑脸来回答他的笑脸，这在我还是第一次。

"你今天怎么啦？"我问，"你为什么不告诉我？"

"没什么！一件不愉快的小事，"他回答，"但现在我可以告诉你了。有两个农民进城去……"

但我没让他把话说完。

"喝茶的时候我问你，你为什么不告诉我？"

"我当时很生气，准会对你说出蠢话来。"

家庭幸福 | 115

"可当时我很想知道。"

"为什么？"

"为什么你总认为我无论什么时候无论什么事都帮不了你的忙？"

"我怎么认为？"他扔下笔说，"我认为我没有你就活不下去。你不仅处处帮助我，而且什么事都是你在做。亏你想得出！"他笑了。"我是靠了你才能生活。我觉得就因为你在这儿一切才那么美好，我需要你……"

"是的，这我知道，我是个需要宠爱的好孩子。"我说话的语气使他吃惊，他看着我，仿佛还是第一次看见我似的，"我不要你的冷静，你够冷静了，太冷静了。"我添加说。

"哦，你瞧，是这么一回事，"他慌忙打断我的话说，显然不让我把话说完，"不知道你会怎么看待这件事。"

"我现在不想听。"我回答。虽然我很想听他说，但能破坏他心里的平静，我感到很痛快。"我不要游手好闲，我要过真正的生活，"我说，"像你一样。"

他的脸色变化迅速，反应很快，这时现出痛苦和紧张的神情。

"我要跟你平等生活，跟你……"

我没法把话说完，因为他的脸上现出十分忧郁的神色。他沉默了一会儿。

"你跟我一起生活，什么地方不平等？"他说，"是因为同县警察局长和喝醉酒的农民打交道的是我，而不是你……"

"不光这一件事。"我说。

"看在上帝分上请你理解我，我的朋友，"他继续说，"我知道，担惊受怕总是痛苦的，我有生活经历，这滋味我尝过。我爱你，因此我不能不希望让你避免这种痛苦。我活着就是为了爱你,因此你也不要来妨碍我的生活。"

"你永远正确!"我眼睛不瞧他说。

我感到气愤的是,在我烦恼和悔恨的时候,他还是那样心安理得,若无其事。

"玛莎!你怎么啦?"他说,"问题不在于是你正确还是我正确,而完全是另一回事;你对我有什么意见?别急着说,你先考虑一下,再把你的想法告诉我。你对我有意见,你大概是对的,但你得让我明白我错在什么地方。"

但我怎么能把我的心里话告诉他呢?他一眼就能知道我的心事,我在他面前又成了孩子,我做的事没有一件他不了解或没有预见到。想到这一点,我更加激动。

"我对你毫无意见,"我说,"我只是感到无聊,我不希望无聊。但你说非这样不可,结果又是你正确!"

我说完这话,瞧了他一眼。我的目的达到了,他的平静消失了,脸上现出恐惧和痛苦的神色。

"玛莎,"他激动地低声说,"我们现在做的事情可不是儿戏。现在正在决定我们的命运。我请你什么也别回答,先听我说。你为什么要折磨我?"

但我打断了他的话。

"我知道又是你对。别说了,总是你对。"我冷冷地说,仿佛说话的不是我,而是我心里的魔鬼。

"你真不知道你这是在做什么!"他声音发抖地说。

我哭了,我感到好受些。他坐在我旁边,一言不发。我开始可

家庭幸福 | 117

怜他，我感到害臊，对我的行为感到悔恨。我没有看他。我觉得，在这一刻他应该严厉地或者困惑地望着我。我回头一看，原来他正用亲切温存、仿佛请求原谅的目光凝视着我。我拉住他的手说："请你原谅！我自己也不知道我在说什么。"

"对，但我知道你在说什么，你说了实话。"

"什么？"我问。

"我们得去彼得堡，"他说，"目前我们在这儿没事好干。"

"随你的便。"我说。

他拥抱我，吻了吻我。

"请你原谅，"他说，"我对不起你。"

那天晚上，我为他弹琴弹了好久，他在屋里来回踱步，嘴里喃喃地说着什么。他有自言自语的习惯，我常常问他在嘟囔些什么，他总是想一想，然后把他说的告诉我。他多半是在念诗，有时说些毫无意思的废话，但从这些废话里我能知道他的心情。

"你刚才在嘟囔些什么呀？"我问。

他站住，想了想，微微一笑，然后背了莱蒙托夫的两句诗作为回答：

……他疯狂地祈求暴风雨降临，
仿佛暴风雨会给他带来安宁！

"是啊，他是个不平凡的人，他什么都知道！"我想，"我怎么能不爱他呢！"

我站起来，拉着他的手，同他一起来回踱步，竭力使我们的步调一致。

"行吗?"他瞧着我笑眯眯地问。

"行。"我低声说。我们心里都充满了愉快的感情,我们的眼睛都笑了。我们的步子越迈越大,脚尖越踮越高。我们就这样迈着大步,使格里戈利生气,使在客厅里摆牌阵的妈妈大为惊讶。我们就这样穿过各个房间,走到餐厅,在那里站住,四目相视,哈哈大笑。

两星期后,在圣诞节前,我们来到了彼得堡。

七

我们的彼得堡之行,在莫斯科逗留的一个星期,对我们两家亲戚的访问,新居的布置,旅途的见闻,新的城市和新的人物,这一切都像是在做梦。这一切是那么色彩缤纷、新奇有趣,这一切由于他的出现和爱显得格外温暖和明丽,宁静的乡村生活已使我感到遥远而毫无意义。我预料上流社会的人一定很傲慢和冷淡,但使我大为惊异的是,那里人人(不仅亲戚,而且还有不认识的人)都很真诚,亲切而高兴地欢迎我,仿佛他们一直在想念我、盼着我,我一去他们都感到高兴。还有一件事出乎我的意料:在我认为最好的上流社会圈子里,我发现我丈夫有许多从没向我提到过的熟人,我认为这些人都很善良,可是我丈夫却严厉批评其中的某些人。我无法理解,他为什么待他们这样冷淡,而且竭力回避许多我认为值得赞扬的熟人。我认为好人认识得越多越好,而这里的人都是好人。

"我说,我们要这样安排一下,"他在我们离开乡下前说,"我们在这儿是小财主,但到了那里就很拮据,因此我们在城里只能住到复活节,也不能出入交际场所,要不我们就麻烦了,为了你我也不愿意……"

"我们何必去交际场所?"我回答,"我们只要去看看戏,看看亲戚,听听歌剧和好的音乐,不到复活节我们就可以回乡下去了。"

但我们一到彼得堡,这些计划就被忘记得一干二净。人突然来到一个全新的幸福世界,周围有那么多赏心乐事,那么多新鲜有趣的见闻,使我立刻(虽然是不自觉地)把过去的一切和原定的计划都否定了。"过去的一切都微不足道,生活还没有开始,这儿才是真正的生活!以后会怎么样呢?"我想。乡下使我忧虑不安的烦恼突然像中了魔法似的消失了。我对丈夫的爱变得平静了,在这里我从没想到他对我的爱会不会减少。我也确实不能怀疑他对我的爱,因为我的任何思想他都能立刻理解,我的感情他能共鸣,我的愿望他都能满足。在这儿,他的冷静消失了,或者不再使我生气。同时我感觉到,他不仅像以前那样爱我,而且还欣赏我的言行。每次出去访问,结识新交,或者在家里举行晚会(在这种场合我心里总是很惶恐,生怕没有尽到主妇的责任)以后,他就会说:"哦,小姑娘!真不错!别害怕,真的,你做得很好!"这样我就很高兴。我们到彼得堡后不久,他写了封信给母亲,叫我在他的信上也写几句,但他写的信不让我看,我自然就要求看,结果还是看了。他写道:"您一定不认识玛莎了,连我都不认识她了。她那种落落大方、端庄娴雅的仪态,圆熟的交际手腕和待人接物的亲切风度,真不知是从哪儿来的。一切都是那么自然,那么可爱,那么和善。大家都对她赞叹不已,我对她也欣赏不止。如果可能,我真愿意更加爱她。"

"噢,原来我是这样的一个人!"我想。我快活极了,心情舒畅极了，我甚至觉得我更加爱他了。我在所有熟人中取得的成功，完全出乎我的意料。四面八方都有人对我说，有位叔叔非常喜欢我，有位阿姨为我倾倒，有个男人说，彼得堡像我这样的女人还没有第二个，有个女人断定，只要我愿意，就可以当上流社会最高雅的女人。尤其是丈夫的表姐，德公爵夫人，上流社会一位并不年轻的女人，突然迷上了我，对我说的恭维话比谁都多，弄得我有点儿飘飘然。当这位表姐第一次邀请我参加舞会，并要求我丈夫答应时，我丈夫就调皮地微笑着问我是不是想去。我点点头表示愿意，感到自己脸红了。

"她表示想去时就像个罪犯。"他和蔼地笑着说。

"你不是说过我们不去交际场所，你也不喜欢去吗？"我含笑回答，用请求的目光瞧着他。

"如果你很想去，那我们就去。"他说。

"说真的，还是不去的好。"

"你想去？很想去吗？"他又问。

我没有回答。

"社交本身并不是什么罪恶，"他继续说，"但社交界填不满的欲望可是丑恶的。我们一定去，一定去。"他最后断然说。

"实话对你说吧，"我说，"天下没有比参加舞会更使我想望的事了。"

我们去了。我感到的快乐超过我的期望。在舞会上，我更觉得我是中心，一切都对着我转，为了我，这个大厅才灯火辉煌，乐声悠扬，赞美我的人群才聚集在这里。所有的人，从理发师和使女，到穿越大厅的舞伴和老人，仿佛都在对我说或者使我感觉到，他们都爱我。表姐告诉我，舞会上大家对我的一致评论是，我完全不同于其他女人，我身上有一种特殊的纯朴可爱的乡土味。这次成功使我的虚荣心得到满足，因此我直率地对丈夫说，今年我想再参加两三次舞会，而且昧心地添加说："这样我就心满意足了。"

丈夫欣然同意，起初欢欢喜喜地带着我去，为我的成功感到高兴，似乎完全忘记了以前说过的话，或者改变了主意。

后来，他对我们的生活显然感到厌倦和难受。但我根本顾不到这一点，即使有时发现他用严肃关注的目光询问似的瞧着我，我也不明白它的含义。我觉得，所有的外人都那么热烈地爱我，我在这里初次领略到的气氛是那么优美、愉快和新鲜，我陶醉了，连他那束缚我的精神影响也突然消失了。我感到高兴的是，在这里我不仅可以和他平起平坐，而且地位比他高，因此我也比以前更热烈更自觉地爱他，同时也无法理解他怎么会认为社交生活对我有不利的地方。每次走进舞会，看到所有的目光都集中在我身上，我就产生一种自豪和得意的新鲜感觉，而他却仿佛因拥有我而在众人面前感到害臊，赶快离开我，消失在穿黑色礼服的人群中。"等一下！"当我用眼睛在大厅尽头找寻他那不显眼的平凡身影时，一再想，"等一下，等我们回到家里，你就会明白，你就会知道，我打扮得这么漂漂亮亮是为了谁，今晚在我的周围我爱的是什么。"我由衷地认为，为了他，我对自己的成功感到高兴，为了他，我也愿意放弃一切。我想，社交生活对我只有一种危险，那就是我可能迷上社交场中的哪个男人而引起丈夫的嫉妒；但他却非常信任我，神态泰然自若，我觉得所有这些年轻人同他相比都微不足道，因此，社交场中这唯一的危险对我也并不可怕。但是，尽管如此，交际场中许多人的青睐使我高兴，使我的虚荣心得到满足，使我想到我跟丈夫的爱情中有我的一份功劳，因而我对他的态度就更自信更任性了。

"我看见你跟某某人谈话谈得太起劲了。"有一次从舞会回来，我用手指指着他说，同时指名道姓地提到那天晚上同他谈过话的彼得堡著名夫人。我说这句话是要激发他的情绪，他近来特别闷闷不乐。

"唉，你说这种话做什么？你也说起这种话来，玛莎！"他喃喃地说，皱紧眉头，仿佛肉体上感到疼痛似的，"这种话同你我都不适合！这种话留给别人去说吧；这种虚假的关系会破坏我们真正的关系，可我还是希望恢复真正的关系。"

我感到害臊，没有作声。

"会恢复吗，玛莎？你认为怎么样？"他问。

"我们的关系从来没有被破坏过，将来也不会遭到破坏。"我说。当时我确实是这样想的。

"但愿如此，"他说，"我们也该回乡下去了。"

但这样的话他只对我说过一次，其他时间他同我一样心情舒畅，我感到很高兴、很快活。我想，如果说他有时感到寂寞，那我为了他待在乡下也感到寂寞。如果说我们的关系稍微有些变化，那么，只要夏天回尼科尔斯科耶同塔季雅娜·谢苗诺夫娜一起过，一切就都会恢复原状的。

冬季就这样不知不觉过去了。我们甚至超过计划在彼得堡过了复活节。复活节后的第一个星期，我们就准备动身，行李都收拾好了；丈夫已买好送人的礼物、日用品和装饰村居生活的花木，心情特别轻快。这时表姐突然来看我们，要求我们过了星期六再走；以便去参加勒伯爵夫人的盛大晚会。她说，勒伯爵夫人很希望我去，因为有位莫亲王来到彼得堡，他在上次舞会就想同我认识，他是为此专程来参加晚会的，还说我是俄国最漂亮的女人。全市的名流都将参加晚会，总之，我要是不去，那就太不像话。

当时丈夫正在客厅的另一头跟人谈话。

"那么，你去吗，玛莎？"表姐问。

"我们后天就要回乡下了。"我瞧了瞧丈夫，犹豫不决地回答。我们的目光相遇了，他慌忙转过脸去。

"我会劝他留下的，"表姐说，"那么我们星期六去把他们弄得晕头转向，好吗？"

"这会打乱我们的计划，我们已把行李收拾好了。"我回答，开始有些让步。

"她最好今天晚上就去给亲王请安。"丈夫从房间另一头用克制的愤怒语气说，这样的语气我还从来没有听见过。

"嚯！他吃醋了，我这还是头一次见到，"表姐笑着说，"这又不是为了亲王，谢尔盖·米哈伊雷奇，我劝她去是为了我们大家。勒伯爵夫人诚心诚意请她去呢！"

"这事由她决定。"丈夫冷冷地说，说完就走了。

我看到他从来没有这样激动过。这使我很苦恼，我什么也没有答应表姐。她一走，我就到丈夫那儿去。他在房间里若有所思地来回踱步，没有看见也没有听到我轻轻地走进去。

"他在想象中已经看到尼科尔斯科耶可爱的家了，"我瞧着他想，"看到明亮的客厅里摆着的早餐咖啡、他的田地、农民、起居室的黄昏和秘密的夜宵。是啊！"我心里做着决定，"为了他快乐的窘态，为了他平静的抚爱，我情愿放弃世界上所有的舞会和一切亲王的奉承。"我刚要告诉他不去参加晚会，我不愿去参加时，他突然回过头来，一看到我，立即皱起眉头，脸上温存沉思的表情也立刻起了变化。他的目光中又现出锐利、智慧和以保护者自居的镇定神色。他不愿让我看到他是个普通人；他在我面前永远是个站在高处的圣人。

"你怎么了，我的朋友？"他若无其事地向我转过身来问。

我没有回答。他在我面前装模作样，不愿让我看到我所喜欢的那种样子。

"星期六你要去参加晚会吗？"他问。

"我想去，"我回答，"但你不喜欢。再说，东西都收拾好了。"我添加说。

他从来没有这样冷冰冰地瞧着我，从来没有这样冷冰冰地同我说话过。

"我在星期二以前不走了，我去叫人把行李打开，"他说，"既然你要去，你可以去。你就去吧。我不走了。"

他烦躁地在房间里走来走去，眼睛不看我。他激动的时候总是这样的。

"我实在弄不懂你，"我说，站在原地，但眼睛盯着他，"你说你总是那么冷静（他其实从没说过这句话），你跟我说话为什么这样怪？我为了你情愿牺牲这种乐趣，可是你却用冷嘲热讽的口气硬要我去，这是你从来没有过的。"

"那又怎么样！你做出牺牲（他特别强调这两个字），我也作出牺牲，再好也没有了。这是在比赛宽宏大量吧。还有比这更大的家庭幸福吗？"

家庭幸福 | 125

他这种刻薄嘲讽的话我还是第一次听到。但他的嘲讽并没使我感到羞愧,而是使我觉得委屈,他的冷酷并没使我害怕,而是使我也变得冷酷了。他一向害怕我们说话玩弄辞藻,自己一贯诚恳厚道,他会说出这样的话来吗? 这是为了什么呀? 就因为我真心想为他牺牲没有什么害处的乐趣,就因为一分钟前我还那么理解他、爱他。现在我们换了个角色,他不愿直率明白地说话,我却不能装腔作势。

"你变得太厉害了,"我叹了口气说,"我有什么地方对不起你?你不是反对晚会,而是你心里对我有成见。你为什么不开诚布公?你以前不是最怕不诚恳吗? 你对我有什么意见就直说吧!"我心里想:"看他说什么?"同时我得意扬扬地回想,整个冬天他没有什么事可以责备我的。

我走到房间中央,这样他就得挨着我走过去。我望着他。"他会走过来拥抱我,这样就万事大吉了。"我心里这样想,我甚至因为不能向他证明他的不对而感到遗憾。但他却在房间尽头站住,望了望我。

"你还是不明白吗?"他问。

"不明白。"

"那就让我来告诉你。我感觉到和不能不感觉到的那件事使我讨厌,第一次使我讨厌。"他停下来,没说下去,显然对自己的粗暴声音感到吃惊。

"究竟什么事啊?"我含着愤怒的眼泪问。

"我讨厌,因为亲王认为你很漂亮,你就跑去奉承他,忘记了丈夫,忘记了自己,忘记了做女人的尊严。而且你还不愿明白,如果你没有自尊心,你丈夫会有什么感想;相反,你来对丈夫说你在做出牺牲,这就是说:'在亲王面前露面是我莫大的幸福,但我情愿牺牲它。'"

他越往下说，火气越大，他的声音听来又刻薄、又冷酷、又粗暴。他这种样子我从没见过，也没想到；血涌到我的心里，我感到害怕，同时，一种不应有的羞耻和自尊心受损害的感觉使我激动，我要对他报复。

"这一点我早就料到了，"我说，"你说，你说。"

"我不知道你料到了什么，"他继续说，"眼看你一天天陷到这个无聊社会懒散、奢侈的污泥里，我早就料到一切严重的后果，如今终于等到了……我从没像今天这样羞耻和痛苦过；我感到痛苦，因为你的朋友用肮脏的手揪住我的心，说我在嫉妒，但我嫉妒谁呢？嫉妒一个我不认识、你也不认识的人。而你却存心不肯理解我，要为我做出牺牲，可是牺牲什么呢？我替你害臊，替你的卑躬屈节害臊！哼，做出牺牲！"他重复说。

"哦！这就是夫权，"我想，"侮辱和欺凌一个完全无辜的女人。这就是夫权，但我不向它屈服。"

"不，我没有为你做出牺牲，"我说，感到鼻孔不自然地张大，脸色发白，"星期六我要去参加晚会，一定要去！"

"但愿你能尽情享乐，不过我们之间的一切到此结束了！"他无法克制他的狂怒，嚷道，"以后你再也不能折磨我了。我原来是个傻瓜，因为……"他又说，但嘴唇抖动起来，他显然在竭力克制自己，不把这句话说完。

在这一瞬间我怕他又恨他。我想对他痛痛快快地说一通，以报复所受的屈辱；但我如果一开口，就会哭出来，在他面前丢脸。我一句话也没说，走出屋去。但等我一听不见他的脚步声，我就顿时对我们的所作所为感到害怕。我怕这构成我全部幸福的关系会从此破

家庭幸福 | 127

裂，我想回去。"但我要是默默地向他伸出手去，对他望望，他能平心静气地理解我吗？"我想。"他能理解我的宽宏大量吗？万一他说我的悲伤是装出来的，那怎么办？或者他自以为正确，现出一副泰然自若的傲慢态度来接受我的忏悔并且原谅我，那又怎么办？我这样热爱他，他为什么要这样残酷地侮辱我？"

我没去找他，而是走到自己屋里，独自在那里坐了很久，流着眼泪，恐怖地想起我们谈过的每句话，在想象中改动一些话，再加上一些温柔的话，又怀着恐怖和屈辱的感觉回想刚才的一幕。傍晚我下去喝茶，当着在我家做客的赛的面遇见丈夫，这时我感到我们之间有了一条鸿沟。赛问我什么时候走。我没来得及回答他。

"星期二，"丈夫回答，"我们还要去参加勒伯爵夫人的晚会。你不是要去吗？"他转身问我。

丈夫那种漫不经心的语气使我吃惊，我怯生生地回头望了望他。他的眼睛直瞧着我，目光凶恶，含着嘲弄，声音平稳，含着冷淡。

"是的。"我回答。

晚上就剩下我们两人，他走到我跟前，伸出一只手。

"我对你说的话，请你把它忘了。"他说。

我握住他的手，脸上浮起哆嗦的微笑，眼泪就要夺眶而出，但他又把手缩回去，仿佛害怕这种温情脉脉的场面，他在离我远远的安乐椅上坐下来。"难道他还自以为正确吗？"我想，本来准备向他做一番解释并要求不参加晚会，此刻却说不出口。

"得写信告诉妈妈，我们要晚几天回去，"他说，"不然她会担心的。"

"那你准备哪天走？"我问。

"星期二，晚会以后。"他回答。

"我希望这不是为了我。"我瞧着他的眼睛说，但他的眼睛只是瞧着我，没有任何表情，仿佛我们之间隔着一重雾。我突然觉得他的脸又老又丑。

我们去参加了晚会，我们之间似乎又恢复了良好的亲密关系，但这种关系已和原来完全不一样了。

在晚会上，我和几位贵夫人坐在一起。这时亲王走到我跟前。为了同他说话，我得站起来。我一面站起来，一面情不自禁地用眼睛找寻丈夫。我看见他从大厅另一头望着我，接着就转过脸去。我突然觉得非常羞耻和难受，在亲王的目光下我窘态毕露，脸和脖子都红了。但我不得不站着听他说话，让他居高临下地打量我。我们谈了没多久，他在我旁边没有地方坐，而且他大概发觉我同他在一起很不自在。我们谈到上一次舞会，谈到我上哪儿去消夏，以及诸如此类的事。他离开我的时候，表示希望同我丈夫认识。接着我看见他们在大厅另一头相遇，两人说着话。亲王一定是谈到了我，因为在谈话中他含笑朝我这边看了看。

我的丈夫突然脸红起来，深深地鞠了一躬，首先离开亲王。我也脸红了，想到亲王对我，尤其是对我丈夫一定会有看法，我感到害臊。我觉得，当我跟亲王说话时，大家都会发现我窘态毕露，以及我丈夫的古怪行为。天知道他们会有什么想法，他们知道不知道我同丈夫的龃龉？表姐用车送我回家，我在路上和她谈到丈夫。我忍不住把这次不幸晚会引起的不和告诉了她。她安慰我，说这没什么了不起，是一次平常的怄气，过后不会留下什么痕迹的。她还按照她的看法向我解释我丈夫的性格，她发现他孤僻而骄傲。我同意她的看法,我觉得我现在能比较冷静而恰当地理解他了。

但后来剩下我和丈夫两人时,我觉得这样评论他是一种犯罪,良心上过不去,因此我们之间的鸿沟变得更深了。

八

从那天起,我们的生活和我们的关系都完全改变了。我们两人单独相处的时候,再也不像以前那样快活。遇到问题我们就回避,有第三者在场,我们的谈话比只有两人时更轻松。只要一谈到乡村生活或者舞会,我们就感到挺别扭,彼此不能坦然对视。我们两人仿佛都知道隔开我们的鸿沟在哪里,我们都很怕接近它。我确信他这个人又傲慢又暴躁,所以得留神别去碰他的弱点。他认为我的生活离不开社交,我不喜欢乡村,他不得不迁就我这种不幸的趣味。我们两人就避免谈到这些事,两人都误解对方。我们早就都不把对方看作世界上的完人,而且总拿对方同别人做比较,心里互相做着批判。在离开彼得堡以前我身体不好,我们没直接回乡下而去了别墅,丈夫就从那里独自回去看他母亲。他走的时候我已恢复健康,可以和他一起走,但他硬劝我留下,仿佛是担心我的健康似的。我觉得,他担心的不是我的健康,而是怕我们在乡下过得不愉快。我没有太坚持,就留了下来。他不在,我感到空虚和孤独,但他回来后,我又觉得他已不能像从前那样增添我生活的快乐。以前,我要是不把我的一切思想和感受告诉他,就会像犯罪似的感到痛苦,而他的一言一行在我看来都是完美无缺的典范,我们相互对视就会高兴得发笑。这样的关系现在已不知不觉变了样,我们甚至没发觉它已消失了。我们都有各自的兴趣和活动，我们已不想把它们变成共同关心的事情。我们各人有自己的独立天地，而且并不因此感到烦恼。我们渐渐习惯于这样的想法，一年后当我们相互对视的时候，已不再感到别扭了。他同我在一起那种孩子气的恶性兴奋消失了，以前使我愤慨的他那种原谅一切、对待一切都很冷漠的态度消失了，以前他那种使我羞怯和兴奋的深沉目光没有了，我们一起祈祷和欢乐的情景也没有了。我们甚至不大见面，他经常出门，不怕也不惜把我一人留在家里。我经常出入交际场所，也不需要他的陪伴。

我们之间再也不发生口角和争执。我竭力迎合他，他满足我的一切愿望，我们似乎很相爱。

当我们俩单独在一起的时候（这是很难得的），我既不感到快乐，也不感到激动，也不感到慌乱，仿佛他不在旁边似的。我很清楚，他是我的丈夫，不是什么外人，他是个好人，是我的丈夫，我了解他就像了解自己一样。我相信，我知道他将做什么，说什么，有什么看法。如果他的看法和做法出乎我的意料，那我就会认为他把事情搞错了。我对他不抱任何希望。一句话，他是我的丈夫，如此而已。我觉得这是理所当然的，我们之间没有别的关系，甚至从来不曾有过别的关系。每当他外出办事，特别是开头一个时期，我总感到孤独和害怕。他不在身边，我更强烈地感到他的支持的重要性。他一回来，我总是高兴得冲上去搂住他的脖子，虽然两小时后我就会完全忘记这种快乐，我同他无话可说。只有在我们流露出柔情的平静时刻，我才感到心里有点儿不是滋味，感到有点儿难过，我从他的眼神里看到同样的表情。我觉得这种柔情有个界限，现在他不想越过它，而我则不能越过它。有时我感到伤心，但我没工夫考虑这一切，我竭力把这种模模糊糊地感到的变化的悲伤忘却在我经常能得到的消遣里。五光十色的社交生活起初使我陶醉，使我的自尊心得到满足，完全改变了我的习惯，给我戴上了枷锁，占据了我心里容纳感情的全部地位。我从不单独自处，我怕考虑我的处境。从中午到深夜，我的全部时间都没有空，我即使不出去，时间也不属于我。这对我既不快乐，也不无聊，仿佛理应如此，不可能是别种样子。

就这样过了三年，在这期间我们的关系没有变化，仿佛停滞了，冻结了，既没有变坏，也没有变好。在这三年里，我们的家庭生活中发生了两件大事，但这两件事也都没有改变我的生活。这两件事就是我第一个孩子的出生和塔季雅娜·谢苗诺夫娜的去世。起初，母性的感情十分强烈地支配了我，我心里充满意料不到的喜悦，因此我想我的新生活开始了；但过了两个月，我又开始外出，这种感情便越来越淡，终于变成一种习惯和例行公事。丈夫正好相反，从我们的头生儿出世起，他又变得像从前一样又温柔又平静，待在家里不出门，而且把他的柔情和喜悦转移到孩子身上。每当我穿着舞会的服装走进育儿室给孩子临睡前画十字，在那里遇到丈夫时，他总是用责备的严厉目光注视着我，使我感到羞愧。我对孩子的冷淡突然使我自己感到吃惊，我问自己："难道我比别的女人坏吗？我有什么办法呢？"我想，"我爱儿子，但我不能整天守着他，我会感到无聊，但我又不愿装假。"母亲的死对他是件很悲伤的事，他说，在他母亲去世后仍住在尼科尔斯科耶，他感到难过，我呢，虽然也很怜惜她，也很同情丈夫的悲伤，我却觉得现在住在乡下更愉快更清静。这三年里，我们多半在城里度过，只有一次我在乡下待了两个月。第三年我们就出国了。

我们在温泉过夏天。

我当时二十一岁，我们的经济，我想说得上富裕，对家庭生活我没有更高的要求；我觉得凡是我认识的人都爱我；我的健康情况良好，我的服装在温泉是最讲究的；我知道我长得美，天气又好，周围是一片美和优雅的气氛，我感到心旷神怡。这种心情同在尼科尔斯科耶时不同，那时我感到自己很幸福，我之所以幸福，因为我配享有这种幸福。我很幸福，但我应该得到更大的幸福，得到越来越大的幸福。那时是另一回事，但今年夏天我也很快乐。现在我什么也不要，我无所追求，无所畏惧。我觉得我的生活很充实，良心也很平静。在这个季节里，在所有的青年中我没有找到一个突出的人物，甚至没有一个能超出向我大献殷勤的俄国老公使K公爵。有年轻的，有年老的，有淡黄头发的英国人，有留大胡子的法国人，对我来说他们都一样，但他们都是我必不可少的。这些人都毫无区别，他们在我周围形成快乐的生活气氛。其中只有意大利的莱侯爵大胆赞美我，引起我的特别注意。他不放过任何机会同我一起跳舞、骑马、进赌场，并且说我长得很美。我几次从窗口看见他在我家附近徘徊，他那双闪闪发亮的眼睛的讨厌凝视常常使我脸红，转过脸去。他年轻、漂亮、文雅，尤其是微笑和前额的表情很像我丈夫，但要比我丈夫漂亮得多。他和我丈夫的这种相似使我惊讶，虽然总的来说，他的嘴唇、目光和长下巴没有我丈夫那种善良和文静的美，他身上只有一种粗鲁的兽性的东西。我当时认为他在热烈地爱着我，我有时也带着骄傲的怜悯想到他。有时我也想让他冷静下来，使他的态度变成友好的平静的信任，但他断然拒绝我的尝试，继续用他那随时都会爆发的按捺不住的热情使我烦恼。虽然我自己也不承认，但我心里害怕这个人，常常情不自禁地想他。我丈夫也认识他，待他比待别的朋友（在朋友们眼里他只是妻子的丈夫罢了）更冷淡和傲慢。这个季末我病了，有两个星期没有出门。我病后第一次晚上出去听音乐，知道在我生病期间来了一位期待已久以美貌闻名的赛女士。一群人簇拥着我，高高兴兴地欢迎我，但另一群更体面的人簇拥着那个新来的交际花，我周围的人也一个劲儿地谈着她和她的美貌。人家把她指给我看，她确实很有魅力，但她脸上那种扬扬自得的神气使我很反感。我把这意见说了出来。以前我觉得很有趣的事，那天却使我觉得很乏味。第二天，赛女士组织一些人去游古堡，但我谢绝参加。几乎没有一个人留下来陪我，因此在我看来一切都彻底变了样。我觉得一切事和一切人都很愚蠢乏味，我直想哭，想早点儿结束疗程返回俄国。我心里有一种不愉快的感觉，但自己还不肯承认。我借口身体不舒服，不再在盛大的交际场所露面，只是一早有时独自去喝矿泉水，或是同一位俄国女友莲·米坐车去郊游。当时我丈夫不在，他去海得尔堡，要在那里逗留几天，等我疗程结束一起回俄国，只偶尔来看看我。

有一天，赛女士带着一大帮人去打猎，我则和莲·米午饭后乘车去逛古堡。我们乘着敞篷马车沿着蜿蜒曲折的道路缓缓前进，道路两旁矗立着百年的老栗树，前面展开一片落日余晖照耀下巴登郊外美丽恬静的景色。我们一路上严肃地交谈着，这是从来没有过的事。我早就认识莲·米，但今天才发现她是一个聪明善良的女人，同她可以无话不谈，跟她做朋友是很愉快的。我们谈到家庭，谈到孩子，谈到这里生活的空虚。我们真想回俄国去，回乡下去，谈着谈着不知怎的我们感到有些惆怅，又有些愉快。我们怀着这种严肃的心情走进古堡。古堡里阴凉清爽,阳光照在废墟上,可以听到人家的脚步声和说话声。从门口望去,一幅美妙而我们俄国人觉得冷冰冰的巴登风景仿佛镶嵌在画框里。我们坐下来休息,默默地望着落日。说话声听得更清楚了,我仿佛听见有人提到我的名字。我留神倾听,居然听清楚了每一句话。说话的声音很熟悉,那是莱侯爵和我也认识的他的一个法国朋友。他们在谈论我和赛女士。法国人在拿我同她做比较,分析我们两人的美。他并没有说什么侮辱人的话,但我一听清他的话,不禁血往心里直灌。他详细说明我有什么优点,赛女士有什么优点。我已经有了孩子,而赛女士只有十九岁。我的发辫蓬松好看,她的腰身婀娜多姿。赛女士是位贵妇人,而"你们那位马马虎虎,只是一位娇小的俄国公爵夫人,这样的人这里有的是"。他的结论是:我不打算同赛女士争风吃醋,做得很漂亮;还说我在巴登被彻底埋没了。

"我很可怜她。"

"万一她并不想跟您一起得到快活呢。"他开心地冷笑说。

"如果她离开这里,我就跟她走。"带意大利口音的人粗鲁地说。

"真是个幸运儿!瞧他还能谈恋爱呢!"法国人笑着说。

"恋爱!"那人说着,停了停。"我没法不恋爱!没有恋爱我就活不下去。人生在世,只有谈恋爱最快活。我谈恋爱从不半途而废,这一次也要追到底。"

"祝你成功,我的朋友!"法国人说。

后面的话我们没听见,因为他们在墙角转了弯,接着我们就只听见从另一个方向传来的脚步声。他们走下楼,几分钟后从侧门出来。他们看到我们,大吃一惊。当德侯爵走到我跟前时,我脸红了。

走出古堡时，他伸出手来挽着我，我感到害怕。我无法拒绝，只好跟在莲·米和他的朋友后面，向马车走去。我对法国人的议论感到屈辱，虽然心里承认，他说的也是我自己所感觉到的；但侯爵的话太粗鲁，使我吃惊和愤慨。一想到我听见他的话而他并不怕我，我感到不是滋味。他离我这么近，我很反感，因此不去瞧他，也不回答他，竭力松松地挽住他的手臂，免得听见他的话，同时急急忙忙跟着莲·米和法国人走去。侯爵说到美丽的风景，说到遇见我的意外幸福，还说了些别的话，但我没有听他。我这时想到了丈夫，想到了儿子，想到了俄国；我不知怎的感到有点儿害臊，有点儿感伤，有点儿烦恼，我想赶快回去，回到巴登旅馆我那孤独的房间里，以便无拘无束地考虑一下刚才涌上心头的思绪。但莲·米走得很慢，我们离马车还有一段路。我仿佛觉得我那位骑士故意放慢脚步，像是想让我停下。"这办不到！"我想，就断然加快脚步。但他真的拉住我，甚至还挟紧我的手臂。莲·米拐了弯，这样就剩下我们两人了。我感到害怕。

"对不起。"我冷冷地说，想抽出手，但我袖口的花边在他的纽扣上挂住了。他向我弯下腰，动手解花边，他那没戴手套的手碰到我的手。一种又不像恐惧又不像愉快的感觉使我背上一阵发凉。我冷冷地瞧了他一眼，想用这种目光来表示我对他的轻蔑。但事与愿违，我的目光只流露出恐惧和激动。他那火辣辣的湿润眼睛紧靠着我的脸，热烈地瞧着我，瞧着我的脖子和胸部；他的双手捏着我的手臂，他张开的嘴唇说着什么，说他爱我，我是他的一切；他的嘴唇越来越逼近我，他的手把我的手抓得越来越紧，使我感到像烧灼一样。我热血沸腾，眼前发黑，浑身哆嗦，我想阻止他的话也在喉咙里哽住了。突然我感到我的脸颊被吻了一下，我浑身哆嗦发冷，站住不动，眼睛望着他。我说不出话，也不能动弹，胆战心惊地期待着什么，渴望着什么。这一切只发生在一瞬间，但这一瞬间实在可怕！在这一瞬间我看清了他的一切。他的相貌我看得十分清楚：草帽底下他那很像我丈夫的低低的凸出的前额，他那鼻翼鼓起的挺直好看的鼻子，他那抹了刺鼻香膏的长长的胡子，他那刮得光光的脸颊和晒得黑黑的脖子。我又恨他又怕他，他对我是个完全陌生的人，但在这一瞬间，这个可恨的陌生人的激动和热情却在我心里引起那么强烈的反响！我产生一种难以克制的欲望，想任凭那粗野而好看的嘴唇尽情地吻我，再让那戴着戒指、纤细的青筋毕露的白手紧紧地把我拥抱。我真想一头扎进这突然出现在我面前富有吸引力的非法欢乐的万丈深渊……

"我太不幸了，"我想，"就让更多更多的不幸落到我的头上来吧。"

他一手搂住我，身子俯向我的脸。"好吧，就让更多的羞耻和罪恶落到我的头上来吧。"

"我爱你。"他低声说，他的声音很像我丈夫的声音。我想起我的丈夫和孩子，仿佛他们是久远以前我所宝贵的人，现在同我已经无关。但这时突然从拐角处传来莲·米叫我的声音。我清醒过来，抽出手，眼睛不看他，简直像跑一样跟着莲·米坐上马车。这时我才瞧了他一眼。他摘下帽子，笑嘻嘻地问了一句什么。他不知道我现在正对他怀着难以形容的憎恶。

我觉得我的生活是那么不幸，未来是那么渺茫，过去是那么黑暗！莲·米跟我说话，但我不知道她在说些什么。我觉得她同我说话只是出于怜悯，只是要掩饰她对我的蔑视。从她的每句话里，从她的每道目光中，我都感觉到这种轻蔑和使人难堪的怜悯。那可耻的一吻烧灼着我的脸颊，我一想到丈夫和孩子简直无地自容。我独自待在房间里，想好好考虑下自己的处境，但一个人待着我又害怕。我没喝完给我送来的茶，自己也不知道为什么，心急如焚地准备立刻乘晚车去海得尔堡找丈夫。

我和使女坐进空空的车厢，火车开动了，凉风从窗外吹拂着我。这时我才清醒过来，比较清楚地想到自己的过去和未来。自从我们迁居彼得堡那天起，对我们的整个婚后生活，我忽然有了新的看法，我的良心受到了谴责。我第一次生动地回想起我们最初的村居生活、我们的计划。我第一次想到这样的问题：在所有这段时间里他究竟得到了什么快乐？我觉得对不起他。"但他为什么不制止我？为什么对我口是心非？为什么要逃避解释？为什么要侮辱我！"我问自己，"为什么他不对我行使爱情的权利？是不是他不爱我？"但不管他有多大过错，我的脸颊上毕竟留着那个陌生人的吻，我感觉到这一点。我乘的火车越接近海得尔堡，我越清楚地想到丈夫的模样，也越害怕近在眼前的会见。"我要把一切一切都告诉他，我要用悔恨的泪水请求他的宽恕。"但我自己也不知道我要告诉他的"一切"是什么，而且我也不相信他会宽恕我。

但我一走进丈夫的房间，看见他那安详平静只略带惊讶的脸，我觉得我没有什么可告诉他的，没有什么要坦白的，也没有什么要请求他宽恕的。那没有倾吐出来的悲哀和悔恨应当埋在我的心底。

"你怎么想到这儿来了？"他说，"我本来明天要到你那里去呢。"然后他走近来仔细察看我的脸，仿佛害怕起来。"你怎么啦？出什么事啦？"他问。

"没什么，"我勉强忍住眼泪回答，"我来了就不走了。我们就是明天回俄国去也行。"

他默默地凝视了我好半天。

"你说说，到底出了什么事？"他问。

我不由得脸红了，垂下眼睛。他的眼睛里闪耀着屈辱和愤怒的光芒。我害怕他可能会有什么想法，就用连我自己都没想到的装假的本领说："什么事也没有，只是一个人待着怪寂寞、怪无聊的。我对我们的生活和对你想得很多，我早就感到对不起你！你为什么要把我带到你不愿去的地方呢？我早就感到对不起你，"我重复说，眼泪又夺眶而出，"我们回乡下去，再也不离开了。"

"啊，我的朋友，别来这种令人伤心的场面吧，"他冷冷地说，"你想回乡，这很好，因为我们的钱不多了。至于说再也不离开，那只是幻想。我知道你是待不住的。还是让我们喝点儿茶吧。"他结束说，站起来打铃叫侍仆。

我想象他可能产生的对我的种种想法。我一接触到他那注视着我的怀疑而羞愧的目光，就觉得他一定产生了可怕的想法，我感到屈辱。不！他不愿理解我，也无法理解我，我推说要去看孩子，就离开了他。我想一个人待着，我想哭，哭个痛快……

九

尼科尔斯科耶好久没有生火的空房子又有了生气，但原有的事物已不能复返。妈妈已经不在，剩下我们两人朝夕相对。但现在我们不需要孤独，孤独已使我们痛苦。那个冬天我过得尤其糟，因为我一直害病，直到生了第二个儿子后才复元。我和丈夫的关系依旧是冷淡而友好的，就像我们生活在城里时一样，但乡下的每块地板、每堵墙、每张沙发都使我想起以前他对我的情意，想起我失去的东西。仿佛我们之间存在着没有消释的怨恨，仿佛他为什么事在惩罚我，但又装得若无其事。我没有什么事要求原谅，也没有什么过错要求赦免。他惩罚我的方法只是不像以前那样把整个身心都交给我，但他也没有交给任何别人或任何事，仿佛他已没有心灵似的。有时我想，他只是装作这样来折磨我，他身上还存在着原来的感情，因此我要竭力唤醒它。但他仿佛每一次都不愿开诚布公，仿佛怀疑我在装假，害怕情意绵绵的场面，觉得这很可笑。他的目光和语气似乎在说："我都知道，我都知道，没有什么可说的，你想说的话我都知道。我还知道，你说的是一回事，做的可是另一回事。"起初我恨他这种不肯开诚布公的态度，但后来也不以为意，我想他不是不肯开诚布公，而是觉得没有必要开诚布公。现在要我突然对他说我爱他，或是求他和我一起祈祷，或者请他听我弹琴，我觉得开不出口。我们之间已多少有点儿相敬如宾。我们各过各的生活。他有他的工作，用不着我管，现在我也不愿过问；我有我的闲散生活，这种生活再也不像以前那样使他生气和伤心了。孩子们还太小，还不能促进我们的关系。

不过，春天来了，卡嘉和宋尼雅到乡下来消夏。由于尼科尔斯科耶的房子在翻修，我们就搬到波克洛夫斯科耶去住。波克洛夫斯科耶的老宅依然如旧：凉台、折叠桌、摆在明亮客厅里的钢琴、我原来那间挂着白窗帘的房间，以及那些似乎被忘却的姑娘时代的梦。这个房间里有两张小床：一张是我从前睡的，现在这里睡着伸手伸脚的胖乎乎的柯柯沙,每天晚上我都给他画十字;另一张上睡着从襁褓中露出小脸的万尼亚。我给他们画过十字后,常常站在这静悄悄的房间中央,这时从各个角落里、从墙壁上和窗帘上便会突然浮现出被遗忘的久远前青春的幻影,响起我少女时代的歌声。如今这些幻影到哪里去啦? 这些甜蜜可爱的歌声到哪里去啦? 过去我几乎不敢奢望的一切,如今都实现了。原来朦胧的梦想都已变成现实,而现实则变成一种艰难沉重、毫无乐趣的生活。但这里一切如旧:从窗口可以看见同样的花园、同样的草坪、同样的甬道,峡谷旁同样的长凳,池塘那里传来同样的夜莺的歌唱,盛开着同样的丁香,房子上面高悬着同样的月亮,但世事的变化却那么大,那么令人难以相信! 本来应该那么宝贵亲近的一切,如今却变得那么冷峻! 像以前一样,我和卡嘉两人坐在客厅里悄悄地谈话,谈论着他。但卡嘉已满脸皱纹,脸色枯黄,她的眼睛已不再闪烁着快乐和希望,只是现出同情的感伤和惋惜。我们不再像以前那样欣赏他,我们议论他,我们对我们的幸福和幸福的原因并不感到奇怪,也不像以前那样要把我们的想法告诉全世界。我们像阴谋家一般窃窃私议,成百次地互相询问,为什么一切都变得这样凄凉? 而他还是那个样子,只是他眉目之间的皱纹加深了,两鬓的白发增加了,而他那深沉专注的目光似乎经常蒙上一层迷雾,使我感到迷惘。我还是原来的我,但我心里既没有爱情,也不再希望获得爱情。我不想工作,对自己也不满意。原来那种宗教的狂热,原来对他的爱情,原来充实的生活,如今都成为遥远的一去不返的往事。为别人活着就是幸福,这个信条原来是那么明白合理,如今我却无法理解。一个人都不想为自己活着的时候,何必还要为别人活着呢?

自从搬到彼得堡以来，我就完全放弃了音乐，而现在这架旧钢琴和这些旧乐谱又吸引了我。

有一天，我身体不舒服，独自待在家里。卡嘉和宋尼雅跟他一起到尼科尔斯科耶去看新房子。茶桌已摆好，我走到楼下，坐在钢琴前等他们。我打开《幻想奏鸣曲》，开始弹奏。看不到一个人，也听不见人声，窗子开向花园；熟悉的忧郁而庄严的琴声就在房间里回荡。我弹完第一乐章，完全无意识地照例回头瞧瞧他以前坐着听我弹琴的那个角落。但现在他不在，那张好久没有搬动的椅子还摆在原来的角落；从窗口仍可以看见沐浴在落日余晖中的丁香丛，清凉的晚风从开着的窗子里吹进来。我双肘支着钢琴，用手捂着脸，沉思起来。我坐了好半天，痛心地回想着一去不返的往事，胆怯地想着未来。但前面仿佛什么也没有，我仿佛没有什么要求，也没有什么希望。"难道我已经活到头了！"我恐怖地抬起头来，想着。为了忘却和不再想，我又弹起琴来，弹的还是那段行板。"我的上帝！"我想，"要是我犯了罪，请你饶恕我，或者把我心里那么美好的东西还给我，或者请你指点我该怎么办，现在我该怎样生活？"车轮的辘辘声从草地上传来，接着这声音来到了台阶前，然后凉台上响起悄悄的熟悉的脚步声，接着就沉寂了。但这种熟悉的脚步声再也不能在我心里唤起原来那种感情了。弹完这个乐章的时候，我听见背后有脚步声，接着有一只手放在我的肩上。

"你真聪明，想到弹这支奏鸣曲。"他说。

我没有作声。

"你还没喝茶吗？"

我摇摇头，也没有回头瞧他，免得让他看见我脸上激动的痕迹。

"她们马上就来。马捣蛋，她们只好离开大路走回来。"他说。

"等等她们吧。"我说完这句话，走到凉台上，希望他跟过来，但他问起孩子们，就去看他们。他的出现、他那亲切自然的声音使我不再怀疑我失去了什么。我能希望什么呢？他善良、体贴，他是个好丈夫，好父亲，我自己也不知道我还缺少什么。我走到凉台上，坐在帆布篷下当年我们定情时坐过的那条长凳上。太阳已经落山，天色黑下来了，一朵春天的乌云悬挂在房屋和花园上空，只有树林后面还亮着一片晴朗的天空，闪耀着一抹即将消逝的晚霞，升起的一颗黄昏的星星。薄云的阴影笼罩着大地，万物都在等待悄悄的春雨。风停了，树叶和青草纹丝不动，丁香和稠李散发着浓香，仿佛空中都开遍了香花，花园和凉台上飘荡着阵阵花香，时而浓郁，时而清淡，使人真想闭上眼睛，什么也不看，什么也不听，不断闻着这甜蜜的花香。大丽和玫瑰还没有开花，一动不动地挺立在黑土翻松的园地里，仿佛沿着刨光的白色支架慢慢往上长；青蛙在峡谷下拼命鼓噪，仿佛要趁它们没有被雨冲下水之前齐声高唱个痛快。只有潺潺不断的流水声盖过了蛙鸣。夜莺互相唱和，可以听到它们在枝头惊慌地飞来飞去。今年春天又有一只夜莺想在窗下灌木丛中筑巢，我出去的时候听见它飞到林荫路对面，在那里鸣啭了一次，就静止了，它也在等待春雨。

我无法使自己平静下来：我在期待着什么，我又在为什么事感到惋惜。

他从楼上下来，在我身边坐下。

"看样子她们要淋到雨了。"他说。

"是的。"我说。接着我们沉默了好一会儿。

没有风,乌云越沉越低。周围变得更寂静,花香更浓郁,树木纹丝不动。突然,一滴雨落下来,落在凉台的帆布遮阳上,接着另一滴落在甬道的砾石上,然后雨点打在牛蒡叶上。于是一场雨点很大的凉快的骤雨就哗啦啦地落下来。夜莺和青蛙都停止了鸣叫。只有潺潺的流水声在雨声中听来似乎更远,但仍回荡在空中。有一只鸟在靠近凉台的干燥的叶子里扑腾,不快不慢地唱出两个单调的音。他站起来想走。

"你去哪儿?"我喊住他,问,"这里不是很好吗?"

"得叫人给她们送雨伞和套鞋去。"他回答。

"不用了,雨一会儿就会停的。"

他同意我的意见,我们就一起留在凉台栏杆旁。我一只手支着滑腻潮湿的栏杆,伸出头去。清凉的雨纷纷落下,打湿我的头发和脖子。乌云渐渐发亮变薄,从我们头上飞过;从天上和树叶上落下的稀疏雨点代替了均匀的雨声。青蛙又在下面呱呱地叫起来;夜莺又打起精神,一会儿从这边,一会儿从那边,在湿漉漉的灌木丛中鸣啭。我们面前的一切都变得明亮了。

"多么好哇!"他说,坐到栏杆上,一只手抚摩着我潮湿的头发。

这种简单的抚爱就像对我的责备,使我心情激动,我直想哭。

"一个人还需要什么呢?"他说,"我现在心满意足,什么也不需要,幸福极了!"

"你以前对我说到幸福,可不是这么说的,"我想,"你说,不论有多么幸福,总还想要更多的幸福,现在你心满意足了,可是我心里却有说不出的悔恨和哭不出的眼泪。"

"我也觉得快乐,"我说,"但正因为一切都那么美好,我有点儿忧郁。我心里很乱，很空，老是希望着什么，可这里的一切都这么美好这么平静。在你欣赏自然美景的时候，难道你心里就没有一点儿哀愁，仿佛还想追求什么办不到的事，并对某些往事感到遗憾？"

他的手从我的头上放下，沉默了一会儿。

"是的，以前我也有过这样的感觉，特别是在春天，"他仿佛在回忆往事，说，"我也曾满怀希望在夜里坐着，一直坐到天亮，那是些多么美好的夜晚哪！不过当时一切都还在前面，可现在一切都已过去；现在我对所有的一切都感到心满意足，我觉得很快活。"他总结说，语气那么自信和随便，使我听了很不是滋味，但我相信他说的是实话。

"难道你什么也不想要了？"我问。

"我不想要任何办不到的事，"他猜透我的心思，回答。"啊，你把头发都淋湿了，"他添加说，像爱抚孩子那样又用手抚摩我的头发，"你羡慕树叶、青草，因为它们受到雨水的滋润，因此你想变成树叶，变成青草，变成雨。可我只欣赏它们，就像欣赏世间一切美好、年轻和幸福的事物那样。"

"难道你对过去的一切就一点儿也不留恋吗？"我继续问他，觉得心情越来越沉重。

他沉思起来，又默不作声。我看出他要坦率地回答我。

"不留恋！"他简短地回答。

"不是实话！不是实话！"我转过身对着他，瞧着他的眼睛说。"你不留恋过去吗？"

"不留恋！"他重复说，"我感激过去，但并不留恋。"

"难道你不想让过去的好日子回来吗？"我说。

家庭幸福

他转过身去望着花园。

"不想,就像我不想长出翅膀来一样,"他说,"这是不可能的。"

"那你也不想改正过去? 不想责备自己或者责备我吗?"

"决不会! 一切都在变得更好。"

"听我说!"我说,碰碰他的手臂,要他回头看看我,"听我说,为什么你从没对我说过,你希望我像你所希望的那样生活? 为什么你给了我我不会享受的自由? 为什么你不再引导我? 如果你肯,你肯引导我走另一条路,那就什么事也不会发生了。"我说,语气里越来越强烈地流露出冷峻的愤怒和责备,而没有原来那种绵绵的情意。

"什么事也不会发生吗?"他转身对着我,惊讶地说,"本来就没有发生什么事。一切都好,一切都很好。"他含笑添加说。

"难道他真的不懂,或者更糟,他不想懂?"我想着,眼泪夺眶而出。

"我没有做什么对不起你的事,却受到你冷淡和蔑视的惩罚,这种情况本来是不应该发生的,"我突然说,"我毫无过错,你却突然夺走我所珍贵的一切,这种情况也不应该发生。"

"你说什么呀,我的宝贝?"他说,仿佛不明白我所说的话。

"不,让我把话说完 …… 你已从我身上夺走了你的信任、爱情,甚至尊敬,在发生了一系列事情后,我不相信你现在还爱我。不,我要一下子把心里的苦恼都说出来,"我又打断他的话,"我过去不懂得生活,你却让我独自去探索,难道这能怪我吗? 现在,我自己懂得需要什么,我竭力想回到你身边也快一年了,你却把我推开,装作不明白我需要什么,难道这能怪我吗? 你总是做得无懈可击,而我却是有罪的,不幸的! 是的,你要把我又扔到那种使我和你两个人都不幸的生活中去。"

"我怎么会使你产生这种想法？"他确实十分惊讶地问。

"昨天你不是说过，现在还不断地说，我在这儿住不惯，冬天我们还得去我所讨厌的彼得堡吗？"我继续说，"你对我一点儿也不坦率，不跟我说一句真心的亲热话，你还拿什么来支持我呀？以后当我完全消沉了，你就会来责备我，对我的消沉幸灾乐祸。"

"等一下，等一下，"他严厉地冷冷说，"你刚才这样说不好。这只能证明你对我很反感，你不……"

"我不爱你吗？你说！你说！"我说，眼泪滚滚流出来。我坐在长凳上，拿手帕捂住脸。

"哦，原来他是这样理解我的！"我想，竭力忍住使我窒息的痛哭，"完了，完了，我们以前的爱情完了。"我心里这样说。他没有走过来安慰我。我的话使他感到委屈。他的声音平静而冷淡。

"我不知道你责备我什么，"他说，"如果你是说我已不像以前那样爱你了……"

"以前那样爱我！"我用手帕捂着脸说，伤心的眼泪更加源源不止地流出来。

"如果是这样的话，那得怪时间，也得怪我们自己。一个时期有一个时期的爱情……"他停了停，"既然你要我坦率，那要我给你说实话吗？在我刚认识你的那一年，我通宵不眠，脑子里想着你，构想着我们的爱情。这种爱情在我心里不断发展，在彼得堡和国外时也一样，又有许多可怕的夜晚我通宵失眠，我想摆脱和摧毁这种折磨我的爱情。我没有摧毁爱情，我只摧毁了那使我痛苦的部分。我平静下来，我仍旧爱你，但这是另一种爱了。"

家庭幸福 | 147

"哼，你把这叫作爱情，其实这是痛苦，"我说，"既然你认为社交界那么有害，为了社交活动你不再爱我，那你为什么要让我进入社交界呢？"

"问题不在社交界，我的朋友。"他说。

"你为什么不行使你的权力？"我继续说，"你为什么不把我捆起来，不把我宰了？这样，即使失去构成我幸福的一切，也比现在这样好。我会觉得好过些，不会再感到羞耻。"

我又捂着脸痛哭起来。

这时，卡嘉和宋尼雅浑身被雨淋湿，大声说笑着来到凉台上，但一看见我们，就不作声，立刻走掉了。

她们走后，我们又沉默了好久。我尽情哭了一阵，心里感到好过些。我瞧了他一眼。他用手支着头，坐在那里。他似乎想说些什么来回答我的目光，但只深深地叹了一口气，又用手支着头。

我走到他跟前，把他的手拿开。他的目光若有所思地对着我。

"是的，"他说，仿佛在继续沉思，"我们大家，尤其是你们女人，都得经历一下荒唐无聊的生活，才能回到实际生活中来，别人的话你们是不会相信的。当时你还远没有尝够那种醉人的荒唐生活，我则在旁边欣赏着，我让你去体验这种生活，我觉得我无权限制你，虽然对我来说这样的时期早已过去了。"

"既然你爱我，你为什么不跟我在一起，并让我过那种荒唐无聊的生活？"我说。

"因为当时你即使愿意也不会相信我的话。你必须亲自体验，才能体验到。"

"你总是考虑，考虑得很多，"我说，"但你爱得很少。"

我们又沉默了。

"你刚才的话很厉害，但倒是实话，"他说，突然站起来，在凉台上来回踱步，"是的，这是实话。是我错了！"他在我面前站住，添加说："或者是我根本不应该爱你，或者是应该爱得随便些，是的。"

"让我们把一切都忘了吧。"我怯生生地说。

"是的，过去的事不会回来了，再也不会回来了。"他说这话时语气温和些了。

"一切都已回来了。"我说，一只手放在他的肩上。

他拿下我的手，紧紧地握着。

"不，我说我不留恋过去，那不是实话。不，我伤心，我为那已经没有和不可能再有的爱情而哭泣。这是谁的过错呢？我不知道。爱情还在，但已不是原来的爱情，只留下了爱情的位置，但这爱已饱经沧桑，不再有力量，也不再那么诱人，只剩下回忆和感激，不过……"

"别这么说了……"我打断他的话，"让一切都恢复原状吧……要知道这是可能的，是吗？"我瞧着他的眼睛问。他的眼睛是明亮的，平静的，但没有看透我的眼睛。

我这样说时就已感到，我所希望和请求他的事是办不到的。他安详而温顺地微微一笑，我觉得这是一种老年人的笑。

"你还那么年轻，可是我已经老了，"他说，"我身上已没有你所追求的东西；何必欺骗自己呢？"他添加说，依旧那么微笑着。

我默默地站在他身边，心里感到平静些了。

"我们不要竭力去恢复原来的生活，"他继续说，"我们不要自己骗自己。原来的焦虑和激动都没有了，那真该谢天谢地！我们用不着去追求和激动。我们已追求到了我们所要的东西,我们已经够幸福的了。现在我们应该隐退,给他们让路,"他说,指指抱着万尼亚走到凉台门口站住的奶妈。"就是这样,我的朋友。"他结束说,弯下腰来吻吻我的头。那不是爱人而是一个老朋友的亲吻。

花园里越来越浓烈地飘浮着夜晚的清香,天籁和寂静变得越来越庄严,空中闪烁着越来越多的星星。我对他望望,顿时觉得心情轻松了,仿佛那根使我痛苦的神经被摘除了。我突然清醒地懂得,当时的感情也像时间一样一去不复返,现在要它回来不仅不可能,而且是痛苦难受的。算了吧,难道我觉得幸福的那个时代就那么好吗? 再说,这一切都已是久远的往事了!

"我们该去喝茶了!"他说。我们一起走到客厅。我在门口又遇见奶妈和万尼亚。我抱过孩子,把他裸露的红红小腿盖住,把他紧抱在胸前,然后轻轻地吻吻他。他仿佛在睡梦中动动他那皮肤宽松的张开的小手,睁开蒙眬的小眼睛,仿佛在找寻或者回忆什么。突然这双小眼睛盯着我,眼睛里闪耀着思想的火花,噘起胖鼓鼓的小嘴,闭拢又张开,浮起一个微笑。"他是我的,我的孩子!"我想,把他紧紧地贴在胸前,四肢都幸福得紧张起来,我好容易才忍住不把他弄疼。我开始吻他发凉的小腿、小肚子、小手和刚长出头发来的小脑袋。丈夫走到我身边,我连忙盖住孩子的脸,接着又让他的脸露出来。

"伊凡·谢尔盖伊奇!"[①] 丈夫说,用一只手指摸摸他的小下巴。但我又连忙把伊凡·谢尔盖伊奇的脸盖上。除了我,谁也不许多瞧

[①] 这是孩子的本名和父名,一般表示尊敬,这里带有戏谑的意味。

我的孩子。我瞧了丈夫一眼,他的眼睛含笑望着我的眼睛。很久以来我也头一次轻松愉快地望着他的眼睛。

从那天起,我和我丈夫的恋爱关系结束了。旧的感情变成一种宝贵的、一去不返的往事,而爱孩子和爱孩子父亲的新的感情奠定了一种崭新的幸福生活的基础,这种生活现在还在继续着……

一八五九年

克鲁采奏鸣曲

只是我告诉你们,凡看见妇女就动淫念的,这人心里已经与她犯奸淫了。

《马太福音》第五章第二十八节

门徒对耶稣说,人和妻子既是这样,倒不如不娶。耶稣说,这话不是人都能领受的。唯独赐给谁,谁才能领受。

因为有生来是阉人,也有被人阉的,并有为天国的缘故自阉的;这话谁能领受,就可以领受。

《马太福音》第十九章第十、十一、十二节

一

这事发生在早春时节。我们乘火车走了两天两夜。上下火车的多半是短途旅客，只有三个人跟我一样，从起点站上车后一直没有下车。一个是中年太太，长得并不漂亮，面容憔悴，穿男式外套，戴着便帽，一路上不断抽烟。另一个是她的熟人，四十岁上下，很健谈，他的衣着用品都很新颖讲究。第三个是个个儿不高的男子，岁数不大，但一头鬈发都已花白，一双眼睛炯炯有神，目光迅速地忽而瞧瞧这个，忽而望望那个。他动作紧张，一直独自待在一边。他身穿缝工讲究的羔皮领旧大衣，头戴羔皮高帽，一解开大衣纽扣，就露出里面穿着的俄罗斯式打褶上衣和绣花衬衫。这人还有一个特点，就是嘴里间或发出一种古怪的声音，又像在咳清喉咙，又像要放声大笑而又戛然收住。

这人一路上都避开其他旅客，不同人家交谈。邻座有人同他说话，他也只回答一字半句，总是自顾看书，抽烟，或者眺望窗外的景色，或者喝点儿茶，从旧旅行袋里取出些东西来吃。

我想他孤零零一个人一定很难受，几次想同他攀谈，但每次我们的目光一接触——这是常常发生的，因为我同他坐在斜对面——他就转过脸去，拿起书来，或者看着窗外。

第二天傍晚，火车停靠在一个大站上。这个神经质的人下车去打开水，沏了茶。那个衣着用品都很新颖讲究的男人——后来我才知道他是个律师——同他的邻座旅客，那位穿男式外套的抽烟的太太，则下车到站上喝茶。

他们下车后，车厢里又上来几个旅客。其中一个是老头儿，个儿很高，脸刮得精光，但满是皱纹，身穿貂皮外套，头戴大帽檐的呢子便帽。看样子是个商人。商人在那位太太和律师对面落了座，立刻同一个年轻人攀谈起来。那年轻人也是从这个站上来的，大概是个店员。

我坐在过道斜对面，因为火车停着，只要过道上没有人走过，就能断断续续地听到他们的谈话。商人开头说，他现在是到自己的庄园去，只有一站路。后来他们自然又谈到物价和买卖，谈到莫斯科的商情，谈到下城的市集。店员讲到他们两人都认识的一个富商怎样在市集上纵酒作乐，但老头儿没让他讲完，就讲起他自己参与的库纳文市集上宴乐的情景。他扬扬得意，眉飞色舞地讲到他和富商一帮子人有一次在库纳文怎样喝得酩酊大醉，干了一件见不得人的事。谈到这事，老头儿不得不压低嗓门对店员咬了咬耳朵。店员听了对着整个车厢哈哈大笑起来，老头儿也笑得露出两颗焦黄的门牙。

我料想不会听到什么有意思的话，就站起来，想趁车没开的时候到站台上走一走。在车厢门口，我遇见律师和那位太太，他们一边走，一边很起劲地谈着话。

"下车来不及了，"善于交际的律师对我说，"马上要打第二遍铃。"

果然，我还没有走到车厢口，铃声就响了。我返回到座位上，那位太太还在跟律师热烈地谈话。老商人默默地坐在他们对面，目光严厉地瞧着前方，间或不以为然地嚼动牙齿。

"后来她就坦率地向丈夫表示，"律师在我经过时笑着说，"她不能，也不愿跟他生活在一起，因为……"

接下去他还说了些什么，我没有听清。我后边又上来了几个旅客、列车员和一名匆匆跑进来的脚夫。长久的喧闹声把他们的谈话声淹没了。等到周围安静下来，我又听到律师的声音，他们已不是在谈什么具体事件，而是一般地发发议论。

律师说，离婚问题在欧洲已引起社会的关心，在我们俄国这类案子也越来越多。他发觉只有他一个人在说话，就停下来，转身问老头儿："这种事情从前是没有的，对不对？"他笑容可掬地说。

老头儿正要回答，但这时火车开了。老头儿摘下帽子，动手画十字，低声祷告。律师把视线移到一边，彬彬有礼地等待着。老头儿做完祷告，又画了三次十字，把帽子端端正正地戴好，拉到额上，在座位上坐好，这才回答。

"先生，这种事从前也有，只不过没有现在多罢了，"他说，"眼下这种时代，不可能没有这种事。大家受的教育太多了。"

火车越开越快，遇到轨道接缝处就隆隆作响，听不清他们的谈话，但我很想听，就坐得离他们近一点儿。我的邻座，那个目光炯炯有神的神经质男人显然也很感兴趣，但没有起身，只是全神贯注地听着。

"教育有什么不好呢？"那位太太似笑非笑地说。"难道像从前那样，新郎新娘婚前没见过面倒好一些？"她继续说，就像一般妇女那样，不是回答对方的话，而是回答她想象中对方可能提出来的问题。"他们不知道彼此是否相爱，能否相爱，碰到谁就跟谁结婚，结果痛苦一辈子。难道您认为这样合适吗？"她这话分明是对我和律师说的，而不理会同她谈话的老头儿。

"大家受的教育太多了。"老商人又说了一遍,轻蔑地瞧着那位太太,根本不搭理她的问题。

"我想请教,受教育和夫妇不和,这中间究竟有什么关系?"律师似笑非笑地说。

老商人正想说话,却被那位太太抢先了。

"可不是,那种时代过去了。"那位太太说,但律师打断她的话:"嗯,您让这位先生讲讲他的意见。"

"教育弄得人尽干傻事。"老头儿断然说。

"既要让并不相爱的人结婚,又要怪他们不能和睦过日子,这怎么行呢。"那位太太匆匆地说,回头瞧瞧我,瞧瞧律师,又瞧瞧店员。那店员这时已站起来,臂肘搁在椅背上,笑眯眯地听着这场谈话。"要知道,只有动物才会听凭主人的意志随便配对,人可是有自己的爱好和感情的!"她说这话显然想刺一下商人。

"太太,您这样说可不对,"老头儿说,"动物是畜生,人可是遵守法律啊。"

"但一个人怎么能同没有爱情的人一起过呢?"那位太太又赶紧说出她的观点,仿佛这是一种崭新的理论。

"从前大家都不管这一套,"老头儿一本正经地说,"如今可变得时兴了。稍不称心,娘儿们就说:'我要同你分手。'连农村都时兴这一套。娘儿们说:'喏,这是你的衬衫,这是你的裤子,拿去吧。我要去跟万卡过啦,他那头鬈发比你的好看。'你还有什么话好说呢!说到娘儿们哪,最重要的是要使她们有所顾忌。"

店员对律师、那位太太和我逐个瞧了瞧,显然忍住笑,并准备根据大家对商人这番话的反应来决定嘲笑还是赞成。

"顾忌什么？"那位太太问。

"顾忌什么？当然是怕丈夫啰！那还用说。"

"哼，老大爷，那种时代已经过去了！"太太有点儿愤慨地说。

"不，太太，这样的时代是不会过去的。既然夏娃，也就是女人，是用男人的肋骨造的，那么，即使天荒地老，也不会改变。"老头儿得意扬扬地晃了晃脑袋说，于是店员立刻断定胜利在老头儿一方，就放声大笑起来。

"这可是你们男人的理论，"那位太太并不认输，又回头对我们瞧瞧，"你们自己可以为所欲为，却把女人关在闺房里。你们自己干什么事都行。"

"谁也没有说过可以那样干，但不管怎样，男人可不会给家里带个娃娃回来，女人就难保了。"老商人固执地说。他那种固执劲儿显然征服了听众，那位太太简直觉得自己被击败了，但仍不肯认输。

"不错，但女人也是人，女人跟男人一样，也有感情，这一点我想您也会同意吧。那么，她要是不爱丈夫，那怎么办？"

"她不爱丈夫！"老商人扬起眉毛，动动嘴唇，严厉地说，"你放心好了，她会爱的！"

这种意想不到的回答使店员特别得意，便随声附和。

"不，她不会爱的，"那位太太说，"如果没有爱情，那就不能勉强。"

"是啊，如果妻子对丈夫不忠实，那又怎么办？"律师说。

"那不行，"老头儿说，"这种事可得注意啊。"

"万一发生了，又该怎么办？要知道这种事是常有的。"

"人家那儿也许有这样的事，我们这儿可没有。"老头儿说。

大家都不作声。店员挪了挪身子，凑得更近些，显然不愿落在

克鲁采奏鸣曲 | 161

别人后面，笑眯眯地说："是啊，我们那儿有个小伙子也出了桩丑事。要判断谁是谁非也实在难。他遇上一个女人，一个放荡的女人，那女人跟他胡来。小伙子倒是挺稳重，挺有教养。开头那女人搞上一个职员，做丈夫的好声好气地规劝她。她不罢手，净干坏事。她还偷他的钱。做丈夫的揍了她一顿，她却越来越放肆。后来竟同一个异教徒，同一个犹太人——恕我直说——私通。做丈夫的怎么办呢？索性把她扔了。结果男的打光棍，女的就到处游荡。"

"全都因为那小伙子是个傻瓜，"老头儿说，"要是他开头狠狠教训她一顿，不让她胡搞，她就会乖乖地待在家里了！一开头就不能手软。在地里信不得马儿，在家里信不得婆娘啊。"

这时候，列车员进来向下一站下车的乘客收票。老头儿把票交给他。

"是啊，婆娘都得及时管教，要不然就会出乱子。"

"那么，您刚才讲到结过婚的男人在库纳文市集上寻欢作乐，那又该怎么解释呢？"我忍不住说。

"那是另一回事。"老商人说了一句，就不再作声。

火车汽笛一响，那商人就站起来，从座位下取出旅行袋，扣上外套，掀了掀帽子，下了车。

二

老头儿一走，就有几个人同时说起话来。

"这老爷子是个老脑筋。"店员说。

"哼,是个《家训》①的活信徒,"那位太太说,"他在妇女和婚姻问题上的看法多么野蛮!"

"是啊,在婚姻问题上我们离欧洲人的观点还很远。"律师说。

"这种人主要是不懂得,"那位太太说,"没有爱情的婚姻算不得婚姻,只有爱情才能使婚姻变得圣洁,只有具备神圣的爱情的婚姻才算得上真正的婚姻。"

店员笑眯眯地听着,竭力想多记住些鞭辟入里的话,以便日后需要时使用。

那位太太说话时,我们听见背后有一个声音,又像冷笑,又像抽泣。我回头一看,原来是邻座那个头发花白、目光炯炯的单身乘客。他在我们谈话时悄悄凑拢来,显然对这个话题很感兴趣。他站在那儿,双手靠在椅背上,神态激动:他的脸涨得通红,脸颊上的肌肉不断抽动。

"能使婚姻变得圣洁的爱……情……这是一种怎样的爱情?"他讷讷地说。

太太看到说话人那副激动的神态,竭力婉转而周到地回答他。

"真正的爱情嘛……就是说男女之间有了这样的爱情,才能结婚。"那位太太说。

"那么,怎么才算真正的爱情呢?"目光炯炯的先生露出尴尬的笑容,怯生生地问。

"谁都懂得什么是爱情。"太太说,显然不想同他再谈下去。

---

① 《家训》——俄国十六世纪出的一本书,据说是伊凡雷帝年轻时的忏悔师西尔威斯特教士所作,内容是教人怎样治家,丈夫怎样严厉管教妻子,等等。

"可是我不懂,"那位先生说,"务必请您解释一下……"

"什么? 这简单得很,"太太嘴里这么说,心里还是考虑了一下,"爱情就是喜欢一个人绝对超过喜欢其他任何人。"太太说。

"绝对超过多少时间? 一个月? 两天? 还是半小时?"头发花白的先生问,笑起来。

"不,对不起,您说的显然是另一回事。"

"不,我说的就是这回事。"

"她的意思是,"律师指指太太,插嘴说,"婚姻首先必须出于倾慕,或者说出于爱情,只有有了爱情,婚姻才可以说是圣洁的。其次,凡是不以自然的倾慕,或者说爱情为基础的婚姻,在道义上都没有约束力。我理解得对不对?"他转身问太太。

太太点点头,表示同意他的解释。

"再有……"律师继续说下去,但神经质的男人眼睛熠熠发亮,显然在竭力克制感情,不等律师把话说完,就抢先说:"不错,我说的就是这个意思:喜欢一个人超过其他任何人,我只是问,喜欢多长时间?"

"多长时间? 很长时间,有时就是一辈子。"太太耸耸肩膀说。

"啊,那种事只有小说里才有,现实生活中可是从来没有的。在现实生活中,爱一个人超过爱其他任何人,能维持一年就算很不错了。往往只能维持几个月,甚至只有几个星期,几天,几个小时。"他说,显然知道这种意见会使大家感到惊奇,就显得颇为得意。

"哦,您这算什么话! 不会的,那不可能!"我们三个人不约而同地说。连店员也发出不以为然的声音。

"不错,我也知道,"头发花白的男人压倒我们的声音说,"你们说的是应当怎么样，可我说的是事实上怎么样。看到一个美人，哪个男子都会产生你们所说的爱情的。"

"啊，您说得太可怕了；可是我认为在人与人之间确实存在着那种被称为爱情的感情，而且不是持续几个月，几年，而是一辈子，您说呢？"

"不，办不到。就算一个男人能一辈子专爱一个女人，那个女人也很可能会爱上别的男人的。过去是这样，现在还是这样。"头发花白的人说着，掏出烟盒，抽起烟来。

"但也可能双方的爱情都很专一。"律师说。

"不，那不可能，"他反驳说，"就像一车豌豆里两颗做过记号的豌豆，不可能一直挨个儿凑在一起。此外，不仅不可能，而且双方还会相互觉得腻味呢。一辈子就爱一个人，好比一辈子只点一支蜡烛那样。"他狠狠地吸了一口烟，说。

"但您说来说去只是肉体的爱。难道您认为天下没有建立在志同道合、心心相印基础上的爱吗？"太太说。

"嘿，心心相印！ 志同道合！"他含嘲带讽地重复那位太太的话。"既然如此，那又何必 —— 恕我说句粗话 —— 睡在一起呢？ 难道两人睡在一起就是由于志同道合吗？"他说着，神经质地笑起来。

"不过，恕我直说，"律师说，"事实反驳了您的讲法。我们大家看到，夫妇生活是存在的，全人类，或者说人类中的大部分，都过着夫妇生活，而且许多人都长期忠实地过着夫妇生活。"

头发花白的人又笑了。

"你们开头说，婚姻要以爱情为基础。我怀疑除了肉体的满足外是不是还存在爱情，你们又用存在着婚姻来证明存在着爱情，其实，婚姻在今天纯粹是个骗局！"

"不，对不起，"律师说，"我只是说，婚姻过去存在，现在仍旧存在罢了。"

"是存在的。但为什么存在呢？有人把婚姻看得很神圣，看作向上帝负责的神圣的事。对他们来说，婚姻过去存在，现在仍旧存在。但对他们存在，对我们可不存在。我们这些人虽也男婚女嫁，但认为结婚无非是性交罢了。结果不是欺骗，就是强迫。欺骗还好受一点儿。夫妻双方只是表面上过着一夫一妻制生活来骗骗人，其实他们过的却是一夫多妻和一妻多夫的生活。这太恶劣了，但还能凑合着过。最常见的往往是，夫妻双方表面上都承担着同居一辈子的义务，而婚后一个月双方就互相憎恨，希望分手，但又不得不在一起过，结果就掉进十八层地狱，借酒解愁啦，开枪自杀啦，毒死对方又毒死自己啦，什么罪恶都干得出来。"他越说越快，不让人家插嘴，而且越说越激动。大家都不作声，感到很尴尬。

"是啊，毫无疑问，夫妇生活有时是会闹出灾祸来的。"律师说，希望结束这场火药味很浓的谈话。

"我想，你们大概已看出我是个什么人了吧？"头发花白的男人低声说，情绪平静些了。

"不，我还没有这个荣幸。"

"谈不上什么荣幸。我叫波兹德内歇夫，在生活中就遇到过您所说的灾祸，我杀了妻子。"他说着，急急地向我们瞥了一眼。

大家都不知道说什么好，默默地坐着。

"嗯，那也没什么，"他用他那种古怪的声音说，"不过请大家原谅！啊……我不打搅你们啦！"

"哦，您别那么想……"律师说，自己也不知道"别那么想"指的是什么。

不过，波兹德内歇夫没理他，很快地转过身去，回到自己的座位上。律师和那位太太在低声交谈。我默默地坐在波兹德内歇夫旁边，想不出说什么好。看书光线太暗，我就闭上眼睛，假装打瞌睡。我们就这样默默地坐到下一站。

律师和那位太太早已跟列车员讲好，在这一站换到另一节车厢去。店员也已在座位上躺下来睡了。波兹德内歇夫一直抽着烟，喝着上一站沏的茶。

我睁开眼睛对他瞧了一眼，他突然果断而恼怒地对我说："您知道我是谁，也许不高兴跟我坐在一起吧？那我可以走。"

"哦，不，您别那么想。"

"那么，给您来杯茶吧？茶很浓。"他给我倒了茶。

"他们东拉西扯……可尽是撒谎……"他说。

"您指的是什么呀？"我问。

"就是指那个问题：指他们的所谓爱情，以及究竟什么是爱情。您想睡觉吗？"

"一点儿也不想睡。"

"您要是高兴，我可以给您讲讲，那个爱情怎样弄得我闹出那件事来。"

"好哇，要是您不觉得难受的话。"

"不，叫我不说话才难受呢。喝点儿茶！是不是太浓了？"

茶真的浓得像啤酒，但我还是喝了一杯。这时列车员走进来。波兹德内歇夫恶狠狠地盯住他，直到他走开，才开始讲他的事。

克鲁采奏鸣曲 | 167

三

"好吧,那我就给您讲讲……您真的愿意听吗?"

我又说了一遍,我很想听。他沉默了一会儿,双手擦擦脸说:"要讲,就得从头讲起。我要先告诉您,我是怎样结婚的,为什么结婚,婚前我是个怎样的人。

"结婚以前,我过的生活跟我们圈子里所有的人一样。我是个地主,大学毕业,又当上了首席贵族。结婚以前,跟大家一样过着放荡的生活,而且跟大家一样,尽管过着放荡的生活,还满以为这是正常的。我自认为是个讨人喜欢的青年,是个十足的正派人。我不勾引女人,没有乱七八糟的癖好,不像许多同龄人那样把那种事当作人生的主要目的。为了身体健康,我过那种生活是很有节制的。我避开那些会因生孩子或者对我情意缠绵而束缚住我手脚的女人。事实上,也可能有过孩子,也可能有人对我情意缠绵,但我装得若无其事。我自认为这样不仅不违反道德,而且还以此自豪。"

他顿了顿,嘴里发出一种古怪的声音。显然,每当他有什么新的想法时,就会发出这种声音。

"其实,这恰恰就是最卑劣的行为,"他大声说,"放荡并不在于肉体,肉体上不管怎样胡作非为都不算放荡;放荡,真正的放荡,在于同女人发生肉体关系而在道义上又不负责任。可我那时竟把这种不负责任看作值得夸耀的事。记得有一次我没有付钱给一个把身子交给我（她大概爱上我了）的女人，我感到非常不安，直到我给她送去一些钱，表示我在道义上不欠她什么，才觉得如释重负。您别点头了，别支持我这种想法，"他突然对我嚷起来，"这种事难道我还不懂吗！我们这帮人，包括您在内——如果您不是个罕见的例外——我们大家都有这样的想法。我这样说，您可别见怪，"他继续说，"说实在的，这真是可怕，真是太可怕了！"

"什么事可怕呀？"我问。

"我们在对待女人和女人问题上真是犯了大错啦！是啊，我一谈到这事就无法平静。倒不是因为我在生活中遇到过像那位先生所说的'灾祸'，而是因为那种灾祸擦亮我的眼睛，我看待这问题就完全不同了。一切都倒了个个儿，一切都倒了个个儿……"

他点了一支烟，臂肘搁在膝盖上，又说起来。

黑暗中我看不见他的脸，在火车的震动中只听到他那动人心魄的悦耳的声音。

四

"是啊，直到我受尽折磨、吃够苦头之后，我才懂得这事的症结所在，懂得按理应该怎么办，因此也就看到了问题的严重性。

"您瞧，我那场灾祸的祸根是在什么时候和怎样种下的。祸根种下的时候，我还不满十六岁。当时我在中学念书，我哥哥是大学一年级学生。我还没有接触过女人，但也像我们圈子里不幸的孩子们那样，已不是一个纯洁无瑕的少年。一年多前我已被别的孩子带坏了。女人，不是哪一个具体的女人，而是一切女人，作为美妙造物的女人，女人的裸体，经常折磨着我。我虽然过着独身生活，但过得并不纯洁。我像百分之九十九的男同学那样忍受着煎熬。我感到害怕，我感到痛苦，我祷告上帝，但我还是堕落了。我在意识上和行动上都很放荡，但我还没有跨出最后一步。我自个儿堕落，但还没有糟蹋过别人。后来，我哥哥的一个同学，一个会寻欢作乐的家伙，所谓花花公子，真是个大坏蛋，他教我们喝酒，赌钱，有一天在喝得烂醉后又把我们带到那种地方。我们跟着他去。哥哥原来也是个童身，也是在那天晚上失了童贞。我当时还是个十五岁的少年，就这样糟蹋了自己，又糟蹋了一个女人，却一点儿也不懂得自己干了什么。我从来没有从长辈那儿听说过这样做是不对的。现在也没有听到这方面的指摘。不错，《十诫》里是有这一诫的，但当时读《十诫》只是为了应付神父的考试，根本没重视它，觉得它远不如拉丁文假定句中用"ut"那么必要。

"真的，我从没听到我尊敬的长辈谴责过这种事。相反，我只听到他们说这是好事。我听说，做过那种事以后就不会那么苦闷和难受了。我听说，听长辈说，这是有益于健康的；同伴们则说，这是风流韵事，是男子汉气概。总之，大家都认为这种事有益无害。有没有染上疾病的危险呢？不用担心，父母官早有预见，早就考虑到这问题了。政府当局把窑子管理得井井有条，即使中学生去寻花问柳，也保证平安无事。医生领着官俸，也管着这方面的事。理应如此。他们认为放荡有益于健康，因此建立合法的制度。我知道有些做母亲的就是这样关心儿子的健康的。科学也鼓励他们逛窑子。"

"这跟科学有什么关系？"我说。

"哦，您可知道医生是些什么人？他们是科学的祭司。是谁宣告这事有益于健康而唆使青年堕落的？是他们。可后来又煞有介事地替他们医治梅毒。"

"得了梅毒总不能不治吧？"

"老实说，如果把医治梅毒的百分之一的力气用在铲除淫乱行为上，梅毒恐怕早就绝迹了。可是现在呢，力气不是用在铲除淫乱行为上，而是用在鼓励淫乱行为，保证淫乱之后平安无事上。但问题还不在此。问题在于我身上发生的那类事，不仅我们的阶级，而且所有的阶级，甚至包括农民在内，都发生过，至少十分之九的人都发生过。再说，我之所以堕落，并非受到某个妖冶女人的诱惑。不是的，没有哪个女人诱惑过我。我之所以堕落，是因为周围的人，有的把这种堕落看成有益于健康的正当行为，有的则认为对青年来说这是一种玩乐，十分自然，因而情有可原，甚至无伤大雅。我当时还不懂这就是堕落。我开始沉湎于享乐和情欲。人家说，到一定年龄这种欲望是很自然的。我开始过放荡生活，同时开始喝酒和抽烟。不过，我第一次堕落，心里还是感到难受，感到不是滋味。我记得，当时还没有走出那个屋子，就觉得很伤心，伤心得简直想放声痛哭，哭我丧失了童贞，哭我从此糟蹋了同女人的关系。是啊，我同女人自然而纯洁的关系从此被断送了。我同女人的纯洁关系从此丧失了，再也不能复得了。我成了所谓浪子。成了浪子，在生理上等于一个吸吗啡的瘾君子，一个酒鬼或者烟鬼。一个因纵欲而同几个女人发生关系的人，就同吸吗啡的瘾君子、酒鬼和烟鬼一样，是不正常的。他从此堕落成为浪子。也像吸毒的和酒鬼那样，一个浪子从脸色和举动上就能看出来。一个浪子也可以改邪归正，所谓回头，但他跟女人纯洁无瑕、情同手足的关系却再也无法恢复了。从他瞟着年轻女人的那种神态上,一下子就可以认出浪子来。我就这样成了浪子,再也无法自拔。我就这样给毁了。"

五

"唉,事情就是这样!从此我就越走越远,越走越偏了。天哪!一想起这方面的罪孽,我就不寒而栗!我明明是这样一个人,可朋友们还笑我老实单纯呢。至于那些花花公子、大小军官、巴黎寓公,又都是些怎样的人物!这些先生,包括我在内,都是三十上下的浪子,脑子里充满对女人的淫思邪念,却把自己打扮得干干净净,又刮胡子,又洒香水,穿上干干净净的衬衫、礼服或者军服,走进客厅和舞厅,显得那么英俊,俨然是纯洁的化身!

"您倒想想,这事应该怎么办,而事实上又是怎么样。说到应该怎么办,那么,要是有个这样的男人在社交场中追求我的姐妹或者女儿,我就应该上去拦住他,悄悄地对他说:'老兄,我知道你的生活,知道你晚上怎么过,跟谁在一起过。你待在这里不合适。这里只有规规矩矩的姑娘。你给我走!'按理应当这么办。可是实际情况却是:如果这样的男人走来搂着我的姐妹、女儿跳舞,只要他有钱有势,我们就会欢天喜地。他玩腻了里果波丝①之类的女人,说不定会看中我的女儿。即使他身染恶疾,那也无所谓。反正现在医生医治这种病很

---

① 里果波丝——一个在当时声名狼藉的巴黎歌女。

有办法。可不是，我就知道有好几个上流社会的姑娘，她们的父母欢天喜地把女儿嫁给患梅毒的男人。唉！真是太无耻啦！总有一天这种卑鄙无耻和假仁假义的勾当会被暴露在光天化日之下！"

波兹德内歇夫几次发出他那种古怪的声音，呷了几口茶。茶很浓，又没有开水来把它冲淡。我喝了两杯，觉得特别兴奋。看样子，浓茶对他也起了作用，他变得更激动了。他的声音变得越来越好听，越来越富于表情。他不断改变姿势，一会儿摘下帽子，一会儿又把它戴上。他的面部表情在昏暗的灯光下变幻莫测。

"是啊，我就这样生活到三十岁，一直梦想结婚并建立一个最高尚最纯洁的家庭。我抱着这样的目的物色合适的姑娘，"他继续说，"我自己在荒淫无耻的泥浆里打滚，却想物色一位配得上我的纯洁的姑娘。许多姑娘被我淘汰了，因为她们不够纯洁，配不上我。最后我找到了一位我认为配得上的姑娘。她是奔萨省一个地主的女儿。这地主有两个女儿，一度很有钱，如今破落了。

"有一天黄昏，我们去划船，划了一会儿，然后踏着月色回家。我坐在她旁边，欣赏着她那穿一件紧身毛衣的苗条身材和一绺绺鬈发。我忽然断定，她就是我理想的爱人。那天晚上我觉得，她能理解我的全部感情和思想，而我当时的感情和思想都是十分高尚的。其实她之所以显得迷人，就因为穿着那件紧身毛衣和留着一绺绺鬈发。我在她身边待了一天，很想进一步同她接近。

"说来也怪，人们往往把美当作善，那真是荒唐！一个漂亮的女人说蠢话，你不觉得她愚蠢，反而认为她聪明。她的言谈举止明明都挺粗俗，你却觉得很文雅。只要她不说什么蠢话和粗话，而且长得很漂亮，你就会觉得她聪颖贤淑，非同凡响。

"我回到家里，欢天喜地，肯定她是个贤惠善良的女人，配得上做我的妻子。第二天就去向她求婚。

"唉，说来也真荒唐！一千个男人结婚，难得有一个在婚前没有同女人发生过关系。他们同十个、一百个甚至像唐璜①那样同一千个女人发生过关系。可悲的是这种情况不限于我们的圈子，连平民百姓中间都有。不错，现在我听说过，也亲眼看到过一些正派青年，他们认为结婚不是儿戏，而是终身大事。但愿上帝保佑他们！不过，在我那个时代，这样的青年一万人中都找不到一个。这个情况人人都知道，却都假装不知道。所有小说都不厌其详地描写男主人公感情多么热烈，描写他们怎样在花前月下徘徊，但在写到这些主人公对姑娘的伟大爱情时，却只字不提他们的经历：他们怎样寻花问柳，怎样玩弄侍女、厨娘和有夫之妇。即使有这样的不成体统的小说，也绝不会落到最需要知道个中奥秘的姑娘手里。在姑娘们面前，我们先是讳言占我们城市生活（甚至包括农村生活）一半的淫乱事件，仿佛根本就不存在那种事。然后，我们又习惯成自然地假装正经，最后我们就像英国人一样一本正经地把自己看成君子国里的君子。可怜那些姑娘也竟然信以为真。我那个不幸的妻子也是这样。我记得，在我们订婚后我怎样把自己的日记拿给她看，让她多少知道一些我的经历，特别是我最后一次的通奸。这事她可能从别人那儿知道，因此我觉得有必要告诉她。我记得，当她知道并且了解这件事后，她是多么惊讶、绝望和不知所措！我看出，她当时想抛弃我。唉，她当时为什么不抛弃我啊！"

---

① 唐璜——西班牙传说中惯于引诱妇女的花花公子。

他又发出古怪的声音,接着沉默了一会儿,又呷了一口茶。

六

"不过,这样也好,这样也好!"他大声说,"我这是活该!但问题不在这里。我是说,这里受骗上当的只限于不幸的姑娘。这种情况做母亲的是一清二楚的,特别是那些受过丈夫熏陶的妇女。她们假装相信,男人们都是纯洁无瑕的,其实她们的行动正好相反。她们懂得用什么诱饵为她们自己或她们的女儿勾引男人。

"要知道,只有我们男人才不懂(其实我们是不想懂)女人们一清二楚的事:我们所谓最高尚最有诗意的爱情,并非取决于精神上的美德,而是取决于肉体上的亲近,再加上头发的款式、皮肤的颜色和衣服的样子。您可以问问一味勾引男人取乐的骚娘儿们,她们宁愿担什么风险:宁愿当着被勾引男人的面被控撒谎、残忍甚至淫荡呢,还是宁愿在他面前穿一身裁剪得难看的衣服。她们总是宁愿冒前一种风险。她们懂得,我们男人尽管嘴里说什么高尚的感情,其实都是撒谎,我们真正需要的只是肉体,我们可以宽恕一切卑鄙无耻的行为,却不能容忍款式陈旧、样子难看的衣服。这一层,那些搔首弄姿的娘儿们是真正懂得的,而那些纯洁无瑕的姑娘只是朦胧地懂得,就像动物那样。

"就因为这个缘故,人间就出现了可恶的紧身毛衣、裹紧臀部的裙衬、赤裸的肩膀、胳膊甚至大半个乳房。女人,特别是经过男子熏染的女人，都十分懂得，冠冕堂皇的谈吐都是空话，男子需要的是她们的肉体和那些使她们肉体富有魅力的一切。她们就按此办理。只要抛开对丑恶的习惯看法——这是我们的第二天性，而正视一下上流社会荒淫无耻的生活，我们就会说，它简直是一座彻头彻尾的大窑子。您不同意吗？让我来向您证明，"他不让我插嘴，接着说，"您说，我们上流社会妇女的生活志趣毕竟跟妓女不同，我却认为没有什么差别。我可以向您证明。要是她们在生活志趣上各异，在生活内容上不同，那么，这种差别一定会在外表上反映出来，她们的外表一定会有所不同。您可以看看那些受歧视的不幸女人，再看看上流社会的贵妇人：同样的服饰，同样的打扮，同样的香水，同样的袒胸露臂，同样裹紧臀部，同样嗜好珠宝，同样寻欢作乐，醉心于音乐、舞蹈和歌唱。前者不择手段地勾引男人，后者何尝不是如此。没有任何差别。严格地说，短期卖淫的妓女通常被人歧视，而长期卖淫的妓女却受到尊敬，差别就在这里。"

七

"啊，就是那些紧身的毛衣啦，一绺绺的鬈发啦，裹紧臀部的裙衬啦把我给俘虏了。我是很容易被俘虏的，因为我出身的环境好比培植黄瓜的沃土，最适宜于培养好色的青年。我们饱食终日，无所事事，这就经常刺激着肉欲。不管您是不是同意我的话，事实就是这样。我原来不懂这个道理，最近才算懂了。我感到痛心的是谁都不懂得这个道理，而像刚才那位太太一样尽说蠢话。

"对了，今年春天有一批农民到我们那里去修铁路。他们平常吃的是面包、克瓦斯和洋葱。他们身强力壮，因此干农活儿比较轻松。他们来修铁路，伙食除了麦粥，还有一磅牛肉。他们每天干十六小时的活儿，推半吨重的车，这样就把这磅牛肉消化掉了。可以说，收支平衡。可我们每天吃两磅牛肉、野味，各种刺激性的山珍海味，再加上各种饮料——这些东西都变成了什么？变成了旺盛的肉欲。我们要是到那种地方去，打开安全阀，那就太平无事了。但要是像我当年那样关上安全阀，那就会发生冲动。这种冲动，通过我们不自然的生活，往往像通过棱镜一样，折射成十足的痴情，甚至变成柏拉图式的恋爱。我也像大家那样，曾一度坠入情网。结果什么情况都出现了：狂欢啦，热恋啦，充满了诗意！其实我这种爱情，一方面是她妈妈和裁缝张罗的结果，另一方面则是饱食终日、无所用心造成的。当时要是没有游湖的双人小舟，没有手艺高超的裁缝，要是我的妻子穿一身难看的宽大长衣坐在家里，我自己生活正常，也就是说吃的食物只够用于工作，安全阀又打开着——当时正好关着——那么我也不至于坠入情网，后来也不会发生那件事了。"

八

"嗐，这下子可万事齐备啦：我的身份地位，她的合身衣服，还有湖上荡舟等机会。你逃掉过二十次，这次可落网啦。简直像个陷阱。我不是开玩笑。真的,现在的婚姻简直就像陷阱。那么,怎样才算自然呢? 姑娘长大了,就得把她嫁出去。只要姑娘不是个丑八怪,男人又想结婚,事情就再简单不过了。自古以来就是这样办的。姑娘长大了,做父母的就给她安排婚事。全人类都是这样办的,中国人也好,印度人也好,伊斯兰教徒也好,我们的百姓也好,无一例外,过去是这样,现在还是这样。全人类中至少有百分之九十九是这样办的。只有百分之一甚至不到百分之一的人,就是我们这些浪子,认为这样办不对,于是想出新花样来。什么叫新花样? 新花样就是,姑娘们坐成一圈,男人们好像在市场上那样走来走去挑选。姑娘们坐在那里,心里一个劲儿地想:'老爷,选我吧! 不要选别人,选我! 你瞧,我的肩膀多美,还有别的……'但她们不敢开口。我们做男人的走来走去,左顾右盼,好不自在,心里却想:'是啊,我知道,可我不会落网的。'我们边走边看,踌躇满志,知道这一切都是专门为我们安排的。可是一不留神,扑通一声就掉到陷阱里啦!"

"那么该怎么办呢?"我说,"去向女人求婚吗?"

"唉,我也不知道该怎么办,但要是讲平等,那就得真讲。要是说,父母之命媒妁之言的婚姻对人是一种侮辱,那么现在这种婚姻就更加千百倍地侮辱人。过去权利与机会是均等的,如今女人成了市场上待价而沽的奴隶或者陷阱里的诱饵。您要是对随便哪个做母亲的或姑娘本人讲实话,说她念念不忘的只是找个未婚夫。哦,天哪! 那将是多大的侮辱哇! 其实她们都是这么干的,除此以外她们也无事可干。有时看到一些纯洁无瑕的可怜姑娘也忙于此事,心里真不是滋味。要是堂而皇之地干,倒也罢了,可她们还要装腔作势,自欺欺人。她们嘴里说什么:'哦,物种起源,真有意思! 哦,丽莎迷上绘画啦！您要去看看画展吗？太有教益啦！''让我们坐三驾马车去看演出，去听交响乐好吗？哦，多美啊！''我的丽莎对音乐简直着迷啦。您怎么会不感兴趣？还有，划船可有意思啦！'其实她们只有一个心思：'娶我吧，娶我吧！''娶我的丽莎吧！''不要娶别人，娶我！''哦，你哪怕试一试也好呀！'唉，多么叫人恶心！多么虚伪！"他结束说，喝完茶，动手收拾茶具。

九

"您要知道，"他把糖和茶叶收到旅行袋里，说，"全世界男人都吃尽女人统治的苦，原因就在这里。"

"怎么是女人统治世界？"我说，"各种各样的权利、特权不都在男人手里吗？"

"是啊，是啊，问题就在这里，"他打断我的话，"我要对您说的正是这样一种不正常的现象：一方面，女人被贬到最屈辱的地位，另一方面，她们又在统治世界。女人就像犹太人，犹太人操纵金融市场，来为他们的受压迫进行报复，女人也是这样。犹太人说：'好哇，你们只让我们做点儿买卖，那好，我们就以买卖人的身份来控制你们。'女人说：'好哇，你们要我们只做发泄性欲的工具，那好，我们就作为发泄性欲的工具来统治你们。'女人无权并不在于她们没有投票权或不能做法官，再说从事这些活动也没有什么特权。女人无权在于她们在两性关系上跟男人不平等，她们无权享用或不能按照自己的意愿享用一个男人，不能随心所欲地挑选男人，而只能受男人挑选。您说，这不是太岂有此理吗？好吧，既然如此，那么男人也不应该享有那些权利。可现在的情况是，女人被剥夺了男人所享有的那些权利。为了弥补这方面的损失，她们就从男人的性欲上下手，利用性欲来控制男人，使男人只能表面上进行选择，实际上进行选择的却是女人。女人一旦掌握了这种手段，就滥用起来，她们对男人就拥有可怕的权利。"

"这种权利表现在哪里呢？"我问。

"表现在哪里吗？到处都是，到处都有表现。您去逛逛随便哪个大城市的商店吧。琳琅满目的商品，不知耗费了多少人的心血。您再看看，在十分之九的商店里，有没有供男人使用的东西？奢侈的生活用品都是女人所需要、为女人而生产的。您再看看那些工厂吧。绝大部分都在为女人生产毫无用处的装饰品、马车、家具和各种小玩意儿。千百万人在工厂里世世代代当奴隶，为满足女人的怪癖而折断了腰甚至献出生命。女人简直就是主宰，迫使十分之九的男人当奴隶，做苦工。追本穷源，都是她们受到屈辱，丧失了同男人平等的权利。她们就这样进行报复，对我们的肉欲施展魔力，使我们自投罗网。是啊，原因就在这里。女人使自己变成刺激肉欲的手段，使男人同她们相处时不能无动于衷。男人一接近女人，就会被她们迷得神魂颠倒，不能自已。以前我在舞会上看到浓妆艳抹的女人，觉得挺不自在。现在呢，简直心惊胆战，就像看到一样危险的违禁品那样，我真想叫警察来加以取缔，以保障安全。

"嘻，您笑啦！"他对我大声说，"但这绝不是开玩笑。我相信将来总有一天，也许不要很久，人们会醒悟过来，并且感到惊奇：我们的社会怎么能容许女人以刺激肉欲的打扮来扰乱公共治安？因为这无异于在大街小巷设置各种陷阱，甚至比这还要可怕！为什么要取缔赌博而不取缔袒胸露臂出卖色相的女人？她们比赌博还要危险一千倍！"

十

"对了，我就这样落网了，所谓坠入情网了。在订婚以后，我不仅把她看作十全十美的女人，而且也把自己看作完美无缺的人。要知道，随便哪个无赖，只要他想找，总可以在别的无赖身上找到不如他的地方，因此就沾沾自喜，自命不凡。我的情况就是这样：我结婚不是为了金钱，不像许多熟人那样为贪财附势而结婚，因为我很有钱，她很穷。这是一。另一点使我感到自豪的是，人家结婚后还想像婚前那样继续同许多女人通奸，我却下定决心要在婚后实行一夫一妻制，我因此感到自豪得不得了。是啊，我是头十足的蠢猪，还自以为是个天使呢。

"我们从订婚到结婚，时间并不长。我一想起那段时间，就不能不感到害臊。真是太恶心啦！据说，爱情应该是精神的，而不是肉体的。哼，如果爱情真是精神的，真是一种精神的结合，那么男女双方的交谈就应该表现这样的结合。其实根本不是那么一回事。我们两人单独在一起的时候，谈话真是困难，困难得就像西绪福斯[①]的苦役。好不容易

[①] 西绪福斯——希腊神话中的科任托斯王。生前作恶多端，死后被罚在地狱推巨石上山，到达山顶，巨石滚下，再推到山上，周而复始，永无休止。

想到一句话,说过之后又沉默了,又得苦苦思索,再想出话来说。结果还是无话可说。有关未来生活、安排、计划之类的话都已说过了,还有什么可说的呢? 如果是畜生,就知道用不着说什么话,可是我们不同,我们必须说话,但又无话可说,因为语言不能解决我们的问题,再加上那些讨厌的风俗:发糖啦、吃甜点心啦,以及婚前一大堆讨厌的准备工作:讨论房子、卧室、床、被子、被单、睡衣、睡袍、嫁衣等问题。老实说,一个人要是像那个老头儿所说的那样按《家训》办婚事,那么羽毛褥子、嫁妆、床等等都是行结婚圣礼不可缺少的。但我们这些人结婚,十个人中难得有一个相信圣礼,并愿意承担某种义务。我们这些人结婚,一百个人中难得有一个婚前没有过男女关系;五十个人中难得有一个不事先打算一有机会就对妻子变心;大多数人到教堂举行婚礼,都认为只不过是去占有一个女人罢了。您看,这些事情多么叫人恶心。说穿了,结婚就是这么一回事,等于做一笔买卖,把一个天真无邪的姑娘卖给一个浪子,并在买卖时举行一定的仪式。"

十一

"人人都是这样结婚的,我也这样结了婚,开始度那被说得天花乱坠的蜜月。哼,蜜月,光这名称就够叫人恶心的了!"他咬咬牙说,"我有一次在巴黎观光,看见一张海报,上面画着一个长胡子的女人和一条水狗。进去一看,原来只有一个穿袒胸露臂女服的男人和一条身披海象皮在澡盆里游泳的狗。真叫人兴趣索然。我出来的时候，马戏团老板彬彬有礼地把我送到门口，指着我对观众说：'大家可以问问这位先生，是不是值得一看！进去吧，进去吧！每人一个法郎！'我不便说不值得一看，马戏团老板也料定会这样。那些度蜜月度得乏味而又不愿使别人扫兴的人，大概也是这样。我当时没有使人家扫兴，但现在后悔当时没有说实话。现在我甚至认为一定得把这事的真相说出来。说实话，你只会感到又尴尬，又羞愧，又厌恶，又乏味。主要是乏味，乏味得难以忍受！那事有点儿像抽烟。我开始学抽烟的时候，感到恶心，嘴里满是口水，我把口水咽下去，装出津津有味的样子。那事的乐趣也像抽烟一样，即使有，也要到后来才有。夫妇双方先要在这方面养成恶习，才能得到乐趣。"

"怎么是恶习？"我说，"您说的那事是人类自然的本能。"

"自然的本能？"他说，"自然的本能？不，我跟您说的正好相反，我认为那是不……自然的。对，完全不……自然。您可以问问孩子，问问纯洁无瑕的姑娘。我的妹妹很小就嫁给一个年纪比她大一倍的浪子。我记得她在新婚之夜脸色苍白，号啕痛哭，从他那里逃出来，整个身子直打哆嗦，她说她说什么也不愿意，说什么也不愿意，甚至不肯说他要她干什么。

"您说，这是自然的本能！饮食是自然的事。饮食是轻松、愉快、舒服的享受，没有什么可羞愧的；可那事是令人厌恶、羞愧和痛苦的。不，那事是不自然的！我相信，凡是纯洁无瑕的姑娘都讨厌那件事。"

"那么，"我说，"要不是这样，人类怎么传宗接代呢？"

"嘿，要不是这样人类会断子绝孙的！"他嘲讽地说，仿佛预料到会听到这种尖刻的反驳。"英国贵族为了纵欲而提倡避孕，那是可以的。为了尽情寻欢作乐而提倡避孕，那也是可以的。但为了讲道德而避孕，那就理不直气不壮啦！'要是有一二十个人不愿再过畜生般的生活，人类就会面临灭绝的危险！'天哪，这算是什么样的呐喊哪！哦，我讨厌那灯光，把它挡住行吗？"他指着那盏马灯，说。

我说请便。他就用他那种干什么事都很麻利的劲儿爬上座位，拉下呢罩子。

"不论怎么说，"我说，"要是大家都认为非避孕不可，人类是会灭绝的。"

他没有立刻回答。

"您说这样人类就无法生存下去吗？"他在我对面坐下来，宽宽地撇开两腿，把臂肘搁在膝盖上。"人类为什么要生存下去呢？"他说。

"为什么？要不，我们现在也不存在了。"

"为什么我们应该存在呢？"

"为什么呢？就是为了活下去呀！"

"为什么要活下去呢？要是生活没有目的，要是给我们生命只是为了活下去，那就没有意思。要是那样的话，那么叔本华啦，哈特曼①啦，佛教徒啦，就都是正确的了。但要是生活真有目的的话，那么，一旦目的达到，生活也就应该结束。就是那么一回事，"他说的时候神情激动，显然认为自己的思想很有道理，"就是那么回事。您倒想想，要是人生的目的是善良、幸福和爱——不论您高兴叫什么都行——要是人生的目的像先知预言的那样，人类要用爱来融为一体，要化干戈为玉帛，那么是什么在妨碍我们达到这个目的呢？是

---

① 哈特曼（1842—1906）——德国唯心主义哲学家，宣称人生是虚幻的，文明的前途是黑暗的，宗教的来世之说不可信。

欲望。在各种欲望中最强烈、最可恶、最顽固的要算是性欲,或者说肉体的爱。因此,一旦消灭欲望,特别是消灭最强烈的欲望——肉体的爱,那么先知的预言也就可以实现了,人类就会融为一体,人生的目的也就达到,人类也就不用再存在下去了。只要人类还存在,大家就有理想,当然不是像兔子和猪那样力图繁殖更多的后代,也不是像猴子和巴黎人那样在性爱上追求更大的乐趣,而是通过节欲和贞洁达到善的境界。这个理想,以前人们努力追求过,现在还有人在追求。但结果怎么样呢?

"结果是,肉体的爱原是一个安全阀。我们一代没有达到目的,就因为欲望特别是最强烈的欲望——性欲妨碍了它。既然有性欲,就会有后代,这个目的也就可能在下一代达到。要是下一代不能达到,那么再下一代就有可能达到,依此类推,直到目的达到,预言实现,人类融为一体为止。不然又怎么样呢? 假定说,上帝创造人类有一定目的,他创造的人或者是既要死又没有性欲,或者是长生不老的。如果人既要死而又没有性欲,那会怎么样呢? 那么,人们活了一定时间,没有达到目的就死了。这样上帝就得重新创造人来达到目的。如果人是长生不老的,那么让我们假定,他们在经过千万年之后终于达到目的(虽然要这一代人不断改正自身的错误,逐步臻于完善,要比另一代人更困难),到那时人活着还有什么意思? 该拿他们怎么办呢? 还不如像现在这样的好⋯⋯哦,也许您不喜欢这种谈法吧? 您是不是个进化论者? 但结果还不是一样。作为万物之灵的人,要同其他动物竞争,应该像一窝蜜蜂那样团结一致,而不能无止境地繁殖后代;应该像蜜蜂养育工蜂那样养育出无性的后代来,也就是说应该节育,而不能像现在的生活方式那样竭力刺激肉欲。"他停了一会儿说,"人类会不会灭绝?

克鲁采奏鸣曲 | 185

这问题，不管对世界的看法如何，难道会有人怀疑吗？要知道，这问题就同有生必有死那样不容怀疑。要知道，根据任何教义，世界的末日总有一天要到来。根据一切科学理论，这一点也不容怀疑。那么，根据道德法则可以得出同样的结论，那又有什么可奇怪的呢？"

他沉默了好一阵，又是喝茶，又是抽烟，又从旅行袋里取出几支烟，放进他那只破旧肮脏的烟盒里。

"我明白您的意思，"我说，"有点儿类似震教徒①的道理。"

"是啊，是啊，他们的道理很对，"他说，"性欲不论怎样发泄都是一种罪恶，一种可怕的罪恶，必须对它进行斗争，而不能像我们这里那样加以鼓励。《福音书》说，凡看见妇女就动淫念的，这人心里已经与她犯奸淫了。这道理不仅指对别人的妻子，主要是对自己的妻子而言。"

十二

"在我们这个世界里，情况正好相反：一个人即使在独身的时候愿意节欲，但一结了婚，就认为无须再节欲。一对年轻男女在获得父母许可，行过婚礼后单独出去旅行，所谓度蜜月，其实就是获得纵欲的许可。但道德准则一旦被破坏，它就要报复。尽管我煞费苦心安排蜜月，但还是没有什么结果。我一直觉得又恶心，又羞愧，

---

① 震教徒——又称震颤派教徒，是基督教的一个派别，主要流传于北美。宗教仪式中唱歌伴以跳舞，开始时四肢颤动，慢慢地整个身体摆动，相信这样将使自己直接和圣灵相通，因而得名。震教派主张信徒财物公用，男女分开，独身和务农。

又无聊。没有多久，我就感到越发难受了。这种感觉来得很快。大概在婚后第三天还是第四天，我发现妻子闷闷不乐。我问她为什么烦恼，我拥抱她，满以为她会喜欢我这样做，不料她把我的手推开，哭起来。这是为什么呀？她说不上来。但她感到伤心，感到痛苦。大概是她那极度疲劳的神经向她暗示我们这种关系的丑恶，但她说不出口。我再三问她，她只说离开母亲伤心。我认为这不是实话。我安慰她，但没有提她的母亲。我当时不了解她痛苦的真实原因。说离开母亲伤心，无非是一种托词罢了。她立刻生气，因为我没有提到她母亲，仿佛不相信她的话。她说，她看出我并不爱她。我责备她任性，她的脸色顿时变了，由悲伤变成恼怒。她用最刻毒的话骂我自私和狠心。我对她瞧了一眼，她脸色冷冰冰的，对我满怀敌意和仇恨。我记得，我看见这情景，感到不寒而栗。我心里想：'这是怎么回事？怎么回事？爱情是心灵的结合，可我们却弄成这个样子！简直不像话，简直不像是她！'我试图劝解，却撞上了一堵不可逾越的充满敌意的冰墙。刹那间我按捺不住，发起火来。我们相互说了许多难听的话。这第一次口角给人留下可怕的印象。我说它口角，其实不是口角，而只是存在于我们之间的鸿沟的大暴露。恋情由于性欲满足而枯竭，我们的关系就剩下相互的对立，也就是说，我们是两个陌路相逢的利己主义者，都希望尽量从对方身上得到快乐。我说它口角，其实不是口角，而只是性欲满足后我们之间真实关系的大暴露。我当时不懂得，我们这种冰冷的敌对关系其实是正常的。我当时所以不懂，因为这种敌对关系很快又被重新升腾起来的性欲也就是恋情所掩盖。

"我满以为我们吵过嘴，言归于好，不会再发生冲突。但就在这个蜜月里，很快又进入腻味阶段，我们相互又不需要了。于是又发生口角。这第二次口角比第一次更厉害。这样看来，第一次口角不是偶然的，它是无法避免的，今后还会发生。第二次口角之所以特别使我吃惊，因为起因微不足道。这次口角是由钱引起的。我对钱一向不在乎，对妻子当然更不会计较。我只记得，她歪曲事实，说我的话表明我想用钱来控制她，说我利用金钱来拥有特权，拥有不论对我还是对她都是愚蠢、卑鄙和难以容忍的权利。我发火了，责备她缺乏教养。她也回敬我。我们就这样又闹起来。在她的言词、脸色和眼神中，我又发现了那使我不寒而栗的恶毒冷酷的敌意。我记得，我同兄弟、朋友和父亲都吵过嘴，但从来不曾产生过这种恶毒的敌意。不多一会儿，这种相互的仇恨又被恋情也就是性欲所掩盖。我还安慰自己说，这两次口角都是出于误会，是可以消除的。但接着是第三次、第四次口角。我懂得了，这种情况不是偶然的，而是必然的，今后还会发生。想到这样的前景，我真感到恐怖。同时使我感到特别痛苦的是，我以为唯独我们夫妻才这样不幸，人家夫妻不会有这种情况。我当时还不知道这是我们大家共同的命运，而且，人人像我一样，以为唯独他们才遇到这样的不幸，其实人人都不仅对别人隐瞒这种可耻的不幸，甚至也欺骗自己，自己也不敢正视这样的厄运。

"这样的情况从新婚头几天开始，一直继续下去，而且越来越严重，越来越粗野。从新婚最初几个星期起，我就觉得上当了，事情根本不像我所想象的那样，结婚非但不是幸福，而且是很痛苦的事。但我也跟大家一样，不愿对自己承认这一点（要不是发生后来的事，我恐怕到现在还不肯承认）。我不仅瞒着别人，而且瞒着自己。现在我感到奇怪，当时怎么会看不清真相。照理是可以看清的，因为每次口角都是由一些鸡毛蒜皮的小事引起的，过后连想都想不起来。我们的头脑简单，想不出经常作对的理由。但双方言归于好的理由更不充分，因此也使人更加惊讶。有时是通过交谈、解释，甚至眼泪，但有时……唉，现在想起来都叫人恶心——在相互说了些最恶毒的话以后，我们突然默默地对视了一下，微微一笑，于是就又接吻，拥抱……呸，真叫人恶心！我当时怎么会看不出这种丑恶……"

十三

又进来两位乘客，在车厢另一头坐下。他们落座的时候，波兹德内歇夫停了一下，但等他们一坐定，他立刻说下去，唯恐思路中断。

"要知道，这里最可恶的是，"他又说道，"爱情在理论上是理想的，高尚的，在实际上却是卑鄙的，肮脏的，就连提起或想起都叫人恶心和羞愧。爱情天生让人感到恶心和羞愧，那倒不是没有原因的。既然它让人感到恶心和羞愧，那我们就该正确理解它。可是实际情况正好相反，大家把恶心和羞愧说成是美好和高尚。我的爱情最初有什么特点呢？就是纵欲无度。我不仅不以为耻，反而以自己的体力自豪，根本没有考虑她的精神生活，就连她的身体都毫不顾及。我当时感到纳闷，我们彼此怎么会相互怨恨呢？十分清楚，这只是人性对战胜它的兽性的反抗罢了。

"我弄不懂我们彼此怎么会相互仇恨。其实一点儿也不奇怪。这种仇恨不是别的，只是两个同谋犯的相互仇恨；既恨对方的教唆犯罪，又恨对方的参与犯罪。在新婚第一个月,她这个可怜的人就怀孕了,可我们还继续过着畜生般的生活,这不是犯罪是什么？您以为我讲得离题了？一点儿也没有！我讲这一切就是要告诉您我怎么杀了妻子。在法庭上他们问我怎么杀了妻子。这批蠢货！他们还以为我是十月五日那天才用刀杀死她的。我不是那天才杀死她,而要早得多。就像他们自己,就像所有的人那样现在还在杀人,杀人……"

"究竟是怎么杀的呢？"我问。

"怪就怪在这里;这样明明白白的事谁也不愿看一看;医生应该知道并加以宣传的道理,他们也讳莫如深。其实事情再简单不过。男人和女人像畜生一般被创造出来,女人在性爱后怀孕,然后哺乳。在这期间,性爱对女人和婴儿都是有害的。世界上男女人数相等。那么该怎么办呢？看来很清楚,不需要高深的学问就能做出结论来——必须节欲,就像畜生所实行的那样。可是事实并非如此。科学家发现血液里有白血球和其他各种无用的东西在循环,却不懂得这个道理。至少没有听到科学家在这方面说过话。

"这样,对女人来说只有两条路:一条是使自己成为畸形动物,根据需要不断残害自己的生理机能,不能尽做母亲的义务,任凭男人经常纵欲;另一条路,其实谈不上路,只是简单、粗暴、直接地破坏自然规律,像一切正派家庭那样,也就是违反女人的天性,在她怀孕和哺乳期也顺从丈夫的求欢,而任何其他动物都不能接受这种行为。再说,她的体力也不能支持。就因为这个缘故,我们上流社会的女人容易得精神病,歇斯底里。在民间,这种病叫'中邪'。您可以发现,纯洁无瑕的姑娘不会'中邪',只有结了婚的女人才会得这种病。我们俄国如此,欧洲也一样。精神病院里住满在夫妇生活上违反自然规律的女人。凡是得精神病的女人都成了废物，而且世界上还有大量半残废的女人。您只要想想，孕妇和哺乳期的女人在进行多么伟大的事业！她们培养出新人来接替我们。这样神圣的事业都被破坏了。被什么破坏的呀？想想都可怕！可大家还在侈谈妇女的自由和权利。这无异于食人生番把俘虏养肥，然后吃掉他们，同时又宣称他们关心俘虏的权利和自由。"

他这些话很新鲜，使我大为吃惊。

"那又该怎么办呢？"我说，"这么说来，做丈夫的一年只能同妻子亲热一两次，可是男人……"

"男人需要……"他立刻接口说，"这又是那些可爱的科学献身者的说教。我真想让这些巫师变成女人，叫他们尝尝女人为满足男人的欲望所忍受的痛苦，看那时他们会怎么说。他们硬要人家相信：男人需要喝酒，需要抽烟，需要抽鸦片，他们需要这一切。仿佛上帝不懂得男人的需要，又不向巫师请教，结果把世界安排得乱七八糟。您看，这里存在着问题。他们断定男人需要满足性欲，可是怀孕和哺乳妨碍这种欲望的满足。怎么办呢？于是去向巫师请教。他们有办法。巫师就想出办法来。唉，什么时候才能彻底揭穿这些巫师和他们的骗术？是时候了！人家都已发疯、自杀了，而原因就在于此。怎么会有别的结果呢？动物仿佛懂得生育后代来延续它们的族类，在这方面遵守着一定的规律。这个道理只有人不知道，而且不愿知道。他们只关心怎样尽情享乐。他们是谁？是主宰大自然的万物之灵。您看，动物只有在需要生育后代时才交配，可是万物之灵却恬不知耻，一味寻欢作乐。不仅如此，他们还把这种猴子般的行径吹捧成人生乐事，美其名为爱情。为了这种所谓爱情，也就是纵欲，他们干了些什么？摧残人类的半数。女人原应帮助人类走向真与善，可是男人为了寻欢作乐，把女人变成对头而不是帮手。您瞧，处处妨碍人类进步的是什么？是女人。女人怎样妨碍人类的进步呢？都是因为那件事。是啊，是啊……"他反复说了几次，挪动身子，拿出烟卷来抽，显然是想让自己平静一点儿。

十四

"是啊，我也过过那种畜生般的生活，"他又用原来的语气说下去，"最糟糕的是，我过着这种无耻的生活，只因为不勾引别的女人，还自以为过的是正派生活，我是个正人君子，生活上无可指责，要是我们两人发生口角，总是怪她不是，怪她的脾气不好。

"当然不是她的过错。她跟大家，跟大多数女人一样，接受上流社会对妇女规定的教育。她们不可能接受别的教育。大家都在谈论什么新的妇女教育。其实都是空话。按照现在对妇女的真实看法——不是虚假的看法，她们也只能接受这样的教育。

"妇女的教育总是根据男人对她们的看法规定的。男人对妇女的看法尽人皆知，正像诗人所歌颂的那样'美酒、女人和诗歌'[①]。就拿所有的诗歌、绘画与雕塑来说吧，从爱情诗到维纳斯和弗莉尼[②]的裸体像，您可以看到女人只是男人的玩物；她们在特鲁巴街和格拉契夫

---

① 原文是德语。
② 弗莉尼——古希腊名妓。

卡街①如此，在宫廷舞会上也是如此。但要注意魔鬼的花招。既然是寻欢作乐，那就说寻欢作乐，说女人是一种美味好了。可是不。以前骑士们宣称他们崇拜女人（嘴里说崇拜女人，其实还是把她们看作寻欢作乐的工具）。现在呢，男人们也宣称他们尊重女人，有的给她们让座，捡手帕，有的承认她们有权从事各种工作，参加政府活动，等等。其实这些都是表面文章，真正的看法并没有变。女人还是享乐的工具。她们的身体还是供人取乐的东西。女人也知道这一点。这种情况跟奴隶制一样。奴隶制不是别的，只是少数人享受多数人被迫劳动的成果罢了。因此，要铲除奴隶制，必须使人不再利用别人的被迫劳动，并且认为这是一种罪孽或耻辱。现在奴隶制的形式被废除了，不能公开买卖奴隶，大家就以为奴隶制已不存在，并且心安理得。他们没有看到，也不愿看到，奴隶制依然存在，因为人们依然希望享用别人的劳动成果，并且认为这是合情合理的。只要人们认为这是合情合理的，总会有些比较厉害比较狡猾的人去做。妇女解放问题也是这样。妇女受奴役，只因为男人想把她们当作享乐的工具，并且认为这是合情合理的。您瞧，他们解放妇女，给她们种种同男人平等的权利，但同时仍把她们当作享乐的工具，并且从小就进行这种教育，造成这样的社会舆论。结果妇女始终是被凌辱、被摧残的奴隶，而男人则始终是荒淫无度的奴隶主。

"人们在大学和议院里大谈其妇女解放问题，但同时仍把她们当作享乐的工具，同时教她们这样看待自己，就像我们这里所做的那

---

① 特鲁巴街和格拉契夫卡街——旧时莫斯科妓院最多的两条街。

样，于是她们永远只能是卑贱的生物。她们或者在流氓医生帮助下不再生儿育女，成为十足的妓女，堕落到连动物都不如的地步，简直像一件没有生命的东西；或者像多数妇女那样，犯精神病，歇斯底里，忧郁症，智力衰退。

"这种状况学校是无法改变的。只有男人改变了对女人的看法，女人也改变了对自己的看法，这种状况才能改变。只有女人把贞操视为女人的最高品德，而不是把厚颜无耻看作最高品德，这种状况才能改变。现在这种观点要是不改变，不管一个姑娘受的是什么教育，她的理想将永远是尽量多吸引男人，多吸引异性，以便从中选择对象。

"至于她们中间有人长于数学，有人会弹竖琴，这也不会改变现状。一个女人只要能迷住男人，她就走运，她的一切愿望就能实现。因此对女人来说，重要的是迷住男人。过去如此，今后也是如此。在上流社会里，女人没有结婚时是这样，结婚以后还是这样。做姑娘的时候是为了择婿，出嫁以后是为了控制丈夫。

"这种情况只有一件事可以制止，至少暂时可以冲淡一下，那就是生孩子。不过，女人做了母亲后不能变得丑陋，并亲自给孩子喂奶。但这时医生往往又会来插手。

"我妻子生第一个孩子后身体不好。她原想自己喂奶——后面五个孩子都是她自己喂的奶。那些医生又厚颜无耻地解开她的衣服，在她身上到处摸了好一阵，但我还得因此感谢他们，给他们钱。那些宝贝医生认为她不该喂奶，这样她就失去第一次可以不卖弄风情的机会。我们雇了个奶妈来喂奶。这就是说，我们利用一个女人的贫困和无知，引诱她抛下自己的孩子来给我们的孩子喂奶，并送她一个金线头饰作为报酬。不过，问题不在这里。问题在于，我妻子在那段时期里不喂奶,又没有怀孕,她身上潜在的女性魅力就强烈地表现出来。与此同时,妒忌心也强烈地在我身上发作了,我被折磨得十分痛苦。事实上,我的全部婚后生活一直受到妒忌心的折磨。我想,凡是像我这样在婚后过着不道德生活的人,都不能不受到妒忌心的折磨。"

十五

"我在婚后一直受着妒忌心的折磨,有几个时期尤其严重。其中一个时期,就是我们的头生儿出世以后,医生禁止她喂奶。当时我的妒忌心特别厉害,首先由于我妻子做了母亲心情烦躁,生活常规遭到了粗暴的破坏。其次,因为看到妻子若无其事地放弃做母亲的天职,我就自然而然地得出一个结论:她也会同样轻易地放弃做妻子的责任,何况她又年轻力壮,精力充沛。尽管那些宝贝医生禁止她喂奶,她还是很好地给以后出生的几个孩子喂了奶。"

"您大概不喜欢医生吧?"我发觉他每次提到医生总带着挖苦的口吻,说。

"问题不在于喜欢不喜欢。他们毁了我的生活,好像他们以前毁掉过、现在还在毁坏千万人的生活那样,所以我不能不把后果同原因联系起来。我懂得,他们像律师和其他人一样要挣钱。我真愿意把我的一半收入都送给他们。我相信,凡是了解医生所作所为的人都愿意把一半收入奉送给他们,但求他们不要插手我们的家庭生活,离我们远一点儿。我虽然没有搜集过证据,但我知道几十起(何止几十起)这一类事,那些医生把婴儿杀死在母腹中,声称做母亲的不能生产——尽管她们后来顺顺当当地生了孩子;有时他们借口动手术,把母亲的生命都断送了。然而,没有人认为他们犯了谋杀罪,就像没有人控诉中世纪宗教裁判所一样,因为他们声称这样做是为了造福人类。他们的罪行真是说也说不尽!但所有这些罪行要是同他们所散布的——特别是通过女人——腐化堕落的享乐观比较起来,那真是微不足道了。更不用说,要是遵照医生的指示去做,那么由于处处都会受到传染,人们就不该聚集在一起,而应该分散。按照医生的意见,大家应该分开来坐,而且我们嘴上戴的石碳酸喷雾器也不能摘下来(虽然现在他们又发现,这样做也无济于事)。不过,这事倒没有什么关系。主要的毒害是使人们腐化堕落,特别是使妇女腐化堕落。

"现在我们不能说:'你这样不行,得规规矩矩过日子。'现在对自己和对别人都不能这样说。现在你要是生活过得不对头,那是由你的神经不健全等原因造成的。你得去向医生求教,他们会给你开三十五戈比的药,你就到药房里去抓来吃下。你吃了药情况更糟,那就再请教医生,再服药。多么出色的花招!

"但我们的问题不在这里。说真的,我妻子自己给孩子喂奶喂得挺好,而她的怀孕和哺乳使我避免了妒忌心的折磨。要不,我们会更早出事。是孩子们救了我,也救了她。八年里她生了五个孩子,个个都是她自己喂的奶。"

"您那些孩子现在在哪里呀?"我问。

"那些孩子?"他吃惊地反问。

"对不起,提起这事也许使您感到痛苦吧?"

"不,没什么。几个孩子都由我的姨妹和内兄带走了,他们不让我带。我把财产给了他们，可是他们仍不肯把孩子给我，仿佛我是一个患精神病的人。我刚从他们那里来。我看到孩子们，可是他们不肯给我。要是把孩子们交给我抚养，那么，他们将来长大成人，就不会像他们的父母那样了。可是大家却要他们像他们的父母一样。唉，有什么办法呢！当然，他们不会把孩子给我，他们不信任我。再说，我也不知道我有没有能力把他们抚养成人。我想没有。我是个废物，神经病。但我有一个特点，就是我知道……是啊，我可知道一些别人还不知道的事。

"是啊，孩子们都活着，他们将来会长得像周围的人一样野蛮。我去看过他们，看过他们三次。我不能为他们做点儿什么，不能做点儿什么。我现在到南方老家去。我在那里有一座小房子，有一个小花园。

"是啊，人家要懂得我所懂得的事，那还太早。要查明太阳和其他星球上有多少铁和别的金属，这是容易的，但要揭发我们畜生般的生活，可就难了，太难了……

"您能听我说话，就凭这一点我也要谢谢您。"

十六

"哦，您提到了孩子。对了，人们在孩子问题上也常常胡说八道。他们说什么孩子是上帝的恩赐，孩子是人生的安慰。这些统统是胡说。从前有过这种情况，如今根本不同了。孩子只是一种痛苦的负担。多数母亲明白这个道理，她们有时无意中也会说出来。您可以问问有产阶级的多数母亲。她们会对您说,她们唯恐孩子生病和夭折,不愿意有孩子。她们生了孩子也不愿喂奶,唯恐给自己添麻烦,活受罪。孩子给她们带来快乐,他们的小手、小脚、小身子都那么可爱,但这种欢乐远抵不上她们唯恐孩子生病和夭折的焦虑,更不用说真的生病和夭折了。权衡利弊得失,弊多利少,得不偿失,因此她们不愿有孩子。她们坦率地说出这种想法,自以为是出于对孩子的爱,是一种值得称道的美德,并以此自豪。她们不知道这种想法正好是否定了母爱而肯定了自私。她们有孩子的乐趣远抵不上为孩子担忧的痛苦,因此她们不要可爱的孩子。她们不愿为可爱的孩子做自我牺牲,却要可爱的孩子为她们牺牲。

"显然,这不是爱而是自私。但你一想到她们为孩子的健康操碎了心,你也就不忍去责备她们的自私了。谈到孩子的健康问题,那又同那些医生分不开。我只要想到婚后头几年,我们有了三四个孩子,妻子怎样为抚养孩子而弄得心力交瘁,我就感到不寒而栗。我们过的简直不是人的生活。我们不断遭遇危险,摆脱危险,又遭遇危险,拼了命又死里逃生,好像处身在一艘沉船上。有时我觉得她装腔作势,为孩子焦虑万状,其实是要制服我。这样一来,各种问题的解决就都对她有利。有时我觉得她的言谈行为都是故意的。不过,这样想是不公正的,她确实为孩子们的健康饱受煎熬,为他们的疾病焦虑万状。孩子生病对她是一种折磨,对我也是一种折磨。这种痛苦她是无法避免的。因为疼爱孩子,喂养孩子,抚爱孩子,保护孩子,这是多数妇女具有的动物本能,但她们还有动物所缺乏的思想和理性。一只母鸡从不担心小鸡会出什么事,不知道小鸡会得什么病,更不知道人类认为能起死回生的种种药物。对母鸡来说,小鸡也不是痛苦的负担。母鸡出于本能高高兴兴养育小鸡,小鸡是母鸡的快乐。小鸡一旦有病,母鸡的责任很明确：它用身子温暖着小鸡，喂东西给小鸡吃。母鸡这样做，知道这是必要的。万一小鸡死了，母鸡也不会问自己，小鸡怎么死了，它到哪里去了。母鸡只会咯咯地叫一阵，然后不再叫了，又像原来那样过。但对我们不幸的妇女，包括我妻子在内，就不是那么一回事。且不说疾病和医治方法，就是抚养孩子，做母亲的也从各方面听到读到各种各样的方法。这些方法真是五花八门，无奇不有。应该这样喂食，不应该那样喂食；不应该这样喂食，应该那样喂食；衣服啦，饮食啦，洗澡啦，睡眠啦，散步啦，空气啦，样样都得由我们特别是由做母亲的操心。她每星期都可以听到新的育儿法，仿佛世界上生孩子这件事还是昨天才开始的。而孩子生病，仿佛就因为喂食的方法不对，洗澡的方法不对，不及时。责任都在母亲身上，因为她做得不对。

"这还是孩子没病时的情况，但也已够麻烦的了。孩子一旦得病，那就完了，简直是下地狱。一般认为，病是可以治疗的，有专门治病的学问，也有精于此道的专家——医生。医生懂得怎么治病，但不是所有的医生都懂，只有最高明的医生才懂。一旦孩子病了，你就得抓住那位最高明的医生，那位能起死回生的医生，这样孩子才能得救。你要是抓不到那位医生，或者你不是跟医生住在同一个地区，你的孩子就没救了。这不是我妻子一个人的想法，而是她周围所有女人的想法，因为她听到的尽是那种议论：叶卡捷琳娜·谢苗诺夫娜死了两个孩子，因为她没有及时请到伊凡·萨哈雷奇；而玛丽亚·伊凡诺夫娜的长女就全靠伊凡·萨哈雷奇救了命。彼得洛夫夫妇听从医生的话，把几个孩子分散到几个旅馆去住，这样总算保全了孩子，要是不把孩子及时隔离，他们就会死去。还有谁家的孩子身体虚弱，他们听从医生的话，把孩子送到南方，才保全了孩子的性命。做母亲的对孩子都有动物的天性，而孩子的生命又全赖能不能及时知道伊凡·萨哈雷奇的意见，这样叫做母亲的怎能不一辈子提心吊胆、受尽折磨呢？至于伊凡·萨哈雷奇会说些什么，谁也不知道，他自己更不知道，因为他自知一窍不通，毫无办法，只能信口开河，让人深信他是精于此道的。做母亲的要是只有动物性，她也不至于受罪。要是她真正像个人，她就会相信上帝，像信徒那样思想和说话：'上帝恩赐给人，上帝又收回去，人是拗不过上帝的。'她会懂得，一切人，包括她的孩子在内，生死大权都不掌握在人手里而掌握在上帝手里。要是她懂得这个道理，她就不必为防止孩子得病和夭折而费尽心机，她也就不会去那么做了。她会碰到这样的情况：上帝赐给她的孩子，身体极其虚弱，疾病接二连三生个没完。可她对这样的孩子又满怀动物的天性。不仅如此，上帝赐给她虚弱多病的孩子，但又不让我们知道保护他们的方法，只让旁人知道，而要得到他们的照顾和指示非得花大钱不可，而有时连花钱都没有用。

"我们有了孩子后，不论是妻子还是我，生活一直过得不愉快，一直在受罪。她怎么能不受罪呢？简直是经常受罪。有时候，一场醋海风波刚刚平息，或者一次口角刚刚过去，我们满以为可以过过太平日子，读点儿书，考虑点儿问题了。我们刚着手做一件事，仆人就来报告说：瓦夏呕吐，玛莎便血，或者安德烈出疹子。这样一来，就搞得我们焦头烂额。上哪儿去请医生，请什么医生，把孩子隔离到哪里去？又是灌肠，又是量体温，又是喂药，又是请医生。这事还没有完，别的事又来了。我们根本就没有过过太平无事的家庭生活。经常就像我对您说的那样，得千方百计克服想象中的危险和实际存在的危险。如今大多数家庭就是这么过的。在我们家里情况尤其严重。我妻子特别疼爱子女，而且轻信人家的话。

"因此,有了孩子,我们的生活不仅没有改善,反而更糟了。而且孩子还是引起争吵的新因素。我们有了孩子,孩子越大,就越发成为家庭不和的手段和对象。孩子不仅是我们不和的原因,而且成了斗争的武器。我们仿佛都利用孩子来同对方斗争。我们各人都有自己心爱的孩子,他们就是斗争的武器。我常常用责罚长子瓦夏来打击她,她则用责罚丽莎来使我难堪。不仅如此,孩子们不断长大,他们的性格逐渐形成,他们就成了我们分别拉拢的盟友。他们,这些可怜的孩子,为此感到很痛苦,但我们忙于交锋,根本没考虑到他们的痛苦。女孩子站在我一边,而大儿子长得像她,是她的宠儿,他总是恨我。"

十七

"是啊,我们就这样过着日子。我们两人的关系越来越敌对,越来越敌对。终于弄到不是分歧造成敌意,而是敌意造成分歧。不论她说什么,没等她说完我就反对;反过来她对我也是这样。

"到了第四年,我们双方都认定,要相互了解,取得一致意见,压根儿就不可能。我们不再想办法取得一致意见。即使最琐碎的问题,尤其是有关孩子的问题,我们也总是各执己见。现在回想起来,我所坚持的意见也不是宝贵得不能放弃,但既然她持相反意见,我如果放弃,就意味着我向她让步。这我不干。她也是这样。她大概认为她在我面前一贯正确,我呢,自认为在她面前是个圣人。我们两人单独在一起,总是不开口,即使交谈几句,也是那种连动物都会说的话:'几点钟啦? 该睡觉了。今天午饭吃什么? 我们到哪儿去? 报上有什么消息? 去请大夫来,玛莎喉咙疼。'谈话只要稍稍越出这种琐事的范围,我们就会发脾气。往往为了咖啡啦、台布啦、马车啦、谁先发牌啦这一类鸡毛蒜皮的事而冲突和咒骂。至少我对她常常恨得要死! 我有时瞧着她倒茶,晃腿,把茶匙送到嘴里,啧啧有声地喝茶,我就受不了,觉得她的一举一动都叫人恶心。当时我没有注意,这种怨恨的时期是同我们所谓爱情的时期均匀地相应出现的。爱情的时期也就是怨恨的时期:爱情越热烈,怨恨的时期就越长;爱情越淡薄,怨恨的时期就越短。当时我们不懂,这种爱和恨其实也是一种兽性的表现,只不过是从两个极端表现出来罢了。当时我们如果明白自己的处境,就会觉得这样的生活实在可怕,但我们不明白,也没有看到这一层。人类过着这种不合理的生活,却可以蒙蔽自己,看不到处境的可悲。人类因此获得解救,也因此受到惩罚。我们就是这么办的。她总是竭力用繁忙的家务来忘掉烦恼,像布置房间啦,打扮自己和打扮孩子啦,为孩子的功课和健康操心啦,等等。我则有我的嗜好:追求功名啦,打猎啦,打牌啦。我们总是各忙各的事,而且越忙越恨对方。我想:'你这样哭丧着脸倒无所谓,你把我折磨了一个通宵,可我还得去出席会议呢。'她呢,不光是想,而且说了出来:'你倒舒服,可我带着孩子一夜没有合过眼哪。'

"我们就这样过着日子,仿佛在一片迷雾中看不清自己的处境。要不是发生那件事,我就会这样一直过到老,临终还以为我这辈子过得很美满,即使不是特别美满,总也不能算差,和别人不相上下;我还没看到我掉进去而无法自拔的不幸深渊和周围的一片谎言。

"我们好像两个囚犯，相互仇恨，却又被一根链条锁在一起，相互毒害对方而又竭力避而不见。我那时还不知道，百分之九十九的夫妇都过着这种地狱般的生活，而且不可能过别种生活。我那时既看不到别人的处境，也看不到自己的处境。

"说来奇怪，生活不论正常不正常，巧合总是有的。做父母的正觉得无法共同生活下去，可是为了孩子的教育，我们只好搬到城里去。"

他停下来，两次发出古怪的声音。这声音此刻听来就像抑制着的呜咽。我们的列车到了一个车站。

"什么时候了？"他问。

我看了看表：两点钟。

"您累了吧？"他问。

"我不累，看样子您累了。"

"我有点儿气闷。对不起，我要出去走走，喝点儿水。"

他踉踉跄跄地穿过车厢，留下我一个人。我反复回味着他的话，陷入沉思，连他从另一头的门回来都没有发觉。

十八

"是啊，我又说得离题了，"他说，"我反反复复想得很多，对许多问题有了新的看法，我很想跟您说说。对了，我们就这样搬到城里去住。在城里，不幸的人日子要好过些。在城里，一个人可以活到一百岁而不会感到他其实早就死了，早就腐烂了。他常年忙忙碌碌，没有工夫去考虑自己的事。公务啦，社交啦，健康啦，文艺活动啦，孩子的健康啦，孩子的教育啦，忙得他不可开交。一会儿你得接待谁，一会儿你得访问谁，一会儿你得听听这个，一会儿你得瞧瞧那个。要知道，在城里随时都会有一两位、甚至两三位名流光临，说什么你也不能错过这样的机会。一会儿你得去看病或者陪别人看病，一会儿你得去同学校老师、家庭男教师、家庭女教师打交道。这样的生活实在无聊得很。是啊，我们就这样过着日子，稍微冲淡些共同生活的痛苦。此外，我们初到城里还有不少有意思的事要做：在新的地方安顿下来，布置新居，还得从城里到乡下，从乡下到城里来回奔走。

"我们就这样过了一个冬天。第二年冬天出了一件谁也没注意、似乎微不足道的小事，但它种下了祸根。当时她身体不好，那些混蛋医生不许她再怀孩子，还教了她避孕的方法。我对这事很反感，竭力反对，可是她很顽固，坚持采用这种方法。我也只好屈服。我们被解除了过畜生般生活的最后借口——生孩子，生活就变得更无聊。

"农民，劳动者，他们需要孩子，尽管养活孩子很不容易，但还是需要孩子，因此他们过夫妇生活是有理由的。可是我们这些人已经有了孩子，不需要再生育，再生孩子只会增加我们的操劳、开销、多分去一份财产，对我们来说是一种负担。因此我们没有任何理由再过畜生般的生活。我们要么人为地避免有孩子，要么把孩子看作一种不幸，一种粗心大意造成的结果。这样就更糟。我们说不出任何理由，但我们在道德上太堕落了，竟认为无须找什么理由。今天大多数受过教育的人沉迷于淫荡的生活，甚至一点儿都没受到良心的责备。

"良心没什么可责备的，因为在我们的社会里根本就没有良心，即使有，那也只是舆论的良心，刑法的良心——如果那些也称得上良心的话。不过，舆论和刑法在我们这里都不会受到损害；在舆论面前，没有什么事值得良心上过不去，因为不论玛丽雅·巴甫洛夫娜也好，伊凡·萨哈雷奇也好，人人都是这么过的。那么又何必生一大堆穷孩子呢？何必剥夺自己参与社交活动的权利呢？至于在刑法面前，那就既不用害臊，也不必害怕。只有那些不要脸的大姑娘和大兵的老婆把孩子扔进池塘或水井，只有她们才该坐牢。至于我们，我们总是什么事都做得及时，做得体面。

"这样我们又过了两年。那些混蛋医生的办法显然奏效了：她出落得更丰满更漂亮，就像夏末美丽的风景。她感觉到这一点，就更加注意打扮。她身上出现了一种使人动心的魅力。她三十年华，不生孩子，风姿绰约，楚楚动人。她那个模样真叫人神魂颠倒。她从男人们中间走过，总是那么引人注目。她好像一匹膘肥腿壮的拉车马，一旦被卸去笼头，便无拘无束。她无拘无束，就像我们百分之九十九的妇女那样。我发觉这一点，感到心头发凉。"

十九

波兹德内歇夫忽然欠起身，走到窗口坐下。

"请别见怪。"他喃喃地说，眼睛盯住窗子，默默地坐了三分钟光景。然后他深深地叹了一口气，又回到我对面的座位上。他的脸色完全变了，眼神显得很伤感，一丝苦笑使他的嘴唇皱了起来。"我有点儿累了,可我要把话讲完。我们有的是时间,天还没有亮。是啊,"他点着了烟,又说下去,"她停止生育后身体丰满了,不再为孩子们操心;不是不再操心,她仿佛从沉醉中苏醒过来,看到了被她遗忘的快乐的人间,但她不会好好生活,也不理解这个世界。'青春易逝,好景难再!'她这么想,或者说,有这样的感觉。她也不可能有别的想法和感觉,因为她从小就受到这样的熏陶:为人在世只有一件事值得留恋,那就是爱情。她嫁了人,多少尝到一点儿爱情的滋味,但和她的理想相距太远,倒是忍受了许多失望和痛苦,再加上意外的磨难——生育一大堆孩子!这种磨难弄得她筋疲力尽。亏得热心医生们的指点,她懂得了怎样避免生孩子。她高兴地采用这种方法。于是她对所热衷的事——恋爱又跃跃欲试。不过,跟醋劲十足、怒气冲天的丈夫谈恋爱已毫无味道。她憧憬着一种纯洁的新鲜爱情——至少我是那么想的。于是她就东张西望,仿佛期待着什么事。我发觉这一点,不能不感到忧虑。还有,她跟我说话常常通过别人,就是说表面上她跟别人说话,其实话都是说给我听的。她说话毫无顾忌,即使一小时前说过相反的话她也无所谓。她半开玩笑半正经地说,做母亲的不必太操心,年轻时应该享享乐,犯不着把全部精力都花在孩子身上。如今她不像以前那样全心全意照顾孩子,而是越来越注意自己的打扮(尽管她掩饰这一点),越来越热衷于享乐,热衷于自己的修养。她又起劲地弹起早已荒疏的钢琴来。事情就是这样开始的。"

波兹德内歇夫又把那双疲倦的眼睛转向窗外,但立刻又打起精神,说下去:"是啊,那个人终于出现了。"他踌躇起来,鼻子里两次发出那种古怪的声音。

我看到,说出那个人的名字,想到和提到那个人,在他都是很痛苦的。但他还是振作精神,像冲破挡住他的障碍似的毅然说下去:"依我看,他这人很卑鄙。这倒不是因为他在我的生活中起了那种坏作用,而是因为他确实是个卑鄙的家伙。不过,正因为他是个坏蛋,因而就更足以证明她丧失了理性,不能克制自己。即使他不来,也会有别的人来的。"他又停了停,"嗯,他是个音乐家,是个小提琴师;他不是个职业音乐家,而是个半职业、半业余的音乐家。

"他父亲是个地主,是我父亲的邻居。他父亲破落了,三个儿子都去工作;只有他,这个最小的孩子,被送到巴黎他教母那儿去念书。他在那里进了音乐学院,因为有点儿音乐才能。音乐学院毕业后,他当上小提琴师,参加音乐会演奏。他那个人哪……"他显然想说他几句坏话,但是忍住了,又匆匆讲下去,"是啊,他在那里怎样生活我不知道,我只知道他那年回国,就来到我们家里。

"他生有一双光亮的杏子核般的眼睛,两片含笑的红嘴唇,一撮涂过蜡的小胡子。他的发式很时髦,脸长得还算漂亮,就是被女人们称作不难看的那一种。他身子单薄,虽然并不畸形,臀部像女人一样发达,有点儿像霍屯督[①]人。据说,霍屯督人臀部发达,他们也有音乐才能。他善于奉承拍马,表示亲热,但很灵敏,一遇到什么阻力,就立刻止步。他注意仪表,讲究服饰。他穿巴黎式带扣皮靴,系色彩鲜艳的领带,还有外国人在巴黎才能买到的种种时髦玩意儿。那种东西特别能使女人动心。他一举一动都装腔作势,故意显得乐呵呵的。他说什么都喜欢用隐喻和半截话,仿佛那些事您自己都应该知道,应该记得,并且能把它说完。

---

① 霍屯督——西南非洲的一个民族。

"是啊，就是他和他的音乐造成了这场灾难。法庭审讯时，大家都认为纯粹是出于嫉妒。其实根本不是那么一回事，或者说，又是又不是。法庭上断定我是个被侮辱的丈夫，杀妻是为了维护我那被玷污的名誉（这是他们的说法），因此我被宣判无罪开释。我在法庭上竭力想把这事解释清楚，可他们却以为我想挽回妻子的名誉。

"不管我妻子同音乐家的关系怎样，这对我没有什么意义，对她也没有什么意义，有意义的是我刚才对您讲的，我过着那种畜生般的生活。一切都由于我们之间存在着深渊。我刚才对您说的那种可怕的深渊。由于我们相互之间存在着刻骨仇恨，一有借口就立刻爆发。最后一段时期，我们之间的争吵更加激化，而交替出现的肉欲也越发强烈。

"说实话，即使他不来，别人也会来。即使不用嫉妒作借口，也会有别的借口。我相信，凡是过着我那种生活的丈夫，不是纵欲无度，就是同妻子分居，或者自杀，或者像我那样把妻子杀了。不这样做的人，恐怕绝无仅有。老实说，在采取最后这一手以前，我有几次差点儿自杀，她也服过几次毒。"

二十

"是啊，那件事发生之前的情况就是这样。我们仿佛处于休战状态，也没有任何理由要破坏它。我偶然说到，有一条狗在展览会上获得了奖牌。她就反驳说：'不是奖牌，是奖状。'争吵就这样开始了。从一件事转到另一件事，我们不断相互责怪：'哼，这事大家早就知道是那样的，可你说……'不，我没有说过。'——'这么说，是我撒谎了！'当时的气氛使人觉得马上就要大闹一场，不是我自杀，就是我把她杀死。眼看就要出事了，我像害怕发生火灾一样，因此竭力克制自己，可是怒火烧着我的全身。她也是那样，甚至比我还要严重。她肆意解释我的话，乱作歪曲；她每句话都像一支毒刺，我的痛处在哪里，她就拼命往哪里蜇。我们越闹越凶。我向她发出'闭嘴'以及诸如此类的吆喝。她冲出房间，跑到育儿室。我拼命拦住她，想把话说完，把我的意思说清楚，就抓住她的胳膊。可她竟装成被我打痛，大叫：'孩子们，你们爹打我！'我就对她喝道：'别撒谎！'她又嚷嚷说：'这可不是头一回啦！'还有类似的话。孩子们就向她跑去。她装作安慰孩子。我就说：'别装腔啦！'她却说：'依你看，人家什么事都是装腔。你要是杀了人，也会说人家是装腔。现在我算是看透你了。你就是想这么干！'我忍不住叫道：'哼，你还是死掉的好！'我记得，说出这种恶毒的话来，连我自己都感到害怕。我怎么也没有想到，我竟会说出这种话来。我真弄不懂，我怎么会脱口说出这样的话来。我嚷了一阵，就跑到书房里，坐下来抽烟，我听见她走到前厅，准备出去。我问她到哪里去。她不理我。'哼，见你的鬼去吧！'我说着回到书房里，又躺下来抽烟。在这一刻里，我头脑里思绪万千：怎样向她报仇，怎样摆脱她，怎样挽救局面，装作没事一样。我反复思考，一支接一支地抽烟。我想一走了事，躲开她，跑到美国去。我胡思乱想，妄想把她抛弃，然后另找一个漂亮的女人，那该多美。我想只要她死了，或者同她离了婚，我就可以摆脱她。我考虑着怎样才能做到这一点。我发现我头脑糊涂，思想混乱，想的都不在点子上，而为了欺骗自己，就拼命抽烟。

"家里的日子还是照样过。家庭女教师进来问：'太太到哪儿去啦？她什么时候回来？'仆人问要不要用茶。我走到餐厅，孩子们，特别是那个已经懂事的大女儿丽莎，露出怀疑的神气，恶狠狠地瞧着我。我们默默地喝着茶。她始终没有回来。天黑了，她还是没有回来。我的心里交替出现两种感情：我恨她，因为她用出走来折磨我和孩子们，她要是回家，我们也不至于这样受罪；我又有点儿提心吊胆，唯恐她不回来，甚至自寻短见。我愿意去把她找回来。但是到哪儿去找呢？到她姐姐那儿去找吗？这样跑去打听，太不光彩了。哼，让她走吧，她要折磨自己，就让她去折磨好了。再说她原来就巴不得我去找她。我要是去找，她下次就可以闹得更凶。万一她不在她姐姐那里，而在寻短见，或者已经寻了短见呢……十一点钟，十二点钟，一点钟。我没到卧室里去，一个人躺在那里等多不光彩！但在书房里也躺不住。我想做点儿事，我想写信，看书，可是什么也做不成。我独自坐在书房里，又气又恼，不时留神细听。三点钟，四点钟，始终不见她回来。天快亮我才睡着。等到醒来，还是不见她的人影。

"家里一切如旧，但大家都惶恐不安，都用询问和责难的目光瞧着我，仿佛我是罪魁祸首。而在我的内心依旧有两种感情在斗争着：我恨她把我害得这么苦，同时我又为她担心。

"第二天上午近十一点钟，她姐姐给她做说客来了。谈话又是老一套：'她的情况糟透了。到底是怎么一回事？''压根儿就没有什么事。'我说到她的脾气实在叫人受不了，我说我什么过错也没有。

"她姐姐说：'可不能就这样下去呀！'

"我说：'全是她惹起的，不能怪我。我不会走第一步的。她要是想分手，就分手好啦！'

"我的大姨就这样空着一双手走了。我在她面前大胆地说,我决不走第一步,但我一出去,看到孩子们那种可怜巴巴、怯生生的模样,我就想走第一步了。我真愿意先跨出步子去,但不知道该怎么跨。于是我又踱步,抽烟。早餐时我又喝伏特加,又喝葡萄酒,糊里糊涂地想自我麻醉,免得看到自己不光彩的卑贱的处境。

"三点钟左右她回来了。她看到我,什么也没有说。我满以为她平静了,就说我原是被她骂得发火的。她却声色俱厉地说,她不是来同我解释,而是来领孩子的,我们无法在一起过了。我说这不能怪我,是她弄得我发火的。她板着脸,傲慢地瞧着我,然后说:'别说啦,你会后悔的。'

"我说我不能听任人家戏弄我。于是她又大叫大嚷,嚷点儿什么我听不清楚。接着她就跑到自己屋里。但听得钥匙咔嚓一声,她把自己反锁在里面。我推推门,没有回答,只得恨恨地走开。过了半小时,丽莎哭着跑来。

"'怎么啦?出什么事啦?'

"'听不见妈妈的声音啦!'

"我跟丽莎一起跑去。我使尽力气推门。插销不牢,两扇门都被我推开。我走到床前。她穿着裙子和高筒靴,样子难看地横在床上,已经不省人事。桌上放着一个装鸦片的空瓶。我们把她抢救过来。接着又是眼泪,又是鼻涕,最后是和解。其实也谈不上和解:双方本来就怀恨在心,如今加上这次争吵,就越发恼怒,双方都认为错在对方。不过事情总得有个收场,生活又照旧过下去。但这样的争吵和更厉害的争吵仍不断发生,有时一星期一次,有时一个月一次,有时天天都有。情况一直就是这样。有一次我已经弄到出国护照,因为争吵持续了两天，后来总算勉强和解，我也就留了下来。"

二十一

"那人姓特鲁哈切夫斯基，他来到了莫斯科。当时我同妻子的关系就是这样。那天早晨我接待了他。我同他说话原来已不用客套。这次他同我说话，采取若即若离、但很随便的态度，但我干脆同他表示疏远，他只得顺从。我第一眼看见他，就很反感。不过，说也奇怪，仿佛命中注定，我没有把他赶走，没有把他赶出门去，相反还去同他接近。当时我要是只同他敷衍几句，不把他介绍给妻子就把他送走，那是很容易办到的。可是我没有那样做，却同他谈起演奏的事来，还说我听人说他放弃演奏了。他说正好相反，如今他拉琴比以前更勤奋。他还提到我以前也弹过钢琴。我说现在不弹了，不过我妻子弹得很好。

"说也奇怪，从我们见面的第一天起，从第一个小时起，我同他的关系就像已发生过那件事一样。我们之间的关系就相当紧张：我仔细琢磨他所说的和我所说的每一句话，觉得都别有用意。

"我把他介绍给我的妻子。他们一见面就谈音乐。他表示愿意同她合奏。我妻子近来显得格外妩媚，富有魅力。她对他显然也一见倾心。再说，她喜欢有小提琴伴奏，以前也请剧院里的小提琴手来伴奏过。当时我妻子高兴得容光焕发。但她一看见我，立刻明白我的心思，脸色马上就变了。我们开始相互欺骗。我装出快乐的笑容表示高兴。他呢，眼睛望着我妻子，就像一切浪子看到漂亮女人那样，表面上像在专心谈话，其实心不在焉。她呢，竭力装得若无其事，但她熟悉我那种醋劲十足的假笑，又看到他那色迷迷的眼神，显然很兴奋。我看到，她同他一见面，眼睛里就射出异样的光芒。也许是我神经过敏吧，他们两人之间仿佛通了电，他们的表情、眼神和微笑都非常协调。她脸红，他也脸红；她微笑，他也微笑。我们谈到音乐，谈到巴黎，谈到各种琐事。他站起来要走，手里拿着的帽子垂在微晃的大腿旁，脸上挂着微笑，一会儿看看她，一会儿看看我，似乎在等待我们下一步要干什么。我至今记得当时的情景，并且认为我要是不邀请他，后来也就不会出那件事了。但我当时竟瞧了他一眼，也瞧了她一眼。我在心里对她说：'你别以为我会吃醋。'又在心里对他说：'你也别以为我会怕你。'结果我就请他当晚带小提琴来同我妻子合奏。妻子惊奇地对我瞥了一眼，脸涨得通红，仿佛被吓坏了。她推说弹得不大好，拒绝了。她的拒绝使我更加恼火，我就坚持非叫他来不可。我记得，当他像鸟儿一般跳着跑出去的时候，我望着他的后脑勺、雪白的脖子和头路对分的黑头发，心里不由得产生一种异样的感觉。我不得不承认，这个人的出现使我感到不快。我想：'要不要让他来，这事完全由我决定，我可以叫他从此不再上门。'但我要是这样做，那就表示我怕他。哼，我才不怕他呢！我想，我要是怕他，那真太没有出息了。当时我们在前厅，我知道妻子听得见我的话，就坚决要他当晚带琴来。他答应我的请求就走了。

"晚上他带了琴来，他们就在一起演奏。不过，他们的演奏好一阵都配合不起来，因为手头没有他们所需要的乐谱，现有的乐谱妻子不经过练习又不会弹。我极喜欢音乐，支持他们的演奏，给他摆好乐谱架，替他们翻谱。他们演奏了一些曲子，演奏了几首歌曲和莫扎特的奏鸣曲。他拉得很出色，音调很美。而且格调高雅，绝不是他的人品可以相比的。

"他的演技当然比我妻子好得多。他帮助她，又彬彬有礼地恭维她。他的举止很得体。我妻子仿佛一心扑在音乐上，态度镇定自若。我呢，尽管装得很喜欢音乐，其实整个晚上一直在受醋劲的折磨。

"从他同我妻子第一次目光相遇起，我就看出，尽管身份不同，两人都露出了兽性。一个问：'行吗？'另一个回答：'哦，那还用说。'我看出，他完全没有想到，我这位莫斯科太太竟这样富有魅力，因此特别兴奋。他相信她不会不愿意，因此问题就在于讨厌的丈夫会不会阻挠。我这人要是纯洁无瑕，也不会懂得这种事，可我也跟多数男人一样，结婚前对待女人也是这样的，因此他的心思我可以说了如指掌。我感到特别痛苦的是，我深知，除了经常性的怄气和习惯性的肉欲以外，她对我没有一点儿感情。那个男人呢，凭着优雅的风度，新颖的服饰，主要是凭着卓越的音乐才能，通过共同演奏而产生的机会，以及音乐（特别是小提琴）对人的本性的影响，一定会博得她的欢心，一定会把她征服，会任意摆布她，笼络她，玩弄她于股掌之中。这一点我不能视而不见，因此感到十分痛苦。虽然如此，也许正是由于如此，有一种力量迫使我违反本意，待他客客气气，甚至十分亲切。我这样是做给妻子看，还是做给他看，以表示我并不怕他，还是为了欺骗自己，我可说不上来。我只觉得从第一次同他接触起，我跟他的关系就很不自然。我有一种立刻杀死他的欲望，而为了克制这种欲望，就故意待他特别殷勤。我在晚餐时请他喝佳酿美酒，称赞他的精湛技艺，带着特别亲切的笑容同他说话，并且邀请他下星期日再来吃晚饭，再次同妻子合奏。我还说，我要请几位爱好音乐的朋友来听他演奏。这次会面就这样结束了。"

波兹德内歇夫十分激动,变换了一下坐的姿势,嘴里又发出那种古怪的声音。

"说来也怪,这人的到来对我的影响可大了,"他又说下去,竭力让自己平静些,"那次见面后又过了两三天,我参观展览会后回家,走进前厅,忽然觉得心情沉重,好像有一块大石头压在心上,我弄不懂是怎么一回事。原来我经过前厅时,有一样东西使我想起了他。直到走进书房,我才明白是怎么一回事。我回到前厅,去看看究竟是什么。果然不错,那里挂着他的外套,一件款式新颖的外套(尽管他身上的每样东西我并不都认得,但那天我做过一番用心的观察)。我一问,果然是他。我不走客厅,而穿过孩子们的书房往大厅走去。女儿丽莎坐在那里读书,保姆带着小女儿坐在桌旁玩弄一个盖子。大厅门关着,只听到里面发出均匀的琶音① 和他们两人的说话声。我侧耳倾听,可是听不清楚。钢琴弹得很响,显然是要掩盖他们的说话声,也许还有接吻声。天哪! 我顿时火冒十丈! 我身上的兽性当时怎样发作,至今想起来还感到不寒而栗。当时我的心脏一下子缩紧,停止跳动,接着又像铁锤敲击一般咚咚直响。我主要是觉得委屈。我一激动,总是这样。我想:'居然当着孩子们的面,当着保姆的面胡来!'我当时的脸色一定很可怕,因为丽莎瞧我的那副神气十分古怪。我问自己:'我该怎么办? 进去吗? 不行,天知道我会干出什么事来。'可我也不能就这样走开。保姆瞧着我的那副神气,似乎表明她了解我的处境。'不,我非进去不可。'我自言自语,猛地推开房门。他坐在钢琴前,

---

① 琶音(arpeggio)——音乐名词。一种装饰性的分解和弦。原文是意大利语。

他那白白胖胖的手指向上弯曲，正弹着琶音。她站在钢琴旁，身子俯向翻开的乐谱。她首先看见或者听见我进去，瞟了我一眼。不知是她故作镇定呢，还是真的并不害怕，总之她身子没有打哆嗦，仍旧一动不动，只是脸红了，但也不是一下子就红的。

"'啊，你来了，我真高兴。我们正决不定星期日演奏什么好。'要是我们两人单独在一起，她说话绝不会用这样亲切的口吻。而且她用'我们'来称呼她自己和他两人。这可实在使我恼火极了。我同他打了个招呼，没有再说什么。

"他同我握了握手，脸上现出简直是嘲弄的微笑。他向我解释说，他为星期日的演出带了些乐谱来练习，但演奏什么，他们没有谈妥：演奏难度较大的古典作品，即贝多芬的《克鲁采奏鸣曲》①呢，还是演奏几个小品？事情就是这么简单明了，无可非议，但我敢肯定这一切都是谎言，他们串通好了来欺骗我。

"上流社会容许男女接近，简直达到危险的地步，这对一个爱吃醋的人（在这个社会里人人都爱吃醋）来说是非常痛苦的。你要是阻挠男女在舞会上接触，阻挠医生同女病人接触，阻挠男女在艺术活动、美术活动，尤其是在音乐活动中接触，你就会贻笑大方。男女一起从事高尚的艺术活动，弄弄音乐，因此需要一定的接触，这本是无可非议的，只有爱吃醋的傻丈夫才会觉得不愉快。但谁都知道，在我们的社会里，多数通奸案就是由这种艺术活动，特别是由音乐演奏引起的。我好半天说不出话来。这种手足无措的神态显然使他们很窘。我好像一只倒过来的瓶子，里面的水太满，反而倒不出来。我想破口大骂，把他撵出去，

---

① 《克鲁采奏鸣曲》——又名《第九小提琴奏鸣曲》，贝多芬作于一八○三年，因作曲家献给法国小提琴家克鲁采（1766—1831）而得名。托尔斯泰生前很欣赏此曲。

但又觉得不能这样，还是应该客客气气对待他。我就这么做了。我装成赞成他们的选择，并且莫名其妙地待他格外亲切，其实心里更加痛苦。我嘴里说，我相信他的艺术鉴赏力，并劝她也相信他。他又待了一会儿，直到由于我脸色难看地突然闯入并默然相对而引起的不愉快气氛消失后，他才装作明天演奏的节目已经决定，告辞走了。但我敢肯定，演奏什么的问题同他真正感兴趣的事相比是微不足道的。

"我客客气气地把他送到前厅（对这样一个来妨碍人家安宁、破坏人家幸福的人，怎么能不送走呢！），热烈地握了握他那白白胖胖的手。"

二十二

"那天一整天我没有同她说过一句话，我无法同她说话。我同她一接近，心里就产生疯狂的仇恨，连我自己都害怕。午饭时，她当着孩子们的面问我什么时候出门。下星期我要到县里参加会议。我把时间告诉了她。她问我路上要带什么东西。我没有理她，默默地在桌旁坐了一会儿，又默默地走到书房里。近来，她从不去我的书房，特别是这几天。我躺在书房里生气。忽然响起熟悉的脚步声。我的头脑里不由得冒出一个可怕的念头：说不定她像乌利亚[①]的妻子那样，为了掩饰自己的罪恶，在这个该死的时候走来。'难道她真的是到我这里来吗？'我听着她走近来的脚步声，想。要是她到我这儿来，那我没有

[①] 典出《旧约·撒母耳记（下）》第十一章：乌利亚是古犹太大卫王手下的军士，他的妻子与大卫王通奸，最后他被大卫王杀害。

猜错。我心里对她冒出难以克制的仇恨。脚步声越来越近。会不会是她经过这里到大厅去？不是，房门吱地响了一声，门口出现了她那苗条秀丽的身影。她的脸色，她脸上和眼睛里，现出怯懦和谄媚的神色。她想掩饰，但被我看出来，我也懂得其中的含义。我好半天喘不过气来，差一点儿憋死，一直盯住她，同时抓起烟盒，抽起烟来。

"'嘻，人家来坐一会儿，你偏偏抽烟。'她说着，在沙发上挨着我坐下，身子向我凑过来。

"我挪了挪身子，不愿意碰到她。

"她说：'我看出，我星期天要演出，你不高兴。'

"我说：'我一点儿也没有不高兴。'

"她说：'难道我看不出来？'

"我说：'哦，你看出来了，那应该向你祝贺。可我没有看到别的，只看到你的行为像个妓女……'

"她说：'哼，你要是像马车夫那样骂街，那我就走。'

"我说：'走吧，可是得记住，你要是不爱惜家庭的名誉，我也不爱惜你（去你的吧），但我可爱惜家庭的名誉。'

"她说：'你这话是什么意思？'

"我说：'滚开，看在上帝的分上你给我走开！'

"不知她是假装不懂还是真的不懂我的意思，总之她生气了，大为生气了。她站起来，但没有走，站在房间中央。

"她说：'你简直叫人受不了！你这个脾气就是天使也受不了的。'她照例又拼命来触我的痛处。她又提到我对妹妹的行为（有一次我发脾气，对妹妹说了许多粗话；我妻子知道我为这事感到内疚，就偏来触这个伤疤）。'从那次以后不论你做出什么事来，我都不会觉得奇怪的。'她又说。

"我心里想:'哼,你侮辱我,糟蹋我,损害我的名誉不算,还把责任往我头上推!'我对她恨透了,以前从来没有这样恨过她。

"我生平第一次按捺不住心头的怒气。我跳起来,向她冲过去。就在这当儿我意识到自己的情绪。我问自己,这样使性子好不好?我立刻自己回答,这样很好,这样可以吓唬吓唬她,结果我不仅没有克制住愤怒,反而更加怒火中烧,心里还暗暗得意。

"'滚开,要不我就宰了你!'我叫着冲到她跟前,抓住她的胳膊。我说这话时故意提高嗓门。我当时那副模样一定很可怕,因为她吓得迈不开步,嘴里只说:'瓦夏,你怎么啦? 怎么啦?'

"我声音更响地吼道:'滚开! 全是你惹得我发火。这不能怪我!'

"我把心头的怒气发泄个痛快。我想做出一点儿异乎寻常的行为来表示极度的愤怒。我真想揍她,打死她,但我知道不能这样做。为了发泄心头的怒气,我抓起桌上的吸墨器,叫了一声'滚开',猛地把它往她脚边扔去。我扔得很准。她逃出房门,但又在门口站住。我趁她还看得见(我是故意做给她看的)。又抓起桌上的东西,蜡烛台啦,墨水缸啦,往地板上扔,嘴里叫道:'滚! 快滚! 这不能怪我!'

"她走了,我也就住了手。

"过了一小时,保姆走来对我说,太太歇斯底里发作。我走去一看:她又哭又笑,全身抽搐,一句话也说不出来。她这不是假装,是真的发病了。

"到天亮她才安静下来。我们在所谓爱情的刺激下又言归于好。

"早晨,我们和好后,我承认是为特鲁哈切夫斯基吃醋。她若无其事,笑得十分自然。她说,她要是被这样的人迷住,那才是怪事呢。

"她说：'一个正派女人对这样一个人，除了欣赏他的音乐才能外，还会有什么别的感情？你要是有这样的要求，我可以从此不见他，就是下星期日也可以不见，尽管已经约好朋友们了。你写封信告诉他，说我病了，这不就完了？但要是有人（首先是他自己）认为他是个危险分子，那可叫人受不了。我这人自尊心很强，决不允许人家把我想得那么坏。'

"她说这话倒不是撒谎。她也相信自己说的是真话。她想用这话来激发自己对他的蔑视，但没有成功。什么都同她作对，特别是那该死的音乐。那天的事就这样收场。星期日客人都来了，他们又在一起演奏。"

二十三

"我想不用说的，我这人虚荣心很强。一个人要是没有虚荣心，就无法过我们这种庸庸碌碌的生活。是啊，星期日那天，我特别用心张罗饭局，安排晚上的音乐会。我亲自上街买菜，邀请客人。

"六点不到，客人们都来了。他也来了，穿着燕尾服，还戴着俗不可耐的钻石袖扣。他装得落拓不羁，对什么问题都笑眯眯地表示同意和理解，仿佛您的一切言谈和行动都不出他所料。他那种庸俗的表现，我看了特别高兴，因为感到放心。我妻子认为，他这人太浅薄，她不会这样糟蹋自己的。我不再吃醋了。首先因为我在这方面已吃够了苦，我需要平静；其次我应该相信妻子的保证，事实上我也真的相信了。不过，尽管我不再吃醋，在吃饭时，在演奏开始前，我对他们两人的态度还是有点儿不自在。我还是很注意他们的一举一动和他们的眼神。

"这顿饭照例吃得很沉闷，很做作。演奏开始得很早。唉，那天晚上的细节我记得可清楚啦。我记得他怎样把小提琴拿进来，打开琴匣，剥下一位太太给他绣过花的琴套，取出琴来，定好弦。我记得我妻子故作镇静地坐下来，以掩饰内心的胆怯——主要是她对自己的演技信心不足。她先弹了个A音，他就用手指拨拨琴弦，调好弦。我记得他们怎样对视了一下，又看了看正在落座的听众，然后相互说了句什么，开始演奏。他先拉了个和音。他脸上现出严肃庄重而讨人喜欢的神气，倾听自己的琴声，手指轻轻地拨弄着琴弦，钢琴便和他协奏起来。演奏就这样开始了……"

波兹德内歇夫停住话头，连连发出他那种古怪的声音。他想说话，但吸了一下鼻子，又停住了。

"他们演奏的是贝多芬的《克鲁采奏鸣曲》。其中第一个快板您知道吗？知道吗？"他大声说，"哦！这支奏鸣曲真叫人惊心动魄，特别是其中的快板。总的来说，音乐是一种惊心动魄的东西。这是什么道理？我不懂。音乐究竟是怎么一回事？它能产生什么作用？它怎么这样动人心魄？有人说，音乐能使人心灵高尚。这简直是胡说！音乐能起作用，对我来说能起可怕的作用，但绝不能使心灵高尚。它既不能使心灵高尚，也不能使心灵堕落，它只能使心灵冲动。怎么对您说好呢？音乐使我忘记自己，忘记自己的处境；它把我带进一个新的境界。在音乐的影响下，我感到了原来没有感到的东西，懂得了原来没有懂得的道理，能做原来不会做的事。怎么会这样？我是这样理解的：音乐有点儿像打哈欠，有点儿像发笑。我不想睡觉，但看到别人打哈欠,我也会打哈欠;我不想笑,但听到别人发笑,我也会笑。

"音乐一下子就使我进入作曲家的心灵世界。在心灵上我同他融成一体,并且跟着他从一个世界进入另一个世界,但怎么会这样,连我自己也不知道。凡是作曲家,就说作《克鲁采奏鸣曲》的贝多芬吧,他知道他怎么会有这样的心情,这种心情使他写出了这首乐曲。这种心情对他具有一定的意义,可是对我没有任何意义。就因为这人缘故,音乐只能挑动人的感情,不能使人做出什么结论来。可不是,一演奏雄壮的进行曲,士兵们就按着节拍大踏步前进。这时音乐起了作用。一演奏舞曲,我就跳舞,音乐也起了作用。一唱弥撒曲,我就领圣餐,音乐同样起了作用。此外,音乐只能使人兴奋激动,至于在兴奋激动之余应该做些什么,谁也不知道。就因为这个缘故,音乐起的作用很可怕,有时弄得人心惊肉跳。在中国,音乐是归国家管理的事。这很有道理。要是有人想对另一个人,甚至对一大批人行催眠术,然后任意摆布他们,这种情况能容许吗?尤其如果行催眠术的人道德极度败坏的话。

"音乐不论落在谁手里,都是一种可怕的手段。就拿《克鲁采奏鸣曲》来说吧,怎么可以在客厅里,在袒胸露臂的贵妇人中间演奏这支乐曲中的快板呢?听听这种音乐,鼓鼓掌,然后吃吃冰激凌,谈谈最近流传的丑闻,这怎么行呢?这种音乐只有在庄严肃穆的场合才能演奏,而且要配以同这音乐相称的重大行动。演奏和行动都要同这种音乐相称。要不然,在不适当的地点和不适当的时间唤起不伦不类的感情,那就只会坏事。这种音乐至少对我起了可怕的作用。它向我揭示了我从未体验过的新的感情和新的希望。是的,那种感情和希望冲破了我原来的思想和生活。我心里想：哦，原来还有这样的事。这种新鲜的感情究竟是什么，我也说不上来，但这种新的心情却使我高兴。周围还是原来那些人，包括我妻子和那个人在内，可我却觉得他们都截然不同了。

"接下去他们又演奏了优美悦耳但缺乏新意的行板[①]，再加上老一套的变奏曲，然后是软弱无力的最后乐章。接着应客人们的要求他们又演奏了恩斯特[②]的《哀歌》和其他几支小品。这些乐曲都不错，但它们使我感动的程度还不及第一支的百分之一。这些乐曲都是借第一支乐曲的余韵才给人留下一些印象的。整个晚上，我心情一直都很轻松愉快。我看到我妻子那天晚上的模样也是从来不曾有过的：演奏时眼睛闪闪发亮，表情庄重而深沉，演奏结束时又显得娇弱无力，脸上露出惹人爱怜的幸福微笑。这一切我都看在眼里，但我并不觉得这里别有什么原因。我只认为，她的心情同我的一样，音乐在她身上唤起新的感情，就同在我身上唤起的感情一样。后来晚会圆满结束，客人便各自回去了。

"特鲁哈切夫斯基知道两天后我要去外地开会，在告辞时说，他希望下次来莫斯科时再能领略今晚这样的快乐。我从他这话里断定，在我出门期间他不会到我家来。这一点使我高兴。这样，在我离开莫斯科时他是不会回来的，这样我跟他就不会再见面。

"我第一次真正高高兴兴地同他握了握手，感谢他给予我们一次很好的艺术享受。他跟我妻子也正式告了别。他们当时的态度也很自然大方。一切都合情合理。我和妻子对当天的晚会都很满意。"

---

① 原文是意大利语。
② 恩斯特——德国提琴家，作曲家。

克鲁采奏鸣曲 | 223

二十四

"过了两天,我心平气和地跟妻子告了别,动身到县里参加会议。县里事情总是很多,跟这里的情况完全不同,那里是另一个天地,过着另一种生活。我在那里待了两天,每天都要花十小时用来开会。第二天接到妻子来信,我立刻拆开来读。她在信里提到孩子,提到叔父,提到保姆,以及购买东西之类的琐事。她还随便提到,特鲁哈切夫斯基最近来过,还带来他答应过的乐谱,并表示希望再同她合奏一次,但被她拒绝了。我不记得他曾经答应过什么乐谱,我还以为他当时已经离开莫斯科了。因此这消息使我深感不快。不过我当时正忙得不可开交,根本没工夫去想这件事。直到晚上,回到借宿的地方,才有空重读她的信。除了特鲁哈切夫斯基在我出门时来我家这件事以外,我觉得这封信的语气有点儿不自然。嫉妒像一头疯狂的野兽,又在我心里怒吼,想要发作,我有点儿害怕,连忙把它管住。我暗暗对自己说:'嫉妒真是一种可恶的感情!她的信不是写得再自然也没有了吗?'

"我上了床,考虑明天要办的事。会议期间,在一个陌生的地方我总是睡不好觉,可这天晚上很快就睡着了。我在睡梦中突然像触了电,醒过来了。醒来后,头脑里就想到她,想到我对她肉体的迷恋,想到特鲁哈切夫斯基,想到他们两人之间的关系。恐怖和愤怒紧揪着我的心。但我立刻安慰自己。'真是太荒唐了!没有任何理由怀疑,没有出什么事,以前也没有。我怎么能凭空想出这样可怕的事来辱没她和辱没我自己呢！他是一名职业琴师，是一个名声不好的人，他会跟一个体面的女人，跟一位受人尊敬的孩子的妈妈，也就是我的妻子！真是太荒唐啦！'我一面这样想，一面又觉得，'这怎么没有可能呢？'那种最简单的事怎么没有可能发生呢？既然我同她结婚就是为了那事，我同她生活在一起也是为了那种事；我想从她身上得到的，以及别人，包括那个乐师在内，想从她身上得到的，也无非是那个东西。他是个未婚男子，身强力壮（我记得他怎样津津有味地嚼着牛排，鲜红的嘴唇怎样贪婪地喝着大杯美酒），白白胖胖。他为人在世没有其他目的，只是放纵情欲，寻欢作乐。而音乐正好是刺激情欲的最好手段。有什么东西可以同它对抗的呢？没有。相反，一切都只会助长情欲。她是个怎样的人？她过去是个谜，现在还是个谜。我不了解她。我只知道她是动物，而动物是无法被束缚的。

"现在我才记起，那天晚上他们在《克鲁采奏鸣曲》之后又演奏了几支小品，当时他们脸上的表情怎样。我不记得那几个曲子是谁作的，只记得都是些热情奔放的曲子，热情奔放到色情的地步。我记起他们的脸色，对自己说：'我怎么可以出门呢？那天晚上他们之间有了什么关系，难道还不清楚吗？那天晚上，他们不仅亲密无间，而且两人（主要是我妻子）窘态毕露，这难道看不出来吗？'我记得，当我走近钢琴时，她擦着涨红出汗的脸，露出娇弱而幸福的微笑。当时他们就彼此回避对方的目光，直到晚饭席上他给她倒水时，他们才对视了一下，微微一笑。现在想起他们含笑对视的情景，我还感到不寒而栗。'是啊，全完了！'我心里有一个声音说，但接着另一个声音反驳说：'你这是怎么啦，不会有什么事的。'我躺在黑暗中觉得难受，就擦亮一根火柴，但待在这个糊有黄色壁纸的小房间里，还是感到心惊胆战。我点着一支烟,就像一个人内心矛盾难以自拔时那样,一支接一支地抽烟来麻醉自己,逃避矛盾。

"我通宵没有合眼。早晨五点钟觉得再不能这样紧张下去,我就起床,叫醒看门人,要他备马。我送了一封信给会议处,说我有急事要回莫斯科,因此请别的成员代替我。八点钟,我坐上四轮马车走了。"

二十五

列车员走进来,看到我们的蜡烛即将点完,就把它吹灭,也没有另外换上一支。天色蒙蒙发亮。列车员还在车厢里,波兹德内歇夫没作声,不断长吁短叹。直到列车员走后,他才继续讲他的遭遇。昏暗的车厢里,只听得车窗的丁丁声和店员均匀的鼾声。在熹微的晨光中,我完全看不清波兹德内歇夫的脸。我只听见他的声音越来越激动,越来越痛苦。

"回莫斯科得坐三十五俄里路马车,再乘八小时火车。坐马车旅行挺有意思。这是一个晴朗而寒冷的秋天。车轮在平坦的道路上留下清楚的辙印。道路光滑,朝阳灿烂,空气清新。这样的天气坐四轮马车特别舒服。天色越来越亮,我的心情也渐渐好起来。瞧瞧马匹,瞧瞧田野,瞧瞧迎面而来的行人,我忘记我这是往哪儿去。有时我觉得简直像在旅游,根本没有发生那件促使我回去的事。这种忘却使我心旷神怡。当我记起我是往哪里去时,我就安慰自己说:'到时候总会水落石出的,现在可不用去想它。'半路上出了一件事,把我耽搁了,也使我暂时抛开心事。马车坏了,需要修理。这个事故对我的影响很大,我到达莫斯科,不是像预期的那样五点钟,而是半夜十二点过后,因为我没有赶上特别快车,就搭了普通客车。途中另找轻便马车啦,请人修理坏车啦,算账啦,在旅店里喝茶啦,跟旅店老板聊天啦,这些事就使我的注意力更加分散。到一切舒齐已经暮色苍茫了。我重新上路。晚上坐车赶路比白天更有意思。天上一钩新月,地上一片薄霜,道路更加平坦,马匹越发精神,车夫也喜气洋洋。我一路上欣赏着这如画美景,根本不考虑我的前途,或者说,正因为意识到我的前途,我才纵情享受,同快乐的生活诀别。不过,我这种平静的心情和自我克制的能力在马车驶抵火车站时也结束了,我一上火车,心情就截然不同。火车上度过的八小时对我来说是可怕的,我一辈子都不会忘记。不知是因为走进车厢,仿佛觉得已经到家了呢,还是因为火车旅行严重影响人的神经,总之,我一上火车,幻想就像脱缰的野马那样无法控制。我的脑海里活生生地浮现出一幅幅使我醋劲勃发的画面,一幅比一幅无耻,那都是我不在家时她欺骗我的行为。我想象着这些画面,内心充满愤怒、怨恨和自怜,怎么也无法平静。这些景象我无法摆脱,无法抹杀,也无法冲淡。不仅如此,我越察看这些幻想出来的画面,就越相信它们是真实的。这些幻想越生动,似乎越足以证明它们是真实的。仿佛有一个魔鬼在跟我作对,向我暗示种种最可怕的情景。我记起很久以前同特鲁哈切夫斯基的兄弟的一次谈话。那天,我同他谈到特鲁哈切夫斯基和我的妻子,如今想起来都感到痛心。

"那是很久以前的事,可当时我想起来了。我记得,有一次我问特鲁哈切夫斯基逛不逛窑子,他回答说,一个正派男子不该逛窑子,那种地方又脏又下流,还会染上恶疾,他又不愁找不到好女人。瞧吧，他兄弟如今就找上了我的妻子。他也许想：'不错，她已不是个妙龄女郎，边上的牙都掉了一颗，身体也有点儿发胖，但是有什么办法呢，现成摆在面前的东西总不能放过啊！'接着我又自言自语：'是啊，他要她做情妇，还是降格以求呢。不过，同她一起毕竟没有传染恶疾的危险。'然后我又恐惧地说：'不，这不可能！我想到哪儿去啦！不，这绝不可能。甚至没有理由这样怀疑。她不是对我说过，我即使只有吃醋的念头都是对她的侮辱吗？是啊，佢这是撒谎，她老是撒谎！'我叫出声来，接着又从头想起……车厢里只有两名旅客：一对老夫妻，他们沉默寡言，后来也在一个站上下了车，剩下我孤零零一个人。我好像笼中的野兽，一会儿跳起来扑到窗口，一会儿在车厢里来回踱步，仿佛催促火车驶得更快些，但车厢、车厢里的座位和窗子仍像我们现在坐的火车那样，不断地摇晃……"

波兹德内歇夫霍地站起来，走了几步，又坐下。

"哦，我害怕，害怕火车，我感到恐怖极了。是啊，真是太可怕啦！"他说下去，"我对自己说：'让我来想点儿别的事。譬如说，想想同我一起喝过茶的旅店主人。'于是我的眼前就出现了大胡子的旅店主人和他的孙子。他的孙子跟我的瓦夏年龄相仿。哦，我的瓦夏！他将看见琴师在吻他的妈妈。他那颗可怜的小心灵将会有什么感觉呢？可是做母亲的却不管他！她爱上了……我心里又涌现出那种情绪。不，不……嗯，还是让我来想想视察医院的事吧。是啊，昨天有个病人告大夫的状。那大夫留着小胡子，有点儿像特鲁哈切夫斯基。他肆无忌惮……他说就要离开莫斯科，其实都是他们串通起来欺骗我。又来了。我不论想什么事都不能甩掉他。我痛苦极了。我的痛苦主要在于情况不明，疑虑重重，内心矛盾，不知道应该爱她还是恨她。我痛苦得忍不住,当时就产生了一个很诱人的念头:中途下车,卧轨自杀。这样至少可以不用再患得患失,胡思乱想。阻止我这样行动的原因是自爱自怜,以及由此而产生的对她的憎恨。我对他怀着一种古怪的感情,又是恨他,又是意识到自己的屈辱和他的胜利,可是我对她就只有刻骨的仇恨。我对自己说:'我不能光结果自己而让她留下。多少得让她吃点儿苦头,知道我是多么痛苦!'我每到一站都下去走走,以分散注意力。在一个站上,我看见有人在喝酒,就立刻去喝了些伏特加。我旁边有个犹太人,也在喝酒。我同他聊了起来。为了免得独自待在车厢里寂寞,我就跟着他走到三等车厢。那里烟雾腾腾,满地都是葵瓜子壳,十分肮脏。我坐在他旁边。他海阔天空地胡扯,讲了不少趣闻逸事。我听着他说,但不知他在说些什么,因为我在想心事。他发现这一点,要求我用心听他。我就站起来,回到头等车厢。我自言自语:'我得好好想一想,我所猜疑的是不是真有其事?我这么痛苦有没有道理?'我坐下来,想冷静考虑一下,可是办不到,我的头脑里又出现各种图景和幻象。我想起以前几次醋劲发作的情景,对自己说:'我有多少次这样痛苦过,可是到头来却什么事也没有。这次可能也是这样,多半就是这样,我会发现她在安安静静地睡觉。她醒来看见我,一定会很高兴。我从她的话语和眼神上看出,什么事也没有,这一切都是我在胡思乱想。哦,要是那样就好了!'接着另一个声音又对我说:'不,这种情况以前尽管常有,可这次不同了。'于是又胡思乱想起来。唉,这真是太折磨人了! 要使一个青年消除对女色的迷恋,其实不必带他去参观性病医院,只要看看自己心灵里撕裂肝肠的魔鬼就行了! 我认为我对她的身体享有全权,它是属于我的,但同时又觉得无法控制她的身体,它不属于我,她可以任意支配自己的身体，不管我有什么意见。可我不论对他还是对她都无可奈何。他就像管家凡卡①那样，在上绞刑架前大唱其亲吻甜蜜的嘴唇的赞歌。他占了上风。对她我更没有办法。要是她没有干过那种事，只有干的欲望——我知道她有这种欲望——那就更糟。她还不如干了的好，这样我就知道了，不必再胡思乱想了。我不能说这是我的希望。我只希望她不要追求她可能追求的事。这简直是发疯！"

二十六

"在终点站前一站，列车员过来收票。我收拾好行李走到车门口的平台上。我意识到生死攸关的时刻临近了。心情更加激动。我身子发冷，下巴颏儿直打哆嗦，牙齿碰得咯咯响。我茫然跟着人群走出车站，雇了一辆马车回家。我从车上环顾着稀稀落落的行人、更夫、街灯和我的马车投下的忽前忽后的阴影。我头脑里昏昏沉沉，什么也没想。走了半俄里路光景，我觉得脚冷，这才记起，我在火车上脱了毛袜，把它放到手提包里了。手提包在哪儿？在这儿吗？对啦，就在这儿。那么柳条箱在哪儿？我这才记起我把行李忘记得一干二净。我掏出行李票，觉得犯不着为这事回车站，就继续赶路。

"不论我现在怎样努力回忆，也想不起当时的心情。当时我在想些什么？我准备怎么样？现在一点儿也记不起来了。我只记得，我

---

① 凡卡——俄罗斯民谣中的人物，他诱奸女主人并以此为荣，终被绞死。

当时意识到即将发生我一生中一件非常可怕的重大事件。要发生那样的事件究竟是出于我的想象，还是出于我的预感，我不知道。也许是出了那件事以后，往事在我的记忆里都变得模糊了。我的马车来到家门口。时间已过子夜。门外还有几辆马车，显然看到房子里的灯光（我家大厅、会客室等窗子里都有灯光），还在等雇主。我弄不懂深更半夜我家窗子里怎么还有灯光，我怀着大难临头的感觉走到楼上，打了打铃。善良、勤劳而愚蠢的男仆叶戈尔开了门。在门厅里，我第一眼看到，衣帽架上许多衣服中间挂着一件男外套。照理我应该感到惊奇，可是并没有，仿佛我早就料到这一点了。我对自己说：'果然如此。'我问叶戈尔谁在这里，他说是特鲁哈切夫斯基。我问他还有什么人。他说：'没有别人了，老爷。'我记得他回答我的口气，仿佛要我放心，家里没有别的人。'哦，哦，没有别人了。'我自言自语。

"我又问他：'孩子们怎么样？'他回答说：'感谢老天爷，都挺好。他们早就睡了。'

"我喘不过气来，下巴颏儿不断哆嗦。我想：'这么说，事情并不像我所想象的那样：起初以为大祸临头，结果平安无事，一切如旧。这一回并非一切如旧。我胡思乱想，原以为只是胡思乱想，哪里知道一切都真有其事。原来如此……'

"我差点儿放声痛哭，但这当儿魔鬼提醒我：'你先别哭，别太伤心，不然他们就会从容溜掉，你就弄不到罪证，只好怀疑一辈子，痛苦一辈子了。'我那种自怜自爱的情绪顿时消失，说来您不会相信我心里竟如释重负：我的痛苦这下子可以了结了，我可以惩罚她，摆脱她，出出这口窝囊气了。结果我真的出了气，可是我变成了一头野兽，一头狡猾残忍的野兽。

"叶戈尔向会客室走去，我就对他说：'你不用进去，不用进去！你赶快叫辆马车到车站，把我的行李取回来。喏，这是行李票。快去！'

"叶戈尔穿过走廊去拿大衣。我唯恐他惊动他们，就把他送到他的小房间，等他穿好大衣。从隔开一个房间的会客室里传来说话声和刀叉声。他们正在吃东西，没有听见门铃声。我想：'但愿他们此刻不要出来。'叶戈尔穿上羔皮领大衣走了。我等他走后锁上门。我想到只剩下我一个人，并且必须立刻动手，不禁不寒而栗。该怎么动手，我还不知道。我只知道：一切都完了，她犯罪已没有疑问，我要马上惩罚她，结束同她的关系。

"以前我还有点儿犹豫，对自己说：'也许根本没有那回事，也许是我弄错了。'现在可不同了。事情已无法挽回。她背着我深夜同他幽会！真是肆无忌惮。更可恶的是，她故意装得很大方，以此表示自己贞洁无罪。事情一清二楚，不容怀疑。我当时只担心他们溜掉，再耍什么新的花招，使我得不到证据，无法惩罚他们。为了尽快把他们捉住，我踮着脚尖向他们所在的大厅走去，不走会客室，而通过走廊和育儿室。

"第一间育儿室里睡着几个男孩子。第二间育儿室里，保姆翻了个身，好像要醒了。我想象着，她要是知道这事会怎么样？我一想到这里，自怜自爱的情绪便油然而生，怎么也忍不住眼泪了。我踮着脚尖跑到走廊，免得惊醒孩子，然后走进书房，倒在沙发上，痛哭起来。

"我对自己说：'我是个正派人，我父母也是正派人，我一辈子都在追求幸福的家庭生活，我对妻子从来没有变过心……可她这五个孩子的母亲，却搂着乐师亲热，就因为他有两片红嘴唇！不，她不是人！她是一条母狗，一条下贱的母狗！她一直装作很疼孩子，可如今就在孩子们房间隔壁同人家幽会。还装模作样地给我写信！同时却无耻地投入人家的怀抱！可是我知道什么呢？这样的事也许早就发生过了。也许她早就跟仆人发生过关系，有了孩子还说是我的。我要是明天回来，她就会梳着漂亮的发式，摆动线条优美的身子，娇声娇气地迎接我。我又将看见她那富有魅力而含怨带恨的脸。这样，嫉妒的野兽将永远盘踞在我的心头，咬噬我的心。保姆会怎么想呢？还有叶戈尔？可怜的小丽莎，她有点儿懂事了。天哪，多么无耻！多么虚伪！还有我所熟悉的那种兽欲！'

"我想站起来，可是站不起来。我的心跳得那么厉害，使我站都站不住。哦，我要中风死了。是她要了我的命。她巴不得我死掉。怎么办，杀了她？不，这样太便宜她了，我决不让她这么舒服。嘿，我坐在这里受罪，他们却在那里吃吃喝喝，说说笑笑……不错，尽管她已不是个妙龄女郎，他也不会不喜欢她，因为她毕竟长得不难看，何况——这也是主要的原因——她没有病，不会损害他那宝贵的健康。我想起一星期前我把她推出书房、乱砸东西的情景，就暗自想：'我当时为什么不把她掐死？'我生动地回想当时的心境，不仅仅是回想，而是重温那种要动手打人、砸东西的情绪。我记得，当时我一心要动手，除此以外没有别的念头。我好像一头野兽或者一个面临危险的人，受到本能的支配，从容不迫而又不失时机地对准唯一的目标行动。"

二十七

"首先我脱下靴子，只穿着袜子走到靠墙的沙发旁，沙发上方挂着枪和匕首。我取下一把弯弯的大马士革匕首。那把匕首还没有用过，十分锋利。我把它从刀鞘里拔出来。刀鞘掉到沙发后面，我想：'回头我再把它捡起来，免得丢失。'这时我才脱去大衣，只穿着袜子往那里走去。

"我轻手轻脚地走到门口，猛一下拉开门。他们脸上的表情我至今还记得。我所以记得，因为我看了感到十分痛快。我就是希望看到这样的表情。我永远不会忘记他们一看见我，脸上现出的那种魂飞魄散的神色。他好像坐在桌子旁，一看见我或者听见我的声音，立刻跳起来，背靠在酒柜上。他脸上现出惊恐万状的神色。她脸上也一样，但还掺杂着别的表情。要是她脸上只有惊恐的神色，后来的事也许不至于发生。可是在她的脸上——至少在最初一刹那——还有恼恨的表情，仿佛人家破坏了他们谈情说爱的幸福。她现在唯一的愿望就是，人家别来打搅这幸福的时刻。不过，他们脸上这种表情只保留了一刹那工夫。接着他脸上的恐惧立刻变为疑问：他可不可以撒谎？要是可以，那就撒谎。要是不行，那就另作打算。究竟怎么办？他询问似的瞟了她一眼。她回看他的时候，我觉得她脸上的表情已由恼恨变成对他的担忧。

"我在门口站了一刹那，背后握着匕首。就在这时他微微一笑，并且用一种冷淡得可笑的语气说：'我们在练琴……'她也学着他的口气说：'真是没想到你来……'

"不等他们两人把话说完，我又产生了一星期前产生过的那种狂怒，我又渴望破坏、行凶和发狂，而且无法自制。

"他们两人的话都没有说完……发生了他所害怕的事，他们的话顿时被打断了。我猛地向她扑去，匕首仍藏在背后，免得他阻止我向她胸部扎去。我一开始就选定了那个部位。就在我向她扑去时，被他看见了。我万万没有料到他竟会抓住我的胳膊喊起来：'冷静一点儿，您这是怎么啦！来人哪！'

"我把胳膊挣脱出来，一声不吭地向他扑去。他的目光遇到我的目光。他的脸色顿时白得像纸，连嘴唇都白了，眼睛里闪出古怪的光芒。还有，我怎么也没料到，他突然钻到钢琴底下，从那儿逃到门口。我正要追过去，但左臂被抓住了。原来是她。我猛地一挣扎。她就更使劲地抓住我不放。这个意想不到的阻力、重量以及同她接触的嫌恶，对我无异于火上加油。我觉得我简直疯了，我的模样一定十分可怕，但我反而感到高兴。我使劲一甩。我的左臂和臂肘正好撞在她的脸上。她大叫一声，放开我的手。我想跑去追他，但想到我穿着袜子去追妻子的情人未免可笑，而我却希望人家觉得我可怕而不是可笑。我尽管怒火中烧，难以自制，但我还是注意会给人家留下什么印象，而且这种想法多少还支配着我的行动。我向她转过身去。她倒在榻上，一手捂住被我打伤的眼睛瞧着我。她脸上现出恐惧和仿佛看到仇人那样的憎恨神色，就像耗子笼打开时被逮住的耗子。至少我在她身上除了恐惧和对我的憎恨外看不到别的表情。这种恐惧和对我的憎恨正是由于爱上另一个人才产生的。再说，她当时要是不作声，我也许还能控制自己，不至于干出那样的事来。可是她忽然开口，并且抓住我握着匕首的手。

"她说：'你冷静冷静吧！你怎么啦？你要干什么？根本没有什么事，没有什么事……我起誓！'

"我本来也许还会犹豫一下，但她最后这两句话却使我得出相反的结论：他们有过事了。结论往往由情绪来决定，我当时的火气越来越大，就像音乐上的渐强①，不断上升。愤怒自有它的发展规律。

"'别撒谎，你这个贱货！'我怒喝一声，左手抓住她的胳膊，但被她挣脱了。当时我还没有动匕首。只用左手抓住她的喉咙，把她按倒，想掐死她。可她的脖子太粗……她用双手捏住我的手，想把我的手从她的喉咙上推开，我仿佛就在等她这样做，抓住匕首就往她左肋下方猛扎进去。

"据说，一个人在盛怒的时候往往不知道他在做什么。这是胡说。我什么都明白，一秒钟也没有糊涂。我的怒火烧得越旺，我的头脑越清楚，对自己的行动也越明白。每秒钟都知道自己在做什么。我不能说事先就知道我将做什么，但在我行动的一刹那，我知道自己在做什么，甚至稍微提前一点儿，仿佛这样可以让我回心转意，及时悬崖勒马。我知道匕首扎进她肋骨下面的地方。在我动手的一刹那，我知道我在做一件空前可怕的事，它的后果将是十分严重的。但这个念头只是像电光一样一闪而过，接着就是行动。行动倒是异常干净利落的。我记得当时感觉到，匕首在她的紧身衣之类的衣服上顶了一下，接着就捅到软的地方。她用双手抓住匕首，手被割破了，但没有能挡住匕首。后来，我在监狱里精神上发生了转变，常常回想那件事，反复思考我的行为。我记得在动手前一刹那，只有一刹那，我可怕地意识到我在杀人，杀一个手无寸铁的女人，杀我的妻子。这种情景现在想起来还心有余悸。我隐隐约约记得，我把匕首扎进去后，立刻拔出来，想补救我闯下的大祸。我呆若木鸡地站了一会儿，看是不是还能补救。这当儿，她跳起来喊道：'阿姨！

---

① 原文是意大利语。

236 | 魔 鬼

他把我杀啦!'

"保姆闻声赶到,站在门口。我还是一动不动地站着,不相信自己竟会干出这样的事来。这当儿血从她的紧身衣下涌出。我这才明白,事情已无法补救,而且不必补救,因为我就是要这么做,非这么做不可。直等到她扑通一声倒在地上,保姆哭喊着:'哎哟,天哪!'我这才丢下匕首,走出房间。

"我没看她,也没看妻子,对自己说:'不要激动,得考虑一下我该怎么办。'保姆哭着呼喊侍女。我穿过走廊,打发侍女到她们那里去,自己走进书房。'这下子我该怎么办?'我问自己,接着立刻有了主意,我进了书房,走到墙边,取下挂在上面的左轮手枪,察看了一下——里面装着子弹——把它放在桌上。然后从沙发后面捡起刀和鞘,在沙发上坐下。

"我这么坐了好一阵。我什么也没想,什么也回忆不起来。我听见外面一片忙乱声。我听见有人坐车来,接着又有人来。后来我看见叶戈尔提着我的柳条箱走进书房,仿佛这东西还有谁需要似的。

"我对叶戈尔说:'你没听说出事了?你去告诉门房,叫他去报告警察局。'

"他没有答话就走了。我站起来插上门销,拿出香烟和火柴,抽起烟来。我还没有抽完一支烟,就感到昏昏欲睡。我睡了两小时光景,我记得,我在梦里跟她相处得很好,我们吵过架,但又和好了。还有一点儿小疙瘩,但后来又相处得很好。我被一阵敲门声惊醒。我迷迷糊糊地想:'警察来了。我好像杀了人。也许敲门的是她,根本没有发生过什么事。'这时敲门声又响了。我没有答话,心里在思考:到底有没有出事?对了,出事了。我想起匕首在她的紧身衣上顶了一下，然后捅了进去，我的脊梁上感到一阵寒战。我对自己说：'是的，出事了。如今轮到我来结果自己了。'嘴里虽然这样说，但我知道我是不会自杀的。然而我还是站起来，拿起手枪。说也奇怪，我记得以前有好多次到了自杀的边缘，那天在火车上甚至觉得那是轻而易举的事。我想自杀一定会使她大吃一惊。现在我不仅不能自杀，就连这样的念头都没有。我自问：'我为什么要这样做呢？'可是找不到答案。敲门声又响了。我想：'首先得弄明白敲门的是谁。要自杀反正有的是时间。'我放下手枪，用报纸盖住。我走到门边，拉开插销。原来是我的姨姐。她是个寡妇，心地善良，头脑简单。

"'瓦夏！这是怎么回事？'她说着，眼泪夺眶而出。

"'你要怎么样？'我粗暴地问。我明白根本没有必要、也没有理由对她粗声粗气，但我一时不知道该用什么语气。

"'瓦夏，她快死了！伊凡·费奥多洛维奇这么说。'伊凡·费奥多洛维奇是她的医生，她的医药顾问。

"'难道他在这儿吗？'我问，对她又是满腔怒火，'那又怎么样？'

"'瓦夏，你到她那儿去吧。哦，天哪，太可怕啦！'她说。

"'要不要去？'我问自己。接着立刻回答说去。我想，一个像我这样的丈夫杀了妻子，照例应该到她那儿去一下。我想：'既然有这样的规矩，那就得去。如果必要，反正有的是时间。'我这是指开枪自杀。接着就跟着她走去。我想：'这下子我又得来一番客套，装出一副哭脸，但我不会向他们屈服。'

"'等一下，'我对姨姐说，'不穿靴子不像话，至少我得穿上便鞋。'"

二十八

"说也奇怪,当我离开书房,走过一个个熟悉的房间时,我心里又产生了希望,但愿什么事也没有发生,可是医生那种讨厌的气味——碘仿啦,石碳酸啦——使我吃惊。哦,真的出事了。我从走廊里经过育儿室,看见小丽莎。她用惊惧的目光望着我。我甚至觉得我们的五个孩子都在这里,个个都望着我。我走到门口,侍女从里面替我开了门,就走出去了。首先映入我眼帘的是椅子上她那件血迹斑斑的浅灰色衣裳。在我们那张双人床上,就在我睡的那一边——那边比较容易上床——躺着我的妻子。她曲起双膝,仰天躺在床上,背后只垫着一个枕头,上衣解开了。伤口上盖着什么东西。房间里有一股浓烈的碘仿味。最使我吃惊的是她那青肿的脸、负伤的鼻子和眼圈。这是她想拉住我,被我的臂肘撞伤的。她身上已没有一点儿美感,什么都使我嫌恶。我在房门口站住。

"姨姐对我说:'去呀,到她那儿去!'

"我想:'对了,她大概要忏悔了。可我要不要饶恕她?对了,她要死了,可以饶恕她。'我这样想,竭力显得宽宏大量。我走到她跟前,她好容易睁开眼睛——其中一只撞伤了——望着我,断断续续地勉强说:'你达到目的了,杀了……'尽管她脸上现出痛苦的弥留神色,但仍可看出我所熟悉的那种冰凉的兽性的仇恨。'孩子……我不会……给你的……不给,让姐姐带走……'

"至于我最关心的事,也就是她的犯罪,她的不贞,她似乎认为不值得一提。

"'好哇,瞧你干的好事。'她望着门口,抽抽搭搭地哭起来。门口站着她姐姐和孩子们。'是啊,瞧你干了什么。'

"我望望孩子们,望望她那青一块紫一块的脸,有生以来第一次忘记了自己,忘记了自己的权利和自尊心,第一次发现她也是个人。这会儿,我觉得那使我感到屈辱的事,我的全部醋劲,都是微不足道的,可我却犯了大罪,我真想伏在她的手上说:'原谅我吧!'可是我没有勇气。

"她闭着眼睛不作声,显然没有力气再说下去。然后她那破了相的脸收缩了,打战了。她无力地把我推开。

"她说:'这一切都是为了什么呀? 为了什么?'

"我说:'原谅我吧。'

"'原谅? 废话!……只要不死就好了……'她喊道,抬起身来,一双疯狂的眼睛直勾勾地盯住我。'是啊,你达到目的了!……我恨你!……哎哟! 哎哟!'显然她在昏迷中心惊胆战,嚷道,'哼,你杀吧,杀吧,我不怕……把大家都杀了,把他也杀了。他走了,走了!'

"她一直说着胡话。她谁都不认得了。当天中午她死了。这以前,八点钟光景,我被带到警察局,又从警察局被带到监狱。我在那里待了十一个月,等待审判。在这期间,我反复考虑自己的问题,考虑自己的往事,这才清醒过来。我到第三天就清醒了。我在第三天被带到了那儿……"

波兹德内歇夫还想说些什么,但怎么也忍不住哭泣,有一会儿没说话。接着他勉强克制住感情，又说下去。

"直到我看到她躺在棺材里才清醒过来……"他重重地抽噎了一下，又急急地说下去，"直到我看到她那副死相，我才明白我干了什么。我明白是我，是我杀了她，由于我的行为，她这个生气蓬勃、有血有肉的人，如今变成了一具蜡黄、冰凉和僵硬的尸体，而且不论到哪里，不论用什么办法都永远无法补救了。谁没有经历过这样的事，谁就无法理解……呜！呜！呜！"他发出几声绝叫，静了下来。

我们默默地坐了好一阵。他坐在我对面，抽抽搭搭地哭泣着，浑身直打哆嗦，不再作声。

"唉，请别见怪……"

他背过身去，在座位上躺下来，盖上毯子。列车到达我要下车的那个站，已是早晨八点钟了。我走到他跟前，去同他告别。不知他是睡着了还是假装睡着，一动也不动。我用手碰碰他。他掀开毯子，显然没有睡着。

"再见！"我说着，伸出手去。

他也向我伸出手来，微微一笑，但笑得那么惨，连我看了都差一点儿哭出来。

"嗯，请别见怪！"波兹德内歇夫又说了一遍，来结束他的故事。

《克鲁采奏鸣曲》跋

我不断收到许多陌生人的来信，要我用通俗明白的文字说明我写《克鲁采奏鸣曲》这篇小说的用意。现在我来试试这么做，也就是用简短的文字尽可能表明我在这篇小说里想要说明的问题，以及我以为可以由此得出的结论。

我想说的第一点是，我们的社会形成了一种牢固的、所有阶层都认同并得到伪科学支持的观念，即性关系是人的健康所必需的，由于婚姻不是任何情况下都能缔结的，而婚外的性关系，除了金钱报酬之外，并不要男子承担任何责任，是一种十分自然的事，因此应该得到鼓励。这种观念是那么普遍和牢固，以致做父母的听从医生的劝导，为自己的孩子提供淫乱的机会；政府——它存在的唯一意义就是关心公民的完美道德——建立淫乱的机构，也就是为满足男子卑劣的需要而在肉体上和心灵上摧残全体女性，而独身男子更可以心安理得地耽于淫乱。

我想说，这是不好的，因为不能因一部分人的健康而损害另一部分人的肉体和心灵，就像不能因一部分人的健康而喝另一部分人的血一样。

我认为由此可以得出结论：不应该屈从于这种谬误和欺骗。要不屈从于这种谬误，第一，不能相信那种得到伪科学支持的不道德的学说；第二，必须明白，发生这种性关系（在这种关系中男子或者避免可能产生的后果——孩子，或者把这种后果完全推给女人，或者预先防止生孩子）就是违反最朴素的道德准则的罪行，是一种卑劣的行为，因此，凡是不愿卑劣地生活的独身男子都不应该这样做。

为了自我克制，他们必须过自然的生活：不喝酒，不暴食，不吃肉，不逃避劳动（不是体操，而是使人筋疲力尽的重体力劳动），不要对别的女人动淫念，就像任何人不能对自己的母亲、姐妹、亲人以及朋友的妻子动淫念一样。

自我克制是做得到的，它比不克制对健康要较少危险和害处，这一点已得到证实，因为每个男子都可以在周围找到成百个女人。

这是第一点。

第二点是，在我们的社会里，性关系不仅被看作健康的必要条件和享乐，而且是生活中一种充满诗意的高尚的享受，夫妻之间的不忠实在社会所有阶层（在农民中尤其普遍，因为有的农民出去当兵）都是司空见惯的现象。

我认为这是不好的。因此，结论是不应该这样做。

为了避免这种行为，必须改变对肉体爱的看法，男女都应接受家庭和舆论的教育，他们在婚前和婚后不能像现在的人那样把恋爱和与此联系的肉体爱看作一种充满诗意的高尚行为，而应该看作一种卑劣的兽性行为。破坏结婚时承诺的忠贞至少应受到舆论的谴责，就像抵赖债务和商业上的欺骗一样，而不应该像现在这样在小说、诗歌和歌剧里加以颂扬。

这是第二点。

第三点是，在我们的社会里，由于对肉体爱的错误看法，生儿育女失去了它的意义，不再成为夫妻关系的目的和理由，而成为继续享受爱情快乐的障碍，因此，听从医生的劝告，妇女在婚外和婚内避孕的方法广泛流行，或者养成一种过去没有、现在在宗法制农民家庭也没有的风气和习惯：在怀孕期和哺乳期继续过夫妻生活。

我认为这是不好的。使用避孕方法之所以不好，第一因为这使人们逃避对孩子（作为肉体爱的赎罪）的关怀和操劳，第二因为这是一种近乎违反人类良心的行为——谋杀。在怀孕期和哺乳期不克制性行为之所以不好，因为这是在肉体上，尤其在心灵上摧残女性。

由此得出结论是不应该这样做。为了禁止这种行为，必须明白，在无婚姻关系，尤其是在有婚姻关系的情况下，自我克制是保持人的尊严的必要条件。

这是第三点。

第四点是，在我们的社会里，孩子被看作享乐的障碍或者不幸的意外，或者特种的享乐（当孩子生到一定数量时），教养孩子不是为了完成人生的使命（他们认为孩子懂事，值得宠爱），而是因为孩子可以让父母得到这种快乐。因此，人们教养孩子就像动物养育小动物一样，做父母的主要关心的不是培养他们做人应有的品德，而是尽量提供他们好食物（这方面做父母的得到被称为医学的伪科学的支持），以增加他们的身高，使他们长得清洁、白净、肥胖、漂亮（如果说下等阶级没有这样做，那只是受条件限制，看法是一样的）。娇生惯养的孩子，也像一切喂得过饱的动物那样，违反自然规律，过早出现无法克制的性欲，而这种早熟往往成为他们少年时期巨大苦闷的原因。服装、阅读、景象、音乐、舞蹈、甜食、生活环境、纸盒上的图画、小说、诗歌更刺激这种性欲。因此，最可怕的性的恶习和疾病就成为男女孩子成长中常见的现象，而且往往保留到成年。

我认为这是不好的。由此可以得出结论，人们教养孩子不能再像动物养育小动物那样，人们教养孩子，除了身体漂亮强壮之外，还应有其他目标。

这是第四点。

第五点是，在我们的社会里，青年男女基于肉欲的恋爱被宣扬成人们所追求的崇高的富有诗意的目标——我们社会所有的艺术和诗歌足以证明这一点——而青年人为此献出一生最好的时光：男子把它用来观察、物色，以及用恋爱或婚姻形式去占有最好的女人，而妇女和姑娘则用通奸或结婚来吸引和诱惑男人。

因此，人们把最宝贵的精力浪费在非生产性的事情上，而且消耗在有害的活动上。由此产生我们生活中大多数穷奢极侈的现象，由此产生男子的游手好闲和女人的厚颜无耻，她们不惜模仿荡妇的时装来暴露身体，以刺激男人的性欲。

我认为这是不好的。

这之所以不好，是因为用婚姻或婚外情的方式来达到结合的目的，不论它多么富有诗意，这种目的是有损人的尊严的，就像许多人认为取得甜美和过量的食物是莫大的幸福那样，必欲达到这种目的，而追求这种目的是有损人的尊严的一样。

由此可以得出的结论是，不要再把肉体爱看作一种特别崇高的事，应该明白，凡是值得人追求的目的——为人类服务，为祖国服务，为学术服务，为艺术服务，更不用说为上帝服务了——不论它是什么，只要是值得人做的，都不能通过婚姻或婚外情来达到（不论诗歌和散文怎样竭力做出相反的证明），婚姻或婚外情永远不可能帮助人达到值得人追求的目的，而只会增加麻烦。

这是第五点。

这就是我在我的小说里要说、我想我已经说出的主要意思。我认为可以考虑怎样纠正这些论点所表现的恶，但绝不能不同意它们。

我认为不能不同意这些论点，第一因为这些论点完全符合人类的进步（这种进步就是从淫乱不断走向贞洁），符合社会的道德意识和我们的良心；第二因为这些论点其实就是从《福音书》教义中得出的必然结论，这些教义我们或者信奉，或者至少承认（即使是无意识的）是道德的基础。

可是情况并非如此。

不错，没有人会反驳这样的论点，就是婚前不该淫乱，婚后也不该淫乱，不该人为地避孕，不该把孩子当作消遣，不该把爱情的结合看得高于一切，一句话，没有人会反驳贞洁比淫乱好这一论点。但有人会说："如果说不结婚比结婚好，那么人们显然应该选好的做。但如果人们这样做，人类就会绝种，因此不能把人类灭亡当作人类的理想。"

且不说人类的灭亡对世人来说并非什么新概念，而对信教的人来说则是宗教信条，对科学家来说则是观察太阳变冷而得出的必然结论。这种反驳其实是一种流传很广的陈旧的大误解。

有人会说："如果人们达到完全的贞洁，人类就会灭亡，因此这种理想是错误的。"不过，说这种话的人是有意或无意混淆两种不同的事物：规定、准则和理想。

贞洁不是规定或准则，而是理想或理想的一个条件。理想要能成为理想，只有当它在人们的思想中成为有可能实现的时候，当它在无限远的未来可以实现的时候，并且有无限的可能接近它的时候。如果理想不仅能够达到，而且我们能想象它是可以实现的，那么它就不再是理想了。基督的理想就是在地上建立天国，这种理想先知曾经说过，到那一天人人都将受神的教诲，铸剑为犁，长矛变镰刀，狮子将同绵羊一起睡觉，万物都将由爱结合在一起。人生的全部意义就在于向这一理想前进，因此追求基督的整个理想，追求作为理想的条件之一的贞洁，不仅不排斥生活的可能，而且相反，缺乏这一基督的理想就将失去前进的运动，因此也就排斥生活的可能。

如果人们竭力追求贞洁，人类就将绝种。这个论点很像另一个论点：如果人们不为生存而斗争，却竭力去爱朋友，爱敌人，爱一切有生命的东西，人类就将灭亡。这两个论点都出自不懂得两种道德准则的差异。

就像对行路者、对旅行者有两种指路方法一样，对寻找真理的人也有两种道德准则。一种方法是指出人将遇到什么物体，他将凭这些物体找到前进的方向。

另一种方法是，人随身带着一个指南针，他在指南针上永远能看到一个不变的方向，因此也能看到任何偏离，这样人就只凭指南针确定方向。

确定道德准则的第一种方法是外在行动标准：指出一定的行为特征——人应该做什么和不应该做什么。

"守安息日，受割礼，不偷盗，不酗酒，不杀生，给穷人土地，不通奸，天天洗澡和祈祷五次，画十字，领圣餐，等等。"这就是冒充基督教的婆罗门教、佛教、伊斯兰教、犹太教和东正教等外教的教义。

另一种方法是指示人追求永远不可能达到的完善的境界。在这种追求中，人认识到他正受到理想的指引，但他又总会看到他和理想的差距。

"你要尽心、尽性、尽意，爱你的上帝，要爱人如己。要像你们的天父那样完美无缺。"

这就是基督的教义。

检查外教教义的执行就是检查行为同这种教义是否一致，而这种一致是可以达到的。

检查基督教义的执行就是承认行为同理想的完美存在着一定的距离。(看不见一定程度的接近,只看见同完美的偏离。)

一个宣扬外教的人仿佛站在路灯的灯光下。他站在灯光下觉得光明,但他不能去任何地方。一个宣扬基督教的人仿佛手里拿着一杆灯笼,他的前面总有光,这光总能引导他前进,并在他的前面展开一个新的诱人的光明空间。

法利赛人感谢上帝,因为上帝是万能的。

富家青年从小就什么事都能办到,他不知道有什么事他办不到。他们不可能有其他想法,因为他们前面已没有再要追求的东西。土地有了,安息日守了,父母受到孝敬,没有通奸、偷盗、谋杀等行为。还要什么呢?对宣扬基督教义的人来说,达到一定程度的完美后,就要求向更高级的完美发展,而更高级的完美前面还有更高的境界,这样永无止境。

宣扬基督教义的人总是处在收税人的地位。他总觉得自己不完美,看不到他走过的道路,而总是看到前面那条必须走而还没有走到的道路。

基督教义和其他宗教教义的区别就在于此。这种区别不在于要求不同,而在于引导人们的方法不同。基督对生活不作任何裁决,他从不设立任何机构,从不安排任何婚姻。但有些人不了解基督教义的特点,习惯于接受外教的教义,还以为自己是正确的,就像法利赛人自以为正确那样,这是完全违反基督教义的整个精神的,他们把基督的语言变成外教教义,把它称为东正教基督教义。他们用这种教义偷换真正的基督的理想教义。

自称为基督教的东正教有关各种生活现象的教义定下各种违反基督精神的、从外部加上的定义和规则来取代基督的理想教义。这关系到政权、法庭、军队、教会、祈祷,这也关系到婚姻:尽管基督不仅从不安排婚姻,而且,如果要确定一个从外部加上的规定,他也会加以否定的(《休妻,随我来》),自称为基督教的东正教的教义把婚姻说成是基督教决定的,也就是说确定了一个从外部加上的条件,根据这种条件肉体爱对基督徒来说是没有罪的,是完全合法的。

不过,由于真正的基督教义里没有建立婚姻的任何规定,结果世人离开了此岸,却没有到达彼岸,这就是说他们其实不相信东正教的婚姻定义,觉得这种安排在基督教教义里是没有规定的,同时他们看不见被东正教教义所掩盖的基督的理想,看不见完全贞洁的志向,因此在婚姻问题上得不到任何指导。由此产生一种乍看起来似乎很奇怪的想象,就是犹太教徒、伊斯兰教徒、喇嘛教徒和其他承认他们的教义比基督教教义水平要低得多、但对婚姻具有明确的外部规定,他们的家庭基础和夫妻间的忠贞要比所谓的基督徒牢固得多。

他们存在着一定的姘居关系和一夫多妻的现象,但受到一定的限制。我们却存在着彻底的道德败坏、姘居关系、一夫多妻和一妻多夫现象,而且不受任何限制,并以虚假的一夫一妻制作为掩饰。

只因某些夫妇以金钱为代价,在神职人员主持下举行一定的仪式,所谓教堂婚礼,世人就天真地或者虚伪地想象他们是过着一夫一妻的生活。

基督教婚姻不可能有,也从来不曾有过,就像没有也永远不可能有基督教的祷告(见《马太福音》第六章,第五至十二节;《约翰福音》第四章第二十一节),没有也永远不可能有基督教的夫子和父

（见《马太福音》第二十三章，第八至十节），没有也永远不可能有基督教财产，没有也永远不可能有基督教军队、法庭和国家。最初几个世纪和随后几个世纪，真正的基督徒总是这样理解的。

一个基督徒的理想是爱上帝和爱他人，是忘我地侍候上帝和侍候他人；肉体的爱、婚姻都是侍候自己，因此无论如何是侍候上帝和侍候他人的障碍，因此从基督的观点看，这是一种堕落，一种罪孽。

结婚不能有助于侍候上帝和侍候他人，即使结婚双方的目的在于延续人类。这些人为了生育孩子而结婚，他们的行为也远不如帮助和拯救我们周围千百万因缺乏食物（更不要说缺乏精神食粮了）而死亡的儿童简单。

一个基督徒只有确信现有孩子的生命有保障，他才能结婚而不感到堕落和犯罪。

可以不接受贯穿于我们整个生命并作为我们道德基础的基督教义，但你如果接受这个教义，就不能不承认它指出了完全贞洁的理想。

《福音书》里明白指出而且不可能有任何其他解释，第一，凡是结过婚的就不应该同妻子离婚而另娶，而应该同她生活在一起（《马太福音》第五章，第三十一至三十二节；第十九章第八节）；第二，不论已婚的或未婚的，凡看见妇女就动淫念的，就是犯罪（《马太福音》第五章第二十八至二十九节）；第三，凡未婚的最好不结婚，也就是保持完全的贞洁（《马太福音》第十九章第十至十二节）。

对许多人来说，这些想法是奇怪的，甚至是矛盾的。它们确实是矛盾的，但矛盾不在它们本身，而是这些想法同我们整个生活存在着矛盾，因此不由得产生一个问题：什么是对的？是这些想法，还是千百万人的生活和我的生活？我感情上受到极大的震动，当我得出现在所说的这种想法时，我怎么也没料到我的思路会使我得出这样的结论。我对自己的结论感到害怕，我想不相信它们，但不相信是不行的。不论这些结论同我们整个生活制度是多么矛盾，不论这些结论同我以前所想，甚至所说的有多么矛盾，我不能不承认它们。

"但这一切都是一般的想法，它们也许是正确的，但同基督的教义有关，因此凡是宣扬基督教义的人都必须遵守，但生活毕竟是生活，在指出前面难以达到的基督理想之前，不能在一个最棘手的、普遍的、能引起重大灾难的问题和这个理想之间不对人进行引导。"

"一个年轻而热情的人先醉心于理想，但经受不住诱惑，放纵自己，不知道，也不承认任何准则，就会彻底腐化堕落！"

人们通常是这样议论的。

"基督的理想是难以达到的，因此不能成为我们生活的指导；可以谈论它，幻想它，但对生活是不适用的，所以必须抛弃。我们需要的不是理想，而是准则、指导，这种准则我们是能实行的，是适合我们社会中等道德水平的，也就是诚实的按照宗教仪式举行的婚姻，或者甚至是并不完全诚实的婚姻。（在这种婚姻中，结婚一方，像我们这儿那样，也就是男方，同许多女人发生关系，或者结了婚又离婚，或是没有结婚而同居，或者，更有甚者？实行日本式定期同居，这样怎能不发展到逛窑子呢？）"

有人说，这样总比宿娼嫖妓好。可悲的就在于一旦因自己的弱点而降低理想，那时就会一发而不可收拾。

但这种议论从一开始就是错误的；错误首先在于认为无限完美的理想不能成为生活的指南，在于看到理想，就摆摆手说，我不需要这样的理想，因为我永远不能达到它，或者把理想降低到能保留我的弱点的水平。

这样的议论就像一名航海者对自己说,既然我不能遵照指南针指示的路线航行,我就干脆把指南针扔掉,或者不再看它,也就是扔掉理想,或者把指针固定在此刻我的船所航行的方向,也就是说把理想降低到保留我的弱点的水平。基督提出的完美的理想不是幻想,也不是漂亮的布道课题,而是必要的、人人都能达到的道德生活的指导,就像指南针——指导航海所必需的工具一样;而且两者都是必须相信的。不论一个人处在什么境地,基督所提出的理想永远足以用来正确指导,什么是应该做的,什么是不应该做的。但必须完全相信这个教义,这个唯一的教义,而不再相信任何其他教义,就像航海者必须相信指南针,而不再东张西望,相信旁边所看到的景象。必须遵循基督教义,就像遵循指南针那样,为此首先必须明白自己的处境,不害怕精确测定自己有没有偏离理想的方向。一个人不论处在什么地位,他永远有可能接受这个理想,而且,不论他处在什么地位,他都不能说他已达到这个理想,再不能进一步接近它。人一般都是这样追求基督的理想的,而追求纯洁尤其如此。如果设想各种情况极其不同的人——从天真的儿童到结过婚的人——在性的问题上都缺乏自我节制,那么,基督所提出的理想对人生的每一阶段都将永远是一种明确的指导:什么是应该做的,什么是不应该做的。

纯洁的少男少女该怎么办呢?应该保持纯洁,抵御诱惑,以便把自己的全部精力用来侍候上帝和侍候他人,在思想和愿望上追求更大的纯洁。

少男少女受到诱惑,胡思乱想,幻想尚未有具体对象的恋爱,或者对某个人的爱情，因此丧失一定程度侍候上帝和侍候他人的可能，他们该怎么办？还是应该这样：不让自己堕落，要知道这方面的放纵不仅不能摆脱诱惑而只能使诱惑更加强烈，还是要竭力使自己更加纯洁，以便更充分地侍候上帝和侍候他人。

当人们无力克制自己而终于堕落时，他们该怎么办？不把自己的堕落像现在一般人那样，由于得到结婚仪式的确认，而把寻欢作乐视为合法，不视为一种偶然的寻欢作乐，因为同样的寻欢作乐也可以同别的女人发生，在堕落是跟地位不平等的女人完成的，也没有举行结婚仪式的情况下不视为一种不幸，而是把这种第一次堕落视为唯一的一次堕落，视为进入不可分离的婚姻关系。

结婚，然后生儿育女，这就决定了结过婚的人在侍候上帝和侍候他人方面将采取一种新的、比较有限的形式。结婚前，一个人可以用种种方式侍候上帝和侍候他人；结婚后，他的活动受到限制，他必须抚养和教育由结婚而生育的后代——未来侍候上帝和侍候他人的人。

婚后共同生活的男女由于抚养和教育孩子而不能全心全意侍候上帝和他人，他们应该怎么办？

还是同样的办法：千方百计摆脱诱惑，净化自己和停止罪孽，克服对上帝和对人作一般侍候和个别侍候的障碍，用纯洁的兄弟姐妹的关系来代替肉体的爱。

因此，说我们之所以不能接受基督理想的引导，是因为它太崇高、太完美和难以达到，这种论点是不对的。我们之所以不能受它的引导，只因为我们在对自己撒谎，我们在欺骗自己。

如果我们说需要一种比基督理想更现实的准则，不然我们就不能达到基督的理想而腐化堕落，那么，我们并不是说基督的理想对我们太崇高，而是说我们并不相信它，我们不愿以这个理想来规范我们的行为。

说既然堕落，就会淫乱，我们之所以这样说，只因为我们预先已认定，跟地位低下的女人淫乱不是罪恶，而是消遣，娱乐，这种行为不一定要由我们所谓的婚姻来加以纠正。如果我们懂得，堕落就是罪孽，这种罪孽应该和能够用牢不可破的婚姻关系和对由此而生的孩子的教育来赎取，那么，堕落就决不会成为淫乱的原因。

这情况好比一个农夫，他的一次播种没有成功，就认为那不是播种，于是换到另一块地上去播种，如果成功了，他就认为那是一次真正的播种。显然，这样的人会糟蹋许多土地和种子，而永远学不会播种。只有把贞洁作为理想，认为无论谁跟谁发生关系只能是唯一的终生不渝的婚姻，才会明白基督所作的引导不仅足够，而且是唯一可行的。

"一个人软弱，给他的差使必须是力所能及的。"人们说。这等于说："我的双手软弱，我不能画一条直线，也就是两点之间最短的线，因此为了使自己容易办到，我要画一条直线，就拿一条曲线或者断线作为范本。"我的手越是软弱，我越需要一个完善的范本。

在认识了基督的理想教义之后，不能装作我们不认识它，而用外在的定义去取代它。基督的理想教义之所以向人类开放，就因为它能引导现代人。人类已经历了宗教的、外在定义的阶段，谁也不再相信这些东西了。

基督的理想教义是唯一能引导人类的教义。不能用外在定义来取代基督的理想，必须坚定地保持这个理想的全部纯洁性，主要是要相信它。

  一个离岸不远的航海者可以说"朝着那高地、海岬、塔楼的方向"等等。

  但离岸较远的航海者只应该和能够依靠无法达到的星辰和指示方向的指南针。而这两者都为我们提供了。

一八八九年

魔 鬼

只是我告诉你们,凡看见妇女就动淫念的,这人心里已经与她犯奸淫了。

若是你的右眼叫你跌倒,就剜出来丢掉,宁可失去百体中的一体,不叫全身丢在地狱里。

若是右手叫你跌倒,就砍下来丢掉,宁可失去百体中的一体,不叫全身下入地狱。

《马太福音》第五章第二十八、二十九、三十节

一

叶甫盖尼·伊尔吉涅夫前程似锦。这方面他具备一切有利的条件：良好的家庭教育、彼得堡大学法律系毕业的优异成绩、不久前去世的父亲同最上层社会的关系，以及他在部里直接受大臣栽培的美差。他有一份产业，而且是一份相当可观的产业，不过这份产业还不十分稳固。父亲生前有时住在国外，有时住在彼得堡，每年给两个儿子——叶甫盖尼和在近卫重骑兵团供职的长子安德烈——每人六千卢布，他自己和母亲的花费也很可观。他每年只到庄园去两个月，在那里消夏，但从不过问家业，而把一切都交托给一个好吃懒做的总管。总管也不管事，却得到主人的充分信任。

父亲去世后，弟兄俩分家时发现父亲原来负债累累，因此律师甚至劝他们只留下祖母那份价值十万卢布的庄园而放弃父亲的遗产。但同他家庄园毗邻的一个地方，在财务上同老伊尔吉涅夫有过来往，持有他生前出的一张期票，为此特地来到彼得堡。他说尽管有这些债务，事情还可以挽救，只要卖掉一片树林和几块零星荒地，守住主要的金矿——谢苗诺夫斯科耶的四千俄亩黑土、一座糖厂和两百俄亩浸水草地，自己再搬到乡下过日子，精打细算，惨淡经营，仍可以保住一大笔财产。

于是叶甫盖尼就在春天（父亲是在大斋期①去世的）到庄园去视察了一番，决定辞去公职，同母亲一起搬到乡下管理庄园，以保住这块主要的产业。叶甫盖尼同哥哥的感情并不太好，他答应每年付给哥哥四千卢布，或者一次付给他八万卢布，作为哥哥放弃他那份遗产的代价。

他真的这么做了，跟母亲一起搬到乡下大住宅居住，干劲十足而又小心翼翼地经营起庄园来。

通常人们总认为老年人因循守旧，而年轻人倾向改革，其实并不尽然。最因循守旧的往往是年轻人。年轻人要生活，但他们不考虑或无暇考虑应该怎样生活，因此他们往往选择旧时的生活方式作为现在生活的榜样。

叶甫盖尼的情况就是这样。迁居乡下后，他的理想和目标不是继承父亲的生活方式（他父亲是个败家子），而是恢复祖父的传统。因此，在房子里也好，在花园里也好，在庄园管理上也好，他都竭力恢复祖父时代的气派（当然随着时代的发展做了些改变），使家里井井有条，处处讲究排场，做到尽善尽美，人人满意。这样就有大量的事要做：为了满足债主和银行的要求，得出卖土地，延长付款期限；为了继续经营谢苗诺夫斯科耶四千俄亩的耕地和一座糖厂，必须雇用短工和长工，而要雇工就得设法弄钱；还得把房子和花园整修一番，不让人看到有一点儿荒芜败落的样子。

工作很多，但叶甫盖尼精力很充沛。他今年二十六岁，中等身材，体格强壮，肌肉发达，唇红齿白，面颊红润，血气方刚，长着一头柔软而并不浓密的鬈发。他身上唯一的缺点就是近视，并且由

---

① 大斋期——一般指复活节前四十天。

于戴眼镜而加深。现在他已拿不掉夹鼻眼镜，夹鼻眼镜在他的鼻梁上已留下了痕迹。他的外貌就是这样，不过他的精神面貌十分可爱，可以说，你越了解他，就越喜欢他。母亲一向最宠爱他，而在丈夫去世之后，她不仅把全部母爱而且把全部生命都凝聚在他一人身上。不过，热爱他的还不止母亲一人，叶甫盖尼中学和大学里的同学不仅十分喜欢他，而且特别尊敬他。即使对陌生人，他也有这样的魅力。只要看到他那副诚实的相貌，特别是他那双坦率的眼睛，你就不能不相信他所说的话，就不会怀疑他是在撒谎和骗人。

总之，他的整个为人对他的事业帮助很大。放债的不肯借钱给别人，却很信任他。管家、村长和庄稼人可以欺骗、捉弄别人，但同像他这样纯朴善良尤其是坦率诚恳的人打交道，则不愿捉弄他。

时值五月末，叶甫盖尼在城里赎回一块押出去的荒地，以便卖给一个商人，然后再向他借一笔钱，来更新生产资料，也就是添置一些牛马和大车。但主要还是在庄园进行一些必要的修建。事情进行得很顺利：木材运来了，木匠开工了，八十车厩肥都运到了，但其他事情至今还没有着落。

二

在家务繁忙中发生了一件事，虽说无关紧要，却使叶甫盖尼十分烦恼。当时他正是青春年华，身强力壮，精力旺盛，但尚未成亲，因此也像一般年轻人那样，同各种女人勾勾搭搭。他不是个好色的花花公子，但他自己也承认，他不是个修道士。这种事他掌握得很有分寸，就像他所说，但求有益健康，心情舒畅。他从十六岁起就干这种事，至今平平安安。所谓平平安安，是指他没有过度纵欲，没有沉湎于此，也没有染上疾病。在彼得堡，他先是搞上一个女裁缝，后来她堕落了，他就另外找了一个。这方面是不愁找不到人的，因此并不使他苦恼。

但是现在，在乡下住了一个多月，他简直不知道怎么办才好。被迫过禁欲生活使他十分苦闷。总不能为此而进城吧？再说，上哪儿去？怎么去？这事使叶甫盖尼烦躁不安，因为他相信这是必要的，他有这种需要，确实有这种需要，但他无法克制，于是眼睛就不由自主地盯住每一个年轻女人。

他觉得在本乡本土同婆娘或姑娘勾搭有失体面。他听说他父亲和祖父当年在这方面同其他地主截然不同，在家里从来不勾引女农奴，因此他打定主意也不干这种事。但他越来越觉得无法自制，想到他在乡下可能出事，不觉胆战心惊。但想到如今乡下已没有农奴，因此干干这种事也未尝不可。他宽慰自己说，只要做得没有人知道就行，而且又不是为了放纵情欲，而只是为了身心健康。主意打定后，他越发心神不宁了。他跟村长、庄稼人、木匠谈话，总会不知不觉扯到女人，而且谈个没完。对女人更是盯着不放。

三

不过，打定主意是一回事，付诸实现可又是另一回事。自己直接去找女人不行。再说，找什么样的女人？到哪儿去找？总得请人牵线，可是请谁呢？

有一次，他到看林人小屋找水喝。看林的原是他父亲的猎人。叶甫盖尼同他聊了起来，看林人就讲起当年打猎时纵酒狂饮的情景。叶甫盖尼忽然想到，要是在这小屋或树林里干这种事，倒是挺合适的。但他不知道怎样开口，也不知道丹尼拉老头儿肯不肯帮忙。"他听到这种话也许会大吃一惊，那我就会丢脸，但也许他会一口答应。"他一面听丹尼拉讲往事，一面心里琢磨着。丹尼拉讲到当年他们怎样在荒野诵经士老婆家借宿，他怎样给普略尼奇尼科夫弄来一个婆娘。

"行啦。"叶甫盖尼想。

"当年令尊——愿他在天上平安——就不干这种荒唐事。"

"不行，"叶甫盖尼想，但想探个究竟，就说，"你怎么能干这种不好的事？"

"这有什么不好的？女的心甘情愿，我那位普略尼奇尼科夫老爷也心满意足，给了我一卢布。再说，叫他怎么办呢？人家也是血肉做的嘛。大概也爱喝两杯。"

"行了，可以开口。"叶甫盖尼想了想，立刻开口，"我说，"他感到自己的脸涨得通红，"丹尼拉，我实在难受极了。"丹尼拉微微一笑。"我到底不是修道士，来惯了。"

他觉得这件事他做得很不体面，但很高兴，因为丹尼拉赞成这件事。

"您为什么不早说？这事好办，"他说，"您只要说要找个什么样的。"

魔 鬼 | 265

"哦，说实话，我倒无所谓。不过，不要太丑的，身体要健康。"

"懂了！"丹尼拉简单地答应。他想了想，说："哦，有一个婆娘挺不错。"叶甫盖尼脸又红了。"确实挺不错，去年秋天才出嫁，"丹尼拉压低声音说，"可那个男的不中用。对于有兴趣的这可是个难得的机会。"

叶甫盖尼羞得连眉头都皱起来。

"不，不，"他说，"我根本用不着那样的。我正好相反（怎么会正好相反呢？），我正好相反，我只要身体健康，少些麻烦……大兵的老婆之类就行……"

"知道。那我就把斯捷潘妮达介绍给您吧。丈夫在城里，这跟大兵的老婆差不多。这娘儿长得漂亮，干净。包您满意。改天我对她说，叫她到这儿来……"

"哦，那么哪天呢？"

"就明天也成。等我去买烟草的时候拐过去说，明天下午您来一下，或者到菜园后面的澡堂里去，那边一个人也没有。再说，午饭后大伙都在睡觉。"

"那好。"

叶甫盖尼回到家里，心里激动得厉害。"那将会怎么样？乡下女人是什么样子的？万一是个丑婆娘，难看得要命怎么办？不会的，她们都很漂亮，"他想起平日使他着迷的女人，自言自语，"可是叫我说什么好？我该怎么办？"

他整天坐立不安。第二天十二点钟，他走到看林人小屋那里。丹尼拉站在门口，一言不发，意味深长地向树林那边摆摆头。血涌到叶甫盖尼的心脏，他感到心怦怦直跳，就向菜园走去。周围一个

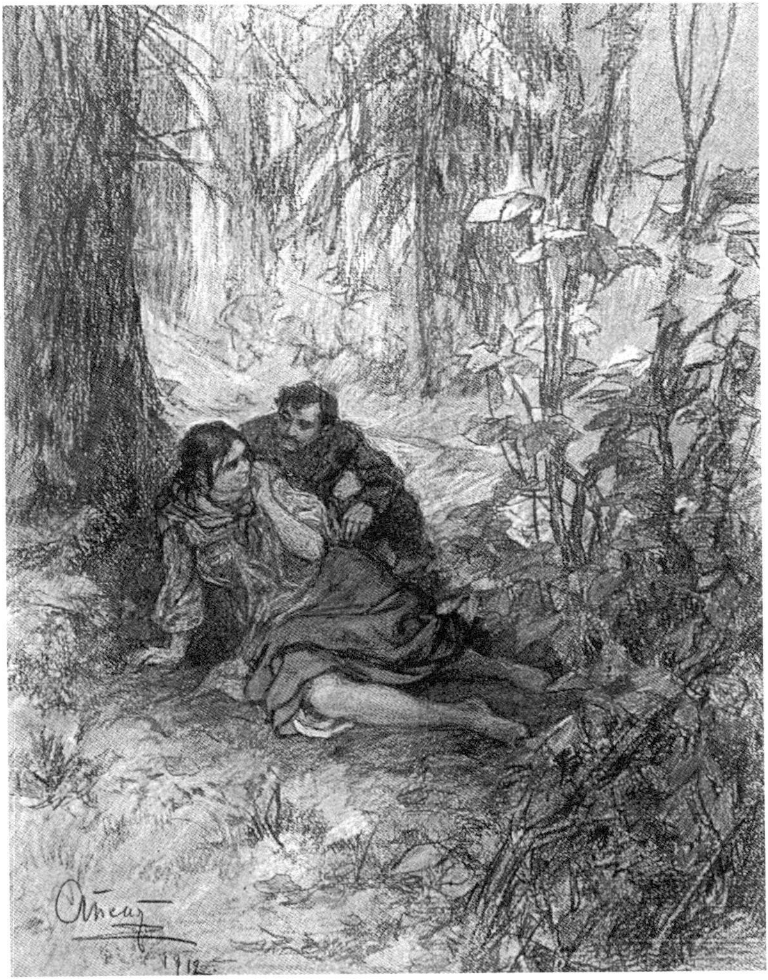

人也没有。他走近澡堂,也没有人。他走进澡堂看了看,出来时忽然听见树枝断裂的声音。他回头一看,看见她站在沟那边的灌木丛里。他穿过沟往那里跑去。沟里长着荨麻,可他没注意,就被荨麻刺伤了,夹鼻眼镜也弄丢了。他一口气跑到对面土岗上。她系着一条绣花白围裙。穿着一条红褐色格子裙,头上包着一块大红头巾,光着脚站在那里,脸上露出羞答答的微笑,显得那么娇嫩、强壮、美丽。

"那边有一条小路,您绕过来好了,"她说,"我们老早就来了。来了好半天了。"

他走到她身边,向四周环顾了一下,就同她亲热起来。

一刻钟以后,他们分手了,他找到眼镜,向丹尼拉那里走去。丹尼拉问他:"老爷,您满意吗?"他给了他一卢布,然后回家。

他感到满意。只是开头有点儿不好意思,但后来就没有什么了。一切都很好。主要是他现在感到浑身轻松,神清气爽。他甚至没有把她看个清楚。他只记得她干净、鲜艳、大方,不扭捏作态。"她到底是谁家的媳妇?"他自言自语。"他说是彼奇尼科夫家的,到底是哪一个彼奇尼科夫啊?这里有两家姓彼奇尼科夫的。也许是米哈伊拉老头儿的儿媳妇吧?不错,是他家的,他儿子不是在莫斯科吗?几时去问问丹尼拉。"

村居生活最使他苦闷的事 —— 被迫过禁欲生活 —— 从此消除了。叶甫盖尼不再感到心神不宁,他可以专心致志干事业了。

不过,叶甫盖尼承担的事业确实很艰巨,有时他觉得简直支撑不住,到头来只得变卖田产,白辛苦一场。而这将表明,他能力有限,无法完成着手的事业。这是他最感到烦恼的事。他好不容易堵上一个漏洞,立刻又出现一个意料不到的新窟窿。

这个时期，不断发现以前不知道的父亲的债务。可见父亲晚年不问对象，到处举债。五月间分家时，叶甫盖尼满以为他终于摸清了家底，不料到了仲夏突然收到一封信，才知道还欠叶西波娃一万二千卢布的债。债主没有借据，只有一张普通的收条。据律师说，可以对此提出异议。但是叶甫盖尼根本没有想到，因为可以对借据提出异议，就可以拒付父亲确实借过的债。他只需要知道是不是确有这笔债。

"妈妈！叶西波娃是谁啊？"当他们照例坐在一起吃午饭时，他问母亲。

"叶西波娃吗？她是你祖父的养女。什么事啊？"

叶甫盖尼把信的事告诉了母亲。

"奇怪，她怎么这样没有良心。你爸爸给过她多少钱了！"

"那我们还欠她的钱吗？"

"叫我怎么对你说呢？债是不欠她的，你爸爸这人实在太善良了……"

"是的，可爸爸认为这是一笔债。"

"我没法对你说。我不知道怎么办。我知道你的日子本来就不好过。"

叶甫盖尼看出，玛丽雅·巴甫洛夫娜自己也不知道怎么说才好，她仿佛还在探他的口气。

"因此我觉得这笔债一定要还，"儿子说，"我明天去找她，跟她说说能不能延期。"

"唉，我真可怜你。但这样也好。你去对她说说，得等一等。"玛丽雅·巴甫洛夫娜说。儿子的决定显然使她放心，并使她感到自豪。

叶甫盖尼处境特别困难，还因为他母亲虽同他住在一起，却一

魔鬼 | 269

点儿不理解他的处境。她一辈子过惯阔绰的生活，甚至无法想象儿子目前的困难，无法想象他已山穷水尽，一无所有，不得不变卖一切，谋一个像他这样的人所能谋得的差使，年俸至多两千卢布，以维持母子两人的生活。她不明白，摆脱这种困境的唯一办法是紧缩开支，因此她也无法理解，为什么叶甫盖尼在一些小事上，像雇用园丁啦，马车夫啦，用人啦，甚至在伙食上那么小气，斤斤计较。此外，她也像一般孀居的妇人那样，对亡夫十分崇敬，远远超过原来对他的感情，而且绝没想到亡夫生前的所作所为是不好的，应予改变。

叶甫盖尼煞费苦心，勉强雇用两名园丁照顾花园和暖房，两名车夫管理马厩。玛丽雅·巴甫洛夫娜则天真地认为，一个为儿子奉献一切的母亲所能做的一切，她都做到了：厨子老头儿做的饭菜不可口，她不抱怨；花园小径没有打扫干净，她不抱怨；儿子雇用一名小厮代替几名听差，她也没有意见。对这笔新提出的债务也是这样，叶甫盖尼觉得这几乎是对他全部事业的一个致命打击，但玛丽雅·巴甫洛夫娜却认为这又一次表现出叶甫盖尼的高尚品德。玛丽雅·巴甫洛夫娜不太为叶甫盖尼的经济情况担忧，还因为她确信儿子将攀上一门好亲，这样就会使情况大大好转。他确实能攀上一门好亲，她知道有十来户人家乐于把女儿嫁给他，因此她希望能尽快把这件事办好。

四

叶甫盖尼自己也想结婚，但不像他母亲所想的那样，通过婚姻重振家业，而且对这种想法十分反感。他向往的是光明磊落、情投意合的婚姻。他把遇见和认识的姑娘一一加以掂量，看看自己能不能同她们匹配，但对终身大事始终拿不定主意。同时，他万没有想到他跟斯捷潘妮达的关系会继续下去，甚至固定下来。叶甫盖尼远不是个浪荡子，他干这种见不得人的事十分痛苦，觉得这不是什么好事，他怎么也不能心安理得，甚至在第一次同斯捷潘妮达幽会之后就想从此不再见她。可是，过了一段时间，他又心神不宁，想去干这种事。不过，现在的烦躁已不是漫无目的，他的眼前不断浮现出那双乌溜溜的黑眼睛，那种说"来了好半天了"的胸音，那身上散发出来的娇艳健康的气息，那隔着围裙高高鼓起的胸部，而且这一切又都出现在阳光明媚的核桃林和槭树林里。尽管很害臊，他还是去找了丹尼拉。于是又约定中午在树林里幽会。这一次叶甫盖尼把她端详了一下，觉得她整个儿都非常迷人。他同她搭讪，问起她的丈夫。果然，她的丈夫就是米哈伊拉的儿子，在莫斯科赶马车。

"那你怎么可以……"叶甫盖尼想说她怎么可以对丈夫不忠实。

"什么可以不可以啊？"她问。她显然很聪明懂事。

"那你怎么可以跟我到这儿来？"

"哈！"她快乐地说，"我想他也在那边找快活呢。为什么我就不可以？"

她显然是故意卖弄风骚，装出满不在乎的样子，而这却使叶甫盖尼觉得她格外迷人。但他还是没有直接同她约会。即使她提出不通过丹尼拉（不知怎的她对丹尼拉有点儿反感）直接同他约会，叶甫盖尼也没有同意。他希望这是最后一次幽会。但他喜欢她。他觉得

魔鬼 | 271

他需要这种幽会,这事并没有什么不好,可他内心深处却有一个严厉的法官。这法官不赞成他这样做,希望这是最后一次,即使不希望这是最后一次,至少也不想参与这样的事,也不愿为下次幽会预先作好安排。

整个夏天就是这样过去了,在这期间他跟她幽会了十来次,每次都通过丹尼拉。有一次她不能前来赴约,因为她丈夫回来了。丹尼拉提出给他另外找一个女人,叶甫盖尼断然拒绝了。后来她丈夫走了,他们又恢复幽会。先是通过丹尼拉,后来他干脆自己约定时间。于是她就跟一个姓普罗霍罗娃的婆娘同来,因为女人家照例不能单独出门。有一次,正好在预定约会的时候,有一家人来拜访玛丽雅·巴甫洛夫娜,还带来一位姑娘要给叶甫盖尼说亲。叶甫盖尼怎么也无法脱身。等到可以脱身的时候,他就装作去打谷场,绕小路走进树林,赶到约会地点。她不在。但在平时幽会的地方,凡是伸手够得到的树木,包括稠李和核桃,甚至连棍子粗的槭树都被折断了。这说明她等得不耐烦,生气了,使性子,给他留下痕迹。他站了一会儿,然后去找丹尼拉,要他去叫她明天再来。她真的来了,并且像往常一样热情。

夏天就这样过去了。他们总是在树林里幽会,只在夏末秋初,有一次是在叶甫盖尼家后院打谷的棚屋里。叶甫盖尼从没想到这种关系对他会有什么影响。他也从不想念她。他给了她钱,事情也就完了。他不知道,也没想到,这事已沸沸扬扬,弄得全村人人都知道了。人家还羡慕她,家里人从她身上弄到钱,鼓励她继续干。她在金钱和家人的影响下已彻底消除了负罪感。她认为,既然大家都羡慕她,这就说明她的所作所为并没有错。

"纯粹是为了健康的需要,"叶甫盖尼想,"就算这样做不好,可大家,或者许多人,都已知道,尽管谁也没说。那个陪她一起来的婆娘肯定知道了。她知道,肯定会讲给别人听。但是有什么办法呢?我这样做是不像话,可是有什么办法呢? 好在长不了。"

但最使叶甫盖尼不安的还是她的丈夫。不知怎的,他原以为她丈夫一定长得很丑。如果是这样,他的行为还多少可以原谅,但后来他看到了她的丈夫,不觉大吃一惊。原来他是一个穿着讲究的漂亮小伙子,一点儿也不比他差,可能还比他强。在下一次幽会时,叶甫盖尼对她说,他看见了她的丈夫,称赞他是个漂亮的小伙子。

"村里再也挑不出第二个了。"她自豪地说。

这使叶甫盖尼觉得奇怪。从此一想到她的丈夫,他就更加烦恼。有一次他来到丹尼拉家,丹尼拉谈得来劲,就毫无顾忌地说:"前几天米哈伊拉问我,老爷跟我儿媳妇来往,这可是真的? 我说我不知道。我说,就算有那么回事,跟老爷来往总比跟庄稼人来往强。"

"那他怎么说?"

"没什么,他只说:'等我打听明白了,我要好好收拾她。'"

"要是她丈夫回来,我就跟她断了。"叶甫盖尼想。但她丈夫一直住在城里,他们的关系也就一直维持着。"等到必要时,我就跟她一刀两断,那就什么事也没有了。"

他对这一点儿毫不怀疑,因为整个夏天各种各样的事务忙得他不可开交:建立新的农庄啦,收割庄稼啦,修建房子啦,尤其是偿还债务和出售荒地。这些事使他日夜操劳,耗尽他的全部精力。这些才是真正的生活。至于跟斯捷潘妮达来往(他根本不把这种关系叫做相好),那只是逢场作戏罢了。不错,当他想看到她的时候,他冲动得厉害，简直干什么都没有心思。不过，这种情况持续得并不久，幽会一次以后，他就一连几星期把她置之脑后，甚至一个月都没想到她。

秋天，叶甫盖尼常常进城，在那里跟安宁斯基一家有了交往。安宁斯基家有个女儿，名叫丽莎，刚从贵族女子中学毕业。叶甫盖尼爱上了丽莎，并向她求婚。这使玛丽雅·巴甫洛夫娜非常伤心，说叶甫盖尼是辱没了身份，居然去向她求婚。

从此，叶甫盖尼同斯捷潘妮达的关系就断了。

五

为什么叶甫盖尼看中丽莎，这是无法解释的，就像一个男人为什么看中这个女人而看不中那个女人一样，是永远无法解释的。他之所以看中丽莎，原因很多，其中有积极的，也有消极的。原因之一是丽莎不如他母亲给他说合的那些姑娘有钱；其次，她天真单纯，孝顺母亲；此外，她不是个引人注目的美人，但长得也不难看。不过，主要原因是叶甫盖尼和丽莎接近，正好是他对婚姻已考虑成熟的时候。他爱上她，因为知道他应该结婚了。

起初叶甫盖尼只是喜欢丽莎，但一旦决定娶她，他觉得他对她的感情更强烈了，他觉得他爱上了她。

丽莎长得苗条修长。她身上的一切，脸、手指和脚，都是长的。她的鼻子也长，鼻梁并不隆起，而是笔挺的。她脸色白嫩，带几分淡黄，泛着可爱的红晕，淡褐色的头发又长又鬈，蓬蓬松松；她那双美丽明亮的眼睛，温柔而充满信任。这双眼睛尤其使叶甫盖尼心醉。他一想起丽莎，这双温柔信任的明亮眼睛就会立刻浮现在他的眼前。

她的外貌就是这样，至于她的内心，他还一无所知。他只看见这双眼睛，它们仿佛在对他叙说他想知道的一切。而这就是她的眼睛的魅力所在。

丽莎十五岁在贵族中学读书时，就开始倾心于富有魅力的男子，而一旦恋爱，她就变得活泼可爱，感到幸福。中学毕业后，她还是这样，一看见青年男子就钟情，认识了叶甫盖尼，也就爱上了他。正是由于这种爱情，她的眼睛发出异样的光芒，使叶甫盖尼见了神魂颠倒。

就在这年冬天，她已同时爱上了两个青年。不仅他们走进屋里，就是有人一提到他们的名字，她也会脸红耳热，心慌意乱。但后来她母亲向她暗示，叶甫盖尼对她很有意思，她对叶甫盖尼的感情变得大为强烈，而对原来那两个青年则几乎冷若冰霜。不过，当叶甫盖尼常来他们家，参加他们家的舞会和晚会，跟她跳舞的次数比跟其他姑娘多时（其实他只想知道她对他是不是有意思），她对叶甫盖尼的感情便变得近乎病态。她睡觉时梦见他，在阴暗的房子里也仿佛隐隐约约看见他，在她的心目中只有他一个人，其他人都不再存在。在他向她求了婚，人家替他们祝福，她和他亲过吻，他们成为未婚夫妇之后，她再也没有别的念头，也没有别的欲望，一心一意只想跟他待在一起，爱他并被他所爱。她以他为荣，她对他、对自己、对爱情十分倾心，整个儿都沉醉在这样的热情之中。叶甫盖尼越了解她，也就越爱她。他怎么也没有想到会碰上这样的爱情，而这种感情使他对她越发迷恋了。

六

开春之前,叶甫盖尼回到谢苗诺夫斯科耶视察和安排农事,但主要是看看为筹办喜事正在装修的房子。

玛丽雅·巴甫洛夫娜对儿子的这门亲事不满意,原因只是这门婚配并不像她所想的那样美满。再说,她也不喜欢那位未来的亲家母华尔华拉·阿列克谢耶夫娜。她不知道也无法判断这位亲家母为人是好是坏,但认定她不是一个正派女人,不是一个体面女人。这在初次见面时就一眼看出来了,因此感到不痛快。她之所以不痛快,因为她一向很重视体面,知道叶甫盖尼对此也很敏感,因此预见到这将给儿子带来许多烦恼。姑娘她倒是很喜欢的。她之所以喜欢,主要因为叶甫盖尼喜欢她,因此她也应该喜欢她。玛丽雅·巴甫洛夫娜也确实想真心实意地喜欢她。

叶甫盖尼回到家里,看见母亲春风满面,心情愉快。她在家里做着安排,准备等儿子把新娘一接回来自己就搬出去。叶甫盖尼劝她留在家里。这个问题暂时没有得到解决。晚上,喝过茶,玛丽雅·巴甫洛夫娜照例用纸牌通关,叶甫盖尼坐在旁边帮助她。这是说知心话的最好时候。通过一关,还没有开始第二关,玛丽雅·巴甫洛夫娜瞧了叶甫盖尼一眼,吞吞吐吐地说:"叶甫盖尼,我有句话要跟你说。当然,我并不了解情况,但我想规劝你,结婚以前你要把自己单身时的那些事结束掉，免得给你自己和——上帝保佑——你的妻子带来烦恼。你明白我的意思吗？"

果然叶甫盖尼立刻明白，玛丽雅·巴甫洛夫娜指的是他跟斯捷潘妮达的关系，其实他们的关系从秋天起就断了，但她也像一般守寡的女人那样，把这种关系看得特别严重。叶甫盖尼脸红了，与其说是由于羞愧，不如说是由于气愤，善良的母亲既不理解、也无法理解这种事，却偏要瞎操心，实在是管得太宽了。他说，他没有什么不可告人的事，以前的所作所为也决不会妨碍他的婚事。

"那很好，孩子。你可不要生我的气。"玛丽雅·巴甫洛夫娜有点儿尴尬，说。

但叶甫盖尼看到，她的话没有说完，她还没有把要说的话全说出来。果然，过了一会儿她就讲到，他不在家的时候，人家请她去给……彼奇尼科夫家的孩子做教母。

叶甫盖尼脸又红了，但这次不是由于气愤，甚至不是由于羞愧，而是由于一种奇怪的预感。他预感到母亲即将对他说出一种完全出乎他意料的重大事情。果然不出他所料，玛丽雅·巴甫洛夫娜仿佛无意中随便谈起，今年出生的全是男孩，看样子要打仗了。华辛家也好，彼奇尼科夫家也好，新媳妇头生儿都是男孩。玛丽雅·巴甫洛夫娜原来只想轻描淡写地点一点，但一看见儿子脸红耳赤，神经质地把夹鼻眼镜摘下来，用手指弹一弹又戴上，狠狠地抽着烟卷，她自己也觉得有点儿尴尬。她不再作声。他也不作声，想不出怎样打破沉默。母子俩都明白彼此的心思。

"我说，在乡下最重要的是做人正派，不要像你叔叔那样偏爱什么人。"

魔 鬼

"妈妈,"叶甫盖尼突然说,"我知道您说这些话的意思。您可不用担心。我把未来的家庭生活看得十分神圣,我决不会破坏它。至于我单身汉时的那些事,已经全结束了。再说,我也从没跟谁有过什么关系,谁也无权对我提出任何要求。"

"好,这样我就放心了,"母亲说,"我知道你品德高尚。"

叶甫盖尼把母亲的话看作对他的恰当称赞,就不再作声。

第二天早晨他进城去,一路上想着未婚妻,想着世上的一切,可就是没有想到斯捷潘妮达。但仿佛有意要提醒他似的,当他的马车驶近教堂时,迎面来了一群人,有的步行,有的坐车。他遇见马特维老头儿和谢苗、一群孩子和年轻的姑娘,还有两个婆娘,其中一个年纪大些,另一个盛装艳服,包着一块大红头巾,看上去有点儿面熟。这个女人步态轻盈,生气勃勃,手里抱着一个娃娃。他的车子走过她们身边时,年纪大些的那一个停住脚步,按照旧时的礼节向他鞠了一躬,而那个抱娃娃的年轻女人只点了点头,头巾下那双熟悉的快活眼睛向他嫣然一笑。

"不错,是她,但一切都已过去,也不用再去看她。那娃娃也许是我的,"他头脑里掠过这样的念头,"不,这是瞎说。她丈夫回来过,她跟他在一起过。"他甚至没有计算一下日子。他认定这是为了健康的需要,他付过钱,事情也就完了;他们之间没有任何关系,以前没有,现在没有,将来也不应该有。他并没有昧着良心,他的良心十分平静。自从母亲同他谈过话,他在路上同她相遇后,他一次也没想起过她,也没再遇见过她。

在复活节后第一周,叶甫盖尼在城里举行了婚礼,立即带了新娘回到乡下。房子已按新婚的习惯布置一新。玛丽雅·巴甫洛夫娜想搬出去，但叶甫盖尼，主要是丽莎，竭力劝阻。她就搬到厢房里住。

叶甫盖尼的新生活就这样开始了。

七

婚后第一年的生活对叶甫盖尼来说是繁忙的，因为在求亲期间搁下的事婚后都立刻压到他身上来。

要摆脱债务看来是不可能的。别墅已卖掉，几笔最紧迫的债也已还掉，但还剩下一批债，而钱却没有了。农庄的收入不错，但要寄钱给哥哥，又支付了结婚费用，所以把钱都花光了。糖厂办不下去，只得关闭。要摆脱困境，唯一的办法是动用妻子的钱。丽莎了解丈夫的处境，主动提出这样做。叶甫盖尼同意这样做，但要求立一张卖契，把田产的一半转到妻子名下。他就这样做了。当然不是为了妻子（妻子可不愿他这样做），而是为了丈母娘。

事业上成败得失，变化无常，这是叶甫盖尼婚后第一年生活带来的诸多烦恼之一。另一个烦恼是妻子健康欠佳。这年秋天，婚后第七个月，丽莎就出了一件意外。有一天，她乘敞篷马车去迎接从城里回来的丈夫。不料那匹一向驯顺的马突然性子发作，丽莎大吃一惊，跳下车来。她跳得还算运气，没有挂在车轮上，但她已怀孕，当夜就觉得疼痛难当，流产了，流产后好久未能复原。他们所盼望的孩子的流产，妻子流产后卧病，以及由此而引起的生活失常，而主要是丽莎流产后丈母娘的到来，这一切使叶甫盖尼这年的日子特别难过。

不过,尽管处境困难,叶甫盖尼到这年年底还是觉得心情舒畅。第一,他一心要重振家业,用新的办法恢复祖上的生活气派,尽管困难重重,进展缓慢,但毕竟在逐步实现。现在已不再谈变卖家产来清偿债务的事了。主要产业虽已转到妻子名下,但总算保住了。只要甜菜丰收,卖到好价钱,那么,到明年就能摆脱困境,情况就会大大好转。这是一。

另一点是,尽管他对妻子抱着很大的期望,他从她身上得到的还是超过他的意料。这不是他所期望的,但比他所期望的好得多。他竭力营造一种恩爱夫妻相亲相爱、感情热烈的气氛,但没有成功,或者并不如意。不过,他们的生活过得不仅称心如意,而且轻松愉快。他不知道这是什么缘故,但情况确实是这样。

所以会这样,那是因为自从订婚后,她就认定在全世界所有的人当中要数叶甫盖尼最高尚、最聪明、最纯洁,因此人人都应该为这样一位叶甫盖尼效劳,做他所喜欢的事。但要强迫人人都这么做是不可能的,因此她自己就努力先这么做。她煞费苦心去了解、揣摩他的喜爱,然后努力去满足他,不管这有多么困难。

她身上还有一种男人在与心爱的女人交往时所能感受到的最大魅力,那就是由于她热爱丈夫而能洞察他的内心世界。他觉得她比他自己更了解他的心思,了解他内心的一切细微变化,并以此作为她行动的依据。因此,她从来不会伤害他的感情,而总是竭力减轻他的苦恼,增加他的欢乐。她不仅了解他的感情,而且知道他的思想。就连她一窍不通的农业和糖厂以及对人的评价,她都能立刻领会,不仅能同他谈论这些事,而且,像他亲口对她说的那样,往往成为他不可或缺的好参谋。她对人、对事、对世上一切，总是以他的目光来看待。她爱她的母亲，但看到叶甫盖尼不喜欢岳母干预他们的生活时，她就立刻站到丈夫一边，而且态度非常坚决，使他反过来劝阻她。

除此以外，她兴趣广泛，说话得体，主要是性情文静。不论什么事，她做起来总是不动声色，人家只看见事情的结果，也就是说，她做事总是干净利落，有条不紊。丽莎很快就懂得了丈夫的生活理想，总是竭力按照他的愿望去安排生活，布置家庭。唯一美中不足的是他们没有孩子，但这事也还有希望。冬天他们去彼得堡找一位妇科医生，医生叫他们放心，说她身体健康，会有孩子的。

这个愿望终于得到实现，到年底她果然又怀孕了。

只有一件事，倒不是说它破坏了他们的幸福，而是对他们的幸福生活构成威胁，那就是她的醋意。她竭力克制这种情绪，不让它流露出来，但常常为此感到苦恼。叶甫盖尼固然不能去爱任何女人，因为世界上没有一个女人配得上他（可她从未问过自己，她是不是配得上他），世界上也没有一个女人敢于去爱他。

八

他们的日子是这样过的：他总是一早起床，出去处理事务，到正在开工的糖厂看看，有时去地里走走。十点钟以前他回家喝咖啡。在凉台上一起喝咖啡的有玛丽雅·巴甫洛夫娜、住在他们家的一位

魔鬼 | 281

叔叔和丽莎。喝咖啡时大家随便交谈，常常谈得兴致勃勃。喝完咖啡各自去做自己的事，直到两点钟再一起吃午饭。饭后大家出去散步，或者乘车兜风。晚上，他从账房回来，很晚才同家人一起喝茶。有时他读书，她做针线活，或者弹琴。如果有客人来，就一起聊天。他有时出门办事，天天都给她写信，也天天都能收到她的信。有时她陪他出门，这样就更快活了。逢到他或她的命名日，常常宾客盈门。他看到她总是安排得妥妥帖帖，使客人都感到亲切温暖。他看见和听见大家都争夸她是位年轻可爱的主妇，就越发爱她了。一切都称心如意。妊娠期，她的反应不大。他们虽多少有点儿担心，但已在商量将来怎样教育孩子。教养孩子的方式和办法都由叶甫盖尼决定，她一心只想按照他的心意去办。叶甫盖尼读了许多医书，决心用科学办法教养孩子。她当然同意他的一切主意，积极做好准备，缝制春秋和冬季用的襁褓，预备好摇篮。就这样开始了他们婚后的第二年和第二个春天。

九

接近圣三一节①时，丽莎怀孕已有四个多月，她很注意身体，但依旧兴致勃勃，活泼好动。双方母亲都跟他们住在一起，说是为了看护和照顾丽莎，结果因为老是互相挖苦，使丽莎不得安生。叶甫

---

① 圣三一节——在复活节后第五十天。

盖尼则热衷于经营事业，用新法大规模加工甜菜。

自从复活节以来，家里没有好好打扫过。丽莎眼看圣三一节即将到来，决定把整幢房子大扫除一番。她叫来两名临时女工帮助女仆擦洗地板和门窗，拍打沙发和地毯，换上干净椅套。两个女工一早就来了，她们烧了几锅热水，动手干起来。两个女工中的一个就是斯捷潘妮达。斯捷潘妮达刚给孩子断了奶，就要求管家让她来参加打扫——最近她跟管家又勾搭上了。她很想仔细看看那位新太太。斯捷潘妮达的丈夫不在家，她照旧独守空房。她起初因为偷木柴被丹尼拉捉住，她就跟老头儿搞上了，后来跟老爷，现在又跟那个年轻的管家来往。对老爷，她想也不想。"他现在有老婆了，"她说，"看看太太的模样倒挺有意思，据说她把房子收拾得好漂亮。"

斯捷潘妮达奶娃娃的时候不能出去打工，而叶甫盖尼又难得到村子里走走，因此自从看见她抱着孩子那天以后，他就没有再看见过她。在圣三一节前一天，叶甫盖尼早晨四点多钟就起床，到预定要施磷肥的闲置地去。他出门的时候，那两个女人正在烧水，还没有进屋。

叶甫盖尼心情愉快，饥肠辘辘，回家吃早饭。他在栅栏门口下了马，把马交给走过的园丁，用鞭子抽打高高的青草，嘴里照例念念有词，往房子里走去。今天他嘴里念的是"施磷肥，有道理"。至于有什么道理，对谁有道理，他不知道，也没有想过。

地毯放在草地上拍打，家具都搬到屋外。

"我的妈呀！丽莎又在大扫除了。施磷肥，有道理。她可真是个好当家！是的，真是个好当家！"他自言自语，脑子里浮现出她身穿宽大白罩衫、喜气洋洋的模样。他每次看见她，她总是这副模样。

魔鬼 | 283

"是的，得把靴子换掉，要不然，施磷肥，有道理，但有一股粪臭，而太太正在怀孕。她怎么怀孕了？对，她肚子里正怀着一个小叶甫盖尼，"他想。"对，施磷肥，有道理。"他想到这里浮起笑容，同时伸手去推自己的房门。

但他还没推门，门就自动开了。一个女人从里面出来，同他撞了个满怀。那女人手里提着一桶水，裙子掖在腰里，光着脚，袖子卷得高高的。他闪到一旁，让她过去；她也闪到一旁，用湿漉漉的手整了整滑下的头巾。

"走吧，走吧，我不走，如果您……"叶甫盖尼刚一开口，就认出是她，马上愣住了。

她眼睛笑眯眯的，快乐地瞟了他一眼，就拉拉裙子，走出门去。

"真荒唐！……这是怎么回事？……不可能，"叶甫盖尼皱起眉头自言自语，像要赶走苍蝇似的晃晃头，因为遇见她而感到不快。虽然感到不快，他还是目不转睛地盯住她那双迈着矫健步伐的光脚和不断扭动的身体，盯着她的双手、肩膀、衬衫上好看的皱褶和高高掖在雪白小腿上方的大红裙子。

"嗐，我还看什么呀？"他对自己说，垂下眼睛不去看她。"不过我得进去换一双靴子。"他转身向自己房间走去，但还没有走上五步，他自己也不知怎的，仿佛听从谁的命令，又回过头去，想再看她一眼。这当儿，她正要拐过墙角，也回过头来看了看他。

"唉，我这是在干什么呀？"他在心里嚷道，"她会有什么想法的，肯定会有什么想法的。"

他走进他那洗得湿漉漉的房间。那个年纪大的瘦女人还在那里洗地板。叶甫盖尼踮着脚尖走过一摊污水，来到放靴子的墙边。他正

284 | 魔鬼

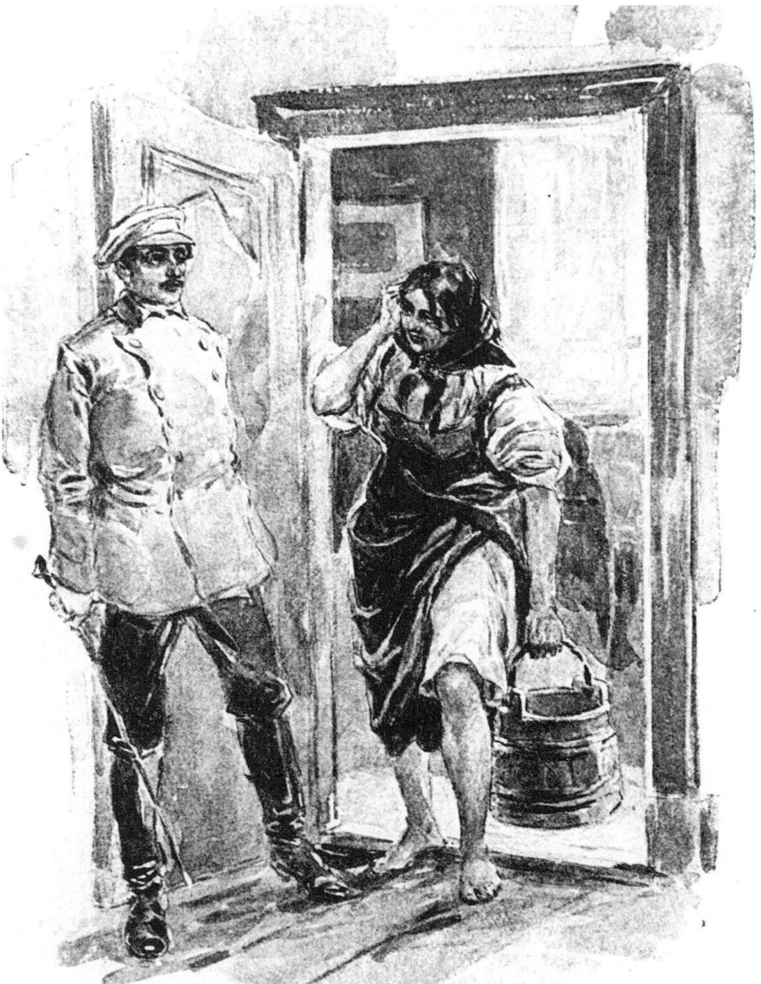

要出去，这个年纪大的女人也出去了。

"这一个出去，那一个准来，斯捷潘妮达就会单独进来。"他心里突然盘算着。

"老天爷！我这是在想什么，干什么呀！"他抓起靴子跑到前厅，在那里换上靴子，刷了刷身上的衣服，然后来到凉台上。两位老太太正坐在那里喝咖啡。丽莎显然在等他，这时正从另一扇门与他同时走上凉台。

"老天爷！ 她一向把我看得那么诚实，那么纯洁，万一被她知道了怎么办？"他心里思忖着。

丽莎像平时一样高高兴兴地迎接他。不过，不知怎的，他觉得她今天有点儿苍白、憔悴、虚弱。

十

喝咖啡的时候，女人们照例要闲聊一阵。这种闲聊带有女人家的特点，缺乏逻辑联系，但也不是完全没有联系，因为她们总能滔滔不绝地聊个没完。

两位老太太互相挖苦，丽莎不得不巧妙地在她们中间打圆场。

"我很懊恼，没能在你回来前把你的房间收拾好，"丽莎对丈夫说，"真想彻底收拾一下。"

"你怎么样，我走后你睡过吗？"

"噢，我睡过了，我觉得挺好。"

"太阳直晒着窗子,热得叫人受不了,一个孕妇怎么会好过呢!"丽莎的母亲华尔华拉·阿列克谢耶夫娜说,"既没有百叶窗,又没有天篷。我家可总是放下天篷的。"

"但这儿十点钟以后就阴凉了。"玛丽雅·巴甫洛夫娜说。

"所以要发烧。太潮湿了,"华尔华拉·阿列克谢耶夫娜说,没留意这话同她刚才说的话正好矛盾。"我的医生总是说,不知道病人的体质,永远无法确诊他的病。他懂得这一点,因为他是个第一流的医生,我们每次都给他一百卢布。亡夫从来不相信医生,不过为了我,他可从来不会舍不得花钱。"

"遇到妻子和孩子生命攸关的时候,做男人的怎么能舍不得花钱呢,也许……"

"是啊,要是自己有钱,做妻子的是可以不必依靠丈夫的。贤惠的妻子对丈夫总是百依百顺,"华尔华拉·阿列克谢耶夫娜说,"不过丽莎产后身体太虚弱了。"

"哦,不,妈妈,我觉得身体很好。怎么不给你们送热奶油来?"

"不用了,冷奶油我也能吃的。"丽莎的母亲说。

"我问过华尔华拉·阿列克谢耶夫娜,她说她不要吃。"玛丽雅·巴甫洛夫娜说,仿佛在替自己辩解。

"不,这会儿我不想吃。"华尔华拉·阿列克谢耶夫娜说,仿佛要中止这场不愉快的谈话,宽宏大量地让了步。接着她问叶甫盖尼说,"那么,磷肥施过吗?"

丽莎跑去取奶油。

"我不要,真的不要。"

"丽莎!丽莎!慢一点儿,"玛丽雅·巴甫洛夫娜说,"走得太快对她是有害的。"

"只要心情平静，就什么事也没有，"华尔华拉·阿列克谢耶夫娜说，似乎话中有话，但究竟有什么话，连她自己也不知道。

丽莎端着奶油回来。叶甫盖尼喝着咖啡，闷闷不乐地听着。他听惯这种谈话，但今天这种无聊的谈话特别使他反感。他想好好考虑一下刚才发生的事，但这场闲聊使他分心。华尔华拉·阿列克谢耶夫娜喝完咖啡，心烦意乱地走了。凉台上只剩下丽莎、叶甫盖尼和玛丽雅·巴甫洛夫娜三人。谈话就变得轻松愉快了。丽莎凭着对丈夫的热爱，敏感地发觉叶甫盖尼有点儿闷闷不乐，就问他有什么不愉快的事。他没想到她会这样问，迟疑了一下，回答说没有。但这样的回答使丽莎更加怀疑。肯定有什么事使他烦恼，使他十分烦恼，这一点她看得清清楚楚，就像看见一只苍蝇落进牛奶里那样，但他不肯说究竟是什么事。

十一

吃过早饭，大家走散。叶甫盖尼照例回到书房。他不看书，不写信，而是坐下来一根接一根地抽烟，想着心事。他自以为婚后已摆脱了的那种见不得人的感情，现在竟又突然冒了出来，他觉得惊讶，也感到烦恼。结婚以后，除了对妻子，不论对那个发生过关系的女人，还是任何别的女人，他都不曾有过这样的感情。他因摆脱了这种感情而觉得轻松。但现在，这桩意外的小事却提醒他，他并没有摆脱这种感情。现在使他烦恼的,不是他又屈服于这种感情,又想得到她——他根本没有这种想法——而是这种感情在他心里还活着,他必须提高警惕。他毫不怀疑,他一定能压下这种感情。

叶甫盖尼有一封信没有回,有一份公文要起草。他坐到写字台前工作。工作完毕,他已把那桩使他烦恼的心事完全给忘了。他走出书房,想到马厩去。真倒霉,不知是天意还是巧合,他一走到台阶上,就看见转角处又出现了红裙子和红头巾,她摆动双手,扭着屁股,又从他旁边走过。她不是随随便便地走过,而是搔首弄姿地从他身旁跑过,追上女伴。

于是,他的头脑里又出现了阳光灿烂的中午、荨麻、丹尼拉守林小屋后的空地,以及她站在槭树荫下咬着树叶的笑吟吟的脸蛋。

"不,不能由它这样下去。"他自言自语,等看不见这两个女人,才向账房走去。正是吃午饭的时候,他希望能遇到管家。果然,管家刚刚睡醒。他站在账房里伸着懒腰打哈欠,同时望着那个对他说话的饲养员。

"华西里·尼古拉耶维奇!"

"你有什么吩咐?"

"我有话要跟您谈谈。"

"谈什么呀?"

"您先把话同他说完了。"

"难道你没有把它抱回来吗?"华西里·尼古拉耶维奇问饲养员。

"太沉了,华西里·尼古拉耶维奇。"

"这是怎么回事?"叶甫盖尼问。

"母牛在地里下了只牛犊。好吧,我马上叫他们套马。你去叫尼

魔鬼 | 289

古拉把那匹白骨顶套上，就套那辆大板车吧。"

饲养员走了。

"我说，"叶甫盖尼开始说，他涨红了脸，自己也感觉到了，"我说，华西里·尼古拉耶维奇。以前单身的时候我造过孽……您大概听说了吧……"

华西里·尼古拉耶维奇眼睛里露出笑意，显然很同情老爷。他说："你是说斯捷潘妮达的事吧？"

"是的。所以我说，请您以后别找她来打工。您该明白，我觉得挺别扭……"

"这事大概是伙计伊凡安排的。"

"那就麻烦您了……那么，把剩下的肥料都撒掉吗？"叶甫盖尼为了掩饰自己的窘态，说。

"好，我这就去。"

事情就这样结束。叶甫盖尼也安心了。他想，既然一年没看见她也这么过了，今后也会这样。"再说，华西里会去告诉伊凡，伊凡再去对她说，她就会明白我不愿意见她。"叶甫盖尼自言自语，他很高兴，尽管这事很难开口，他还是对华西里说了。"这样总比心神不宁、内心有愧强。"他一想到这桩罪孽，不禁打了个哆嗦。

十二

叶甫盖尼经过这番内心斗争，老着面皮，把事情对华西里·尼古拉耶维奇说开来，心里也就平静了。他觉得现在一切都过去了。丽莎也发觉他的心情完全平静，甚至比平时更快活。"两位老太太之间的唇枪舌剑一定使他伤心。这种情况确实叫人难受，尤其是像他这样敏感、这样高尚的人，老是听人家指桑骂槐，更是难受。"丽莎暗自想。

第二天就是圣三一节。天气晴朗。乡下女人去树林里编花环，照例总要到老爷的邸宅前唱歌跳舞。玛丽雅·巴甫洛夫娜和华尔华拉·阿列克谢耶夫娜都身穿盛装，打着阳伞，走上台阶，来到跳轮舞的女人们跟前。叶甫盖尼的叔叔今年夏天住在他们家，他是个皮肉松弛的淫棍和酒鬼，这时身穿一件中国大褂，跟她们一起出来看热闹。

按照惯例，总是由一群衣着花哨的少妇和姑娘组成轮舞中心，周围就像行星和卫星绕着太阳旋转那样，四面八方绕着许多人，有手拉手、身穿窸窣作响的崭新花布敞襟长坎肩的姑娘，有大声叫嚷、前后乱窜的小孩，有身穿蓝色和黑色紧腰细褶长外衣和红衬衫，头戴便帽，嘴里不住嗑瓜子的小伙子，还有在远处观看轮舞的家仆和外人。两位老太太也走到跳舞的人跟前。丽莎身穿一件浅蓝色连衣裙，头扎一条浅蓝色缎带，跟在她们后面。从她宽大的衣袖里看得见雪白的手臂和瘦小的臂肘。

叶甫盖尼原来不想出来，但躲在屋里未免可笑。他就叼着香烟也来到台阶上，跟小伙子和庄稼人点头招呼，还和其中一个说话。这时，女人们扯开嗓门高唱舞曲，弹着手指，拍着手，跳着舞。

"太太叫您呐。"一个小孩走到叶甫盖尼跟前说。叶甫盖尼没有听见妻子在叫他。丽莎叫他去看跳舞，看一个她特别喜欢的女人的跳舞。这个女人就是斯捷潘妮达。她身体宽阔,精力旺盛,面色红润,喜气洋洋,身穿淡黄敞襟长坎肩,外套棉绒背心,头上包着一块绸头巾。她一定跳得很好,但叶甫盖尼什么也没有看见。

"哦,哦!"他说,把夹鼻眼镜取下又戴上。"哦,哦!"他说,接着想,"看来我是躲不开她了。"

他没有看她,因为害怕她的魅力,也正因为匆匆看了一眼,觉得她格外迷人。此外,他从她那亮晶晶的眼睛中看出,她看见了他,而且知道他在欣赏她。他出于礼貌站了一会儿,看见华尔华拉·阿列克谢耶夫娜把她叫到身边,言不由衷地叫她可爱的姑娘,虚情假意地同她交谈,便转身走开。他走开,回到屋子里。他走开是为了不再看见她,但一到楼上,他自己也不知怎么搞的,竟走到窗前,一直站在窗口观看,如痴似醉地盯着她,直到那群女人离开台阶。

他趁没有人看见,连忙溜下楼,悄悄走到阳台上,在那里点起一支烟,仿佛散步似的走进花园,顺着她走的方向走去。他在花园林荫路上没有走上几步,就看见她身穿淡黄敞襟长坎肩,外套棉绒背心,包着红头巾,在树后掠过。她同另一个女人不知往哪里去。他想:"她们这是往哪里去啊?"

突然,他情欲冲动,好像有人一把揪住了他的心。他仿佛着了魔似的,回头看了看,就向她走去。

"叶甫盖尼老爷,叶甫盖尼老爷!我有点儿事找您。"有人在后面叫道。叶甫盖尼回头一看,原来是在他家打井的萨莫兴老头儿。他这才清醒过来,慌忙转身向萨莫兴走去。他一面跟老头儿谈话,一面侧过身子,看见她和女伴已走开了,显然是到井边去,要不就是借口到井边去。她们在那里停留了不多一会儿,又跑去跳轮舞。

十三

跟萨莫兴谈过话,叶甫盖尼回到家里,丧魂失魄,就像犯了罪一般。这是因为,第一,她看出了他的心事,以为他想同她约会,而她也有这样的愿望。第二,另外那个女人,安娜·普罗霍罗娃,显然也知道这件事。

主要是他感到他被征服了,他丧失了意志,完全受另外一种力量支配。今天他的得救纯属侥幸,但不是今天,就是明天,或者后天,他终归要堕落的。

"是的,终归要堕落的,"他没有别的解释,"对自己年轻热情的妻子不忠实,在众目睽睽之下跟一个乡下女人胡搞,难道这不是堕落吗?不是可怕的堕落吗?以后还怎么做人?不行,得想个办法。"

"老天爷,老天爷!我该怎么办呢?难道我就这样堕落下去吗?"他自言自语。"难道不能想个办法吗?总得想个办法呀。别去想她,"他命令自己,"别去想她!"但他立刻又想起她来。他看见她站在前面,看见椴树林的树荫。

他想起他读到过的一个故事:有一位长老给一个女人治病,他把一只手放在女人身上,另一只手放在火盆上把手指烧伤,以抵抗女人的诱惑。他想起了这个故事。"是的,我宁可烧伤手指,也不能堕落。"他回顾了一下,屋里一个人也没有。他划了一根火柴,把一个手指伸到火焰上。"哼,看你还想不想她!"他自嘲地说。他感到疼,连忙缩回被熏黑的手指,扔掉火柴,自己都觉得好笑。"真荒唐! 这样做不行。得想办法不再见她:要么我自己离开这儿,要么打发她走。对,打发她走! 给她丈夫几个钱,叫他们搬到城里或者别的村子去。但要是被人家知道又会议论纷纷了。不过总比面临这样的危险强。对了,就这么办。"他自言自语,同时目不转睛地望着她。"她这是到哪儿去啊?"他突然问自己。他觉得,她已看见他站在窗口,她瞟了他一眼,跟另一个女人手拉着手,快活地挥动另一只手臂往花园里走去。他身不由己,自己也不知道在做什么,竟向账房走去。

华西里·尼古拉耶维奇穿着漂亮的礼服,头发上抹了油,跟妻子和一个包着厚头巾的女客坐在那里喝茶。

"华西里·尼古拉耶维奇,我想跟您谈谈。"

"行啊。请进。我们已经喝好了。"

"不,您还是跟我一起出去走走。"

"这就去,让我拿顶帽子。塔尼雅,你把茶炊盖上。"华西里·尼古拉耶维奇说,高高兴兴地走了出去。

叶甫盖尼觉得他好像多喝了点儿酒,但有什么办法呢? 也许这样倒好,他会同情他的处境的。

"我啊,华西里·尼古拉耶维奇,要谈的还是那件事,"叶甫盖尼说,"关于那个女人的事。"

"那又怎么样? 我已吩咐以后不要再找她了。"

"不,我另外有一个想法,我想跟您商量商量。能不能把他们弄走,把他们全家都弄走?"

"把他们弄到哪儿去啊?"华西里问。叶甫盖尼觉得他不很乐意,说话还带点儿嘲弄的口气。

"我是这么想的:给他们一点儿钱,甚至给他们科尔托夫斯科耶的一些地。只要她能离开这儿就行。"

"怎么把他们弄走呢？离开老家，他们又能上哪儿去？再说，您又何必这样呢？她碍您什么事啦？"

"唉，华西里·尼古拉耶维奇，您要明白，万一被太太知道，那就糟了。"

"可谁会去对她说呢？"

"可是这样提心吊胆怎么过日子呢？再说，这样实在太难受了。"

"说真的，您担什么心啊？谁算旧账，谁不得好死。人非圣贤，孰能无过？"

"我想还是把他们打发走的好。您不能跟她丈夫谈一谈吗？"

"有什么可谈的！唉，叶甫盖尼老爷，您这是怎么了？事情早就过去了，人家也都忘记了。天下什么事没有啊？现在还有谁会说您的坏话？您可是个有地位的人哪。"

"但您还是去说说吧。"

"好的，我去说。"

尽管叶甫盖尼事先就知道这事不会有什么结果，但这次谈话还是多少使他平静点儿。主要是他觉得，由于激动他把这种危险夸大了。

难道他是去同她幽会吗？这是不可能的。他只是到花园里走走，碰巧她也跑到那儿去罢了。

十四

就在圣三一节那天，午饭后，丽莎在花园里散步，丈夫想领她去看看三叶草,她在去草地时跨过一条小沟,不幸失足跌倒了。她侧着身子慢慢倒下来,惊叫一声。丈夫看见她脸上不仅现出恐惧的神色,而且显得很疼痛。他想把她扶起来,但她把他的手推开。

"不,等一下,叶甫盖尼,"她苦笑着对他说,仿佛负疚似的(他有这样的感觉)从下面望着他,"只是脚扭了一下。"

"我总是说,"华尔华拉·阿列克谢耶夫娜说,"有了身孕怎么可以跳沟呢?"

"不要紧,妈妈,没关系。我马上就能站起来。"

她在丈夫帮助下站了起来,可是脸色唰地发白,脸上现出惊恐的神色。

"哦,我觉得不舒服。"她低声对母亲说。

"唉,我的上帝,这是造什么孽啊!我说过不要出来,"华尔华拉·阿列克谢耶夫娜嚷道。"你们等一下,我去叫人来。她自己不能走,得找人来抬。"

"你不害怕吧,丽莎?我把你抱回去,"叶甫盖尼左手抱住她说,"搂着我的脖子。对了,就是这样。"

他弯下身子,右手抱住她的两腿,把她抱起来。从此他再也忘不了在她脸上看到的那种又痛苦又幸福的表情。

"你觉得重吗,亲爱的?"她含笑说,"妈妈跑了,你去对她说一声。"

她说着俯下身子吻了他一下。她显然希望妈妈也看见他怎样抱她。

叶甫盖尼叫了一声华尔华拉·阿列克谢耶夫娜,叫她不用着急,他会把她抱回去的。华尔华拉·阿列克谢耶夫娜站住,嚷得越发厉害了。

"你会把她摔死的,准会把她摔死的。你这是要她的命啊。真没良心。"

"我抱得稳稳当当。"

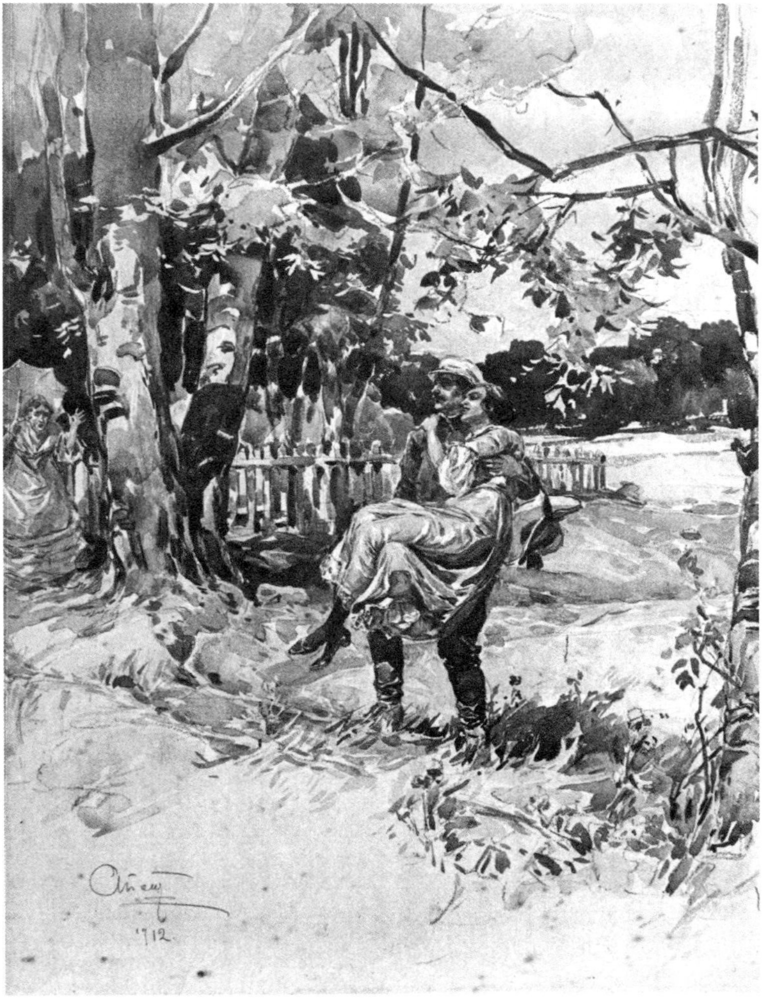

"我不要看,我不能眼看你折磨我的女儿。"她叫着在林荫路上拐了弯。

"不要紧,过一会儿就好了。"丽莎笑眯眯地说。

"但愿不要像上次那样出事。"

"不,我不是说这个。这个不要紧,我是说妈妈。你累了,歇会儿吧。"

叶甫盖尼虽然觉得很重,但他还是得意扬扬地把妻子抱到家里,也没有把她交给华尔华拉·阿列克谢耶夫娜派来的女仆和厨子。他把她一直抱到卧室,放在床上。

"好了,你走吧,"她说,把他的手拉过来吻了吻,"我有安奴施卡就行了。"

玛丽雅·巴甫洛夫娜也从厢房跑出来。她们给丽莎脱掉衣服,放到床上。叶甫盖尼手里拿着一本书,坐在客厅里等。华尔华拉·阿列克谢耶夫娜从他旁边走过,脸上现出谴责和愤怒的神色,使他感到害怕。

"什么事?"他问。

"什么事?还问什么?您逼着妻子跳沟的企图该是达到了吗!"

"华尔华拉·阿列克谢耶夫娜!"他大声叫道,"太过分啦!您要是存心折磨人,搅得人家没法过日子,"他想说:那就请到别处去吧,但他忍住,没有说出口,"难道您不感到难受吗?"

"现在已经晚了。"

她得意扬扬地抖了抖头上的包发帽,走出房间。

这一跤确实摔得很重,一条腿扭伤,而且有再次流产的危险。大家都知道没有别的办法,只有卧床静养,但还是决定去请医生。

"尼古拉·谢苗诺维奇阁下,"叶甫盖尼写信给医生道,"您对我家一向关怀备至,现再恳请大驾光临舍间,我妻因……"等等。他写完信,就去马厩吩咐备马套车。得准备几匹马去接医生,再准备几匹把医生送回去。在经济不太宽裕的人家,这可不是一下子就能办到的,得动一番脑筋。叶甫盖尼亲自把这件事安排好,打发车夫出门,回到家里已九点多钟。妻子躺在床上,她说她觉得很好,身上一点儿也不疼。华尔华拉·阿列克谢耶夫娜坐在灯旁(灯光用琴谱挡住,免得它直射到丽莎的眼睛)编织一条红色大毛毯,脸上那副神气分明表示,在出了这样的事以后家里别再想太平了:"不管你们干什么,我可是尽了我的责任了。"

叶甫盖尼看到这一点,但为了装作没注意,竭力显出轻松快活的样子,讲他怎样调拨马匹,母马卡符什卡拉左边套拉得很出色。

"可不是吗,偏偏要在请大夫的时候出去练马。说不定还会把医生也摔到沟里去的。"华尔华拉·阿列克谢耶夫娜说,把编织物拿到灯光下,透过夹鼻眼镜仔细察看着。

"可是总得派马车去接啊。我已安排妥当了。"

"我可记得很清楚,上次你们那几匹马拉着我乱跑,差点儿冲到火车底下。"

这是她好久以前胡编出来的事,但叶甫盖尼此刻一不留神就戳穿她事情并非完全如此。

"我所以总是说,对公爵也说过多次,跟不老实、不诚恳的人最难相处。我什么事都能忍受,就是这样的事不能忍受。"

"要是说这事谁最难过,恐怕要数我了。"叶甫盖尼说。

"这是明摆着的。"

"什么?"

"没什么,我数数针数。"

魔鬼 | 299

叶甫盖尼这时站在床旁。丽莎望着他,她的两只汗津津的手本来放在被子外,这时其中一只拉住他的手握了握。她的眼神仿佛在说:"看在我的分上,不要生她的气。她不可能阻止我们相亲相爱。"

"我不会的。这没有什么。"他低声说,吻了吻她那汗津津的瘦长的手,又吻了吻她那双可爱的眼睛。他吻她的时候,她的眼睛闭了起来。

"难道又会发生那样的事吗?"他说,"你觉得怎么样?"

"我不敢说,怕弄错了,但我觉得他还活着,他一定能活下去。"她望着自己的肚子说。

"唉,可怕,想想都可怕。"

尽管丽莎再三要叶甫盖尼走开,他还是通宵守在她身边,只偶尔打个盹儿。这天夜里她睡得很好,要不是已去请医生,她也许起床了。

第二天午饭前医生来了,照例说了些模棱两可的话,说什么"这种再发现象虽使人担心,但说实话,还没有明确的症状,也没有相反的症状,因此后果既可以从这方面着想,也可以从那方面考虑。所以还需要卧床休息,尽管我不喜欢给人家开药方,但还是用点儿药,卧床休息休息。"此外,医生还给华尔华拉·阿列克谢耶夫娜讲了一通妇女生理解剖知识,而华尔华拉·阿列克谢耶夫娜则煞有介事地点着头。诊费照例塞在医生袖口里。医生告辞了,病人则在床上又躺了一个星期。

十五

叶甫盖尼大部分时间都守在妻子床边。照顾她,同她聊天,念书给她听。不过,最难为他的是,他听着华尔华拉·阿列克谢耶夫娜的攻击而毫无怨言。甚至能把这种攻击变成玩笑。

不过他也不能成天待在家里。因为第一妻子硬要他出去,说他老坐在家里陪她会生病;第二所有的农活都非他亲自过问不可。他不能老待在家里,就到田野、树林、花园、打谷场走走。但不论走到哪里,不仅他在心里思念斯捷潘妮达,而且斯捷潘妮达的生动形象也处处追逐着他,使他无法把她忘掉。本来这还没什么,他也许还能把这种感情压下去,但最糟糕的是以前他几个月都见不到她,现在却经常看见她,遇到她。她显然明白他想跟她恢复来往,因此竭力找机会同他见面。不过他们谁也没有说过一句话,因此没有直接幽会过,只是竭力找机会见面罢了。

他们可能相遇的地点就是树林,因为农妇们常去那里割草喂牛。叶甫盖尼知道这一点,因此每天都在这片树林旁来回踱步。他每天都对自己说不去了,可是到头来还是天天都往树林的方向走。他一听见人声,就在灌木丛后面站住,屏住呼吸往外张望,看看是不是她。

为什么他要知道这是不是她?他自己也说不上来。他想,如果这是她,而且只有她一个人,他也不会去找她,他会跑开,但他希望看见她。有一次他遇见她。就在他走进树林的时候,她正背着装满青草的沉甸甸的麻袋,同两个女人一起从树林里出来。如果早来一步,他就会在树林里单独碰上她。现在当着两个女人的面,她当然不能回到树林里找他。不过,虽然明明知道她不会再回来,他还是不顾可能引起那两个女人的注意,好一阵站在榛树后面。她果然没有回来,他却在那里站了好半天。天哪!在他的想象中她是多么妩媚动人啊。而且这不是第一次,而是第五次、第六次。越往后,他这种感情越热烈。他觉得她从来没有这样迷人过。岂止迷人,她从来没有像现在这样使他神魂颠倒。

他感到无法自持,简直有点儿疯疯癫癫。他对自己的严格要求却丝毫也没有放松;而且他还看到自己的欲望和行为(他在树林里徘徊不走)十分卑劣。他知道,只要他在附近什么地方同她相遇,在暗处同她接触,他就会放纵自己的情欲。他知道,他之所以还能自制,是因为在人们面前,在她面前,在自己面前,他还有羞耻心。他也知道,他正在找寻一个可以掩盖羞耻心的环境,就是在黑暗中,或者一旦接触兽性就会压倒羞耻心这样的地方。因此他知道他是一个卑鄙的罪人,他打从心底里瞧不起自己,痛恨自己。他痛恨自己,因为自己还没有屈服。每天他都祈求上帝让他坚强起来,使他免于堕落;每天他都决定从此不再跨出一步,不再向她看一眼,把她忘记;每天他都想办法来摆脱这个孽障,而且已使用过种种办法。

但一切都是白费心机。

一种办法是不断工作;另一种办法是增加体力劳动和吃素;再有一种办法是竭力想象一旦妻子、岳母和人们知道这件事,他将怎样狼狈不堪,无地自容。这些办法他都试过,觉得很有效果,但是一到中午,也就是他们以前幽会的时刻,或者他遇到她去割草的时刻,他又情不自禁地向树林走去。

这样苦苦地熬过了五天。他只是远远地看见她,但一次也没有去接近她。

十六

丽莎的身体渐渐复原,她已能下床走动,但看到丈夫身上发生的莫名其妙的变化,她感到不安。

华尔华拉·阿列克谢耶夫娜短期离开他们,家里的客人只剩下叔叔。玛丽雅·巴甫洛夫娜仍旧住在家里。

六月间一场雷雨之后,瓢泼大雨又足足下了两天两夜。这种情况是常有的。在这样的雨天,叶甫盖尼情绪特别烦躁。暴雨使一切工作都停顿了。由于道路泥泞,粪肥无法运输。大家都在家里闷坐。牧人在户外赶着牲口受罪,只得把它们赶回来。牛羊在牧场上和宅园里到处乱跑。农妇们包着头巾,光着脚,蹚着烂泥寻找走散的母牛。道路上到处流着雨水,树叶上和青草上也雨水淋漓,沟里的水像小溪似的汩汩直流,流到泡沫翻腾的洼地。叶甫盖尼陪丽莎坐在家里,丽莎今天心里特别愁闷。她几次三番问叶甫盖尼为什么情绪不好,他烦躁地回答说没有什么。她就不再问,但忧心忡忡。

早饭后,他们一起坐在客厅里。叔叔讲着他同达官贵人交往的故事。这种故事都是他编造的,讲了怕也有百来次了。丽莎一面织毛衣,一面唉声叹气,抱怨天气不好,她觉得腰疼。叔叔劝她去躺一会儿,自己顺便讨酒吃。叶甫盖尼待在家里十分气闷。什么事都不顺心,他感到烦恼。他看书,抽烟,但一点儿也没看进去。

"对了,我得去看看磨碎机,昨天已运到了。"他说着站起来,走了。

"你带把伞去。"

"不，我有雨衣。再说，我去去就来。"

他穿上靴子、雨衣，向糖厂走去。但没走上二十步，就迎面遇见了她。她的围裙掖得高高的，露出雪白的小腿。她两手抓住包着她脑袋和肩膀的大围巾走过来。

"你怎么了？"他问，起初没认出是她。等他认出她时，话已说出口。她站住，笑眯眯地望了他好半天。

"我找小牛去。天在下雨，您这是上哪儿去啊？"她说，仿佛天天都见到他似的。

"到窝棚来。"他突然忘乎所以地说，仿佛这句话是别人借他的口说的。

她咬住头巾，丢了个眼色，朝原来的方向跑去。她跑进花园，往窝棚跑去。他继续走他的路，想绕过一丛丁香也往那里走。

"老爷，"他听见后面有人叫他，"太太请您回去一下。"

原来是他们家的男仆米沙。

"我的上帝啊，你这是第二次救了我。"叶甫盖尼想，立刻走回家去。丽莎提醒他说，他答应中午给一个生病的女人送药去，叫他把药带上。

把药包好，花了五分钟时间。他拿着药出来，但是不敢去窝棚，怕被家里人看见。但一离开家人的视线，他立刻拐弯向窝棚走去。他已经想象她站在窝棚中央，快乐地微笑着。但是她不在，也没有她到过那里的痕迹。他心里想，她没有来，也许是没有听见或者没有听懂他的话。他低声嘟囔着，仿佛怕被她听见。"也许她不愿意来？

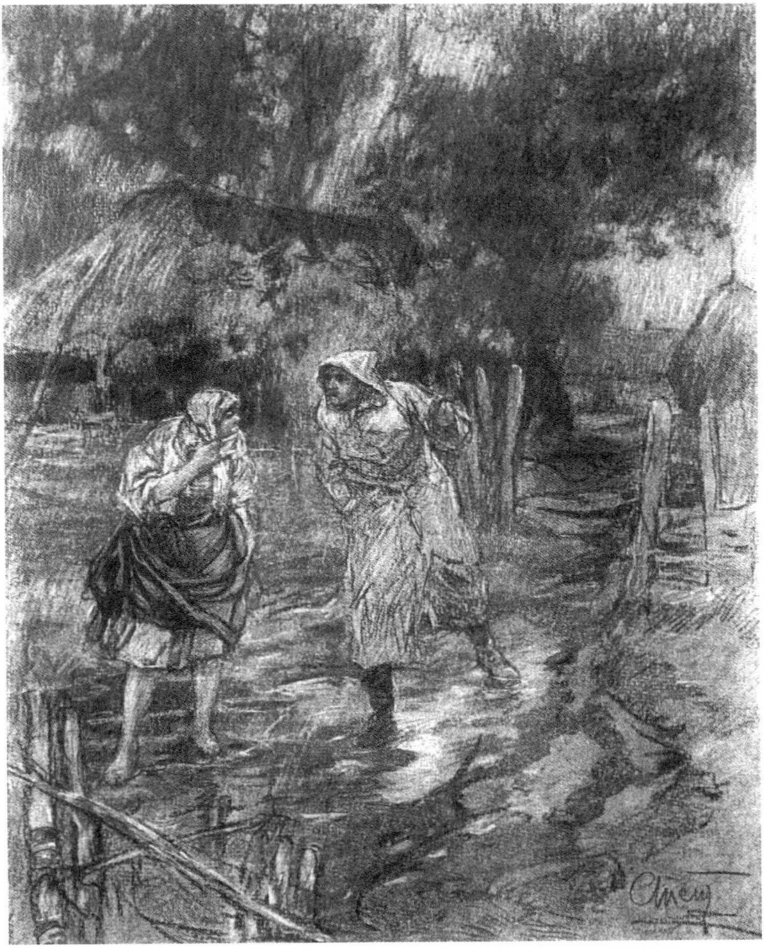

我凭什么认为她会乖乖地投进我的怀抱？她有丈夫，我有妻子，而且是个贤惠的妻子，只有我才这么卑鄙，去追求人家的妻子。"他坐在窝棚里这么想，棚顶上有个地方漏雨，雨水沿着麦秸往下滴。"要是她能来，那该多么幸福啊！下雨天两人单独在这儿，哪怕再拥抱一次也好，以后管它呢。哦，对了，"他醒悟过来，"她要是来过这儿，可以从脚印上看出来。"他看看通向窝棚的那条没长青草的小路，路上果然留有光脚刚踩过的脚印，还有滑了一下的痕迹。"是的，她来过了，但现在完了。现在只要一看见她，不管在哪儿，我就过去找她。夜里去找她。"他在窝棚里坐了好半天，然后丧魂落魄地走了出来。他把药送去，回到家里，在自己房间里一直躺到吃午饭。

十七

午饭前，丽莎来到他的房间。她一直在琢磨究竟什么事使他闷闷不乐。她对他说，他们想送她去莫斯科分娩，但她怕他不高兴，所以决定留在这里，说什么也不去莫斯科。他知道，她担心自己的分娩是否能平安无事，婴儿生下来是否健康，因此看到她出于对他的爱竟能毅然牺牲一切，他不能不深受感动。家里一切都是那么美好、快乐、纯洁，而他的内心却是那么肮脏、卑鄙、可怕。叶甫盖尼一晚上都感到十分苦恼。他知道，尽管他对自己的弱点十分憎恶，尽管他下决心同她一刀两断，但到了明天他又会故态复萌。

"不，这样下去可不行，"他在房间里踱来踱去，自言自语，"一定得想个对策。我的上帝啊！怎么办呢？"

有人按照外国规矩在门上轻轻敲了敲。他知道这是叔叔。

"请进！"他说。

叔叔自告奋勇替丽莎来做说客。

"不瞒你说，我真的发现你有点儿变了，"他说，"我知道丽莎为了这件事也很难过。我知道要你放下已开了头的兴旺的事业是很难的，但你有什么打算？你有什么打算？我倒是劝你们出去走走。这对你、对丽莎都有好处。听我说，你们到克里米亚去一次，那儿气候好，产科大夫也好，你们去正赶上葡萄成熟的季节。"

"叔叔，"叶甫盖尼突然说，"您能不能替我保守一个秘密，一个可怕的秘密，一个丢人的秘密？"

"恕我直言，难道你还信不过我吗？"

"叔叔！您是能帮助我的，其实不只帮助，您是能挽救我的。"叶甫盖尼说。想到他要向这位他并不看重的叔叔公开自己的秘密，想到他将在叔叔面前自贬身份，降低人格，他反而高兴。他觉得自己卑鄙，有罪，他要惩罚自己。

"说吧，孩子，你知道我是多么爱你啊！"叔叔说，显然很得意，因为人家要把一个秘密，一个丢人的秘密告诉他，而且他还可能帮助人家呢。

"首先我要说，我是一个无赖，一个流氓，一个坏蛋，一个十足的坏蛋。"

"哦，你这算什么话？"叔叔喉音很重地说。

"我怎么不是个无赖呢？我是丽莎的丈夫，丽莎的丈夫，我明明知道她纯洁、热情，可我这个做丈夫的却想背着她同人家的婆娘偷情。"

魔 鬼 | 307

"那你为什么想这样做呢？你没有做过对不起她的事吧？"

"是的，这也等于做过对不起她的事了，因为我身不由己。我本来就要去了，可是被人家破坏了，要不然我现在已经……现在已经……我真不知道我会做出什么事来。"

"对不起，你能不能给我说得明白点儿……"

"嗯，是这么回事。我在结婚以前，一时糊涂，同我们村里的一个婆娘发生过关系。就是说，我同她在树林里，在野地里幽会过……"

"她长得漂亮吗？"叔叔问。

叶甫盖尼听见他提出这样的问题，皱了皱眉头，但他非常需要人家的帮助，就装作没听见，继续往下说："嗯，当时我想这也没什么，我同她一刀两断不就完了。我在婚前就同她断绝了来往，差不多整整一年没见到她，也没想过她。"叶甫盖尼听着自己的话，听着自己对这事的描述，自己也觉得很别扭，"后来，有一天，我也不知道是怎么回事——是的，有时候真使人觉得是鬼迷心窍——我忽然看见她，我心里仿佛有一条虫在作怪，我觉得身不由己。我咒骂自己，我明白我的行为太恶劣了，也就是说，我随时都可能做出那种事来，我会自动去找她。如果说我没做成，那全是上帝救了我。昨天我正要去找她，幸亏丽莎把我叫了回来。"

"怎么，在下雨天？"

"是的，我忍不住了，叔叔。我决定向您坦白，求您帮助我。"

"是啊，这样的事发生在自己庄园里当然不好，我明白，丽莎身子虚弱，得照顾她，可是为什么要在自己庄园里搞呢？"

叶甫盖尼又竭力装作没听见叔叔的话，赶紧抓住正题。

"您就救救我，帮我摆脱出来吧。我求您的就是这件事。今天偶然被破坏了，可是明天，下一次就不会再遇到什么意外。现在她心中已经有数。您不要让我单独出去。"

"好吧，就这么办，"叔叔说，"可你真的这样迷恋她吗？"

"唉，根本不是那么回事，不是那么回事，有一种力量把我抓住不放。我不知道怎么办才好。也许我会坚强起来，到那时……"

"那你就听我的话，"叔叔说，"咱们一起去克里米亚。"

"好，好，咱们一起去，但现在我要跟您待在一起，我还有话要跟您说。"

十八

叶甫盖尼向叔叔吐露了内心的秘密后，尤其是在那个下雨天经受了良心的谴责、感到强烈的羞愧后，他清醒过来了。他决定一星期后去雅尔塔。在这个星期里，他进城去取款做旅费，安排好家务和生产，他的心情又变得轻松愉快，同妻子的关系又恢复亲密，精神上重新振作起来。

自从那个雨天以后，他再没有见到过斯捷潘妮达。他同妻子一起到克里米亚去。他们在克里米亚愉快地度过了两个月。那里的所见所闻都使叶甫盖尼感到赏心悦目，以致往事仿佛都从他的记忆中消失了。他们在克里米亚遇到许多老朋友，他们之间的关系更加亲密了；此外，他们又结交了一批新朋友。克里米亚的生活对叶甫盖尼来说简直像天天都在过节,对他很有益处。他们在这里跟本省前任首席贵族过往频繁。这位首席贵族很聪明,是个自由主义者。他很喜欢叶甫盖尼,多方开导他,把他拉到自己一边去。八月底,丽莎生下一个健康漂亮的女孩,分娩也是意外地顺利。

九月里,叶甫盖尼一家回来的时候已有四个人了。他们带了婴儿和奶妈,因为丽莎自己不能喂奶。叶甫盖尼完全摆脱了以前的烦恼,回到家里精神愉快,生气勃勃,同以前判若两人。他体验到做丈夫的在妻子分娩时的种种感受,越发热爱自己的妻子了。当他把婴儿抱在怀里时,他产生一种新鲜好玩、非常愉快的感觉,仿佛全身痒酥酥的。除了经营家业之外,现在他的生活中又添了一件新事:自从他同前任首席贵族杜姆钦结识以来,他对地方自治会忽然发生了兴趣。这一半是出于虚荣心,一半是出于责任感。十月里将举行非常会议,在这次会上他可能当选首席贵族。回家后,他进过一次城,后来又专程去拜访过杜姆钦。

关于诱惑和内心斗争的苦恼,他简直忘得干干净净,也很难想象当时的情景。他觉得当时他简直像是发了疯。

他觉得他已完全摆脱了那件事,因此他回家后第一次见到管家,只有他们两人在一起的时候,他甚至敢于向他打听她的情况。他同管家已谈到过那件事,因此问的时候若无其事。

"那么,彼奇尼科夫·西多尔一直没有回家吗?"他问。

"没有,一直在城里。"

"他老婆呢?"

"真是个荡妇!如今又跟齐诺维搞上了。真不像话。"

"那太好了,"叶甫盖尼想,"我才不在乎呢,我真是变了。"

十九

叶甫盖尼的一切愿望如今都实现了：庄园保住了，糖厂开工了，甜菜丰收，估计今年收入一定可观；妻子分娩顺利，岳母也走了，他在自治会里被一致选为首席贵族。

选举完毕，叶甫盖尼离城回家。大家向他祝贺，他照例设宴答谢，在筵席上一连喝了五六杯香槟。现在他在构想一套全新的生活计划，回家路上一直在考虑这些问题。正是秋高气爽的时节。道路平坦，阳光明媚。快到家的时候，叶甫盖尼想到由于这次当选，他在老百姓中准会取得他梦寐以求的地位。有了这样的地位，他不仅能用生产来为他们谋幸福，使他们有工可做，而且还能直接对他们产生影响。他想象，三年后本村农民和外村农民就会对他做出公正的评价，"就连这个农夫也是这样"。这当儿他的马车正在村里走着，他看见一个农夫和一个农妇抬着一满桶水在他前面穿过大路。他们停住脚步，让马车过去。原来这农夫是彼奇尼科夫老头儿，那农妇就是斯捷潘妮达，叶甫盖尼瞧了她一眼，认出是她，觉得自己无动于衷，因此心中暗自高兴。她还是那么妩媚动人，但一点儿也没有使他动心。他回到家里，妻子在台阶上迎接他。这是一个美好的夜晚。

"怎么样，可以向你祝贺吗？"叔叔问。

"是的，我当选了。"

"好极了！应该喝几杯庆祝一下！"

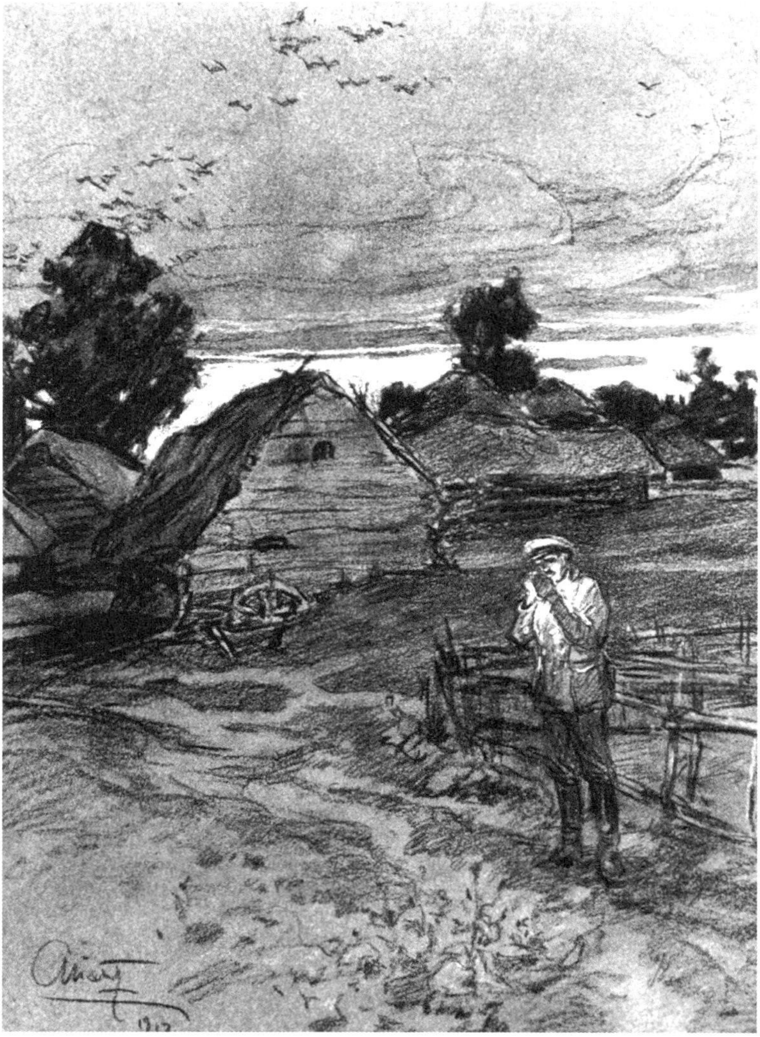

第二天早晨，叶甫盖尼就去视察他好久未去的农庄。农庄里一台新的脱粒机正在开动。叶甫盖尼察看脱粒机的运转。在农妇中间走来走去，竭力不去注意她们，但不论怎样克制，他还是有两三次看到正在搬运麦秸的斯捷潘妮达的黑眼睛和红头巾。他瞟了她两三眼，觉得自己又有点儿动心，但说不清究竟是怎么回事。到了第二天，他又去打谷场，毫无必要地在那里待了两小时，情意绵绵地不断瞧着这个熟识的美丽的年轻女人，他觉得他这个人完了，彻底完了，无可救药了。他又陷入那种痛苦之中，全身感到不可名状的恐怖。他没有救了。

他所担心的事果然发生了。第二天傍晚，他自己也不知道是怎么搞的，竟信步来到她家草棚对面的后院旁。秋天里，有一次，他们曾在这里幽会。他装作散步的样子停下来，点上一支烟。邻居家的一个女人看见他，当他往回走时，他听见那女人在对谁说："快去，他在等你呢，他站在那里急得要命。快去，傻婆娘！"

他看见一个女人——就是她——向草棚跑去，但他却无法折回，因为一个农夫碰到了他，他只得回家。

二十

他回到客厅，觉得什么都挺别扭，挺不自然。早晨起来他还精神抖擞，决心把这件事抛开，忘记她，不再胡思乱想。但是，他自己也不知道怎么搞的，整个上午他不仅对任何事都不感兴趣，而且千方百计加以回避。以前他认为重要和开心的事，现在却不屑一顾。

他不由自主地竭力摆脱各种事务。他觉得他之所以要摆脱它们，是为了好专心考虑这件事。他抛开一切，独自待着。但只要剩下他一个人，他就会信步走到花园和树林里。而所有这些地方都被往事的回忆，使他销魂蚀骨的回忆所玷污。他觉得，他到花园里散步是为了考虑什么问题，其实他什么也没考虑，只是疯疯癫癫、莫名其妙地等着她，希望出现奇迹，她会知道他需要她，并且立刻赶到这里，或者到一个没人看见的地方，或者在一个没有月亮的黑夜，谁也看不见，连她自己也看不见自己的黑夜，她会突然跑来，于是他就接触到了她的身体……

"是啊，什么时候要同她断绝关系，就什么时候同她断绝关系，"他自言自语，"是啊，我只是为了健康的缘故才同这个健康、干净的女人发生关系！不过，不能就这样玩弄她。我原以为我抓住了她，不想却被她抓住，而且抓住不放。我原以为我自由自在，不想却失去了自由。结婚的时候，我欺骗了自己。一切都是荒唐之至，自欺欺人。自从我同她有了关系后，我体会到一种新的感情，一种做丈夫的新的感情。是的，我得跟她同居。

"是的，现在有两种生活供我选择：一种是我跟丽莎已开始的生活，包括公务、家业、孩子、人们对我的尊敬。要继续这样的生活，就得丢开她，丢开斯捷潘妮达，就得像我所说的那样把她打发走，或者把她除掉，使她不再存在。另一种生活就是这样：把她从丈夫手里夺过来，给他些钱，不顾羞耻，厚着脸皮跟她同居。但这样就容不得丽莎和咪咪（孩子）。不，孩子倒不碍事，但不能让丽莎留着，得让她走。就让她知道，让她咒骂，让她走掉。让她知道我不要她而要一个乡下婆娘，我是个骗子，是个坏蛋。不，这太可怕了！不能这样做。但也可能出现这样的情况,"他继续想,"也可能丽莎害病死去。她一死,就万事大吉了。

"万事大吉!哼,坏蛋!要死就该她死。要是她斯捷潘妮达死了,那该多好哇!

"对了,人家就是这样毒死、杀死妻子或者情妇的。拿起手枪,把她叫来,不去拥抱她,而给她当胸一枪。这样就完了。

"她可是个魔鬼,确实是个魔鬼,她违反我的心意把我抓住不放。把她打死吗?出路只有两条:不是打死老婆,就是打死她。因为再也不能这样过下去了。①不能!得好好考虑一下,估计一下前途。如果这样继续下去,将会怎么样?

"以后我又会对自己说,我不想这样过下去,我要一刀两断,但这只是说说罢了,到了晚上我又会到后院去,她又会知道,她又会来找我。或者人家知道这件事,去告诉我妻子,或者我主动去告诉她,因为我不能撒谎,我不能这样过下去。我不能。这事要暴露的,人人都会知道,巴拉莎也好,铁匠也好,他们都会知道的。结果会怎么样?难道能这样过下去吗?

"不能。出路只有两条:不是打死老婆就是打死她。还有……

"是的,还有第三条出路:自杀,"他悄悄地说出声来,接着打了个寒噤,"对了,自杀,那就不用打死她们了,"他心里感到恐惧,因为他觉得他只有这一条出路,"手枪是有的。难道我真的要自杀吗?这可是从没想到过的。这太意外啦!"

他回到自己房间里,立刻去开放手枪的柜子。但他还没来得及打开枪套,妻子就进来了。

---

① 从这里开始这篇小说有两种结局。

二十一

他用一张报纸盖住手枪。

"老毛病又犯了。"丽莎看了他一眼,惊慌地说。

"什么老毛病?"

"你的模样就像上次你有话不愿对我说时那样可怕。叶甫盖尼,亲爱的,你就对我说说吧,我看出你心里很痛苦。你对我说说,心里会好过些的。无论如何总比你现在这样痛苦要好些。我知道你没有什么不好的事。"

"你知道? 再见。"

"你说,你说,你说! 我不放你走。"

他苦笑了一下,想:"告诉她吗? 不,不行。况且也没有什么可说的。"

也许他会告诉她,但不巧这时奶妈走了进来,问可不可以带孩子出去散步。于是丽莎就去给孩子穿衣服。

"那么你回头告诉我。我去去就来。"

"好吧,也许……"

她永远不会忘记他说这句话时露出的苦笑。她走了出去。

他慌忙像小偷那样悄悄抓起手枪,从枪套里拔出来。"里面装有子弹,这是好久以前的事了,不过少了一颗子弹,那就听天由命吧。"

他把枪口对准太阳穴,又犹豫起来,但一想到斯捷潘妮达,想到不要再见她的决心，以及他所体验的内心斗争、她的诱惑、自己的堕落、再一次的内心斗争，不禁恐惧得打了个寒噤。"对了，还是这样好。"他扣了一下枪机。

丽莎刚从阳台上下来。她跑进房间时，他已仆倒在地上，一道发黑的热血正从伤口涌出来，尸体还在微微抽搐。

法院进行了侦讯。谁也无法理解和说明他自杀的原因。叔叔根本没有想到，叶甫盖尼自杀的原因竟同两个月前他向他坦白的那件事有关。

华尔华拉·阿列克谢耶夫娜一再说，她早就料到会出这种事。当他同她争论时她就看出来了。丽莎和玛丽雅·巴甫洛夫娜怎么也不能理解竟然会发生这样的事，尤其不信医生说他有精神病的话。她们怎么也不能同意这种说法，因为知道他的神经比她们所认识的成百个人都健全。

是的，如果说叶甫盖尼·伊尔吉涅夫有精神病，那么，人人都有精神病。至于真正有精神病的人，无疑就是那些在别人身上看到疯狂的症状，却看不到自己身上有这种症状的人。

一八八九年十一月十九日，雅斯纳雅·波良纳

《魔鬼》结局的异稿

……他对自己说。他走到桌旁，从抽屉里取出手枪，检查了一下，发现少了一颗子弹，就把枪放进裤袋。

"我的上帝啊！我这是在干什么呀？"他突然大声说，把双手交叠在胸前，祷告起来。"主哇！帮助我，救救我吧！你知道我不愿做坏事，可是我一个人无能为力。你帮助帮助我吧。"他对着神像画十字，嘴里这样说。

"是的，我无法控制自己。让我出去走走，考虑考虑。"

他走到前厅，穿上皮袄、套鞋，来到台阶上。他的两脚不由自主地绕过花园，沿着村道向农庄走去。农庄里，脱粒机还在隆隆作响，牧童在尖声吆喝。叶甫盖尼走进谷物干燥棚。她就在那儿。他一眼就看见了她。她正在耙麦穗，一看见他，顿时眉开眼笑，欢天喜地地在散乱的麦穗旁跑来跑去，利落地把麦穗耙到一起。叶甫盖尼不愿看她，但又忍不住不去看她。直到看不见她时，他才清醒过来。管家报告说，现在打的麦穗因为存放太久，脱粒比较费事，出的麦子也少。叶甫盖尼走到滚筒前，由于麦穗铺得不匀，滚筒有时转动不灵，发出咯咯的响声。他问管家，这种存放过久的麦捆还多不多。

"还有五六车。"

"噢，是吗……"叶甫盖尼说，但没有把话说完。这时她走到滚筒前，把麦穗从滚筒下耙出来，笑盈盈地瞟了他一眼，使他觉得浑身燥热。

这个目光表达了他们之间无所顾忌的快乐爱情，她知道他需要她，他去过她家的草棚。她的目光还表示，她依旧准备随时同他一起寻欢作乐，不考虑环境和后果。叶甫盖尼觉得自己已无法离开她，但他不甘心屈服。

他记起自己的祈祷，想再重复一遍。他在心里默默地做着祷告，但立刻觉得这样完全无济于事。

现在他的头脑里只有一个念头：怎样避开众人耳目跟她约会。

"要是今天打完这一垛,您的意思是再打一垛,还是明天再说?"管家问。

"对,对!"叶甫盖尼回答,看见她正同另一个婆娘把麦穗耙到一起,就情不自禁地跟着她向麦堆走去。

"难道我真的不能控制自己吗?"他心里想,"难道我真的完了吗?主哇!但上帝是没有的。只有魔鬼。魔鬼就是她。魔鬼控制了我,但我不干,我不干。她是魔鬼,是的,她是魔鬼。"

他走到她紧跟前,从衣袋里掏出手枪,对着她的脊背砰、砰、砰连开三枪。她往前趔趄了几步,就倒在麦堆上。

"老天爷! 乡亲们哪! 这是怎么回事呀?"农妇们叫起来。

"不,我不是无意的。我存心打死她,"叶甫盖尼大声说,"你们派人去把警察局长找来。"

他回到家里,对妻子一句话也没说,就走进书房,把门锁上。

"别进来,"他隔着门对妻子嚷道,"一切你都会知道的。"

过了一小时他打了打铃,然后对进来的仆人说:"你去打听一下,斯捷潘妮达是不是还活着。"

仆人已知道一切,他说斯捷潘妮达一小时前就死了。

"太好了。现在你走吧。等警察局长或侦讯员来了,你来告诉我。"

警察局长和侦讯员第二天早晨才来。叶甫盖尼同妻子和孩子告了别,被带往监狱。

这是陪审制度刚实行的时候。经过审讯,认定他是一时精神失常,只判他到教堂忏悔。

他在监狱里关了九个月,在修道院里忏悔了一个月。

他在监狱里就开始喝酒,在修道院里也没有停止,回到家里已

魔 鬼 | 319

成了一个身子虚弱、不能自制的酒鬼。

华尔华拉·阿列克谢耶夫娜一再说，她早就料到会出这种事。当他同她争论时她就看出来了。丽莎和玛丽雅·巴甫洛夫娜怎么也不能理解竟然会发生这样的事，尤其不信医生说他有精神病的话。她们怎么也不能同意这种说法，因为知道他的神经比她们所认识的成百个人都健全。

是的，如果说叶甫盖尼·伊尔吉涅夫有精神病，那么，人人都有精神病。至于真正有精神病的人，无疑就是那些在别人身上看到疯狂的症状，却看不到自己身上有这种症状的人。

一八八九年

谢尔基神父

一

四十年代，彼得堡发生了一件轰动全城的事：一位相貌俊美的公爵，胸甲骑兵团禁卫连长（大家都预言他前途似锦，定能当上尼古拉一世的侍从武官）在与一位深得皇后宠幸的美丽的宫中女官结婚前一个月，突然提出辞呈，同未婚妻一刀两断，又把一座不大的庄园赠送给妹妹，自己进了修道院，决心当修士。这件事实在非同寻常，对不知内情的人来说更是不可思议，但斯捷潘·卡萨茨基公爵本人却觉得十分自然，他简直无法想象，除此之外他还有别的选择。

斯捷潘·卡萨茨基的父亲原是一位退伍禁卫军上校，去世时，儿子才十二岁。他临终嘱咐，不要把儿子留在家里，应该把他送进武备学校。做母亲的虽然很舍不得让儿子离家，但不敢违背亡夫的遗愿，就把他送进武备学校。这位遗孀自己带着女儿瓦尔瓦拉也移居彼得堡，以便跟儿子同住一地，逢年过节好接他回家团聚。

这孩子才华出众，自尊心特别强，因此各门功课都获得第一，尤其酷爱数学，成绩格外优异，而在队列操和骑术方面也总是名列前茅。他长得高人一头，而又英俊潇洒。此外，要不是脾气暴躁，他在操行上也算得上是个模范学生。他不酗酒，不放荡，十分正派，唯一妨碍他为人表率的是他那一触即发的火爆性格。一旦怒火爆发，他就完全丧失自制力，变成一头野兽。有一次，有个同学取笑他收集矿物标本，他差一点儿把这个同学从窗口扔出去。另一次，他几乎毁了自己：他把一大盘肉丸子扣到庶务官脸上，并向他扑去，因为这个庶务官说话不算数，还当面撒谎。要不是校长把这事捂住，又把庶务官赶走，他准会被贬谪当兵。

他十八岁毕业，进贵族禁卫团当军官。他还在武备学校念书时，皇帝尼古拉一世就知道他，他进禁卫团后皇帝又十分赏识他，因此大家预言，他一定能当上侍从武官。卡萨茨基本人也很向往这个职务，这不仅是出于虚荣心，而主要是因为他还在武备学校时就热爱，确实是热爱尼古拉一世。尼古拉一世身材很高，蓄着络腮胡子和小胡子，鹰钩鼻。每逢他身穿军服，昂首挺胸，神采奕奕地走进武备学校（他常来这里），声音洪亮地向学生们问好时，卡萨茨基总会产生一种心醉神迷的狂热，就像他后来遇到意中人时那样。只不过对尼古拉一世的狂热更加强烈些。他真想向皇帝表示他的无限忠诚，情愿为他牺牲一切，甚至不惜献出生命。尼古拉一世也知道这种狂热是由什么引起的，就故意挑动它。他同军校学生一起玩，让他们随侍左右，对待他们时而像孩子般随便，时而像朋友般亲切，时而又显出万乘之尊的威严。在卡萨茨基最近殴打庶务官事件之后，尼古拉一世对他只字不提，但当卡萨茨基走到身边时，他装腔作势地叫他走开，并且皱紧眉头做出威胁的手势，临走时又说："老实对您说，我什么都知道，但有些事我可不想知道。不过它们全在这里。"

他指指自己的心。

不过，当军校毕业生觐见皇帝的时候，他已不再提起这件事，而且照例对他们说，他们要对他和祖国效忠，有事可以直接找他，他将永远是他们最好的朋友。大家照例十分感动,而卡萨茨基想到打庶务官的事,深感负疚,不禁声泪俱下,发誓将竭尽全力,效忠敬爱的皇上。

卡萨茨基进禁卫团后,他母亲就带了女儿先搬到莫斯科,后又搬回农村。卡萨茨基把一半财产分给了妹妹。而他给自己留下的,只够他在奢侈成风的团里日常开销。

从外表看,卡萨茨基只是个前程远大而地位优越的普通禁卫军青年军官,但他的内心却充满复杂而紧张的活动。这种内心活动从小就有,可说纷繁复杂,其实归结起来只有一点,就是不论什么事,都要做到尽善尽美,成绩超群,以博得人们的赞叹。不论是军事训练还是课堂作业,他都全力以赴,非得到称赞和成为表率不肯罢休。一件事做成,再做另一件,正因为他如此好强,他门门功课都得第一。正因为如此好强,还在军校的时候,他发现他的法语讲得不够流利,就反复练习,使他的法语讲得像俄语一样漂亮。正因为如此好强,后来他学习下棋,刻苦钻研,还在军校时就下得一手好棋。

他生活的宗旨是效忠沙皇和祖国。此外,他还常常给自己确立各种目标,而且,不论这种目标多么微不足道,他总是全力以赴,不达目的,决不罢休。但一旦达到预定目标,他的头脑里又会立刻产生另一个目标,取代原来的目标。这种出人头地的欲望,以及为此而确定的目标,充满他的整个生活。因此,当他升任军官后,就立志要精通本职工作,做到尽善尽美,并很快成了一名模范军官,虽然他的暴躁性格难以克制,在任职时有过种种粗暴行为,影响他的升迁。后来,他在上流社会的一次谈话中感到自己的普通教育不足,决心要加以提高,就发奋读书,终于达到预定目的。后来他又立志要在上流社会显露头角，就学习舞艺，结果又达到目的。不久，凡是上流社会举行舞会和晚会，他总受到邀请。不过，这样的地位并没有使他感到满足。他惯于事事出人头地，在这方面他还远没有达到目的。

当时的上流社会，无论何时何地，我认为总是由四种人组成：一，富有的宫廷权贵；二，并不富有但在宫廷出生和成长的贵人；三，善于阿谀奉承宫廷权贵的富人；四，并不富有，也非宫廷出身但善于巴结第一种和第二种人的新贵。卡萨茨基不属于第一种人，他充其量只能归到后两种。他一进入上流社会，就存心要攀上一个女人。结果出乎他自己的意料，很快就达到了目的。但不久发现，他出入的圈子只是上流社会的下层，还没有接近宫廷的高层，尽管在那里他也被接纳，但总显得是个外人；尽管他们对他也彬彬有礼，言谈之中往往会流露出他们有他们的自己人，而他不是他们的自己人。但卡萨茨基想成为他们的自己人。为此目的，他必须当上侍从武官（他正在等待中），或者在这个圈子里找个姑娘结婚。他下定决心要办成这件事。他看中了一位姑娘，一位美人，一位宫中女官。她不仅属于他力求进入的上层圈子，而且是这个圈子里所有身居要职、地位稳固的人竭力想接近的女人。她就是柯罗特科娃伯爵小姐。卡萨茨基追求柯罗特科娃小姐不只是为了自己的前程，还因为她长得异常迷人。他很快就爱上了她。起初她对他特别冷淡，但后来突然改变态度，对他温柔体贴，她母亲更特别热情地邀请他去她们家做客。

卡萨茨基向她求婚，被接受了。他轻而易举地获得这样大的幸福，而且她们母女俩对他的态度有点儿异乎寻常。这使他感到奇怪。他深深堕入情网，如痴如醉，因此没有注意到城里几乎尽人皆知的一件事：他的未婚妻一年前曾是尼古拉一世的情妇。

二

在预定举行婚礼前两星期,卡萨茨基坐在皇村未婚妻的别墅里。这是五月里炎热的一天。未婚夫妇在花园里散了一会儿步,就在绿荫蔽天的菩提树下一条长凳上坐下来。梅丽身穿一件雪白的细纱连衣裙,显得格外美丽动人,仿佛是纯洁和爱的化身。她坐在那里,一会儿低下头,一会儿望望这位体格魁梧的美男子。卡萨茨基特别情意绵绵,小心翼翼地跟她说话,唯恐自己有一个姿势、一句话玷污和亵渎未婚妻天使般的纯洁。卡萨茨基属于四十年代的人物(这样的人物现在已经绝迹),在两性关系上他们自己恣意放纵,而不因这种污点而感到内疚,但却要求妻子恪守妇道,纯洁无瑕。在自己的圈子里,他们尊重每一个姑娘的这种纯洁,对待她们也信守这样的规矩。男人可以纵情酒色,这种观点是十分荒谬有害的,但在对待女人的问题上,他们的观点同现在年轻男子的观点截然不同。现在的年轻男子往往想把每一个姑娘都攫为己有。我觉得当年对待姑娘的这种观点还是有益的。姑娘们看到把她们奉为神明,也就多少去努力做个女神。卡萨茨基对女人就抱着这种观点,也这样来看待自己的未婚妻。这天他特别钟情,但对未婚妻没有丝毫肉欲。相反,却情意绵绵地望着她,像是望着一件高不可攀的神物。

他挺直他那魁梧的身体,两手挂着军刀站在她面前。

"我现在才领略到一个人可以享受到的最大幸福。这是您……这是你……"他怯生生地笑着说,"给我的幸福!"

他现在还不习惯用"你"来称呼她。他在精神上感到她高高在上，还不敢和这样一位天使你我相称。

"因为你……我才知道我比我自己所想的要好。"

"这我早就知道了。所以我才爱上您。"

一只夜莺在近处鸣啭，嫩绿的树叶在微风中轻轻晃动。

他拿起她的手吻了吻，眼泪夺眶而出。她明白，他这是感谢她刚才说她爱上了他。他走了几步，沉默了一会儿，又走到她跟前坐下。

"您要知道，你要知道……嗯，反正都一样。我同你亲近不是没有私心的，我想同上流社会建立联系，可是后来……当我了解了你，我觉得我的私心同你比起来是多么渺小！你不会因此而生我的气吧？"

她没有回答，只用手摸摸他的手。

他懂得她这样做是表示："不，我不生气。"

"对了，你刚才说……"他迟疑不决，他觉得这样说太无礼了，"你说你爱上了我，这我是相信的，但是，对不起，我总觉得除此以外还有什么事使你烦恼不安，究竟是什么事啊？"

"对了，要么现在说，要么永远不说，"她想，"反正他会知道的。不过现在他决不会走掉。唉，要是他走掉，那就太可怕了！"

她含情脉脉地瞟了瞟他那魁梧、高贵、强壮的身体。现在她爱他超过爱尼古拉。要不是尼古拉身为皇上，她才不肯拿他去换皇帝呢。

"您听我说：我不能不说实话，我应该把一切都说出来。您会问是什么事，那就是我以前爱过人。"

她用恳求的姿势把手放在他身上。

他不作声。

"您想知道是谁吗？对，是他，是皇上。"

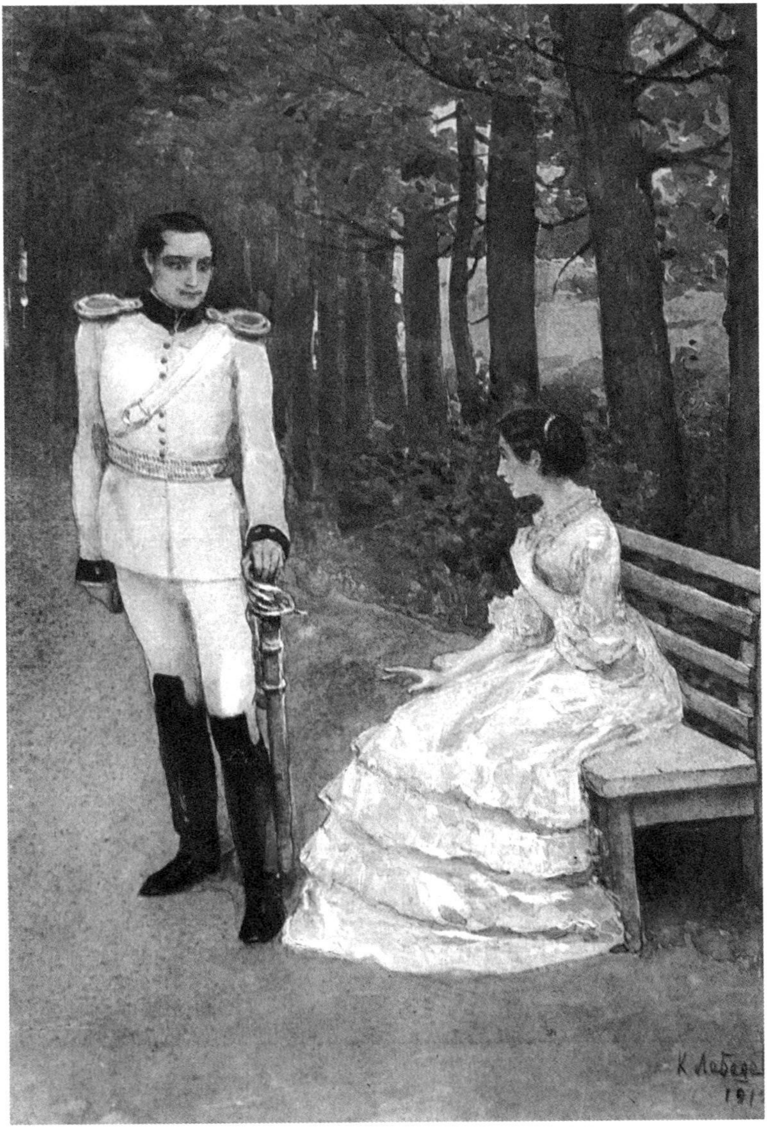

"我们大家都是爱他的,我想您在学校里就……"

"不,是后来的事。那只是一时的迷恋,后来就过去了。不过我应该告诉你……"

"嗯,那又怎么样?"

"不,我不是一般地……"

她用双手捂住脸。

"怎么?您委身于他了?"

她不作声。

"做了他的情妇?"

她不作声。

他跳起来,脸白得像死人,颧骨抽搐,站在她面前。现在他想起来了,有一天尼古拉一世在涅瓦大街上遇见他,曾亲切地向他祝贺。

"天哪,我干了什么啦?斯捷潘!"

"别碰我,别碰我!哦,太痛心啦!"

他转身向屋里走去。他在屋里遇见了她的母亲。

"您怎么啦,公爵?我……"她看见他的脸色,不再作声。血顿时涌上他的脸。

"您明明知道这件事,想利用我来替他们遮丑。要不是你们俩是女人……"他把巨大的拳头举到她头上,大叫一声,转身就走。

如果他未婚妻的情夫是个普通人,他准会把这人打死,可这人偏偏是他所崇拜的皇上。

第二天他就递上假条并要求退职,同时借口有病谁也不见,到乡下去了。

他在家乡度过夏天,把事情安排了一下。夏天过去后,他没有回彼得堡，而进了修道院，做了修士。

母亲写信给他，劝他不要断然走这一步。他回信说，上帝的使命高于一切，他已领悟这个使命了。他妹妹也像他一样高傲和自尊，只有她了解他的行为。

她明白，他之所以做修士，是要站得比向他显示站得比他高的人更高。她对他的了解是正确的。他出家就是要表明，他蔑视人家和他自己出家前认为十分重要的一切，并且登上一个新的高度，从那里可以居高临下地鄙视他以前所羡慕的达官贵人。不过，现在支配他的并不像他妹妹瓦尔瓦拉所想的只有这一种感情。他身上还有一种瓦尔瓦拉所不知道的宗教感情，这种感情同高傲自大、事事好强的欲望交织在一起，支配着他的行为。以前他把梅丽（未婚妻）看作天使，如今他感到强烈的失望和屈辱，以至万念俱灰。万念俱灰把他引向哪里？引向上帝，引向他从小就有的心中从未被破坏过的对上帝的信仰。

三

圣母节①那天，卡萨茨基进了修道院。

修道院院长是一位贵族，一位博学的著作家和长老，也就是说他继承瓦拉几亚②的古老传统：修士必须毫无怨言地服从他选定的领导和

---

① 圣母节——在十月十四日（俄历十月一日）。
② 瓦拉几亚——在今罗马尼亚。一七九三年著名宗教人士派西·维利奇科夫斯基在瓦拉几亚整顿修道院，推行严格的教规。

教师。修道院院长是著名的阿姆夫罗西长老的弟子,阿姆夫罗西是马卡里的弟子,马卡里是列昂尼德长老的弟子,列昂尼德又是派西·维利奇科夫斯基的弟子。卡萨茨基现在就拜这位修道院院长为师。

在修道院里,卡萨茨基也产生了超人一等的优越感。除此之外,一如既往,他在修道院也竭力在各种事情和内心活动上做到尽善尽美,并从中得到乐趣。在禁卫团里,他不仅是一名无可指摘的军官,而且所做的往往超过上司的要求,达到更加完美无缺的地步。在修道院里,他力求做个无懈可击的修士:勤劳、克制、谦卑、宽厚,行动和思想都十分纯洁、顺从。最后一种品行,或者说品德,尤其使他减轻了生活上的痛苦。修道院靠近京城,参观者络绎不绝,修士生活中的许多清规戒律虽然对他具有诱惑力,却是他所不喜欢的,但这一切都被顺从两字所排除:我不该说长道短,我应该克尽本分,不论是在圣骨①旁守灵,还是在唱诗班唱诗,或者在客房记账。一切可能产生的疑虑(不论对什么事)都被对长老的顺从排除一空。要是没有顺从两字,他很可能被冗长而单调的教堂祈祷、络绎不绝的参观者和师兄弟们的恶劣品行所苦恼,但现在他不仅愉快地逆来顺受,而且觉得这一切就是生活的慰藉和支柱:"我不知道为什么一天里要反复几次听同样的祷告,但我知道必须这样做。一旦知道必须这样做,我就在其中找到乐趣。"长老对他说,要维持生命,必须有物质食粮,同样,要维持精神生命,必须有精神食粮,而教堂祈祷就是精神食粮。他相信这个道理,尽管有时一早起来去教堂祈祷有点儿勉强,但这确实给他带来无可置疑的安慰和快乐。快乐来自谦卑的

---

① 东正教圣徒死后留下的干尸被保存在教堂和洞窟里,称为圣骨。

意识，以及对长老所规定的一切行动绝对正确的信心。他生活的乐趣不仅在于使自己越来越驯服，越来越谦卑，而且在于努力具备基督徒的一切美德——这些美德他最初以为是很容易具备的。他把全部财产奉献给了修道院，而且毫不惋惜。他做事也从不偷懒。对下属谦卑，在他不仅是容易做到的，而且使他感到快乐。甚至战胜肉欲，不论是战胜贪色还是淫乱，他都觉得很容易做到。长老特别告诫卡萨茨基要警惕这种罪孽，而他高兴的是他在这方面没有犯罪。

只有想起未婚妻才使他感到痛苦。他不仅回忆，而且生动地设想可能发生的事。他头脑里情不自禁地浮起他所熟悉的皇上的这位宠姬。她后来嫁了人，成了贤妻良母。她的丈夫身居要职，有权有势，又有一个改邪归正的美丽妻子。

在心情平静的时刻，这些思想并没有使卡萨茨基感到烦恼。在心情平静的时候想起这些事，他庆幸自己摆脱了这种诱惑。但也有这样的时刻，他赖以安身立命的一切突然在他眼前黯然失色，虽不能说他不再拥有他赖以生活的信念，但他看不见，也不能恢复这种信念，而回忆往事和（说来可怕）后悔出家的念头却揪住了他的心。

从这种状况中获得解救的办法就是干活，就是整天祈祷。他像平时一样祈祷，跪拜，甚至比平时祈祷得更多，但他只是用嘴巴祈祷，心灵并不在祈祷。这种状况通常只持续一天，有时两天，就过去了。但这一两天的光景是可怕的。卡萨茨基觉得自己身不由己，也不在上帝的掌握之中，而是被某种异己力量所主宰。在这种时候，他能做和所做的一切，就是听从长老的教导，清心寡欲，无所作为，等待变化。总之，在这种时候，卡萨茨基始终不是凭自己的意志而是凭长老的意志生活，在这样的顺从中他体验到一种特殊的宁静。

卡萨茨基就这样在他出家的第一所修道院里过了七年。到了第三年年底，他就落发成为修士司祭，取教名谢尔基。对谢尔基来说落发是心灵的一件大事。以前，当他领圣餐时，也曾体验到莫大的欣慰和精神的振奋；现在，轮到他主领祈祷了，而主持奉献祈祷就使他进入一种欣喜欲狂和心醉神迷的境界。后来这种感情也逐渐淡薄。有一次他主领祈祷正处于这种常见的心情压抑的状态，但他觉得这也会过去的。果然，这种感情淡薄了，留下的仅仅是习惯。

总之，在进修道院生活的第七年，谢尔基开始感到厌倦。凡是要学习的，他都学了；凡是要做的，他都做到了。再也没有什么事可干了。

但麻木不仁的状态却越来越严重。也就在这个时期，他得到了母亲去世和梅丽出嫁的消息，但他对这两个消息也都漠然置之。他的全部注意力和全部兴趣都集中在自己的内心活动上。

在他出家的第四年，大主教对他特别赏识。长老对他说，要是他被委任高级教职，他不该拒绝。于是修士的虚荣心在他身上抬头，而这是出家人的大忌。他被派往离京城不远的一所修道院。他想推辞，但长老命令他接受。他只得从命。告别长老，到另一所修道院就任。

这次奉调到京城附近的修道院，在谢尔基生活中是一件大事。种种诱惑层出不穷，谢尔基不得不用全力来抵抗。

在原来的修道院里，女人的诱惑并没使谢尔基十分痛苦，但到了这里，这种诱惑却恶性发展，甚至具有一定的形式。有一个出名道德败坏的太太来勾引谢尔基。她同他攀谈，请他去她家做客。谢尔基严词拒绝，但对自己赤裸裸的欲望感到害怕。他十分害怕，就把这件事写信告诉长老。除此以外，为了约束自己，他又叫来年轻的徒弟，不顾羞耻向他坦白了自己的弱点，并请徒弟看住他，除了祈祷和履行圣职，不放他到任何地方去。

此外，对谢尔基还有一种促使他犯罪的重大诱惑，那就是这所修道院院长是个尘缘未断的人，一向八面玲珑，在教会里步步高升，谢尔基对他极其反感。不论谢尔基怎样自我克制，也克制不了对他的反感。他竭力忍让，但内心深处还是不断谴责他。他这种不好的感情有一天终于发作了。

这事发生在他来到新修道院的第二年。事情是这样的。圣母节那天，大教堂里正在做通宵礼拜。做礼拜的人很多。修道院院长亲自主领祈祷。谢尔基神父站在通常站的位置上做着祈祷，也就是说他处在祈祷时常有的内心斗争中，特别是在大教堂里，而他自己又不主领祈祷的时候。他的内心斗争主要是由来做礼拜的人，特别是女士们引起的。他竭力不去看她们，不注意周围发生的一切；士兵怎样推开人群，护送她们进来，女士们怎样相互把修士指给对方看，她们常常直指他和另一位相貌英俊的修士。他仿佛给自己戴上了眼罩，除了圣像幛前的烛光、圣像和神职人员，对什么都竭力视而不见；除了所唱的赞美诗和所念的祈祷文，对什么都听而不闻；除了意识到自己正在履行圣职而产生的忘我境界，什么感情也不去体会。而这种忘我的境界，当他反复听和念祈祷文时，总会产生。

他就这么站在那里，鞠躬行礼，需要画十字的时候画十字，内心不断斗争，一会儿沉湎于冷静的谴责，一会儿排除杂念，抑制感情。这时，圣器室执事尼科金神父（这人也促使谢尔基神父犯谴责罪，因为他经常对修道院院长阿谀奉承）走到他跟前，对他深深鞠了一躬，说院长叫他到祭坛去。谢尔基神父整了整法衣，戴上神父帽，小心翼翼地穿过人群向祭坛走去。

"丽莎，往右边看，这就是他。"他听见一个女人这样说。

"哪儿？哪儿？他并不怎么漂亮。"

他知道这是在说他。他听着人家的议论，同时像平常受到诱惑时那样，嘴里反复默祷："不要让我们受到诱惑。"他低下头，垂下眼睛，绕过那些身穿法衣，这时正走过圣像幛的唱诗班领唱，走进北面的门。他走进祭坛，照例画着十字向圣像深深鞠躬，然后抬起头来瞧了一眼院长。他从眼角看到院长身边还站着一个身上金光闪闪的人，但他没有向他们转过身去。

院长身穿法衣站在墙边。他从肥胖的身体和大肚子上披着的法衣下伸出又短又胖的小手抚摩着法衣上的金丝花边，正满脸笑容地同一个军官说话。那个军官身穿缀有绣花缩写字母、两肩佩有穗带的御前侍从将军服。谢尔基神父凭着他那军人的敏锐眼睛立刻看清了那些缩写字母和穗带。这位将军原是他们团的团长。现在他显然身居要职。谢尔基神父立刻看出，院长知道这件事并感到高兴，因此他那红润的胖脸和秃顶显得格外光亮。这使谢尔基神父感到屈辱，十分不快。他听院长说，把他谢尔基神父叫来，是为了满足将军的好奇心，因为将军说他想看看他的旧同僚。谢尔基神父听了这话，越发感到恼火。

"非常高兴看到您这天使般的模样，"将军伸出手来说，"希望您没有忘记老同事。"

院长银发红颜，满脸堆笑，仿佛对将军的话表示赞同；将军保养得很好的脸上挂着自鸣得意的微笑，他的嘴里吐出一股酒气，络腮胡子上散发出雪茄烟的味道——这一切使谢尔基神父火冒十丈。他又向院长鞠了一躬说："院长，您叫我？"他站住了问，脸上的表情和整个姿态仿佛在问："什么事？"

院长说："是的，来同将军见见面。"

"院长，我离开尘世，就是要摆脱诱惑，"他说，脸色发白，嘴唇哆嗦。"您为什么还要在这里让我受到诱惑，而且是在祈祷的时候，在上帝的殿堂里？"

"去吧，去吧！"院长顿时面红耳赤，皱紧眉头说。

第二天，谢尔基神父请求院长和修道团原谅他的高傲，同时经过一夜祈祷之后决定离开这所修道院。他为这件事写信给长老，要求长老允许他回到原来的修道院。他在信中写道，他感到自己存在弱点，没有长老的帮助，他独自无法抵挡这些诱惑。同时对自己的高傲深感忏悔。下一次邮班送来了长老的回信。长老在信中写道，他的高傲是万恶之源。长老向他解释说，他之所以发火是因为他的谦卑和不为教会荣耀所动并非为了上帝，而是出于自己的傲气："你看我多么了不起，我什么也不需要！"正因为这个缘故，他不能忍受院长的行为。他想："我把一切都视同粪土就是为了上帝，他们却拿我像动物那样展览。"长老还写道："你要是为了上帝而蔑视荣耀，你就能忍受。你身上尘世的傲气还没有消失。我的孩子谢尔基，我一面想你，一面祈祷。关于你，上帝向我启示：你要像原来那样生活，你要顺从上帝的旨意。我刚刚获悉，隐修的圣徒伊拉里昂在他的隐修室死了。他在那里过了十八年。坦宾诺修道院院长问我，有没有哪位兄弟愿意去那里隐修。恰好这时收到你的信。你就到坦宾诺修道院去找派西神父吧，我给他写一封信，你去求他让你使用伊拉里昂的隐修室。这并不是说你能顶替伊拉里昂，而是你需要隐修以克服傲气。愿上帝祝福你！"

谢尔基听从长老的劝导，把他的信给院长看了，求得了他的准许，交还修道室和一应用品，动身到坦宾诺隐修院去了。

坦宾诺隐修院院长是个很好的当家人，商人出身，他欣然接受了谢尔基，把他安顿在伊拉里昂的隐修室，起初给了他一名侍者，后来又听从谢尔基的愿望，让他单独隐修。修道室是山上挖出来的一个洞窟。伊拉里昂就埋葬在这里。洞窟的后室葬着伊拉里昂，前室有一个睡觉用的壁龛，铺着干草垫子，室内有一张小桌和一个放圣像圣书的架子。在外面那扇经常关着的门上有一块搁板，有名修士每天从修道院拿来食物，放在这块搁板上。

谢尔基神父从此就成了隐修士。

四

在谢尔基隐修生活第六年的谢肉节[1]，邻城有一伙快活的有钱人，有男有女，在吃过春饼、喝过酒之后，乘一辆三驾雪橇出外郊游。这伙人包括两位律师、一位有钱的地主、一位军官和四位女士。这四位女士中一位是军官太太，一位是地主太太，一位是地主的未婚妹妹，再有一位是离了婚的太太，她是个美人，有钱而又古怪，她那乖戾的行为常常耸人听闻，闹得满城风雨。

天气晴朗无风，道路干燥平滑。他们在郊外驶了十俄里停下来，商量往哪里去：回去还是继续前进。

---

[1] 谢肉节——又称狂欢节，按东正教规定在大斋前一星期。

"这条路通往哪儿啊？"离婚的美人马科夫金娜问。

"通往坦宾诺，离这儿十二俄里。"律师回答，他正在向马科夫金娜献殷勤。

"嗯，那么再过去呢？"

"再过去就是经过修道院到Ⅱ地。"

"就是那位谢尔基神父住的地方吗？"

"对。"

"卡萨茨基？那位隐修的美男子？"

"对。"

"女士们！先生们！咱们到卡萨茨基那儿去。先在坦宾诺休息一下，吃点东西。"

"这样我们就来不及回家过夜了。"

"没关系，我们就在卡萨茨基那儿过夜好了。"

"也行，那边有一所修道院的客房，而且很不错。我替马兴辩护的时候，去过那儿。"

"不，我要在卡萨茨基那儿过夜。"

"嘿，哪怕您再神通广大也办不到。"

"办不到？咱们来打赌。"

"行啊！您要是能在他那儿过夜，要我给什么都行。"

"给什么都行。"

"您也这样！"

"那当然。走吧。"

他们给了车夫们一点儿酒，自己则拿出一箱馅儿饼、酒和糖果。女士们裹紧身上的白色狗皮大衣。车夫们争论了一番该由谁领头。

最后，一个小伙子剽悍地侧转身子，把长鞭一扬，吆喝了一声，铃声就清脆地响起来，滑木也发出刺耳的声音。

雪橇微微抖动着，颠簸着。拉边套的马套着一副有金属饰件的马具，尾巴被绾得高高的，劲头十足地飞驰着。道路平坦光滑，急急地向后退去。领头的车夫剽悍地不断抖动缰绳。律师和军官面对面坐着，跟身旁的马科夫金娜闲聊。马科夫金娜则裹紧大衣，一动不动坐着想心事："老是那一套，一切都叫人恶心：油光光的红脸、刺鼻的酒气和烟味，说的是老一套的话、想的是老一套的事，一切都不能不叫人恶心。可他们还自鸣得意，信心十足，而且他们还将这样一直过到死。我可受不了，我感到无聊，我要把一切都打乱，彻底翻个个儿。唉，哪怕像萨拉托夫那些人那样，出去游玩，冻死在外面也好。可是我们这帮人会怎样呢？会怎样行动呢？一定非常恶劣。每个人都只顾自己。我的行为一定也非常恶劣。但我至少长得美。这一点他们是知道的。那么那位神父呢？他难道连这一点都不懂吗？不可能，这一点他们都懂的。就像秋天里我跟那个士官生那样，那家伙真是个傻瓜……"

"伊凡·尼古拉伊奇！"她叫道。

"什么事？"

"他多大年纪啊？"

"谁呀？"

"卡萨茨基呀。"

"怕有四十开外了。"

"那么，他谁都接待吗？"

"谁都接待，但并不是什么时候都接待。"

"把我的腿盖上。不是这样。您真是笨手笨脚的！对了，再裹紧点儿，再裹紧点儿，就是这样，您别捏我的腿呀！"

他们就这样来到隐修所所在的树林边上。

她下了雪橇，叫他们走开。他们再三劝阻她，但她发了脾气，命令他们走开。于是雪橇走了，她则裹着那件白色狗皮大衣，沿小路走去。律师走下雪橇，站在那儿瞧着她。

五

谢尔基神父闭门隐修已是第六年了，他已有四十九岁。他的日子可不好过，这倒并非由于素食和祈祷，素食和祈祷算不了什么，难受的是内心的斗争，这一点当初他完全没有想到。内心斗争有两个原因：一是怀疑，一是肉欲。这两个敌人总是同时出现。他原以为这是两个不同的敌人，其实二者是同一个东西。怀疑一克服，肉欲也就克服了。但他认为这是两个不同的魔鬼，一直分开来同它们进行斗争。

"我的上帝啊！我的上帝啊！"他暗暗默念，"你为什么不赐给我信心啊！肉欲，是的，肉欲，圣安东尼和别的圣徒都同肉欲作过斗争，但是他们有信心。他们有信心，可是我有时有、有时没有。如果世界是罪恶的，必须把它摒弃，那么，为什么它要存在，它要那么美丽？你为什么要设下这样的诱惑？为什么？我要逃避尘世的欢乐，在一无所有的荒野孜孜以求，难道这不也是一种诱惑吗？"他自言自语，感到不寒而栗，对自己深恶痛绝。"坏蛋！坏蛋！还想当圣徒！"他咒骂自己。接着开始祷告。但他一开始祷告,脑子里就生动地浮现出他在修道院的模样:头戴神父帽,身穿黑长袍,道貌岸然。他摇摇头,想:"不,这是不老实的,这是欺骗,但我骗得了别人,却骗不了自己,骗不了上帝。我不是一个正人君子,而是一个又可怜又可笑的人。"他拉开法衣前襟,望了望他那穿着衬裤的瘦腿,笑了笑。

然后他放下衣襟,开始念祷词,画十字,鞠躬。"难道这张卧榻将成为我的棺材吗?"他念道,这时仿佛有个魔鬼在对他低声说:"单身卧榻本来就是棺材。胡说。"这时他在想象中看见那个曾同他姘居的寡妇的肩膀。他甩掉这念头,继续念经。他念完戒律,拿起《福音书》,翻到他反复诵读得能够背诵的地方:"我信,但我信不足,求主帮助。"[①]他收起心中涌现的种种怀疑。他像安放一件不易平衡的东西,把自己的信心重新安放到摇晃不定的细腿上,然后小心翼翼地离开,免得把它碰倒。眼罩又戴上了,他又感到平静了。他又念了一遍小时候的祈祷:"主啊,带我去吧,带我去吧!"于是他不仅感到轻松,而且觉得欣慰。他画了十字,在长凳上铺着的褥子上躺下,拿单法衣枕在头下。他睡着了,但睡得不沉,因此隐约听见有铃铛声。他弄不清这是现实还是做梦。这时,一阵敲门声把他惊醒了。他站起来,不相信自己的耳朵。敲门声又响了。不错,这是近处的敲门声,敲的是他的门,还是女人的声音。

"我的上帝啊! 我在使徒传里读到,魔鬼常常装扮成女人,难道真有其事吗? 是的,这是女人的声音,而且是那么温柔、怯弱、可爱! 呸!"他啐了一口唾沫,"不,这是我的幻觉。"他说着走到摆

[①] 见《新约全书·马太福音》第九章第二十四节。

有一个小诵经台的角落，熟练而端正地跪下。他感到欣慰和满足。他跪下去，头发披散在脸上，把光秃秃的脑门紧贴在阴冷潮湿的粗地毯上。（地板缝里透风）

他念着赞美诗，小老头儿皮缅神父对他说过这能驱邪除妖，他用强健的神经质的两腿撑起他那消瘦单薄的身子，想继续念经，但他没有念，而是情不自禁地竖起耳朵来听。他希望再听见那声音，但四下里万籁无声。水仍旧滴滴答答地从屋顶滴到屋角的小木桶里。户外迷雾夹着细雨，消融着积雪，一片寂静。突然窗外响起了沙沙声和清楚的人声。还是那个怯生生的可爱的声音，这声音只能属于一个迷人的女人："看在基督分上，让我进来吧……"

全身的血仿佛都涌进心脏，而且凝住不动。他连气都喘不过来，嘴里默念着："愿上帝兴起，使他的仇敌四散……"[①]

"我不是魔鬼……"听得出说这话的人在笑，"我不是魔鬼，我只是一个有罪的女人，我迷了路——不是误入歧途，而是真的迷了路（她笑了）。我冻坏了，请您让我进来暖和暖和……"

他把脸贴到玻璃窗上。神灯照亮了玻璃，窗上到处闪闪发亮。他用两手遮住脸的两旁，仔细向外张望。迷雾、细雨、树，原来她在右边。不错，是她，一个穿雪白长毛皮大衣的女人，戴着帽子，面貌十分善良可爱，带点儿惊慌。她就在这儿，离他的脸只有两俄寸。她正弯下腰看他，他们的目光相遇了，彼此都认出了对方。这不是说他们以前见过，他们从未相遇过，但从彼此交换的目光中，他们（特别是他）觉得他们相互是认识的，了解的。在这样交换过目光之后，再要

---

① 见《旧约全书·诗篇》第六十八篇第一节。

怀疑她是魔鬼而不是一个胆怯、善良、可爱的普通女人，就不可能了。

"您是谁？您有什么事？"他问。

"您倒是开门呀！"她用不容违抗的口气撒娇说，"我冻坏了。跟您说，我迷路了。"

"可我是个修士，是个隐居的修士。"

"啊呀，您就开开门吧。您自己祷告，难道要我在窗下冻死吗？"

"您怎么会……"

"我又不会吃掉您。看在上帝分上让我进来吧。我实在冻坏啦。"她自己也觉得害怕。她说话时语气里含着哭声。

他离开窗户，望了望戴着荆冠的基督像，"主哇，帮助我，主哇，帮助我。"他说着，画着十字，低低地鞠躬，然后走到门前，打开通门廊的门。他走进门廊，摸到搭钩，动手去拔。他听见门外的脚步声。她正离开窗口走近门来。"啊呀！"她突然惊叫一声。他明白，她一脚踩到门槛旁的水洼里了。他双手哆嗦，怎么也拔不开被门拉紧的搭钩。

"您这是怎么啦？让我进来呀！我浑身上下都湿透了。我冻僵啦。您就想着您的灵魂得救，我可是冻坏啦！"

他使劲把门一拉，拔开搭钩。他没有料到门的弹力，把门顺手一推，撞了她一下。

"啊，对不起！"他说，突然用了以前一向与女士交际的那种口吻。

她听见了这声"对不起"，微微一笑。她想："嗯，他并不太可怕。"

"没关系，没关系。请您原谅，"她从他身边走过去说，"本来我是决不敢惊动您的，可现在情况特殊。"

"请进。"他说，让她从身边走过去。一股好久没有闻到的香水的浓香扑鼻而来，使他心里一震。她穿过门廊走进里屋。他砰的一声关上外面的门,没有挂上搭钩,就经过门廊走进里屋。

"主耶稣基督,上帝的儿子,饶恕我这个罪人吧! 主啊,饶恕我这个罪人吧!"他不停地祈祷,不仅在心中,而且情不自禁地翕动嘴唇。

"请进。"他说。

她站在房间中央,水不断从她身上滴到地上。她仔细打量着他。她的眼睛在笑。

"我打扰您隐修,请您原谅。但您瞧,我实在是没有办法。不瞒您说,我们从城里乘车出来玩,我跟他们打赌,我一个人能从麻雀山走回城里,可是竟在这儿迷路了。哦,要不是看到您的隐修室……"她撒起谎来。但他的脸色使她发窘,使她说不下去,她就住了口。她完全没有想到他是这个模样。他并不是她想象中的美男子,但在她看来他还是长得很俊。他的头发和胡子鬈曲而花白,鼻子端正而挺拔,双眼像两块燃烧的煤。当他举目直视她的时候,她不禁吃了一惊。

他看出她在撒谎。

"是的,是这样,"他说,看了她一眼,又垂下眼睛,"我过一会儿再来,您请自便。"

于是他拿下小灯,点上蜡烛,向她深深一鞠躬,走到隔板后面的小屋。她听见他在那里挪动什么东西。她想:"大概他用什么东西顶住门,不让我进去。"她微微一笑,脱下雪白的狗皮大衣,摘下紧紧包住头发的帽子,又解下里面的针织头巾。她站在窗下的时候根本没有淋湿,她借口这样说,是要他放她进去。但她在门口确实一脚踩在水洼里,她的左脚一直湿到小腿肚,皮鞋和套鞋里都灌满了水。她坐到他的床上(一块木板,上面只铺了一条小毯子),动手脱鞋。她觉得这间隐修室十分幽雅。这个三俄尺宽四俄尺长的小屋收拾得一尘不染。屋里只有一张床（就是她坐着的），床的上方有一块放书的搁板。屋角有一个小诵经台。门旁钉着几枚钉子，挂着皮外套和法衣。诵经台上挂着一幅头戴荆冠的基督像，还有一盏神灯。屋里有一股怪味，那是灯油、汗水和泥土的混合味儿。她什么都喜欢，连这股味儿也喜欢。

湿透的两脚，特别是那只左脚，使她觉得难过。她急急忙忙地动手脱鞋，脸上一直挂着笑容。她感到高兴，与其说因为达到了目的，倒不如说她看到她居然使这个又古怪又俊俏又富有魅力的男人狼狈不堪。"哼，不理我，那也没什么大了不起。"她自言自语。

"谢尔基神父！谢尔基神父！应该这样称呼您吗？"

"您有什么事？"一个声音轻轻地回答。

"我打扰了您的隐修，请您原谅。但是说实话，我没有别的办法。我真的会生病的。现在我也不知道有没有得病。我浑身上下都湿透了，两只脚冷得像冰。"

"请您原谅，"一个声音低低地回答，"我无法为您效劳。"

"我本来是决不敢惊动您的。我只要等到天亮。"

他没有回答。她听见他念念有词，显然是在祷告。

"您不会到这儿来吧？"她含笑问，"我要脱下衣服来烤一烤。"

他没有回答，继续声音平稳地在墙那一边祈祷。

"对了，这可是个人物。"她一面想，一面费劲地脱下咕唧咕唧响的套鞋。她脱着套鞋，但是脱不下来。她感到这很好玩。她低声笑着，但知道他听见她的笑声，而且知道这笑声对他起了预期的效果，因此笑得更响了。这种快乐、自然、和善的笑声果然对他起了预期的效果。

"不错，这样的人是可以爱的。瞧他那双眼睛，瞧他那张朴实、高尚和热情的脸，不管他怎么喃喃地做着祷告！"她想，"我们女人是骗不了的。刚才他把脸贴在玻璃窗上看见了我,他心中就已明白,就知道了我的来意。他的眼睛亮了一下,他动心了。他爱上了我,他需要我。是的,他需要我。"她自言自语,终于脱下了套鞋和皮鞋,开始脱长袜。要脱掉系在吊袜带上的长袜,必须撩起裙子。她觉得有点儿不好意思,就说:"您别进来!"

但墙那边没有任何回答,均匀的祈祷声继续着,还有动作的声音。"他大概在磕头,"她想,"但他摆脱不了杂念的,"她自言自语,"他在想我,就像我在想他一样。他会同样按捺不住想着我的两条腿。"她拉下湿漉漉的长袜,光脚踩在床上,缩起两腿。她双手抱住膝盖,若有所思地望着前方,坐了不大一会儿。"在这荒无人烟的地方,在这样静悄悄的夜晚,永远不会有人知道的……"

她站起来,把袜子拿到炉子旁,挂在通气孔上。这是一种特殊的通气孔,她把它转了一下,然后悄悄地迈着光脚回到床上,又盘起腿坐到床上。墙那边已寂然无声。她瞧了瞧挂在胸口的小表。已经两点了。"我们那伙人三点钟就要来。"剩下不到一小时了。

"难道叫我一个人就这么坐下去吗?太荒唐了!我不干。我这就叫他来。"

"谢尔基神父!谢尔基神父!谢尔基·德米特里奇!卡萨茨基公爵!"

门外一片寂静。

"听我说,您未免太冷酷了。要不是我需要帮助,我也不会叫您了。我病了。我自己也不知道我这是怎么了,"她声音痛苦地说,"喔唷!喔唷!"她扑倒在床上,呻吟起来。说也奇怪,她仿佛觉得她真的病了,浑身疼痛,不断哆嗦,发着高烧。

谢尔基神父| 347

"听我说呀,您帮帮我忙吧。我不知道我到底怎么啦。喔唷!喔唷!"她解开衣服,露出胸脯,把裸露到臂肘的双臂一甩。"喔唷!喔唷!"

这时候,他一直站在小间里祷告。他念完全部晚祷文,此刻正一动不动地站着,眼睛望着鼻尖,心中默默地做着祷告:"主耶稣基督,上帝的儿子,饶恕我吧!"

但他全听到了。他听见她脱衣服时绸衣窸窣作响,听见她光着脚在地板上走路,听见她用手搓脚。他觉得他软弱,每分钟都可能毁灭,因此不停地祷告。他此刻的心情仿佛童话里一个不得不勇往直前的英雄。谢尔基就是这样听到和感觉到,危险和毁灭就在眼前,就在他的旁边,他只有一眼也不去看她,才能得救。但是想要看她一眼的愿望突然攫住他的心。就在这一刹那她说道:"您听我说,这样太不人道啦。我会死的。"

他想:"行,去就去,但我要像那位神父那样,一只手按在荡妇头上,另一只手放到火盆里。可是这儿没有火盆。"他回头一看,只有一盏小灯。他伸出一只手指放在火上,皱起眉头准备忍受。他仿佛觉得过了好一阵竟毫无感觉,但突然,还说不上疼不疼和到底有多疼,他就皱起眉头,把手缩回来,不断甩着手,"不,我不行。"

"看在上帝分上,喔唷,快到我这儿来!我要死了,喔唷!"

他听了这声音想:"那怎么办,叫我毁灭吗?那不行。"

"我这就来。"他说,接着打开房门,眼睛不看她,从她身边走过,走进门廊(他常在那里劈柴),摸着了劈柴的木墩和靠在墙上的斧头。

"我就来。"他说着,右手拿起斧头,把左手食指放到木墩上,抡起斧头,一下就砍在食指第二节以下的地方。砍手指要比砍同样粗细的木柴省力。砍下的手指弹起来,翻了个个儿,啪地一下落到木墩边上,再落到地上。

他听见这声音时还没有感到疼痛。但他还没弄明白为什么不疼,就觉得手指火烧火燎,还流出了温暖的血。他慌忙用法衣下摆裹住砍断的指关节,把它紧按在大腿上。他回头走进房里,站在那女人面前,垂下眼睛,低声问道:"您要什么?"

她望了望他那苍白的脸和抖动的左颊,突然感到害臊。她跳起来,抓起皮大衣披在身上,裹住身子。

"哦,我觉得疼……我着凉了……我……谢尔基神父……我……"

他抬起眼睛望着她,眼睛里闪耀着平静的快乐光芒。他说:"亲爱的姐妹,你为什么要毁灭自己不朽的灵魂?尘世间免不了有诱惑,但诱惑进入尘世所通过的那个人是有祸的……祷告吧,求上帝饶恕我们。"

她听着他的话,望着他。她突然听见有液体滴下的声音。她低头一看,看见血正从他的手上沿着法衣往下流。

"您把手怎么啦?"她想起刚才听见的声音,就抓起小灯跑进门廊,看见地上有一节血淋淋的手指。她的脸色比他的更白。她回到屋里想对他说话,可是他悄悄地走进小室,随手把门关上。

"请您饶恕我,"她说,"我拿什么来赎我的罪呢?"

"你走吧!"

"让我帮您把伤口包扎一下吧。"

"你走开!"

她匆匆穿上衣服,一言不发。她穿上大衣,坐在那里等。外面传来了马车铃铛的声音。

"谢尔基神父,请您饶恕我。"

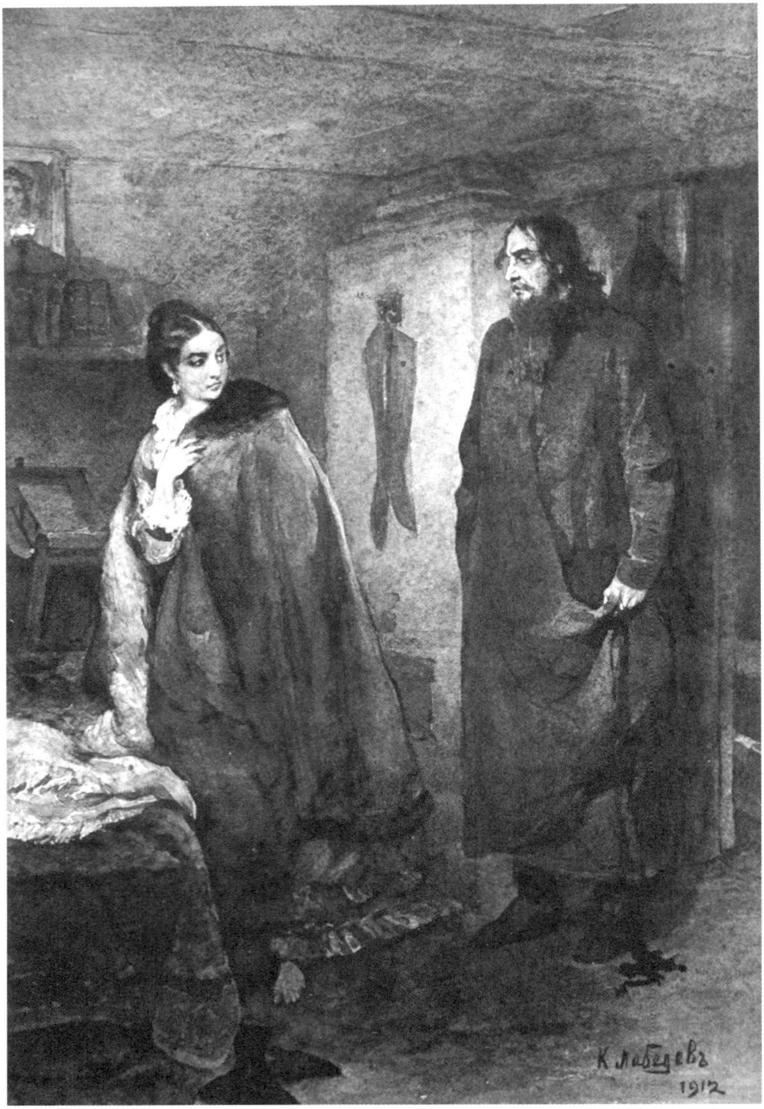
К Лебедевъ
1912

"走吧，上帝会饶恕你的。"

"谢尔基神父。我一定改变自己的生活。您别嫌弃我。"

"你走吧。"

"请您饶恕我，祝福我。"

"我以圣父、圣子和圣灵的名义祝福你，"隔板后面传来他的声音，"走吧。"

她号啕大哭，走出隐修室。律师向她迎面走来。

"唉，我输了，没有办法。您坐哪儿？"

"随便。"

她坐上雪橇，一直到家都没有说过一句话。

一年后，她正式落发为修女，在修道院里过着刻苦的生活。她的师父是隐修士阿尔谢尼，他偶尔写信对她进行指导。

六

谢尔基神父又闭门隐修了七年。起初他接受人家给他送来的许多东西：茶叶、砂糖、白面包、牛奶、衣服和劈柴。但日子越往后，他对生活的要求也越严格。他拒绝接受一切多余的东西，最后发展到除了一星期一次的黑面包之外什么也不接受。人家给他拿来的东西，他都分送给前来向他求助的穷人。

谢尔基神父把全部时间都用在隐修室里祈祷，或者跟越来越多的来访者谈话。他每年只到教堂去两三次，再有就是在需要的时候出去挑水和砍柴。

这样生活了五年之后，就发生了很快传遍各地的马科夫金娜事件：她夜访隐修室，后来她内心发生变化，最后自己也进了修道院。从此以后谢尔基神父的名声大振。来访者越来越多，修士们搬到他修道室四周，盖起了一座教堂和一所旅店。谢尔基神父的名声越传越远，而他的事迹照例总是被过分夸大。人们络绎不绝老远跑来找他，也有带病人来的，硬说他能治好他们的病。

第一次治愈病人是在他隐修生活的第八年。他治愈了一个十四岁的男孩。做母亲的把儿子带到谢尔基神父那儿，硬要他把手按在儿子头上。谢尔基神父根本没有想到他能治病。他认为如果这样想那可是犯了冒用圣灵名义的大罪；可是那位母亲不断地苦苦哀求，跪在地上叩头说：既然他给别人治好了病，为什么不肯救救她的孩子。她请他看在基督分上行行好。谢尔基神父认定只有上帝才能治病，她就求他只要把手按在他头上祷告祷告就行。谢尔基神父加以拒绝，回到隐修室。但到了第二天（当时已是秋天，夜里已很冷），他从隐修室出来挑水，又看到那个母亲，她带着她那脸色苍白、骨瘦如柴的十四岁儿子，他又听到她同样的哀求。谢尔基神父想起那个不义之官①的故事，以前他对他的拒绝是否正确从不怀疑，但现在却产生了怀疑，他开始祈祷，直到心里拿定主意为止。他的主意是，他必须满足那个女人的要求，因为她的信心能救她的儿子；至于他谢尔基

---

① 见《新约全书·路加福音》第十八章第一至六节："耶稣设一个比喻，是要人常常祷告，不可灰心，说，某城里有一个官，不惧怕神，也不尊重世人。那城里有个寡妇，常到他那里说，我有一个对头，求你给我伸冤。他多日不准，后来心里说，我虽不惧怕神，也不尊重世人，只因这寡妇烦扰我，我就给她伸冤吧，免得她常来缠磨我。主说，你们听这不义之官所说的话。"

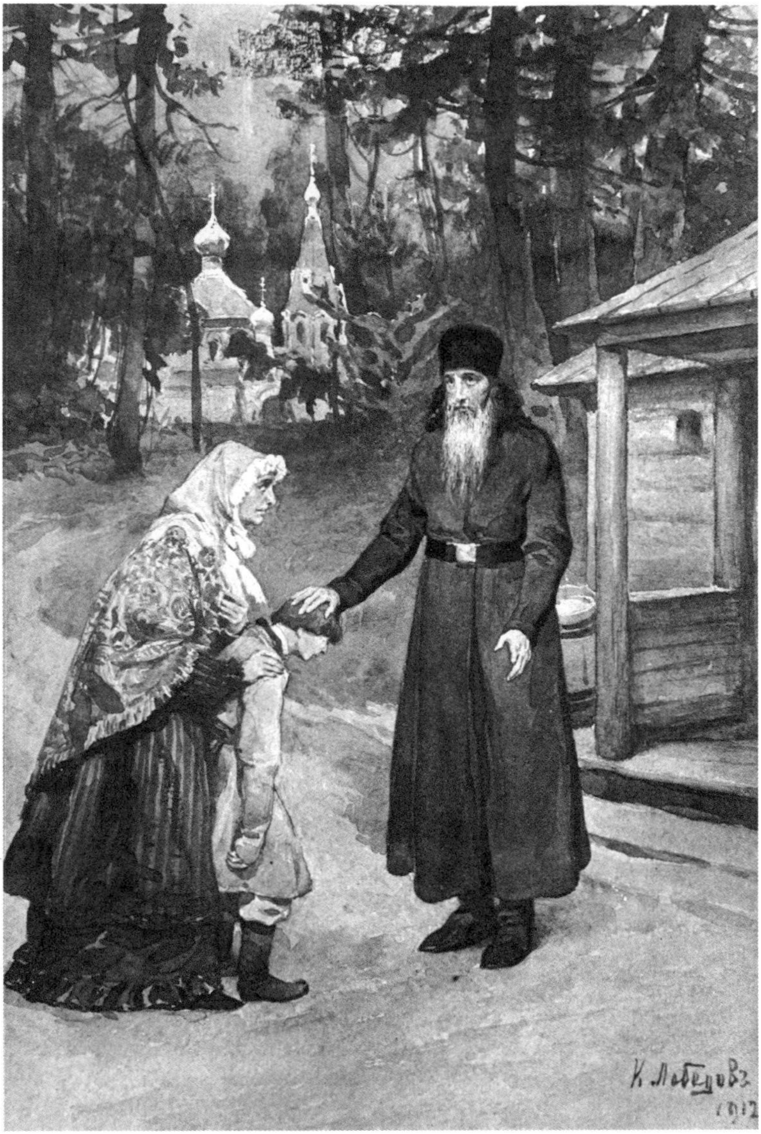
К. Лебедовъ
1912

神父本人，在这种情况下只是上帝选中的小小工具罢了。

于是谢尔基神父走出去找那个母亲，满足她的愿望，把手放在孩子头上，开始祷告。

母亲带着孩子走了。一个月后，那个孩子居然痊愈了，于是周围地区就遍传谢尔基长老（现在大家都这么称呼他）治病如神的名声。从那时起就没有一个星期没有人来找谢尔基神父治病。既然他治愈了一些病人，他就不能拒绝另一些病人，他把手按在他们头上祈祷，居然有许多人痊愈了，而谢尔基神父的名声也就越传越远。

就这样，谢尔基神父在修道院里过了九年，在闭门隐修中又过了十三年。他已经有了长老的仪表：一把花白的大胡子，一头虽然稀少但却还乌黑而鬈曲的头发。

七

谢尔基神父几星期来头脑里一直萦回着这样一个念头：屈从于当前的处境是不是好？这种处境与其说是他自己找来的，不如说是修士大司祭和修道院院长强加于他的。事情是从治愈那个十四岁男孩的病开始的。从那时起，谢尔基每月、每周、每日都感到他的内心生活被破坏了，代替它的是一种外在的生活。仿佛有人把他里子朝外翻了个个儿。

谢尔基看到，他成了修道院吸引来访者和施主的工具。正因为如此，院方才为他创造条件，使他能充分发挥作用。例如，他们不让他做任何体力劳动，给他准备了他可能需要的一切，而对他的要求只是不拒绝来访者所希望的祝福。为了使他方便，院方替他排定了接待的日子。他们替他安排了一间男客接待室和一个专门供他替人祝福的地方。那地方四周用栏杆围住，免得他被蜂拥而来的女客撞倒。如果说人们需要他，他为了遵循基督博爱的教义就不能拒绝人们想要看到他的要求，避而不见是不近人情的。他不能不同意这种说法，但是，随着他越来越献身于这样的生活，他越来越觉得他内心的生活在变成外在的生活，他心中活命的泉水越来越枯竭，他的所作所为越来越多地是为了人，而不是为了上帝。

不论是他向人进行训诲，还是单纯为人祝福，不论是他替病人祈祷，还是向人指点迷津，或者倾听人们对他治病或教导的感激，他都不能不感到高兴，他也不能不关心自己活动的结果和对人们的影响。他想他是一盏点亮的灯，这种感觉越强烈，他就越觉得心中上帝的真理之光在渐渐黯淡以至渐渐熄灭。"我的所作所为有多少是为了上帝，有多少是为了人？"这个问题经常使他苦恼。对此他倒不是不能回答，而是不敢回答。他在灵魂深处觉得，魔鬼拿为人的活动偷换了他为上帝的全部活动。他之所以有这种感觉，是因为以前人家干扰他的隐修他觉得痛苦，现在他却为隐修本身感到难受。大量来访者使他感到不胜负担，他们弄得他精疲力竭，但他内心还是为他们的来访而高兴，他喜欢听人家对他的一片赞扬。

有一个时期，他甚至决定出走，躲起来。他甚至考虑好这事该怎么办。他准备了农人的衬衫、裤子、大褂和帽子。他借口说，他要这些东西是准备布施给求告者的。他把这套衣服藏好，同时考虑他将怎样穿戴，怎样把头发剪短，离开这里。他准备先乘火车，在三百俄里外下车,然后往一个个村庄走去。他问过一个老兵,他怎么求乞,人家怎样布施和留他住宿。老兵告诉他哪里布施和留宿最好,谢尔基神父也想这么办。有一天夜里,他甚至穿好衣服想走,但他还是拿不定主意:留下好还是出走好。起初他犹豫不决,后来不再犹豫了,他就习惯地向魔鬼屈服。这套农人的衣服只使他想起他有过这样的思想和感情。

来找他的人一天比一天多,留给他静修和祈祷的时间则一天比一天少。有时,在头脑清醒的时刻,他想以前他心中仿佛有一道清泉流出来。"从前有过一道活命的清泉潺潺地从我心里流出,流遍我的全身。当她(他常常兴奋地回忆起和她在一起的那一夜。现在她是阿格尼的母亲。)诱惑我的时候,那才真正是人的生活。她尝到了那道清泉。但从那时起,水还没有积聚到一定数量,就来了一群口渴的人,他们你推我挤,一片混乱。他们把什么东西都推到水里,使那里剩下一堆垃圾。"偶然在头脑清醒的时刻他这样想,但他最常有的情况是疲劳和在疲劳中自我陶醉。

有一年春天,在五旬中节①前夕,谢尔基神父在他的洞窟礼拜堂里做彻夜祈祷。洞窟里挤得满满的,大约有二十个人。这都是些有钱的老爷和商人。谢尔基神父对来者一视同仁,但放谁进来,却是由照料他的修士和修道院派来的值日修士选定。一大群人,大约有八十名香客,特别是一批村妇聚集在外面,等候谢尔基神父出来替他们祝福。谢尔基神父主领祈祷,当他唱着赞美诗走出来……走到他的先驱者的棺材跟前时,他身子摇晃了一下,差点儿跌倒,幸亏

---

① 五旬中节 —— 东正教节日,在复活节与圣灵降临节之间,按节气正好是春分。

356 | 魔鬼

他身后的一个商人和一名充当助祭的修士把他扶住。

"您怎么啦？神父！谢尔基神父！亲爱的神父！主哇！"女人们七嘴八舌地叫道。"他的脸白得像手绢。"

但谢尔基神父立刻恢复常态，虽然脸色还很苍白。他把商人和助祭推开，继续唱赞美诗。谢拉皮翁神父、助祭、教堂差役，以及常住隐修所侍候谢尔基神父的索菲雅·伊凡诺夫娜太太都要求他暂停礼拜。

"没关系，没关系，"谢尔基神父在胡子底下微微一笑说，"不要中断祈祷。"

"是的，凡是圣徒都是这样做的，"他想。

"真是位圣徒！上帝的使者！"他立刻听到后面索菲雅·伊凡诺夫娜和刚才扶过他的商人的声音。他不听大家的劝阻，继续主领祈祷。大家又你推我挤穿过过道，回到小教堂。在小教堂里，谢尔基神父虽然把时间缩短些，还是把彻夜礼拜做完。

做完礼拜，谢尔基神父立刻给在场的人祝福，这才走出洞窟，来到洞外一棵榆树下的长凳前。他想休息一下，呼吸呼吸新鲜空气，他觉得他非常需要这样做，但他刚一走出洞窟，人群就向他拥来，请求他祝福，要求他指点迷津，帮助他们。这里有女香客，她们总是从一个圣地走到另一个圣地，从一个长老那里走到另一个长老那里。她们在任何圣地和任何长老面前总是那么情绪激动。谢尔基神父知道这是一批司空见惯的最不虔诚、最冷漠虚伪的人；这里还有一批云游派教徒，他们大都是流浪的退役军人；还有一些贫穷的、多半爱酗酒的老头儿，他们从一个修道院走到另一个修道院，到处流浪，但求一饱；这里还有一些愚昧无知的农夫农妇，他们出于自私的动机，有的要求治病，有的要求为他们排忧解难：如嫁女儿啦，承租店铺啦，购买土地啦,或者要求饶恕他们睡觉压死婴儿或者跟人私生孩子的罪孽啦。这一切谢尔基神父早就熟悉而且不感兴趣。他知道他从这些人身上得不到任何新的知识,这些人也引不起他丝毫虔诚的感情,但他喜欢看到他们,看到这些需要并珍重他的祝福和话语的人,因此他既讨厌这些人,又喜欢这些人。谢拉皮翁神父想驱赶他们,说谢尔基神父累了,但谢尔基神父这时想起了《福音书》上的话:"让小孩子到我这里来,不要禁止他们。"① 一想到这句话,他深为感动,就说让他们进来吧。

他站起来,走近栏杆,栏杆旁边挤满了人。他开始替他们祝福,并回答他们的问题。他说话的声音那么微弱,连他自己都大为感动。不过,尽管他愿意接见所有的人,但毕竟力不从心:他又两眼发黑,身子摇晃了一下,连忙抓住栏杆。他觉得血涌到脑袋,他先是脸色发白,然后突然满脸通红。

"哦,看来只能明天再来了。今天我不行啦。"他说着向大家总的祝福了一下,就向长凳走去。那商人又扶着他,带他走到长凳旁坐下。

"神父!"人群中有人叫道,"神父! 神父! 你不要抛下我们。没有你我们就完了!"

商人扶谢尔基神父坐到榆树下的长凳上,自告奋勇承担起纠察的职务,断然把人们驱散。尽管他说话很轻,谢尔基神父不会听见他的话,但他的语气坚决而愤怒。

"走开! 走开! 祝福过了,哼,你们还要什么? 走! 要不然我可真的要揍啦! 行了,行了! 你啊,大婶,黑包脚布,快走、快走! 你

---

① 见《新约全书·马太福音》第十九章第十四节。

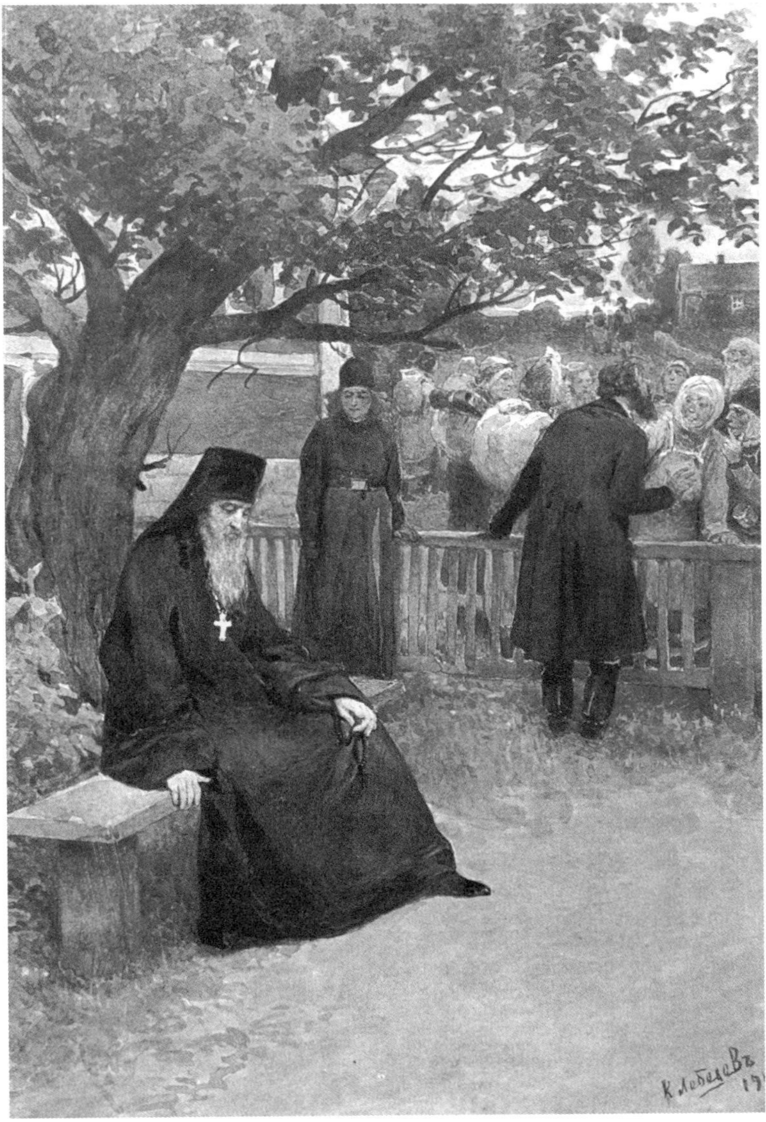

往哪儿钻啊？跟你们说，结束了。明天上帝会安排的，今天全结束了。"

"老大爷，就让我瞧他一眼也好。"一个小老太婆说。

"我来替你瞧！你往哪儿钻啊？"

谢尔基神父发现商人的态度很生硬，就用微弱的声音要侍者转告商人，不要把人们赶走。谢尔基神父知道，不论他怎么说，商人还是会把他们赶走的。他也很希望独自待着，歇一会儿，而他派侍者去说，无非是要给人一个好印象罢了。

"好，好，我不赶他们，我要他们问问良心，"商人回答，"他们简直是要人家的命！他们没有一点儿同情心，他们只顾自己。我说，不行，走，明天再说。"

商人终于把人都赶走了。

商人之所以如此卖力，是因为他喜欢维持秩序，喜欢赶人，对人家为所欲为，但主要是因为他有求于谢尔基神父。他是一个鳏夫，有一个独生女儿，女儿有病，还未嫁人。他长途跋涉，走了一千四百俄里，专程带女儿来见谢尔基神父，希望谢尔基神父治好她的病。两年来，他到处奔走，替女儿延医治病，先去省城大学的医院，但没有治好；后来又把她带到萨马拉省一个农人那里，稍微好一点儿；后来又带她去看一位莫斯科医生，花了不少钱，仍毫无效果。现在他听说谢尔基神父治病如神，就把她带了来。因此，商人把所有的人都赶走，就走到谢尔基神父面前，二话没说扑通一声跪下来，高声说："神圣的神父！祝福我有病的女儿，医好她的病吧！我斗胆匍匐在您神圣的脚下。"他说着双手抱拳做出恳求的姿势。他这样做和这样说，仿佛要治愈女儿的病，按照法律和习惯都非如此不可。他这样做时信心十足，就连谢尔基神父都觉得，他应该这样说和这样做。但他还是吩咐商人站起来,说说究竟是怎么一回事。商人说,他有一个二十二岁的闺女,两年前她母亲得急病死了,她也犯了病。她大哭一声(像他说的那样),神经就错乱了。如今他路远迢迢,把她从一千四百俄里外带到这里,此刻留在客店里,等着谢尔基神父吩咐什么时候带她来,不过,白天她不能出门,怕光,要出门只能在太阳落山以后。

"那么,她身子很虚弱吗?"谢尔基神父问。

"不,她身子倒并不特别虚弱,体格还挺壮实,大夫说,她只是有点儿神经质罢了。谢尔基神父,您要是现在吩咐把她带来,我就一口气跑去带她来。神圣的神父啊!让我这做爹的心复活吧!您替我这有病的女儿祷告祷告,救救她,让我得以延续后代吧!"

商人又扑通一声跪下来,侧身把头贴在双手上,一动不动。谢尔基神父再次叫他起来,心想自己的活儿也真够繁重的。虽然如此,他还是勉为其难。他深深地叹了一口气,沉默了几秒钟说:"好吧,您晚上带她来。我替她祷告祷告,但现在我累了,"他说着闭上眼睛,"到时候我派人去找您。"

商人踮着脚尖踩着沙土走了,但皮靴却发出更响的声音。终于剩下谢尔基神父一个人。

谢尔基神父的全部生活就是祈祷和接待来访者,但今天的日子特别难过。早晨来了一位外地的显贵,同他谈了好半天。他走后,一位太太带着儿子来访。儿子是个年轻的教授,不信教,而母亲则是一位虔诚的信徒,十分仰慕谢尔基神父。她把儿子带来,恳求谢尔基神父同他谈谈。这场谈话很费力。年轻人显然不想跟神父争论,处处顺着他,仿佛顺从一个弱者,不过谢尔基神父看出年轻人并不信教,虽然显得轻松愉快,若无其事。此刻,谢尔基神父闷闷不乐地想起了这次谈话。

"您吃点儿东西吧,神父。"侍者说。

"好的,随便拿点儿什么来。"

侍者走进离洞口十步的小隐修室,谢尔基神父又剩下独自一人。

从前,谢尔基神父只身独处时,什么事都自己动手,只用圣饼和面包充饥,但这样的日子早就过去了。大家向他证明,他无权忽视自己的健康。他们给他吃素净而富有营养的食物。他吃得很少,但比原来已经多得多,而且吃得津津有味,不像从前那样一边吃一边感到厌恶,心里有一种负罪感。今天也是这样。他吃了点儿粥,喝了一杯茶,吃了半个白面包。

侍者走了,剩下他独自坐在榆树下的长凳上。

这是一个美丽的五月的黄昏。白桦、白杨、榆树、稠李和栎树的叶子刚刚绽开。榆树后面一丛丛稠李花正在盛开,还没有凋落。有一只夜莺在近处,另外两三只在河边的灌木丛里不断鸣啭,十分悦耳。从河那边远远地传来下工回家的工人的歌声。太阳落到树林后面,透过枝叶放射出万道金光。这边是一派鲜嫩的翠绿,那边连同榆树是一片朦胧的黑暗。甲虫在振翅飞来飞去,有时撞落到地上。

晚饭后,谢尔基神父开始默祷:"主耶稣基督,上帝的儿子,饶恕我们吧。"然后他念赞美诗。在他念赞美诗时,突然有一只麻雀从树丛里飞下来,叫着,跳着,跳到他跟前,不知被什么吓了一跳,飞走了。他做着祷告,诉说脱离尘世的决心。他急着想结束祷告,好派人去把商人和他患病的女儿叫来,因为他对她已发生兴趣。他对她发生兴趣,因为这是一种消遣,她是个新鲜的人物。再说,她父亲和她都认为他是上帝的仆人,他的祈祷一定灵验。他虽然不承认这一点,但灵魂深处却认为是这么回事。

他常常感到奇怪,他斯捷潘·卡萨茨基居然成了一个非凡的神的仆人,简直成了一名创造奇迹的神人。他对此毫不怀疑。他不能不相信亲眼目睹的奇迹:从病孩恢复健康,到瞎眼的老妇眼睛复明,靠的都是他的祈祷。

尽管这很奇怪,但毕竟是事实。商人的女儿使他感兴趣。首先因为她是一个新鲜的人物,她信赖他,其次因为通过她可以又一次证明他治病如神的能力,使他更加名扬四海。他想:"人家不远千里而来,报上会刊登消息,皇上会知道这事,欧洲,那个不信上帝的欧洲,也会知道。"他对自己的虚荣心突然感到害臊,他又开始向上帝祷告。"主啊,上天的主宰,安慰者,真理之灵啊!来吧,请降临清洗我们身上的一切污垢!上帝啊,拯救我们的灵魂吧!把我身上所有尘世的虚荣心都清洗掉吧。"他又祷告了一遍。他想起他为这事不知已祷告过多少遍了,但至少毫无效果。他的祷告为别人创造奇迹,但他却不能求得上帝使自己摆脱这种卑微的情欲。

他想起自己隐修初期的祈祷,那时他祈求上帝赐给他纯洁、谦卑和爱,他觉得那时上帝在垂听他的祷告,他清白无疵,他砍断自己的手指。他举起那截皮肤打皱的断指吻了一下。他觉得那时他认为自己渺小,常常感到罪孽深重。他觉得那时他满怀爱心,他想起他当时怎样抱着恻隐之心迎接那个来求他的老头儿,那个喝醉酒来讨钱的士兵,还有她。可是现在呢?他问自己,他爱什么人吗?他爱索菲雅·伊凡诺夫娜吗?他爱谢拉皮翁神父吗?他对今天来过这里的人是不是怀着爱心?他爱不爱那位年轻的学者?他煞有介事地同他谈话,教诲他,其实关心的只是卖弄自己的聪明智慧、博学多才罢了。他们爱他,他感到高兴,他需要他们的爱,但他并不觉得他爱他们。现在他既没有爱,也没有谦卑和纯洁。

听说商人的女儿才二十二岁,他感到高兴。他还想知道她长得美不美。他打听她的病情,其实正是想知道她是不是具有女性的魅力。

"难道我真的这样堕落吗?"他想,"主啊,帮助我,让我重新振作起来吧,主啊,我的上帝啊!"他把双手放在胸前,开始祷告。夜莺在鸣啭。一只甲虫飞到他身上,在他后脑勺上爬动。他把它拂到地上。"他①究竟存在不存在? 我仿佛在敲一道外面锁着的房门……门上挂着锁,我本该能看见他②。这锁就是夜莺、甲虫、大自然。也许那个年轻人是对的。"他开始大声祈祷,祈祷了好一阵,直到这些念头消失,他才恢复平静,充满信心。他摇了摇铃,吩咐进来的侍者,让商人和他的女儿现在进来。

商人扶着女儿来了。他把她领进隐修室,自己立刻就走了。

女儿一头金发,非常白嫩,近于苍白,身体丰满,个儿矮小,相貌天真而羞怯,体态则具有发育成熟的女性的特征。谢尔基神父仍坐在门口的长凳上。姑娘走过来站在他旁边,他替她祝福。他竟敢打量她的全身,使他自己都大吃一惊。她从他旁边走过,他觉得自己仿佛被蜇了一下。他从她的相貌看出,她性欲很旺,但智力贫弱。他站起来,走进隐修室。她坐在凳子上等他。

他走过去,她站了起来。

"我要到爸爸那儿去。"她说。

"别害怕,"他说,"你哪儿疼呀?"

---

①② 他——指上帝。

364 | 魔鬼

"我哪儿都疼。"她说，嫣然一笑。

"你会好的，"他说，"你祷告吧！"

"祷告什么呀！我祷告过了，毫无用处。"她一直笑嘻嘻的。"还是您祷告吧，把手按在我身上。我在梦里见到过您。"

"怎么见到过？"

"我梦见您就这样把手按在我的胸口，"她捉住他的手，把它按在自己的胸口，"就按在这儿。"

他把右手伸给她。

"你叫什么名字？"他问，浑身哆嗦，他觉得他屈服了，肉欲已经脱缰而出。

"玛丽雅。怎么啦？"

她拉起他的手吻了吻，然后一只手搂住他的腰，把他揽进自己怀里。

"你要干什么？"他说。"玛丽雅，你是魔鬼。"

"嗯，也许没关系。"

于是她搂着他一起坐到床上。

黎明，他从屋里出来，走到台阶上。

"难道这一切都是真的吗？父亲一来，她会告诉他的。她是魔鬼。但我该怎么办呢？瞧，那把斧头，那把我砍断手指的斧头。"他想着抓起斧头，走进隐修室。

侍者迎上前来。

"要劈柴吗？把斧头给我。"

他把斧头给了侍者，走进隐修室。她躺在那里，还在睡觉。他心惊胆战地看了她一眼。他进了隐修室，取下农夫的衣服穿在身上，

谢尔基神父 | 365

拿起剪刀剪短头发，走了出去。他从小路向山脚下的河边走去。他已经有四年没到那里去了。

河边有一条大路。他顺着这条路走去，一直走到吃午饭的时候。中午他走进黑麦地，在地上躺下来。傍晚他来到河畔的一个村子里。他没有进村，而向河畔的悬崖走去。

清早，离日出还有半小时。周围一片灰暗，阴沉，从西边吹来阵阵黎明前的寒风。"是啊，该结束了。没有上帝。怎样结束啊？跳河吗？我会游泳，淹不死的。上吊吗？对，有腰带，挂在树上就行。"这件事做起来是那么容易，想到这里他不由得魂飞魄散。他想像平日绝望时那样做祷告。可是向谁祷告呀？上帝不存在，他用手支着头躺着。他突然觉得很困，手再也支不住脑袋，他就伸直手，把头枕在手臂上，立刻睡着了。但他只是瞌睡了一刹那，恍恍惚惚，像在做梦，又像在回忆。

他仿佛看见自己还是个孩子，在乡下外婆家。一辆马车来到他们跟前，蓄着铁锹般黑色大胡子的尼古拉舅舅和生有一双温顺的大眼睛、模样可怜的瘦瘦的小姑娘巴申卡从车上下来。在男孩子们的陪同下他们把这个巴申卡带了来。得陪她玩玩，但实在乏味。她很笨。结果大家都拿她开玩笑，硬要她表演游泳。她就躺在地板上做出游泳的样子。大家哈哈大笑，把她当作傻姑娘。她看见这情况，羞得脸上泛起红斑，露出一副可怜相。她那种古怪的驯顺老实的苦笑叫人感到别扭，永远忘不了。谢尔基回想，这以后他什么时候看见过她。他再次看见她已是好久以后、在他进修道院之前的事了。她嫁了个地主，这个地主把她的全部家产都挥霍光，还要打她。她生了两个孩子，一男一女。儿子夭折了。

谢尔基想起，他看到她的时候她已很不幸。后来他在修道院里又见过她一次，那时她已守寡。她还是老样子：不能说笨，但平庸乏味，可怜巴巴。她是带着女儿和女儿的未婚夫来的。她们当时已很穷。后来他又听人说，她住在一个小县城里，家境更穷了。"我怎么会想到她呢？"他问自己。但他无法不想她。"她现在在哪里？她怎么样了？她还是像从前在地板上游泳时那么一副可怜相吗？我想她做什么？我这是怎么啦？应该结束了。"

他又感到胆战心惊。为了摆脱可怕的念头，他又开始想巴申卡。

他就这样躺了好半天，一会儿想到自己无可避免的结局[①]，一会儿想到巴申卡。他觉得巴申卡是他的救星。最后他睡着了。他做梦看见一位天使向他走来，对他说："找巴申卡去，问问她你应该怎么办，你的罪孽是什么，怎样才能得救。"

他醒了，断定这是上帝向他显灵，他很高兴，决定照梦中天使的嘱咐去做。他知道她居住的那座城市（离此三百俄里），就动身到那里去。

八

巴申卡早就不是从前那个巴申卡，而成了又老又瘦、满脸皱纹的普拉斯科菲雅·米哈伊洛夫娜[②]了。她还是穷愁潦倒、酗酒成性的

[①] 指自杀。
[②] 巴申卡——普拉斯科菲雅的小名。

小官吏马夫里基耶夫的丈母娘。她住在女婿最后丢官的那个县城里，并在那里养活一家子：女儿、患神经衰弱症的女婿和五个外孙。她给商人家女儿教音乐，每小时五十戈比，以此来养活全家。有时一天四节课，有时一天五节课，这样她每月约有六十卢布收入。他们暂时就以此为生，等候谋得职业。为了谋职，普拉斯科菲雅·米哈伊洛夫娜发信给所有的亲友，其中包括谢尔基。但信送到时，他已不在那里了。

那天是星期六，普拉斯科菲雅·米哈伊洛夫娜正在亲自和面做葡萄干面包。这种面包原来数她爸爸的那个农奴厨子做得最好。明天是星期日，普拉斯科菲雅·米哈伊洛夫娜想让外孙们好好吃一顿。

她的女儿玛莎正在照顾最小的孩子；两个大孩子，一个男孩和一个女孩，上学去了。女婿夜里没睡，这会儿睡着了。昨天晚上普拉斯科菲雅·米哈伊洛夫娜很晚才睡，竭力劝阻女儿不要对丈夫发脾气。

她看到女婿忠厚老实，他不会换一个样子说话和生活。她看到女儿对他的责怪于事无补，就竭力劝解，叫他们不要互相埋怨，互相恼恨，要彼此谅解。看到人与人互相仇恨，她简直在生理上都觉得受不了。她明白，这样毫无好处，只有更糟。她甚至没有多加考虑，她一看到人们互相吵闹，就觉得十分难受，好像闻到恶臭，听到噪音，看见身体被殴打一样。

她正兴致勃勃地教路凯丽雅和面，这时六岁的外孙米沙围着兜兜，穿着补过的袜子，迈着罗圈腿，脸色惊恐地跑到厨房里来。

"外婆，有个挺可怕的老头儿来找你。"

路凯丽雅往外望了一眼。

"是的，有个朝圣的香客，太太。"

普拉斯科菲雅·米哈伊洛夫娜把她那双瘦臂肘对擦了一下，双手又在围裙上擦了擦，她想到屋里去拿钱袋布施五戈比，但接着想到她没有比十戈比银币更小的钱，就决定布施一点儿面包算了。她回到碗橱旁，突然意识到自己太小气，不禁脸红起来。她吩咐路凯丽雅切面包，自己去取外加的十戈比银币。"这就是对你的惩罚，给双倍。"她对自己说。

她一面道歉，一面把钱和面包都给了香客。她布施的时候，不仅没有因慷慨而自豪，相反，因为给得太少而害臊。而那位香客倒是仪表不凡。

尽管谢尔基跋涉三百俄里，沿途行乞过活，衣衫褴褛，形容枯槁，面目黧黑，头发剪短，头戴农夫的帽子，脚穿农夫的靴子，尽管他谦卑地鞠躬行礼，他看上去还是仪表不凡，引人注目。但普拉斯科菲雅·米哈伊洛夫娜却没有认出他来。她差不多有三十年没有见到他，认不出了。

"您别见怪，老大爷。也许您想吃点儿什么吧？"

他接过面包和钱。普拉斯科菲雅·米哈伊洛夫娜奇怪他怎么不走，而且一直瞧着她。

"巴申卡。我是来找你的，让我进去吧！？"

一双漂亮的黑眼睛闪着泪光，恳求地注视着她。白胡子下的嘴唇凄苦地抖动了一下。

普拉斯科菲雅·米哈伊洛夫娜双手按住干瘪的胸脯，张大嘴，两眼直盯着香客的脸发愣。

"这不可能！斯捷潘！谢尔基！谢尔基神父！"

"是的，正是我，"谢尔基神父低声说。"不过不是谢尔基，不是谢尔基神父，而是一个罪孽深重的人，斯捷潘·卡萨茨基，一个堕落的人，一个大罪人。让我进去！你帮助帮助我吧！"

"这不可能！可您怎么这样谦卑呢？我们进去吧！"

她伸出手，但他没有握住她的手，却跟着她进去。

但她能把他带到哪儿去呢？房子很小。她先分到一个小房间，简直像间小储藏室，后来她又把这个小房间让给了女儿。现在玛莎正坐在那里，摇着孩子，哄他睡觉。

"您坐，我就来。"她指指厨房里的长凳，对谢尔基说。

谢尔基立刻坐下，习惯地把挎包先从一个肩膀、再从另一个肩膀卸下来。

"我的上帝！我的上帝！你多么谦卑呀！名声这么大，可你……"

谢尔基没有理她，只是温顺地微微一笑，把挎包放在身边。

"玛莎，你知道他是谁吗？"

普拉斯科菲雅·米哈伊洛夫娜就悄悄地告诉女儿谢尔基是什么人。她们把被褥和摇篮搬出去，把屋子腾出来让给谢尔基。

普拉斯科菲雅·米哈伊洛夫娜把谢尔基领进小屋。

"嗯，您就先在这儿歇歇吧。您别见怪。我得出去一下。"

"去哪儿？"

"我有课。说起来真不好意思，我在教音乐。"

"教音乐，这很好。不过，普拉斯科菲雅·米哈伊洛夫娜，我来找您是有事的。我什么时候能跟您谈谈？"

"这是多大的福分啊。晚上行吗？"

"行，但我还有一个要求：别告诉人家我是什么人。我只对您一个人公开身份。谁也不知道我的去向。一定得这样。"

"啊呀,我已告诉女儿了。"

"嗯,那就请她别说出去。"

谢尔基脱下靴子,躺了下来。他一夜未睡,又走了四十俄里,立刻就睡着了。

普拉斯科菲雅·米哈伊洛夫娜回来的时候,谢尔基正坐在他那间小屋里等她。他没有出去吃午饭,只吃了点儿路凯丽雅给他送来的汤和稀粥。

"你怎么提前回来了?"谢尔基问,"现在可以谈谈吗?"

"这样的贵客临门,我真不知道打哪儿来这样的福气?我去请了假,没上课。以后……我一直想去看您,还给您写过信。没想到会有这样的福分。"

"巴申卡!我现在要对你说的话,你就把它当作我的忏悔,当作我临终前对上帝说的话吧。巴申卡!我不是个圣徒,甚至不是个普通人。我是个罪人,是个肮脏丑恶、不走正路而又高傲自大的罪人,我不知道我是不是天下最坏的人,但我比最坏的人更坏。"

巴申卡先是瞪大眼睛望着他;她将信将疑。后来她完全相信了,就伸出手去碰碰他的手,苦笑着说:"斯捷潘,你是不是太夸大事实?"

"不,巴申卡。我是个色鬼,我是个凶手,我亵渎上帝,我是个骗子。"

"我的上帝!你这算什么话?"普拉斯科菲雅·米哈伊洛夫娜说。

"可是总得活下去。我以前以为我什么都知道,我还教别人该怎样生活;其实我什么都不知道,我请你教教我。"

"你这是怎么了,斯捷潘?你在取笑我。你们干吗老取笑我?"

谢尔基神父 | 371

"好，就算我取笑你；不过请你告诉我，你现在怎么过活？你这辈子是怎么过的？"

"我吗？我过的是最恶劣最糟糕的生活，如今上帝惩罚我，我这是罪有应得。我过得很糟，糟透了……"

"你是怎么出嫁的？你跟丈夫是怎么过的？"

"一切都很糟。我嫁了人，爱上了一个人，真是太丢脸了。爸爸不赞成这门亲事。我不顾一切嫁了他。出嫁以后，我不仅没有好好帮助丈夫，反而老是吃醋，使他为难，可我怎么也改不了我的醋性。"

"听说，他爱喝两盅。"

"是的，可我又不会劝慰他。我总是责怪他。其实他这是一种病。他不能控制自己，可我到现在还记得，我总是不让他喝。我们吵得可厉害了。"

她提到往事，就用她那双受尽苦难的美丽的眼睛望着卡萨茨基。

卡萨茨基记得，有人告诉他，巴申卡的丈夫常常打她。现在卡萨茨基瞧着她那干瘦的脖子、耳后毕露的青筋、头上那簇稀疏的花白头发，当时的情景又——浮现在眼前。

"后来剩下我一个人，带着两个孩子，没有任何财产。"

"您不是有一座庄园吗？"

"瓦夏在世的时候我们就把它卖了，都……花光了。我们得活下去，可是我什么也不会。我们这些小姐都是这样的。可是我特别不行，真是束手无策。就这样花完了最后一文钱。我教孩子们，自己也多少学了点儿。这时米嘉病了，他已读到四年级，可上帝把他召去了。玛丽雅爱上了凡尼亚，就是我的女婿。说实在的，他是个好人，就是命苦。他有病。"

"妈,"女儿打断她的话,"您把米嘉抱去,我分不开身。"

普拉斯科菲雅·米哈伊洛夫娜打了个哆嗦,站起来,急急地迈动她那双穿着旧皮鞋的脚走出去,不一会儿就抱着她那个两岁的外孙回来。那孩子身子往后仰着,一双小手抓住她的头巾。

"嗯,我讲到哪儿啦? 对了,他原来有个好差事,上司也挺和气,但凡尼亚吃不消,辞职了。"

"他害什么病啊?"

"神经衰弱,这是一种挺可怕的病。我们商量过,他应该出去疗养,可是没有钱。我总希望这样的光景会过去。他没有什么特别的病,可是……"

"路凯丽雅!"传来他那虚弱的怒气冲冲的声音,"人家只要用得着她,就把她支使出去了。妈!"

"来了,"普拉斯科菲雅·米哈伊洛夫娜又打住了。"他还没有吃饭。他不能跟我们一起吃。"

她走出去,安排了一点儿事又回来,同时擦着她那双晒黑的瘦手。

"我就是这样过日子的。我们一直发牢骚,一直不满意,不过,感谢上帝,两个外孙都很健康,很可爱,日子还过得下去。我的事有什么可说的呢!"

"那么,您靠什么生活啊?"

"我多少挣点儿钱,尽管我以前不喜欢音乐,可现在全靠它啦。"

她把她的一只小手搁在旁边的小柜上,像练习弹琴似的用她的瘦指头弹着。

"您教课,人家给您多少钱?"

"有的给一卢布,有的给五十戈比,也有给三十戈比的。他们待我都很好。"

"那么,成绩有吗?"卡萨茨基眼睛含笑问。

普拉斯科菲雅·米哈伊洛夫娜起初并不以为他这样问是认真的,怀疑地望了望他的眼睛。

"成绩也有。有个很好的姑娘,他爸爸是卖肉的。她是个心地善良的好姑娘。说真的,我如果是个上流社会的女人,凭爸爸的关系,早就给女婿找到个好差事了。可我什么也不会,才把大家弄到这个地步。"

"噢,噢,"卡萨茨基低下头说,"那么,您,巴申卡,您是怎么过宗教生活的?"

"噢,别提了。糟得很,常常荒疏。有时跟孩子们一起斋戒祈祷,有时也去教堂,但有时就几个月不去。我叫孩子们去。"

"那您自己为什么不去啊?"

"不瞒您说,"她脸红了,"在女儿外孙面前穿得破破烂烂的,我感到害臊,可是新衣服又没有。我就是有点儿懒惰。"

"那么您在家里祷告吗?"

"祷告的,但这又算得上什么祷告呢,随口念念罢了。我知道这样不行,没有真正的感情,只知道自己情况很糟……"

"对,对,是这样,是这样。"卡萨茨基赞同地说。

"来了,来了。"她答应女婿的呼唤,整整头上盘着的辫子,走出房间。

这次她去了好一阵。她回来时,卡萨茨基还像原来那样坐着,双肘支着膝盖,低下头。但他的挎包已背在背上了。

她拿着一盏没有灯罩的马灯走进来，他抬起他那双疲倦的好看眼睛望着她，深深地、深深地叹了一口气。

"我没有告诉他们您是谁，"她怯生生地说，"我只说，您是一位高贵的香客，我认识您。咱们到饭厅去喝点儿茶吧。"

"不用了……"

"那么我把茶拿到这儿来。"

"不，什么也不要。上帝保佑你，巴申卡。我走了。你要是可怜我，就别对人说你看见过我。我以永生的上帝的名义恳求你：别告诉任何人。谢谢你。我真想跪倒在你的脚下，但我知道这样会使你不安。谢谢你，看在基督的分上饶恕我。"

"您祝福我吧！"

"上帝会祝福的。看在基督的分上饶恕我。"

他想走，但她不让他走，给他拿来了面包、面包圈和奶油。他全收下，走了。

天黑了。他还没有走过两座房子，她就看不见他了。不过，听到大司祭家的狗在向他吠叫，她知道他在向前走去。

"噢，我的梦原来应的是这个。巴申卡就是我原来想做而没有做成的人。我以前借口为上帝，其实是为人们活着；她活着为了上帝，却以为是为了人们。是啊，做一件好事，施舍一碗水，不想得到报答，比我为人们造福更可贵。但我不是确实有过几分诚意侍奉上帝吗？"他问自己，又自己回答说："是的，但这一切都被尘世的虚荣玷污了，掩盖了。是的，像我这样一味追求尘世虚荣的人，心中是没有上帝的，但我要去找寻。"

于是他向前走去，像找巴申卡那样，从一个村庄走到另一个村庄,同别的男女香客相遇又分手,用基督的名义乞讨面包和借宿。有时遭到泼妇的咒骂,喝醉酒的农夫的怒斥,但多半人家招待他吃喝,甚至还给他点儿路上吃的东西。有些人对他那副气宇轩昂的老爷的仪表发生好感。有些人正好相反,看到一位老爷落得一贫如洗,有点儿幸灾乐祸。但他那副谦和的态度却使人人心悦诚服。

他常常在人家家里找出《福音书》来。不论何时何地,大家听了都很感动,而且觉得奇怪,对他念的东西都感到又新鲜又早已熟悉。

要是他有机会替人家做点儿事:出点儿主意,写点儿什么,排解纠纷,他也不要听人家的感谢,因为他做完就走。上帝渐渐在他心中出现了。

有一天,他跟两个老太婆和一个士兵同行。有一位老爷跟夫人坐着一辆敞篷马车,还有一个男人和太太骑着马,把他们拦住了。原来骑马的是夫人的丈夫和女儿,坐车的是夫人跟一个法国旅行者。

他们拦住他们,显然是想让法国人看看云游的香客。这些人出于俄国人的迷信不干活而到处流浪。

他们说着法语,以为这些人听不懂。

"问问他们,"法国人说,"他们是不是确信朝圣符合上帝的旨意。"

他们问了。两个老太婆回答说:"这全看上帝了。我们的脚到了,心是不是到呢?"

他们问了士兵。士兵回答说,他独自一人,无处可去。他们又问卡萨茨基是什么人。

"上帝的奴仆。"

"他说什么? 他没有回答。"

"他说他是上帝的奴仆。"

"他大概是神父的儿子。看得出他是好人家出身的。您有零钱吗?"

法国人有零钱。他给了每人二十戈比。

"告诉他们,我不是给他们买蜡烛的,我是让他们美美地喝点儿茶,"他说,用戴着手套的手轻轻拍拍卡萨茨基的肩膀,"这给您,老大爷。"

"基督保佑你们。"卡萨茨基回答,没有戴上帽子,光着头鞠了一躬。

这次相遇使卡萨茨基感到特别高兴,因为他蔑视世俗之见,做了一件极普通极容易的事:谦卑地收下二十戈比,送给一个同行的瞎眼乞丐。他越蔑视世俗之见,就越强烈地感觉到上帝的存在。

卡萨茨基就这样过了八个月。到第九个月,在省城他和其他香客一起借宿的收容所里,他因没有身份证而被拘留。问他的证件在哪里,他是什么人。他回答说,他没有证件,他是上帝的奴仆。他被当作流浪汉,判了刑,流放到西伯利亚。

到了西伯利亚,他住在一个富裕农民的垦地上,现在还住在那里。他在主人的菜园里干活,还教孩子们读书,照顾生病的人。

一八九八年

科尔尼·华西里耶夫

一

科尔尼·华西里耶夫最后一次回乡,是在他五十四岁的时候。当时他那头浓密的鬈发还没有一根白发,乌黑的大胡子只有颧骨旁有点儿花白。他的脸光滑红润,脖子很粗壮,魁梧的身体由于优裕的城市生活而发胖。

二十年前他辞去军职,带了些钱回家。先是开了一个小铺,后来关掉小铺,买卖牲口。他常去切尔卡瑟①"进货"(买牲口),再把它们赶到莫斯科。

在加伊村,他那座铁皮顶的石砌房子住着他的老母亲、妻子和两个孩子(一女一男),还有他的侄儿,一个十五岁的哑巴孤儿和一名长工。科尔尼结过两次婚。第一个妻子体弱多病,没生孩子就死了。后来,他已是一个年纪不轻的鳏夫,第二次结婚,娶了个健美的姑娘,她是邻村一个穷寡妇的女儿。两个孩子都是第二个妻子生的。

科尔尼在莫斯科卖掉最后一批"货",获利可观,积了近三千卢布。他从同乡人那里知道,离他的村庄不远有个破产地主要出卖一片森林,他也想经营木材。他熟悉这个行当,因为服役前就在木材商那里当过伙计。

---

① 切尔卡瑟 —— 切尔卡瑟州首府。

在拐到加伊的火车站时，科尔尼遇到同乡独眼龙库兹玛。库兹玛每逢火车到站都从加伊驾两匹鬃毛很长的驽马拉的雪橇去招揽生意。库兹玛很穷，因此不喜欢有钱人，尤其不喜欢他从小就认识的有钱人科尔尼。

科尔尼身穿皮短袄和皮外套，提着手提箱，走到车站台阶上，挺出大肚子站住，嘟起嘴，环顾着四周。这是早晨。天气阴晦，没有风，有点儿冷。

"怎么，库兹玛大叔，没找到顾客吗？"他说，"你送送我怎么样？"

"好吧，给一卢布，我送你去。"

"七十戈比够了。"

"你吃得肚皮这么大，还想从我这穷人身上刮掉三十戈比。"

"那好吧。"科尔尼说。他把手提箱和包裹放到小雪橇里，伸开手脚舒服地坐在后座上。

库兹玛坐在驭座上。

"好吧。走了。"

他们离开车站周围坑坑洼洼的地面，来到平坦的路上。

"那么，你们那儿，也就是你们乡下情况怎么样？"科尔尼问。

"好事不多。"

"怎么会？我家老太太好着吗？"

"老太太好着呢。前几天还去过教堂。你家老太太好着。你那位年轻的女当家也好着。她有什么事吗？她新雇了一名长工。"

科尔尼发觉库兹玛阴阳怪气地笑起来。

"什么长工？那么彼得呢？"

"彼得病了。她雇了卡明加村的叶甫斯提格涅伊，"库兹玛说，"也就是她的同乡。"

"真的吗？"科尔尼说。

早在科尔尼去向玛尔法提亲的时候，就有好些娘们在议论叶甫斯提格涅伊。

"就是这样，科尔尼·华西里耶夫，"库兹玛说，"如今娘们都很放肆。"

"有什么可说的！"科尔尼低声说，"你这匹灰马老了。"他添加说，想结束谈话。

"我自己也不年轻了。我是说干活。"库兹玛回答科尔尼说，拉拉鬃毛很长的瘸腿骗马。

半路上有一家客店。科尔尼吩咐停车，走进店里。库兹玛把马牵到空食槽旁，整理整理皮轭，眼睛不望科尔尼，等他来唤他。

"进来吧，库兹玛大叔。"科尔尼走到台阶上说，"来喝一杯。"

"那好。"库兹玛回答，装出一副不慌不忙的样子。

科尔尼要了一瓶伏特加，递给库兹玛。库兹玛早晨没吃过东西，一喝就醉。他一喝醉，就向科尔尼靠过去，悄悄告诉他村里人们的议论。他们说，他的妻子玛尔法把自己的旧情人找来当长工，并同他住在一起。

"这关我什么事。我是可怜你，"喝醉酒的库兹玛说，"只是被人取笑不好。看来她不怕罪过。嗯，我说，你就等一等吧。过些日子，他自己会来的。就是这样，科尔尼老弟。"

科尔尼默默地听着库兹玛的话。他的两条浓眉在那双乌溜溜的眼睛上越蹙越低。

"那么，你不喝了吗？"直到一瓶酒喝完后，他才说。"不喝，那我们走吧。"

他向老板付了账,走到街上。

他回到家里已是黄昏。第一个出来迎接他的就是他一路上念念不忘的叶甫斯提格涅伊。科尔尼向他打了个招呼。一看见惶惑不安的叶甫斯提格涅伊长着浅色头发的瘦脸,科尔尼只疑惑地摇摇头。"那老狗撒谎,"他想到库兹玛的话,"不过谁知道他们是怎么一回事。我要弄个明白。"

库兹玛站在马旁,用他的独眼对叶甫斯提格涅伊眨了眨。

"这么说,你住在我们这儿?"科尔尼问。

"是啊,总得有个地方干活。"叶甫斯提格涅伊回答。

"上房生火了吗?"

"还会不生吗? 玛尔法在那里。"叶甫斯提格涅伊回答。

科尔尼走上台阶。玛尔法听见说话声,走到门厅,一看见丈夫,脸唰地红了。她慌忙特别亲切地向他问好。

"我同妈妈等得已经不耐烦了。"她说,随着科尔尼走进上房。

"嗯,我不在你们过得怎么样?"

"一直老样子。"她说,抱起抓住她裙子要奶吃的两岁女儿,大踏步走进门厅。

科尔尼的母亲生有一双像科尔尼一样的黑眼睛,困难地迈着穿毡靴的两脚,走进上房。

"谢谢,你回来看我们。"她摆动摇晃的脑袋,说。

科尔尼告诉母亲他为什么回来。他想到库兹玛,回身走出去付钱给他。他刚打开门走进门厅,就迎面看见玛尔法和叶甫斯提格涅伊站在通院子的门口。他们站得很近,她嘴里说着什么。一看见科尔尼,叶甫斯提格涅伊就溜到院子里,玛尔法则走到茶炊旁,摆弄正呼呼作响的烟筒。

科尔尼默默地从她弯着腰站着的地方走过，拿起包裹，叫库兹玛到偏屋喝茶。喝茶前，科尔尼把从莫斯科带来的小礼物分送给家人：给母亲一块羊毛围巾，给费奥多尔一本有图画的书，给哑巴侄儿一件背心，给妻子一块做连衣裙的花布。

喝茶的时候，科尔尼皱紧眉头，一言不发。只偶尔勉强笑笑，眼睛望着哑巴侄儿。他得到新背心十分高兴，大家看着他也都很快乐。他把背心放下又解开，穿在身上，吻着自己的手，眼睛瞧着科尔尼，满面笑容。

喝过茶，吃过晚饭，科尔尼立刻走到玛尔法同小女儿睡觉的上房。玛尔法留在偏屋里收拾碗碟。科尔尼臂肘支着身体独自坐在桌旁，等着她。他对妻子的愤怒越来越厉害。他从墙上取下算盘，从口袋里掏出笔记本，算起账来，以分散思想。他一面算账，一面朝门口望望，倾听偏屋里的说话声。

他几次听见偏屋开门的声音，有人走到门厅，但听得出不是她。最后听见她的脚步声，她转动门把手的声音。门开了，她包着红头巾，双颊绯红，美丽动人，手里抱着女儿走进来。

"你一路上累了吧。"她说，脸上挂着微笑，仿佛没注意他的恼怒神色。

科尔尼对她瞧了一眼，继续又算起账来，尽管没什么账要算。

"时间不早了。"她说，放下手里的女儿，走到隔板后面。

他听见她在铺床，安顿女儿睡觉。

"人们都在取笑，"他想起库兹玛的话，"你等着吧……"他想，困难地呼吸着。他慢慢站起来，把铅笔头放在背心口袋里，把算盘挂在钉子上,脱去上装,走近隔板门。她正站在神像前祈祷。他站住等着。她久久地画着十字,鞠着躬,低声做着祈祷。他觉得她早就念完全部祷文,故意反复念几次。然后她一躬到地,又挺直身子,嘴里喃喃地念着祷文,这才向他转过脸来。

"阿加施卡已经睡着了!"她指着女儿说,笑眯眯地坐在咯吱作响的床上。

"叶甫斯提格涅伊来了好久了?"科尔尼走进门来说。

她若无其事地把一条粗辫子拉到胸前,敏捷地用手指把它解开。她对直望着他,她的眼睛笑了。

"叶甫斯提格涅伊吗? 谁知道他 —— 有两三个星期了。"

"你跟他住在一起吗?"科尔尼问。

她放下辫子,但立刻又抓起她那把粗硬的头发编辫子。

"亏他们想得出。我跟叶甫斯提格涅伊住在一起?"她说,把叶甫斯提格涅伊这个名字说得特别响。"亏他们想得出! 谁对你说的?"

"你说,有没有这事?"科尔尼问,把那双放在口袋里的强壮的手握成拳头。

"别说废话了。你脱靴子吗?"

"我在问你。"他又说。

"什么福分啊。我会看上叶甫斯提格涅伊,"她说,"这是谁对你说的?"

"你刚才在门厅里跟他说什么啦?"

"我说了。我说得把木桶箍一箍。你干吗缠住我不放?"

"我对你说:你要说实话。不然我打死你,不要脸的贱货。"

他一把抓住她的辫子。

她从他手里抽出辫子,她的脸痛得扭曲了。

"你就是为这事打人吗?我几时看到过你有好脸色?这样的日子我不知道怎么过。"

"你要怎么过?"他向她抢前一步,说。

"你为什么拉掉我半条辫子?哼,为一点儿小事闹个不休。你纠缠什么呀?真的……"

她没把话说完。他抓住她的一只手,把她从床上拉下来,打她的头、腰和胸部。他越打火气越大。她大叫大嚷,挣扎着,想逃走,但他不放过她。女孩醒来,扑到母亲身上。

"妈妈!"她大声叫嚷。

科尔尼抓住女儿的手,从她母亲身边拉开,像扔一只小猫似的把她扔到角落里。女孩子尖叫一声,过了几秒钟就听不见她的声音了。

"强盗!你把孩子摔死了!"玛尔法嚷道,想站起来去抱女儿。

但科尔尼又把她抓住,在她胸口上狠狠打了一拳,打得她仰天倒下,停止了叫嚷。只是女儿一个劲儿地拼命大哭。

老太婆没包头巾,蓬着一头花白的头发,摇晃着脑袋,颤颤巍巍地走进小屋,眼睛不看科尔尼,也不看玛尔法,走到泪流满面的孙女儿跟前,把她抱起来。

科尔尼站着,重重地喘着气,环顾着四周,仿佛睡意未消,不明白他在哪儿,跟谁在一起。

玛尔法抬起头来,呻吟着,拿衬衫擦着血迹斑斑的脸。

"该死的恶棍!"她说,"我跟叶甫斯提格涅伊住在一起,以前也在一起住过。好,你把我打死好了。阿加施卡也不是你的女儿,是同他一起生的。"她急急地说,用臂肘挡住脸,等待他的打击。

但科尔尼仿佛什么也不明白，只呼哧呼哧地喘着气，向四周打量着。

"你瞧，你把女儿摔成什么样了，胳膊打断了。"老太婆让他看尖声哭个不停的孙女垂下的手臂。科尔尼转身默默地走到门厅，走出门去。

户外还是那么寒冷和阴暗。雪花飘落到他火热的面颊上和额头上。他坐在台阶上，抓起栏杆上的雪，一把把吞吃着。门里传出玛尔法的呻吟声和女孩凄厉的啼哭声。后来，门厅的门开了。他听见母亲抱着女儿离开上房，经过门厅，走进偏屋。他站起来，走进上房。火焰拧小的油灯在桌上发出微光。他一进去，就听见玛尔法在隔板后面呻吟得更响了。他默默地穿好衣服，从长凳下拿出手提箱，把自己的东西放在里面，用绳子把手提箱捆住。

"你为什么打我？为了什么？我对你做了什么啦？"玛尔法可怜巴巴地说。科尔尼没有回答，拿起手提箱提到门口。"坏蛋！强盗！你等着吧。你以为没有王法啦？"她换了一种口气恶狠狠地说。

科尔尼没有回答，用脚踢开门，又砰的一声把它关上，连墙壁都震动了。

走进偏屋，科尔尼弄醒哑巴，吩咐他套马。哑巴没立刻苏醒过来，惊讶地对叔叔瞧瞧，双手抓着头皮。终于明白要他干什么。他跳起来，穿上毡靴、破短袄，拿起风灯，走进院子。

当科尔尼跟哑巴坐上门外的小雪橇，跑上他跟库兹玛昨晚来的那条路时，天色已完全亮了。

他到达车站，离火车开车只有五分钟。哑巴看见他买了票，拿起箱子，乘上火车，向他点点头，火车就开了。

玛尔法除了被打得鼻青眼肿，还断了两根肋骨，头也被打得皮破血流。但这个强壮的年轻女人半年后就康复了，也没有留下伤痕。女孩子则从此成了半残废。她的胳膊骨断了两根，一只手也伸不直。

科尔尼从此没有消息。谁也不知道他活着还是死了。

二

过了十七年。时节已是深秋。太阳落得低低的，下午三点多钟天就黑下来。安德烈夫家的牲口回家来了。老牧人工作期满，斋戒前就走了。牲口由娘儿们和孩子轮流赶回家。

牲口刚从燕麦留茬地走上布满蹄印和车辙的泥泞黑土大路，不停地吱吱和咩咩地叫着走回村子。牲口前面的大路上，走着一个背有点儿驼的高个子老人，他留着花白大胡子和花白鬈发，只有两条浓眉还是黑的，身穿一件被雨淋湿的打过补丁的棉袄，头戴一顶大帽子，背上背着一个皮口袋。他吃力地迈动一双沾满泥泞的破旧乌克兰粗皮靴，每走一步就拄一下栎木拐杖。当牲口追上他的时候，他拄着拐杖停住脚步。一个农家少妇头上包着麻布，撩起裙子，脚穿一双男靴，飞快地一会儿跑到路这边，一会儿跑到路那边，赶着落在后面的猪和羊。她跑到老人旁边站住，打量着他。

"你好，老大爷。"她用响亮、温柔而年轻的声音说。

"你好，乖孩子。"老人说。

"怎么，你要在这儿过夜吗？"

"看来得在这儿过夜。我可累坏了。"老人哑声说。

"你啊，老大爷，不用去找甲长，"少妇亲切地说，"你就到我们家去——路边第三家。我公公总是让过路人来家过夜的。"

"第三家。你叫齐诺维耶娃，是吗？"老人说，意味深长地扬起两条眉毛。

"你怎么知道？"

"我来过。"

"你怎么流口水了，费玖施卡，完全变成瘸子了。"少妇指着一只走在羊群后面的三腿绵羊，嚷道。她右手挥动一条树枝，用伸不直的左臂自下扎紧头上的麻布，跑回去赶那只落后的跛腿黑羊。

这老人就是科尔尼。而少妇就是十七年前被他摔断手臂的阿加施卡。她被嫁到安德烈夫卡一户有钱人家，离加伊四俄里。

三

科尔尼·华西里耶夫由一个强壮、富裕、高傲的人变成现在这副样子：一个老叫花子，除了一身破衣烂衫、一张服过役的军人证和包里的两件衬衫外，一无所有。他的变化是渐渐发生的，说不出什么时候开始，什么时候发生。只有一点他是知道的，而且深信不疑：造成他不幸的是他那个可恶的妻子。他回忆往事感到又难以理解。当他想起往事时，总是痛心疾首地想到造成他十七年痛苦的罪魁祸首。

在殴打妻子的那天晚上,他去找出售树林的地主。买卖没有成功,树林已被卖掉。他回到莫斯科,又在那里痛饮了一番。以前他也喝过酒,但这次他连续不断喝了两个星期。等清醒过来,他便跑到下游去买卖牲口。买卖不顺利,他亏了本。第二次他又去。第二次也不顺手。过了一年,他手里的三千卢布只剩下二十五卢布了,他不得不去打工。他本来就爱喝酒,如今喝得更厉害了。

开头,他在牲口贩子那儿当了一年伙计,但路上又酗酒,被解雇了。后来,他通过熟人找到一个卖酒的营生,但也没做多久。他账目不清,又被辞退了。回家去他感到没面子,心里十分恼怒。"我不在,他们就同居。说不定那个儿子也不是我的。"他想。

他的境况越来越糟。没有酒他没法过。人家再不要他当伙计,他只好去赶牲口,后来连这种活也找不到了。

他的情况越糟,他越怪罪于她,对她的怒气也越大。

科尔尼最后一次被一个不认识的老板雇去赶牲口。牲口病了。科尔尼并没责任,但老板大发雷霆,把伙计和他都解雇了。找不到工作,科尔尼决定到处去流浪。他准备了一双结实的靴子、一个背包,带了点儿茶叶和糖,还有八卢布,动身去基辅。他不喜欢基辅,就去高加索新阿丰市。但没到新阿丰市他就发了疟疾,身体顿时虚弱下来。钱只剩下一卢布七十戈比,又没有熟人,他决定回家找儿子。"也许她已经死了,我那个害人精,"他想。"如果还活着,我要在死以前把话对她说明白,让她这个贱货知道我吃的苦。"他想着往家里走去。

疟疾隔天发作。他的身体越来越虚弱,一天走不满十到十五俄里。离家还有两百俄里,钱都花光了,他只好沿途行乞,宿夜就由甲长安排。"你倒开心,可把我害苦了!"他想到妻子,习惯成自然地把两只衰老的手握成拳头。但既没有人可打,拳头也没有力气。

又花了两星期,走了两百俄里,他身体虚透,病得厉害,好不容易来到离家四俄里的地方,遇见阿加施卡。他不认识她,她也不认识他,她就是被他打断手臂的姑娘。当初他把她当作女儿,其实不是他的女儿。

四

他听阿加施卡的话,来到齐诺维耶夫家,要求留宿。主人让他进去。

他一进屋,照例对圣像画了十字,然后向主人问好。

"冻坏了吧,老大爷!来,到炕上来。"上了年纪、满脸皱纹的快乐的女主人正在桌旁收拾,说。

阿加施卡的丈夫是个年轻的庄稼人,坐在桌旁长凳上加灯油。

"你浑身都湿透了,老大爷!"他说,"你这是怎么啦!快来烘烘干!"

科尔尼脱下衣服,脱去靴子,把包脚布挂在炉前,爬到炕上。

阿加施卡提着水罐走进来。她已把牲口赶回家,照料好牲口。

"有没有见到一个过路的老大爷?"她问,"我叫他到我们家来。"

"瞧,那不是他,"主人说,指指坐在炕上搓着毛茸茸瘦腿的科尔尼。

主人叫科尔尼喝茶。他爬下炕,坐到长凳边上。他们给了他一杯茶和一块糖。

他们谈到天气和收获。粮食还没有收到手。地主们地里的麦垛越堆越多。刚动手搬运，天又下雨了。农民们走运。可是老爷们愁眉不展。禾捆里老鼠又多。

科尔尼说，他在途中看到地里堆满麦垛。少妇给他冲了第五杯茶，那茶已很淡了。

"没关系。喝了对身体有好处的，老大爷。"她看到他推辞，说。

"你这只胳膊怎么有毛病啊？"他问她，小心翼翼地从她手里接过一满杯茶，动了动眉毛。

"从小就断了，"爱唠叨的婆婆说，"当年阿加施卡的父亲要打死她。"

"为了什么事呀？"科尔尼问。瞧着少妇的脸，他突然想起了叶甫斯提格涅伊和他那双蓝眼睛。他拿着杯子的手抖得厉害，泼掉半杯茶才把杯子放到桌上。

"她父亲原来住在我们加伊村，叫科尔尼·华西里耶夫。是个有钱人。他对老婆很凶。他把她狠狠打了一顿，这孩子也就被打成了残废。"

科尔尼不作声，从两条不断抖动的黑眉毛下一会儿望望主人，一会儿瞧瞧阿加施卡。

"到底为了什么呀？"他啃着糖块，问。

"谁知道呢。对我们女人什么谣言都造得出来，你有什么办法，"老太婆说，"说她同长工有什么事。那长工可是我们村里一个好小子。他就死在他们家。"

"他死了？"科尔尼问，清了清嗓子。

"早就死了……我们就娶了他们家女儿做媳妇。他们原先过得很好。是村里的首富。那时当家人还在。"

"那他现在怎么了？"科尔尼问。

"看样子也死了。从那时起就没见他回来过。总有十五年了吧。"

"还不止,妈妈告诉我,当时我刚断奶。"

"他伤了你的手,你不生他的气吗……"科尔尼刚说了一句,突然抽泣起来。

"他又不是外人,是父亲啊。再喝点儿去去寒。再给你冲点儿,好吗?"

科尔尼没回答,抽噎着,终于大哭起来。

"你这是怎么了?"

"没什么,基督保佑。"

科尔尼哆嗦的双手抓住木柱和高铺,两只又瘦又大的脚爬到炕上。

"瞧你。"老太婆对儿子说,向老头儿挤挤眼。

五

第二天,科尔尼起得比谁都早。他爬下炕,揉揉已晾干的包脚布,吃力地穿上发硬的靴子,背上口袋。

"老大爷,你不吃早饭吗?"老太婆说。

"上帝保佑你。我走了。"

"那就带些昨天烘的饼吧。我给你装在口袋里。"

科尔尼道了谢,告辞了。

"你回来时再请过来,我们还会活着的……"

户外秋雾浓重,一片迷茫。但科尔尼熟悉道路,熟悉每个土坡,路上的每一棵白柳和两旁的树木,虽然十七年来砍掉了一批树木,老树中长出了新树,小树变成了老树。

加伊村还是老样子,只是村边盖起一批新房子,那是以前所没有的。木屋改成砖房。他那座砖砌的房子还是原来的样子,只是更破旧了。屋顶好久没油漆,屋角掉了一些砖头,台阶也歪斜了。

他走近自己的老家,从咯吱作响的大门里走出来一匹母马和马驹,还有一匹灰色夹杂色的老骟马和一匹两岁的小马。灰色老骟马完全像科尔尼离家出走前一年从集市上买来的那匹母马。

"这准是当年它怀在肚子里的那一匹。同样是臀部下垂,胸部宽大,腿毛很长。"他想。

一个穿新树皮鞋的黑眼睛男孩牵马去饮水。"那准是我的孙儿,费奥多尔的儿子,黑眼睛像他。"他想。

男孩望了望陌生的老头儿,跑去赶那匹在泥泞里嬉戏的周岁马驹。一只狗跟着男孩跑去,毛色也像从前那只"小狼"一样黑。

"难道是'小狼'吗?"他想。这可是二十年前的事了。

他走到台阶前,费力地走上台阶(当年他曾坐在台阶上吞食栏杆上的积雪),推开通门厅的门。

"怎么问也不问就闯进来啦!"一个女人从小屋里对他吆喝道。他听出了她的声音。瞧,就是她,一个干瘪枯瘦、筋脉毕露、满面皱纹的老太婆从门里探出头来。科尔尼原以为会看到那个使他蒙受耻辱的年轻漂亮的玛尔法。他恨她,想责备她,没想到站在他面前的已不是原来那个玛尔法,而是一个老太婆。"要饭,应该站在窗外要。"她声音尖锐刺耳地说。

"我不是要饭的。"科尔尼说。

"那么你是谁？你有什么事？"

她突然站住。他从她的表情上看出，她认出了他。

"你流浪得还不够吗？走，走。上帝保佑。"

科尔尼背靠墙，拄着拐杖，凝视着她，并惊奇地发觉，多少年来心里怀着的对她的仇恨突然消失了，一种怜悯之情突然涌上心头。

"玛尔法！我们都要死的。"

"走，走吧！"她愤恨地急急说。

"你没有别的话要说吗？"

"用不着跟我说什么，"她说，"快走。走，走！你们这种吃白食的恶鬼真是太多了。"

她快步回到小屋，砰的一声关上门。

"你骂什么呀！"传来男人的声音。接着一个腰插斧头皮肤黝黑的庄稼汉走进来。他的模样就像四十年前的科尔尼，只不过瘦小一些，而且也有一双乌黑发亮的眼睛。

这就是十七年前他送有图画的书给他的费奥多尔。刚才责怪母亲不怜悯乞丐的也是他。跟他一起进来的是哑巴侄儿，他腰间也插着一把斧头。如今他已是一个成年人，蓄着稀疏的大胡子，满脸皱纹，筋脉毕露，脖子细长，目光刚毅而尖锐。这两个庄稼汉都刚吃完早饭，要到树林里去。

"等一下，老大爷。"费奥多尔说，向哑巴先指指老头儿，再指指上房，做出切面包的姿势。

费奥多尔走到街上，哑巴则回到小屋。科尔尼一直背靠墙壁，手拄拐杖，垂着头站在那里。他感到全身虚弱，好不容易才忍住没哭出声来。哑巴从小屋里出来，手里拿着一大块香喷喷的新鲜黑面包，画了十字，交给科尔尼。科尔尼接过面包；也画了个十字，哑巴指指小屋的门，两手摸摸脸，做出鄙夷的样子；他这样做表示不赞成婶母的行为。突然他呆住，张开嘴，凝视着科尔尼，仿佛认出他来了。科尔尼再也忍不住眼泪，用长衣前襟擦着眼睛、鼻子和胡子，转过身去，走到台阶上。他百感交集，悲痛至极，觉得愧对人，愧对她，愧对儿子，愧对一切人。这种感情使他又欣慰又痛苦。

玛尔法从窗口望着，一直望到老头儿从房子转角处消失，静下心来，才舒了口气。

直到玛尔法断定老头儿已经走掉，她才在织布机前坐下来织布。她踩了十来下机箱，但手却没有动。她停下来，回想她刚才见到的科尔尼。她知道这就是他，就是那个原先爱她、后来往死里打她的人。她对此刻自己的行为感到害怕。但她这样做是必要的。要不然该怎么对付他呢？他又没说他是科尔尼，他回家来了。

她又拿起梭子，继续织布，一直织到晚上。

六

傍晚科尔尼好不容易来到安德烈夫卡，又借宿在齐诺维耶夫家。他得到了接待。

"老大爷，你不再往前走了吗？"

"不走了。身子虚弱。看来得往回走。能让我在这儿过夜吗？"

"地方有的是。进来烤烤火。"

科尔尼通宵发烧。天亮前他睡着了，等到醒来，家里人都各自办事去了，房子里只剩下阿加施卡一人。

他躺在铺上，老太婆在那上面铺了一件干燥的外衣。阿加施卡从炉子里取出面包。

"乖孩子，"他声音微弱地唤道，"到我这儿来。"

"就来，老大爷，"她一面回答，一面取出面包，"你要喝点儿什么？克瓦斯好吗？"

他没回答。

她放好最后一块面包，拿了一瓦罐克瓦斯走到他跟前。他没向她转过身来，也没有喝，仰天躺着，仍没有向她转过身，说起话来。

"阿加施卡，"他低声说，"我的时候到了。我要死了。看在基督分上你饶恕我吧。"

"上帝会饶恕的。再说，你又没害过我……"

他没作声。

"还有一件事：乖孩子，你到你母亲那儿去一下，对她说……流浪汉……你说，昨天那个流浪汉……"

他抽泣起来。

"莫非你去过我们家了？"

"去过。你说，昨天那个流浪汉……那个流浪汉……你说……"他又泣不成声，终于振作起精神把话说完，"他是去向她告别的。"他说，在自己胸口摸索着。

"我去说，老大爷，我去说。你在找什么呀？"阿加施卡问。

老头儿没回答，由于用力而皱起眉头，用自己汗毛很长的手从怀里掏出一张纸递给她。

"有人问起，你就把这给他看，这是我的军人证。赞美上帝，所有的罪孽都解脱了。"他脸上现出庄严的神色。他竖起眉毛，眼睛盯

398 | 魔鬼

着天花板，不再作声。

"给我蜡烛。"他说，没动嘴唇。

阿加施卡明白了。她从神像前拿了一支点过的蜡烛，点着，交给他。他用大拇指把它夹住。

阿加施卡走去把他的军人证放到小箱子里。当她回到他身边时，蜡烛已从他手里落下，他那双呆滞的眼睛已什么也看不见，胸脯也不再呼吸。阿加施卡画了个十字，吹灭蜡烛，取出一块干净手巾盖在他脸上。

那天晚上，玛尔法通宵没睡着，一直想着科尔尼。早晨她穿上棉袄，包上头巾，去打听昨天那个老头儿的情况。她很快就打听到老头儿在安德烈夫卡。玛尔法从栅栏里抽出一根棒，动身到安德烈夫卡去。她越走心里越害怕。"我去跟他告别，把他接回家，解脱罪孽。哪怕让他死在家里儿子身边也好。"她想。

玛尔法走近女儿家，看见房子里外聚集了一大群人。有些站在门厅里，有些站在窗外。大家都已经知道，那个穷流浪汉就是二十年前全区闻名的富翁科尔尼·华西里耶夫。现在死在女儿家里了。房子里也挤满了人。婆娘们低声交谈，长吁短叹。

玛尔法走进屋子里，人们给她让开一条路。她看见圣像底下那具收拾干净、用布盖着的尸体，识字的费里普·科诺内奇模仿诵经士拖长声音念着斯拉夫文诗篇。

现在已经无法宽恕也无法要求宽恕了。而从科尔尼严峻、端庄、苍老的脸上也无法了解，他已饶恕了她，还是仍旧在生气。

一九〇六年

我梦见了什么

一

"我已经没有这个女儿了,真的,没有了,但我也不能让她吊在别人的脖子上。她要怎么过就怎么过,这不关我的事,但我不想知道她的情况。是的,是的。我再也不愿想到这类事……可怕,太可怕!"

他耸耸肩膀,抖动脑袋,抬起眼睛。这话是六十岁的米哈伊尔·伊凡诺维奇公爵在省会对他的弟弟——五十六岁的省首席贵族彼得·伊凡诺维奇公爵说的。

谈话是在省会进行的。住在彼得堡的大哥知道一年前离家出走的女儿带着孩子住在这个城市里,就跑了来。

米哈伊尔·伊凡诺维奇公爵是个头发花白的高个子老人,相貌俊美,容光焕发,气宇轩昂,富有魅力。他的家庭由妻子和一男两女组成。妻子脾气暴躁,常为鸡毛蒜皮的小事同他争吵,十分庸俗。儿子没什么出息,吃吃喝喝,挥霍成性,但父亲却认为他完全是个"正派人"。大女儿嫁了个好丈夫,住在彼得堡。他喜爱的小女儿丽莎近一年前离家出走,现在才知道她有了孩子,住在这个遥远的省城里。

彼得·伊凡诺维奇公爵想问问哥哥:丽莎是在什么情况下出走的,孩子的父亲是谁,但他不敢问。还在今天早晨,当彼得·伊凡诺维奇的妻子向大伯表示同情时,彼得·伊凡诺维奇公爵看见哥哥脸色痛苦,看见他用无比高傲的神态来掩饰这种痛苦，并向弟媳妇打听她这套住房的房价。吃早饭的时候，当着家人和客人的面，他总是挖苦讽刺，嘲弄人家。他对谁都异常傲慢，只有孩子除外，他对待孩子总是十分和蔼可亲。他的态度又十分自然，仿佛大家都承认他有权骄傲。

晚上，弟弟为他组织了牌局打文特牌。打完牌，他走进给他准备的房间。他刚取下假牙，门上响起两下轻轻的敲门声。

"谁啊？"

"是我，米哈伊尔。"

米哈伊尔·伊凡诺维奇公爵听出是弟媳妇的声音，皱了皱眉头，装回假牙，自言自语："她有什么事啊？"接着大声说："请进。"

弟媳妇生性温和文静，对丈夫百依百顺，但是个怪人（大家都这样叫她，有些人甚至认为她是个傻婆娘）。她虽然长得不错，但衣服总是很邋遢，举动漫不经心。她的思想非常古怪，不同于一般贵族，同首席贵族夫人的身份不相称，有时突然冒出来，使朋友、丈夫和所有的人都感到惊讶。

"您可以对我下逐客令，但我不会走，我对您言明在先。"她用她那种文理不通的语言说。

"上帝保佑。"大伯回答，过分彬彬有礼地把安乐椅推给她坐。"您不介意吧？"他取出一支烟，说。

"听我说，米哈伊尔，我不会说什么不愉快的话，我只想谈谈丽莎的事。"

米哈伊尔·伊凡诺维奇叹了一口气，显然是由于内心的痛苦，但立刻恢复常态，带着疲劳的微笑说。

"我知道，跟你谈话只能谈你想谈的事。"他说，眼睛不看她，显然不愿说出谈话的题目。

但模样可爱、有点儿发胖的弟媳妇并不感到难为情，仍用她那双蓝眼睛善良而恳求似的继续瞧着米哈伊尔·伊凡诺维奇，比他更沉重地叹了一口气说："米哈伊尔，我的朋友，您就可怜可怜她吧。"她同大伯说话照例总是一会儿用"你"，一会儿用"您"。"要知道她也是人哪。"

"这一点我从不怀疑。"米哈伊尔·伊凡诺维奇苦笑着回答。

"她是您的女儿。"

"原来是。是的。可是，亲爱的阿琳，你谈这个做什么？"

"米哈伊尔，亲爱的，您就见见她吧。我只想对您说，那个该负全部责任的人……"

米哈伊尔·伊凡诺维奇公爵脸涨得通红，模样十分可怕。

"看在上帝分上，我们别谈这件事了。我受够了。现在我没有别的愿望，只希望她的情况不使任何人痛苦，她也不需要同我有任何来往，她可以单独过她的生活，我们一家也可以过我们的生活，不再过问她的事。我别无选择。"

"米哈伊尔，人人都有一个'我'，而她也有一个'我'。"

"这个当然，但亲爱的阿琳，对不起，我们别谈这件事。我太痛苦了。"

亚历山德拉·德米特里耶夫娜摇摇头，不再作声。

"那么，玛莎（米哈伊尔·伊凡诺维奇的妻子）也这样看吗？"

"完全一样。"

亚历山德拉·德米特里耶夫娜用舌头弹了一下。

"我们别谈这件事了。晚安。"他说。

但亚历山德拉·德米特里耶夫娜没有走。她不作声。

"彼得对我说，您要留点儿钱给她那个女房东。您知道地址吗？"

"知道。"

"那么，这件事您就不要通过我们，您自己去一下吧。您就去看看她在怎样过日子。您要是不愿见她，恐怕以后就见不到了。他不在那里，那里一个人也没有。"

米哈伊尔·伊凡诺维奇浑身打了个哆嗦。

"唉，您为什么，为什么要折磨我？这太不讲礼貌了。"

亚历山德拉·德米特里耶夫娜站起来，含着眼泪，动情地说："她是那么可怜，那么可爱。"

他站起身来，站着等她说完话。她向他伸出一只手。

"米哈伊尔，这样不好。"她说完，走了出去。

她走后，米哈伊尔·伊凡诺维奇在临时卧室的地毯上来回踱步。他皱起眉头，身子发抖，嚷着："唉，唉！"听见自己的叹息，他感到害怕，就不再作声。

他的自尊心受到伤害，这使他痛苦。他的母亲是赫赫有名的阿芙多基雅·鲍利索夫娜，曾接待过几位女皇。而他就是在这样一位母亲的家里成长的；人家认为同他认识是莫大的光荣；他无畏而又无可指责地度过自己骑士般的一生……尽管他在国外同一个法国女人生了个私生子，但这并不影响他的自尊心。如今他的女儿——为了她，他不仅做了一个父亲所能做和应该做的一切：给予她最良好的教育，让她在最好最上层的俄国社会里挑选自己的对象，他不仅给了她每一个姑娘所希望的一切，而且他确实爱她，欣赏她，以她自豪——正是这个女儿辱没了他，使他不能正视人家的眼睛，使他羞于见到任何人。

他回想往事，当时他不仅仅把她看作自己的女儿，看作家庭的一员，而且温柔地爱她，为她高兴，以她为荣。他回想她八九岁时的情景：聪明，懂事，活泼，伶俐，文雅，生有一双乌黑发亮的眼睛，瘦削的背上披着蓬松的淡褐色头发。他想到她怎样跳到他的膝盖上，搂住他的脖子，呵他的痒，哈哈大笑，也不顾他的叫喊，不肯罢休，然后又吻他的嘴、眼睛和面颊。他一向不喜欢感情用事。但这种感情冲动却使他高兴。他有时顺从她，现在回想起来抚爱她是多么愉快啊。

这个原来那么可爱的人竟会变成现在这个样子，他一想起她就不能不感到嫌恶。

现在他还回想她由姑娘长大成人的时候。当时发觉男人们像看女人那样看着她，他感到特别恐惧和屈辱。他想到，她那时自觉长得美，穿着舞衣娇媚地走到他面前，或者他在舞会上看到她，曾对她产生过妒意。他害怕男人用不纯洁的目光瞧她。可她不仅不懂得这一点，还为此高兴。"是的，"他想，"女人的贞洁真是不可靠。相反，她们不知道羞耻，她们没有羞耻心。"

他回想她拒绝（他无法知道原因）两位很好的青年的求婚，继续出入交际场所，不是迷恋某一个人，而是越来越陶醉于自己的成功。但这种成功没能持续很久。过了一年，两年，三年。大家都细细观察她。她长得美，但已不是豆蔻年华，而只是舞会中的一般点缀品。米哈伊尔·伊凡诺维奇回想，他看见她一直没结婚，他只有一个愿望：赶快把她嫁出去，即使不能像以前那样嫁个好人家，只要过得去就行。但她却装得特别高傲（他有这样的感觉），目空一切。他想到这一点，对她更加反感。她拒绝了那么多正派人，最后却弄出这种可怕的事来！"哦，哦！"他又呻吟起来。他停了一会儿，开始抽烟。

他想回忆回忆别的事：他给她寄钱，但不让她到自己身边来。他又想到另一件事：不久前她——当时她已满二十岁——同一个来他们乡下做客的十四岁男孩，一名少年侍从，发生了风流韵事。她把那孩子逗得疯疯癫癫，使他痛哭流涕，而当作父亲的要她断绝这种愚蠢的恋爱，命令那孩子离开时，她十分严厉、冷淡，甚至粗暴地回答父亲。从此以后他对女儿本来已相当冷淡的态度就变得更加冷淡了，而她那方面也一样。她仿佛觉得受了侮辱。

"我可是完全对的，"他现在这样想，"她真是天生不知羞耻，心地不好。"

于是他想到了莫斯科来信提到的那件可怕的事。她在信里写道，她不能回家，她是个不幸的堕落女人，要求大家饶恕她，忘记她。他还极不愉快地想到同妻子的谈话。他们先是猜疑她做了什么见不得人的事，最后证实她在芬兰闯了祸。当时她正在姨妈家做客，而罪人则是一个卑微的瑞典大学生，一个恶劣的已婚男子。

他不断回想往事，在房间里地毯上来回踱步。他想到他以前多么爱她，多么以她自豪，现在面对这种莫名其妙的堕落，他觉得可怕。他因她给他带来的痛苦而恨她。他想到弟媳妇对他说的一番话，竭力设想怎样才能饶恕她，但只要一想到"他"，他心里就会充满恐惧和嫌恶，感到大失面子。他忍不住唉声叹气，竭力转移思想。

"不，这是不可能的。我给彼得钱，让他每月转交给她。我可没有……没有女儿……"

他又陷入不断折磨他的那种复杂的感情：一方面是回忆对女儿的爱而感觉到的快慰，另一方面是因为她竟弄得他这么痛苦，而对她产生难堪的恨。

二

丽莎最近一年里的感受比以前二十五年里的感受加起来不知要丰富多少倍。在这一年里，她忽然发现以前的生活十分空虚；她在富裕的彼得堡社会和家里所过的生活无非就是上流社会的肉欲生活，她只接触到生活的表面，享受生活的欢乐，而没有了解生活的真谛。这种生活的猥琐无聊如今已暴露得清清楚楚。一年，两年，三年还好，但老是晚会、舞会、音乐会、宴会、舞衣、显示外貌美丽的发式、年轻的献媚者和年老的献媚者，他们全都一个样，仿佛都很博学，都有权享受一切，有权嘲笑一切。夏天，在风景优美的别墅里，也只为上流社会提供愉快的生活，那里也演奏音乐和朗诵诗篇，大家只暴露生活中的问题，却不能加以解决。这样的生活持续了七年、八年，不仅看不到丝毫改变，而且越来越丧失魅力。她感到绝望，绝望得想死。女朋友带她去参加慈善事业。她看到，一方面是贫困，真正的赤贫，本来已使人难堪，还要装得若无其事，那就更加可怜和令人难堪。同时看到那些乘坐千金马车、身着千金服装的女慈善家们的可怕冷酷，她觉得越来越痛苦。她希望看到真实的感情，要求过真正的生活，而不是生活的游戏，不是生活的肥皂泡。可是这样的生活根本不存在。她最好的回忆就是对士官生柯柯（大家都这样叫他）的爱情。那是一种美好、纯洁、朴素的感情，这样的感情如今没有、也不可能有了。她越来越忧郁，就怀着这样忧郁的心情去了芬兰姨妈家。新的环境，新的景色，一些和以前迥然不同的新人格外吸引她。

这事是怎样发生的，什么时候发生的，她说不清楚，姨妈家有一个瑞典客人。她谈到他的工作，谈到他的同胞，谈到新的瑞典小说。她自己也不知道，这种可怕的眉目传情和笑脸相迎是怎样开始和什么时候开始的。这种感情的交流无法用语言表达，但她认为它的含义超过任何语言。这种眼神和微笑打开了彼此的心扉，不仅打开了心扉，而且揭开了全人类共有的最伟大最重要的秘密。他们所说的话由于这种微笑而具有最伟大最幸福的意义。他们一起听音乐或者唱两重唱，音乐便具有这样的意义。他们朗读文艺作品，作品也具有这样的意义。有时他们争论，各人坚持各人的意见，但只要他们的目光一接触，脸上泛出笑容，争论就会停止，他们就会升腾到只有他们两人才能到达的高处。

这事是怎样发生的，魔鬼怎样和什么时候从这种目光和微笑中出现，把他们两人同时抓住，她说不出来，但当她在魔鬼面前感到恐惧时，联系他们两人的无形绳索已经把他们紧紧捆住，她觉得自己无力挣脱而把希望寄托在他身上，寄托在他的高尚上。她原来希望他不会利用自己的力量，也朦朦胧胧希望不会发生这样的事。

她在斗争中显得软弱无力，还因为她没有依靠。她那庸俗的生活，又浅薄又虚伪，使她厌烦。她不爱母亲，父亲呢，她认为他把她推开。她不喜欢玩世不恭，而要过真正的生活。她在爱情中，在女性对男性的完善爱情中，预感到这种生活。而健康热烈的天性也使她往这个方向发展。她想象这样的生活就在他身上，在他魁伟强壮的身体里，在他浅色头发的头脑里，在他浅色的八字胡子里，而胡子下则洋溢着富有魅力的微笑。她在这里看见了世界上最美好的东西。就是这微笑和目光，希望和最诱人的许诺把他们引到他们应该到达的境地，但这境地是她既害怕又隐隐约约期待着的。忽然，这美丽、快乐、对未来充满希望的一切都变得讨厌可恶，充满兽性，不仅可悲，而且令人绝望。

她望着他的眼睛，竭力想装出笑容，竭力装得她无所畏惧，这事是理所当然的，但她心里明白，现在一切都完了，她原来所追求的她和柯柯身上都有的东西如今都没有了。她写信给他，说他现在应该写信给她父亲向她求婚。他说他会这样做。后来，第二次见面，他说他不能立刻这样做。他的眼睛里有一种怯懦困惑的神色，她越发怀疑他了。第二天，他寄给她一封信，信里说他结过婚，妻子早就离开他，现在他在她的心目中灭亡了，他有罪，请求她饶恕。

她把他叫来，明明白白对他说，她爱他，不管他有没有结过婚，她觉得自己已永远同他结合在一起，永远不会离开他。

下次见面时，他说，他一无所有，他的父母很穷，他只能让她过最贫困的生活。她说她什么也不要，他要去哪儿，她可以立刻跟他去。

他试图说服她，劝她等待。她同意了。但背着家人同他偶然会面和秘密通信在她是痛苦的。她坚持出走，坚持私奔。

她来到彼得堡后，他给她写信，答应去看她。后来他不再写信，人也不见了。她想仍像原来那样生活，但是办不到。她病了。医生给她治病，但她的情况越来越糟。当她确信她无法掩盖她想掩盖的事时，她决定自杀。但怎样使人认为她是自然死亡？她想自杀，她终于横下一条心。她把毒药撒在酒杯里正准备喝下去。她很可能喝下去，要不是这时她五岁的外甥，她姐姐的儿子，跑进来，给她看外婆送给他的玩具。她放下酒杯，爱抚这孩子，突然哭起来。她想到，他要是没有结过婚，她本来是可以做母亲的。这种母性的意识第一次使她清醒过来，不管人家怎样想她说她，她只想到自己真正的生活。因舆论的压力自杀看来容易，但她毕竟不能为自己自杀。她泼掉毒药，不再想到自杀，而开始坚强地独立生活。这种生活是痛苦的，但毕竟是生活，她不愿也不能放弃它。她开始祈祷,她好久没有祈祷了,但这并不能使她轻松。她不是为自己痛苦,而是不想让父亲痛苦。她理解父亲的痛苦,她可怜他,知道他会痛苦,是为她而痛苦。她这样生活了几个月,突然出现了一个连她自己也没察觉的情况,这种情况完全改变了她的生活。她坐在那儿编织毯子,突然觉得身体里有一种奇怪的躁动。

"不,这是不可能的。"她停下手里的手工。突然又是一次奇怪的躁动。难道这真的是"他"或者"她"吗? 她忘记了一切,忘记了他的卑劣和虚伪,忘记了母亲的气愤、父亲的悲哀,脸上浮起了微笑,但不是她回答他可憎微笑的那种可憎的微笑,而是开朗、纯洁、快乐的微笑。

想到她竟然想杀死他和自己,感到不寒而栗。现在她只有一个念头:怎样离开家,到哪儿去做母亲,做一个不幸的可怜的母亲,但终究是母亲。她反复考虑了这件事,最后移居到遥远的省城,那里谁也找不到她,她想到那里远离家人,但倒霉的是叔叔正好在那里当省长。这是她万万没有料到的。

她在产婆玛丽雅·伊凡诺夫娜家已住了三个多月,知道叔叔就在这个城里,她打算搬到更远的地方去。

三

米哈伊尔·伊凡诺维奇这天早晨醒得很早。他走进弟弟的书房,交给他一张现金支票,请他按月付给女儿生活费,同时向他打听去彼得堡的快车什么时候开。火车晚上七点钟开。这样米哈伊尔·伊凡诺维奇就可以提早吃了晚餐动身。他同弟媳妇一起喝了咖啡,弟媳妇不再跟他说什么,因为看到他那么痛苦,她只怯生生地瞧着他。米哈伊尔·伊凡诺维奇根据平时的保健习惯出去散步。

亚历山德拉·德米特里耶夫娜把他送到前厅。

"米哈伊尔,您到市公园去走走,那里散步很好,到哪儿都很近。"她说,同情地望着他那怒气冲冲的脸。

米哈伊尔·伊凡诺维奇听从她的劝告,去市公园,那儿离什么地方都很近。他烦恼地想到女人们的愚蠢、固执和无情。"她并不可怜我,"他想到弟媳妇。"她根本不理解我的痛苦。她呢?"他想到了女儿。"她知道这对我意味着什么,使我多么痛苦啊。在我生命的暮年这是多么可怕的打击啊!她准会使我减寿的。唉,但愿早点儿完结,也比这样受罪强。而这一切都是由于那个无赖的一双漂亮眼睛……哦,哦,哦!"他大声呻吟。一想到如今准会闹得满城风雨,人们都会知道(恐怕人人都已知道)这件事,他的心里涌起一阵怨恨和愤怒,他真想把一切都告诉她,让她知道她的行为的全部后果。"她们什么都不懂。"他想。

"到哪儿都很近,"他想,拿出笔记簿,找到她的地址:"厨司街阿勃拉莫夫家,薇拉·伊凡诺夫娜·谢里维尔斯托娃"。她用了这个化名。他走近门口,叫车夫停车。

"您找谁呀?"他走到陡直狭隘、臭气熏天的楼梯口,产婆玛丽雅·伊凡诺夫娜问。

"谢里维尔斯托娃女士住在这儿吗?"

"薇拉·伊凡诺夫娜吗?这儿,请进。她出门买东西,大概马上就回来。"

米哈伊尔·伊凡诺维奇跟着肥胖的玛丽雅·伊凡诺夫娜走进小小的会客室,这时邻室一个婴儿的可恶哭声像刀一样剜着他的心。

玛丽雅·伊凡诺夫娜说了声少陪,就到隔壁小房间里去。接着他听见她在那里哄孩子。孩子不哭了,她又走出来。

"这是她的孩子。她马上就来。您是谁呀?"

"我是她的熟人,我下次再来。"米哈伊尔·伊凡诺维奇说,准备离开。他觉得同她见面太痛苦,他也想不出什么话来解释。

他刚转身要走,楼梯上就传来轻快的脚步声。他听出了丽莎的声音。

"玛丽雅·伊凡诺夫娜!我不在,孩子没哭吧……我啊……"

她突然看见了父亲。她拿着的小纸包从她手里掉了下去。

"爸爸?!"她叫道,脸色发白,浑身哆嗦,在门口站住。

他望着她,站在原地不动。她瘦了,眼睛大了,鼻子尖了,手瘦得骨节突出。他不知道说什么做什么好。现在他忘记了自己蒙受的耻辱,他只是可怜她,可怜她,可怜她的消瘦,可怜她身上粗劣的衣服,主要是可怜她那凄楚的脸和那双盯着他的恳求的眼睛。

"爸爸,饶恕我。"她说着,走近他。

"我,"他说,"饶恕我。"他像孩子一般抽泣起来,吻着她的脸、手,在上面洒满了泪水。

对女儿的怜悯使他看到了自己。一看到自己的真实面目,他明白他在女儿面前是有罪的,他为自己的高傲、冷酷以及对她的怨恨而感到有罪。他高兴的是认识自己有罪,她没什么需要饶恕的,而他自己却需要饶恕。

她把他领到自己房间里,告诉他她怎样生活,但没给他看孩子,只字不提过去的事,知道这会使他痛苦。他对她说她应该重新安排生活。

"是啊,要是在乡下就……"她说。

"我们来好好考虑一下。"他说。

忽然门外传来孩子的尖叫,然后是大声啼哭。她睁大眼睛,目不转睛地望着父亲，犹豫不决地愣住了。

"看来你该去喂奶了。"米哈伊尔·伊凡诺维奇说，由于内心的激动而扬起眉毛。

她站起来。她突然疯狂地想到要把现在天下她最爱的人抱给那个她从小就挚爱的人看看，但在没开口之前，她瞧了一眼父亲的脸。他有没有生气？

父亲脸上表现出来的不是气愤，而是痛苦。

"去吧，去吧，"他说，"上帝保佑。我明天再来，我们再作决定。再见，心肝。再见。"他又觉得很难克制涌上喉咙的硬块。

米哈伊尔·伊凡诺维奇回到弟弟家里，亚历山德拉·德米特里耶夫娜立刻问他："怎么样？"

"没什么。"

"您见到她了？"她问，从他的脸上看出发生了什么事。

"是啊，"他急急地说，突然哭起来。"是啊，我老了，糊涂了。"他平静下来说。

"不，你聪明，很聪明。"

米哈伊尔·伊凡诺维奇饶恕了女儿，完全饶恕了她，并由于饶恕而克服了对舆论的恐惧。他把女儿安置在乡下弟媳妇的妹妹家里，常常同女儿见面，不仅像以前那样而且比原来更加爱她。他常常去看她，在她那儿住上几天。但他避免看到那孩子，也无法克服对他的嫌恶和蔑视。这一点使女儿感到痛苦。

一九〇六年

糊里糊涂

他在清晨五点多钟回家，照例先到更衣室，但没脱衣服，却跌坐在安乐椅里，两手搁在膝盖上。这样一动不动地坐了五分钟，或者十分钟，或者一小时——他可记不起来了。

"红心七。真机灵！"他看见他那可怕的顽强不屈的嘴脸，脸上仍现出扬扬自得的神气。

"唉，真见鬼！"他大声说。

这当儿，门外有人在走动，接着他的妻子头戴睡帽，身穿绣花睡衣，趿着一双绿丝绒拖鞋，走了进来。她是个精力旺盛的美丽的黑发女人，生有一双亮晶晶的眼睛。

"你怎么啦？"她平静地说，但一看见他的脸色，又惊叫起来，"你怎么啦？米沙！你怎么啦？"

"我……我完啦。"

"赌钱了？"

"是的。"

"那又怎么样？"

"怎么样？"他带着幸灾乐祸的口吻重复说。"我完啦！"他忍住眼泪抽噎着。

"我求过你多少次，恳求过你多少次。"

她可怜他，但更可怜自己，因为她将更受穷，因为她通宵没睡觉，一直苦苦地等着他。"该有五点钟了吧。"她瞧了瞧小桌上的钟,想。"唉,死冤家。输了多少?"

他两手在耳朵边一挥。

"全部! 不是全部,而是比全部还要多:全部自己的钱,加上全部公家的钱。你们打我吧! 要拿我怎么办就怎么办吧! 我毁了!"他两手捂住脸,"我什么也不知道!"

"米沙! 米沙,听我说。你可怜可怜我吧,要知道我也是人哪! 我通宵没合眼,我等你,我痛苦,结果却得到这样的报答。你至少也该告诉我是怎么回事? 输了多少?"

"输了那么多钱,我还不清,谁也还不清。总共一万六。全完了! 逃走,可是怎么逃?"

他瞧了她一眼。没想到,她把他拉了过来。"她多么好哇。"他抓住她的手,心里想。她把他推开。

"米沙,你倒好好讲讲,你到底怎么会做出这种事来?"

"我想翻本。"他掏出烟盒,拼命地吸烟,"是啊,当然啰,我是个无赖,我配不上你。你抛弃我好了。你最后一次原谅我吧! 我要走掉,不再露面。卡嘉。我克制不住,克制不住。我好像在做梦,糊里糊涂干了。"他皱起眉头。"可是有什么办法呢? 反正我毁了。但请你原谅。"他又想拥抱她,但她气愤地把他推开。

"唉,这些可怜的男人。顺利的时候,一个个神气活现,一遇到挫折就垂头丧气,毫无用处。"

她坐在梳妆台的另一边。

"你从头到尾给我讲讲。"

他就把事情经过向她讲了讲。他讲到他要到银行解款,路上遇见了涅克拉斯科夫。涅克拉斯科夫邀他到他家去赌钱。他们就一起赌钱，他把所有的钱都输掉了，现在决定自杀。他说他决定自杀，但她看到他并没作什么决定，只是垂头丧气，寻死寻活。她听完他的话，最后说："这种事做得太愚蠢，太可恶了，总不能糊里糊涂输掉钱呀。这是一种小儿痴呆症。"

"骂吧，你要拿我怎么办就怎么办吧！"

"我可不想骂你，我要救你，不论我觉得你多么可恶多么可怜，我还是要救你。"

"打吧，打吧。我活不长了……"

"嗯，你听我说。照我说，不论你多么卑鄙多么残酷地折磨我……我有病，今天还吃过药……没想到来了这个意外消息。真是没有办法。你说该怎么办？这很简单。现在六点钟，你马上去找弗里姆，把这件事告诉他。"

"难道弗里姆会可怜我吗？不能告诉他。"

"嚯，你这人真笨。我又不是劝你去告诉银行行长，说把交托给你的钱输掉了……你去对他说，你到尼古拉耶夫车站……不。你马上去警察局。不，不是马上去，是上午十点钟去。就说你在涅恰耶夫胡同行走，有两个人向你扑来。一个留大胡子，另一个简直还是个孩子，手里拿着勃朗宁手枪，把你的钱抢走了。你现在就去找弗里姆，对他也这么说。"

"可是，要知道……"他又点着一支烟，"要知道他们可能从涅克拉斯科夫那儿知道真相。"

"我去找涅克拉斯科夫。我去对他说。这件事我来办。"

米沙放下心来，早晨八点钟他就睡得跟死人一样。十点钟妻子把他唤醒了。

这件事发生在清晨楼上那个人家。而在楼下，在奥斯特洛夫斯基家，晚上六时则发生了下面的事。

一家人刚吃完晚饭。年轻的母亲奥斯特洛夫斯基公爵夫人唤来已给大家分送了馅饼和橘子冻的侍仆，向他要一只干净的盘子，在盘子上放了一份橘子冻，对她的两个孩子说话。这两个孩子大的七岁，是个男孩，名叫伏卡；小的四岁半，是个女孩，名叫塔涅奇卡。两个孩子都长得很漂亮。伏卡严肃、强壮、稳重，笑起来露出更换期残缺的牙齿，很可爱。塔涅奇卡眼睛乌黑，动作敏捷，精力旺盛，喜欢说话，总是嘻嘻哈哈，十分乐天，跟谁都很亲切。

"孩子们，谁把馅饼送去给保姆啊？"

"我。"伏卡说。

"我，我，我，我，我，我。"塔涅奇卡叫道，已经从椅子上站起来。

"不，是谁第一个说的？是伏卡。拿去，"做父亲的说。他一向宠爱塔涅奇卡，因此总是高兴抓住机会表示自己不偏不倚。"塔涅奇卡，你就让哥哥去吧。"他对他的爱女说。

"让给伏卡我总是高兴的。伏卡，拿去，去。为了伏卡我什么也不会舍不得的。"

孩子们照例为吃饭道了谢。父母喝着咖啡，等着伏卡。可是不知怎的好久不见他来。

"塔涅奇卡，你到育儿室看看，伏卡怎么这么久还没来。"

塔涅奇卡跳下椅子，碰落匙子。她拾起来放在桌子边上，匙子又掉下，她又哈哈笑着拾起来。她急急地迈动两条穿着长筒袜的胖鼓鼓小腿，一溜烟跑到走廊上，又跑进育儿室。保姆房间就在育儿室后面。她刚要穿过育儿室，忽然听见后面有轻轻的抽噎声。她回头一看。伏卡站在床旁，瞧着玩具马，手里端着盘子，哭得很伤心。盘子里什么也没有。

"伏卡，你怎么啦？伏卡，馅饼呢？"

"我——我——我糊里糊涂在路上吃掉了。我不去……哪儿也不去。我，塔涅奇卡……我，真的，糊里糊涂……我全吃了……先吃了一点儿，后来全吃了。"

"那么，怎么办呢？"

"我是糊里糊涂……"

塔涅奇卡沉思起来。伏卡放声大哭。塔涅奇卡的脸上突然现出笑容。

"伏卡，有了。你不要哭，我们到保姆那儿去，对她说你是糊里糊涂把饼吃掉的，请求她原谅，明天我们把自己的一份送给她吃。她是个好人。"

伏卡不再哭泣。他用手背和手掌擦去眼泪。

"叫我怎么对她说呢？"他颤声说。

"好，我们一起去。"

他们去了，回来时高高兴兴，十分快乐。当保姆深受感动哭着把事情的经过告诉父母时，保姆和他们都十分高兴，十分快乐。

一九一〇年

华西里神父[*]

---

[*] 这篇小说未完稿。

一

这是秋天。当一辆大车辘辘地滚过结冰的坑坑洼洼的道路，驶近华西里神父两开间草屋顶的房子时，天还没有亮。大车上下来一个农民，身穿束腰长袍，翻起衣领，头戴帽子。他给马盖上马衣，拿鞭子柄敲敲一个房间的玻璃窗。他知道女佣和厨娘住在这个房间。

"谁啊？"

"我找神父。"

"有什么事？"

"看病。"

"你是谁啊？"

"从伏兹德列姆村来的。"

一个工人点着灯，穿过门廊，走到户外，让农民进了大门。

矮胖的神父太太身穿短袄，脚蹬暖靴，包着头巾，从屋里出来怒气冲冲地哑声说："又是魔鬼把谁带来了？"

"是来找神父的。"

"你们怎么睡懒觉？炉子也不生。"

"难道是时候了？"

"要是没到时候,我也不说了。"

伏兹德列姆村农民走进下房,对着圣像画了个十字,向神父太太鞠了一躬,在门口长凳上坐下。

他妻子难产已有好多时候,生下一个死婴,如今她自己也快死了。

农民坐在那儿,瞧着屋里的活动,心里盘算着怎样把神父接回去:像来时那样一直穿过柯索耶溪,还是绕过去。"村外情况很糟。溪水虽已结冰,但还不能走马车。好容易跑来。"他想。工人走进来,把一捆桦树柴放在炉子边,要农民从干柴中劈一块引火。农民脱去衣服,干起活来。

神父醒来,像平时一样。醒来时心情愉快,精神饱满。他还躺在床上,就画了十字,念他喜欢的祷词"天上的父",并反复祈祷:"求主保佑。"然后,垂下腿,套上鞋,洗好脸,梳了梳长发,穿上旧的内长衣,跪在圣像前祈祷。念到"我们在天上的父""免我们的债,如同我们免了人的债"时,他停下来,想起助祭父亲的话。昨天他遇见喝得醉醺醺的助祭父亲,助祭父亲喃喃地对他说:"假冒伪善的法利赛人。""假冒伪善的法利赛人"这话特别使华西里生气,因为他认为自己即使有各种缺点,也绝不是假冒伪善的人。因此他很生助祭的气。"哼,别理他,"他在心里说,"去他的。"又继续祈祷。在念到"不叫我们遇见试探"时,他想起昨天在富裕地主莫尔恰诺夫家做通宵祈祷后喝了加罗姆酒的茶,喝得很痛快。

二

做完祈祷，他照了照凹凸不平使脸变形的镜子。抚平秃顶上两鬓的浅色头发，瞧了瞧自己和善的阔脸（虽然他已有四十二岁，但看上去还年轻）和脸上稀疏的胡子，感到很满意，这才走到小客厅。神父太太刚刚急急忙忙费力地把沸腾的茶炊端到那里。

"怎么你自己端。费克拉呢？"

"什么我自己端？"神父太太学着他的口吻说，"能叫谁端啊？"

"怎么这样早？"

"有人从伏兹德列姆村来要你去看病人。有个女人快死了。"

"来了好久啦？"

"有一会儿了。"

"那您怎么不叫醒我？"

华西里神父喝了清茶（因为是礼拜五），拿了圣餐，穿上皮袄，戴上帽子，步伐稳健地走到外屋。伏兹德列姆村农民在外屋等他。

"你好吧，米特里。"华西里神父说，卷起袖子，给农民画了十字，又让他吻吻自己指甲剪得短短的有劲的小手，走到门口台阶上。

太阳升起来了，但被低垂的乌云遮住。农民把大车拉到门外，停在台阶旁。华西里神父轻松地从车轮爬上大车，坐到麻布包干草的坐垫上。米特里坐在旁边，催动那匹有招风耳的大肚子母马。大车就在冻土路上辘辘地驶去。空中飘着雪花。

三

华西里神父家里有妻子、岳母、老神父母亲和三个孩子：两子一女。长子教会中学毕业，准备考大学；次子阿廖沙，十五岁，是母亲的宠儿，还在神学校念书；女儿廖尼亚，十六岁，待在家里，多少帮母亲做些家务，对自己的生活感到苦恼。华西里神父当年念中学时成绩优良，一八四八年毕业时名列前茅，准备考神学院，梦想将来当教授或主教。但他的母亲是一个教堂杂役的寡妇，带着一个酗酒的儿子和三个女儿，生活困苦。华西里神父当年作出的决定，无形中要他一辈子作出自我牺牲。为了不使老母伤心，他决定放弃进神学院的梦想，当了乡下神父。他这样做是出于对母亲的一片孝心，不过他自己可完全不是这样解释这种行为的：他对自己解释说，这是因为他懒惰和不爱读书。

小村神父一职是与老神父女儿结婚时获得的。这个职位收入菲薄，老神父在世时很穷，到死后，还带着两个女儿的神父太太日子也很拮据。安娜（她同他获得神父一职有关）长得并不漂亮，但是个很能干的姑娘，她可真正把华西里迷住，使他不加考虑就同她结了婚。

华西里结了婚，成了华西里神父。他先留短发，后蓄了长发，跟妻子安娜幸福地过了二十二年。如今，尽管安娜一度对原助祭的儿子，一个大学生发生过迷恋，华西里神父待她还是像以前那样温柔，而且仿佛因为她迷误时他对她有过不好的感情，他现在就更温柔地爱她。她的迷恋成为他忘我感情的理由，结果他放弃了神学院，这件事使他的内心感到平静和快乐。

四

起初神父和农民默默地走着。村道是那么坎坷不平，尽管马一步一步地走着，大车还是在东摇西晃，神父不得不时时从座位上跳下来，理理衣服，掩上前襟。

直到他们出了村子，越过横沟，农民赶车走到草地，这时神父才开口。

"那么，女当家情况很糟吗？"他问。

"没有希望了。"农民懒洋洋地回答。

"上帝的权力可是没有办法改变的。这是上帝的旨意，"神父说，"有什么办法呢？得忍耐啊。"

农民抬起头来，瞧瞧神父的脸。他显然想说点儿气话。但一看见那张和蔼地瞧着他的脸，他心软了下来，摇摇头，只是说："上帝的旨意不能违抗。可是日子多艰难，神父。只我一个人，叫我拿孩子们怎么办？"

"你不要泄气。上帝会帮助你的。"

农民没回答，只把从小跑转成慢步的母马臭骂一顿，拉了拉缰绳。

他们进了树林。这里布满车辙的道路到处都很难走。他们默默地走了好一阵，观察着哪里比较好走。直到他们又来到杂草丛生的路上，神父才又开了口。

"好一片青草。"他说。

"不坏。"农民说，不再回答神父的搭讪。

他们在吃早饭时来到病妇家。

农妇还活着。痛苦结束了，她躺在床上无力翻身，只有她的眼神显示她还活着。她带着哀求的眼神望着神父，只望着神父。一个老婆子站在她旁边。孩子们躺在炕上。大女儿十岁，只穿一件布衫，光着头，站在柱子旁，像大人那样左手托着右手，右手支着脑袋，默默地瞧着母亲。

神父走到病人跟前，念了祷词，授予她圣餐，给她画了十字，又对着圣像做祈祷。

老婆子走近垂死的人，瞧了瞧她，摇摇头，拿一块布盖住临终者的脸。她从垂死的人那儿走到神父跟前，把一个硬币放在他手里。他知道是五戈比，就收下了。

当家人走进小屋。

"走了吗？"他问。

"快走了。"老婆子说。

听到这话，女孩放声大哭，一边哭，一边数落着什么。躺在炕上的三个孩子也放声大哭起来。

农民画了十字，走到妻子跟前，揭开布头，对她瞧了瞧。苍白的脸十分安详，一动不动。农民在死人旁边站了两分钟，然后小心翼翼地拿布头盖在她脸上，又画了几次十字，转身对神父说："这就走吗？"

"好吧，我们走。"

"好的。得饮饮马。"

农民走出小屋。

老婆子边哭边诉,说孤儿没有亲妈,没人给他们吃,没人给他们穿,没有亲妈的孩子就像离巢的小鸟。每诉说一句话,就重重地吸一口气,她听着自己的哭诉,越来越动感情。神父听着也觉得伤心,可怜孩子们,想为他们做点儿什么。他摸摸里衣口袋里的钱包,记得钱包里还剩半卢布,那是昨天在莫尔恰诺夫家做通宵祈祷得到的。他还没照例如数把钱交给妻子,也没考虑后果,就掏出半卢布,让老婆子看看,然后放在窗台上。

当家人脱去衣服走进来说,他请教亲把神父送回去,自己则去弄木板做棺材。

五

米特里的教亲把华西里神父送回家。他身强力壮,大胡子,红头发,生性乐天,爱好交际。他刚送儿子入伍,喝过酒,心情特别好。

"米特里的马完全走不动了,"他说,"为什么不帮帮人家呢。得可怜可怜他呀。我说得对吗?——哼,你这宝贝。"他对那匹系住尾巴的枣红骟马吆喝道,给了它一鞭子。

"你慢点儿。"华西里神父说,身子在坎坷的路上摇晃。

"好吧,可以慢一点儿。那么,她死了吗?"

"是的,过世了。"神父说。

教亲又想表示同情,又想嘲弄。

"唔,死了婆娘,会来个姑娘。"他带点儿玩笑的口气说。

"唉,他挺可怜。"神父说。

"怎么不可怜。又是穷,又是一个人。他跑到我那儿,说,你送送神父,我的马走不动了。是啊,得可怜可怜他。我说得对吗,神父?"

"你啊,我看喝醉了。呃?这可不对头,费奥多尔。今天又不是过节。"

"难道我喝人家的吗?我喝自己的。我送儿子。饶恕我,神父,看在基督分上。"

"有什么可饶恕的?我只是说,最好不要喝。"

"当然最好不喝,可是叫我怎么办?我又不是什么大亨,可是好歹还活着,赞美上帝。在人家面前不行。可我可怜米特里。怎么能不可怜呢!夏天他有一匹骟马被抢走了。如今的人哪。"

费奥多尔详详细细讲述他的事,他怎样从集市把两匹马赶回去,一匹被剥了皮,另一匹被人家抢去了。

"他们把他打得可惨了。"费奥多尔滔滔不绝地讲着。

"怎么打他,为了什么?"

"你以为他们会爱抚他吗?"

他们这样谈着,来到了华西里神父家。

华西里神父想休息一下,但不幸的是他不在家时来了监督司祭的父亲和儿子的信。监督司祭的父亲的信并不重要,但儿子的信却引起一场家庭风波。神父太太问他要昨晚通宵祈祷费,而这半卢布又没有了,这就使这场风波来得更加猛烈。失去这半卢布只是使神父太太更加恼火,其实她发怒的主要原因是儿子的来信和无法满足他的要求,而所以无法满足儿子的要求,神父太太认为是丈夫对儿子漠不关心。

一九〇六年

КОНЕЦЪ.

草婴

(1923—2015)

原名盛峻峰,俄语文学翻译家。

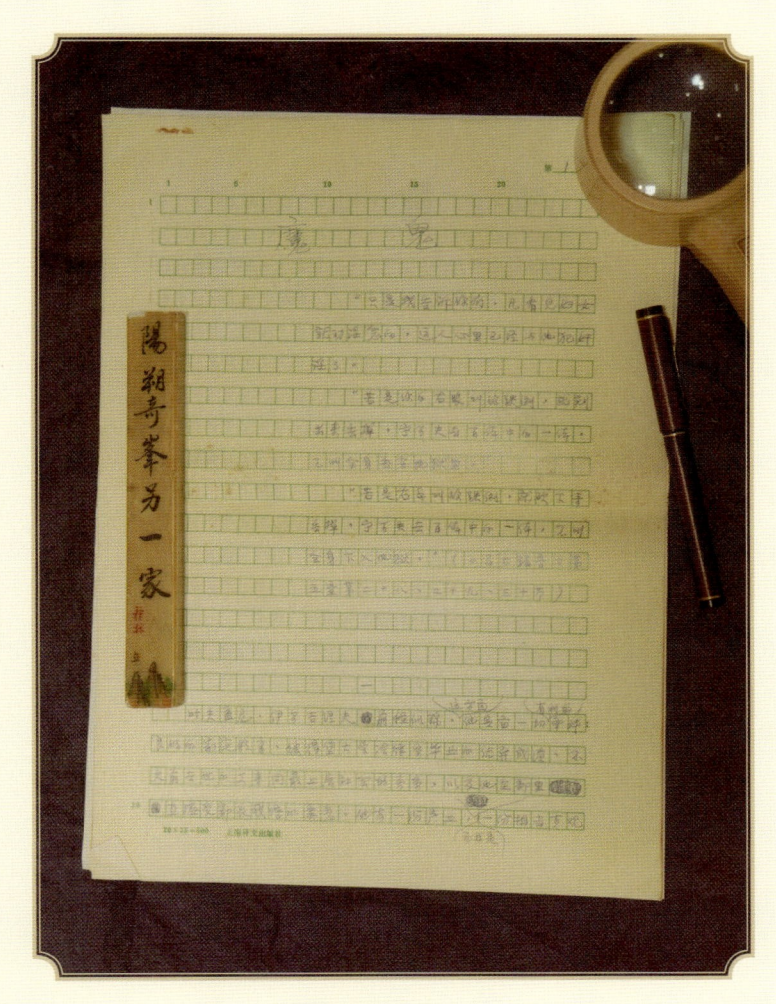

草婴翻译《魔鬼》手稿